图书在版编目（CIP）数据

我的邻居是妖怪 / 天下霸唱著 . -- 北京 ： 北京联
合出版公司， 2021.12 （2023.11 重印）
　　ISBN 978-7-5596-5550-9

　　Ⅰ．①我… Ⅱ．①天… Ⅲ．①短篇小说－小说集－中
国－当代 Ⅳ．① I247.7

　　中国版本图书馆 CIP 数据核字（2021）第 183853 号

我的邻居是妖怪

作　　者：天下霸唱
出 品 人：赵红仕
责任编辑：王　巍
封面设计：吴黛君

北京联合出版公司出版
（北京市西城区德外大街83号楼9层 100088）
北京新华先锋出版科技有限公司发行
涿州汇美亿浓印刷有限公司印刷　新华书店经销
字数243千字　620毫米×889毫米　1/16　20印张
2021年12月第1版　2023年11月第4次印刷
ISBN 978-7-5596-5550-9
定价：59.50元

目录

目录

第一章

桥墩子里的僵尸

这次不是写小说或讲故事，我当时看到什么听到什么，在此都会如实叙述。不过个人耳闻目见，难免存在很多局限，而且隔得年头多了，有些情况未必记得准确。

前天和多年未见的老友会面，外边天气很冷，零下七八摄氏度，我们到一个羊肉馆里喝白酒，才在闲谈中说起这件事。

那是 1989 年的冬天。与我会面的老友当时也在场。他比我大四岁，是我的邻居，从小带着我玩。我上小学六年级的时候他上了技校，名字我就不说了，外号叫"四辈儿"。这是天津一种特有的称呼，家里四世同堂，街坊邻里就称这家最小一代的孩子为"四辈儿"。

我以前看姜文导演的电影《阳光灿烂的日子》，里面有个耿乐饰演的角色，第一感觉就是这角色和四辈儿很像。长得高大帅气，抽烟打架滑冰样样全能，尤其是游泳特别好，为人仗义，能给两拨儿打架的说和。经常骑着辆二八铁驴，后面带个妹子，在学校门前来去如风，拿我们这边的话来说是个"玩闹的"。

后来四辈儿在"严打"的时候，被公安局劳教过两年，其实根本没有多大的事，放在现在那就不算罪过，再后来进厂当了工人。我们有很多年没见，聊到的话题当然都是十几二十年前的事。就这么说到了当年到子牙河游泳，那一年我们看见僵尸的地点，也是在子牙河桥底下。

那时候去不起游泳馆，子牙河是个夏天游野泳的好地方，半大孩子放了都往那儿奔，如今那边已经都是高层住宅楼了[1]。倒退十几年，沿河两岸全是菜地和坟包子。我想子牙河应该是和姜子牙有些关系的，要不然怎么得了这样一个名字，据说每年都要淹死几个在这儿游泳的人。

这条河的河道很宽，但水流平缓，桥下有个旧桥墩子。老桥很多年前拆除了，剩下半截儿水泥桥墩子在水里露出一半。我看刚才有朋友也提到了，说明记忆没错，看着就像是绿色的河里有座封闭的水泥房子，里面什么样我没看过。在那个年代里，我跟四辈儿这些朋友，最喜欢从桥上往河里跳水拍冰棍。

所谓"拍冰棍"，就是从十几米高的地方，手脚并拢直接落水，以下落时手脚丝毫不动为胆大，那会儿是真不知道什么叫危险。有个街坊的小孩儿，他爹是卖菜的，家里俩儿子。这家小儿子小名二子，在子牙河桥跳冰棍，入水后就没再上来，这也是我亲眼看到的，淹死了也该冒个泡啊，可那人居然就没影儿了。

最开始我以为他是让河里的鱼给吃了，问题是有这么大的鱼吗？实际上是我们跳水游泳的地方，河底下有旧桥遗址，应该是解放前留下的，也是钢筋水泥结构。平津战役时这里是个突破口，旧桥大概在那时给炮弹炸毁了，水深处竖着很多钢筋和尖锐的水泥块子。游野泳的人也许跳一百次水都不会出事，可汛期水位变化不定，赶

---

[1] 本书写作时间较早，故有不少说法及"如今""现在"等指代当下情形的，皆是指当时的情况，或与现下有所不同，请读者注意鉴别。

上水浅的时候，一旦入水太深，直接扎到河底的钢筋上，就变成肉串了。二子就是这么死的，打捞的时候才发现，钉在河底下的尸体并不止他一个。

可能这人一旦写多了小说，再想写真事比登天还难。上次打了很多字都被我删掉了，原因就是没管住自己，不知不觉又演绎了。如今接着讲吧，那次我确实在河里看见僵尸了，虽然不是香港电影里跳着扑人的那种僵尸，但我个人认为也属于尸变。

1989 年的夏天，我小学还没毕业，每天下午一放学就跟四辈儿他们到子牙河游野泳，暑假星期日什么的，更是整天都在河边玩。二子从桥上跳水拍冰棍，让河底旧桥的钢筋给穿了肉串，具体是哪天、星期几，我实在没印象了，问四辈儿也说想不起来，是晚上来捞尸的人，最先发现河里还有别的东西。

有的朋友可能不信，不信就当是故事也无所谓。其实僵尸是指死人出现了变化，很多年之后还不腐烂。我想天津的各位可以做证，子牙河里淹死的人成百上千，我就看见过好几次捞上来时已经泡成大胖子的，还有上游漂下来的浮尸冻在河中，只露个穿黑棉袄的后背，看着也吓人，但都不是僵尸。

现在人们越来越惜命，游野泳的少了。二十世纪八九十年代那会儿，夏天在河里游泳是最寻常不过的事，不分大人、小孩儿，好多连游泳裤都不穿，反正没女的往那儿去。别看年年淹死人，却阻挡不了大伙儿的热情，你淹死算你的，我照样游我的，所以捞尸船到了夏天就特别忙。

我那时还小，不太清楚河上的捞尸船怎么运作，估计是水警专用。船上有两三个光着膀子穿游泳裤的老头儿，可没见穿制服，总之肯定是有组织的，不像现在都以营利为目的。只要是什么地方淹死人了找不着，他们便会过来捞尸体，当时收不收费我不清楚不能乱说，我只见过有死者家属给师傅递烟卷。

　　咱们话赶话说到这儿顺带一提，当时捞尸船是半夜才找到二子尸体的。我没有看到过程，甚至根本不相信那个经常跟我们一起光屁股游野泳的黑小子死了，还以为他是去离家很远的地方了。但二子他妈那天捶着地号啕大哭的样子，可真把我吓住了。过了几天出奇地闷热，我还是没忍住，又和四辈儿去子牙河接着游泳，看见那艘捞尸船还在河边停着。

　　我们以为又淹死游野泳的人了，可听周围看热闹的说好像不是，也不知道捞尸船上的老师傅在河底下摸什么，这事我几乎没什么印象了。前两天跟四辈儿聊到这里，听他说当时是发现河里还有别的尸体，就在那旧桥墩子附近，不知道出于什么原因，好几天都捞不上来。

　　那时四辈儿已经上技校了，这些事他记得比我清楚。据他所言，也是听某位看热闹的大爷讲的。那时候没当回事，一看子牙河老桥游不了野泳了，又没见从河底下捞出什么东西，就先奔西沽公园了。从那以后，我们还是得空便到老桥附近跳水拍冰棍，没觉得和往常有什么不同，也没有任何人告诉我们不能再去那边游泳。

　　1989 年夏天捞不上来的尸体，到年底终于有了结果。那时刚下过雪，河面都冻住了。我和平时一样从附近路过，老远就看到桥上黑压压地站着好多人，我们几个挤进去看热闹。由于年龄小，很多事记不清楚，只是在脑子里模模糊糊有个轮廓，现在想起那天看到的情形，仍能用历历在目来形容。从桥上往下看，河面冰层被凿开了一个大洞，有几个穿军大衣的人，嘴里都叼着烟，踩着封冻的河面往岸边抬一包东西，那东西白乎乎的，瞅着像是个人。我从高处往下看，觉得像个小孩儿。

　　从子牙河底抠出来的尸体，全身发白，看不清脸，很瘦小，但没有腐烂。那是在白天，桥上人挤人，可我还是感到特别害怕，说不清害怕什么。也许是觉得冻在河里的那个死人非常可怜，这么冷的时候冻在河底下，身上得有多冷。当时河面都封冻半个多月了，这个死人怎么会在河底？

那时我听到很多传闻。有人说子牙河里捞出了古尸，有人说是祭河的童子，还有人说那是个长白毛的死猴子。我承认由于在现场看了几眼，也跟着散播了一些不实的谣言，那都是信口开河、胡说八道，在此就不复述了。

前些天跟四辈儿说起这件事，觉得四辈儿讲的情况比较靠谱儿。他说从子牙河里捞出来的僵尸，和那座老桥有关。二子拍冰棍变成肉串的那次，捞尸队在河底下摸人，发现旧桥留在河底的水泥桩子，外表水泥脱落，内部的钢筋裸露出来向上竖起，其中一根把二子给戳成肉串了。拽尸体时发现旧桥墩子的缺口里，好像还有死人，站在里面只露着半个白乎乎的脑袋，在河底下不知多少年了，竟然还没腐烂。当时捞尸队的人想给它拖出来，但水泥桥墩子太厚了打不开，到冬天水浅，河底下冻结实了才能挖。

这条河里淹死失踪的人，每年至少都有一两个，可以确定不是桥墩子里的僵尸，只能是造桥的时候填进去的。现在想想，大伙儿在河里游野泳，距离河底下的僵尸这么近，后脖子就会感觉凉飕飕的。

有种传闻，说老桥是日本人修的，好几次浇筑水泥桥墩都没成功，就把抓来的劳工五花大绑了，活着填进去，然后再灌水泥。日本鬼子认为有活人死在桥墩子里能够辟邪，飞机轰炸投弹都炸不到这座桥。

那个劳工被水泥裹住，所以在河底保存了很多年都没腐烂。解放战争时期，子牙河一线是四野三十八军的突破口，平津战役时这一带打得很激烈。子牙河往南有条烈士路，从解放后的路名，完全可以想象当时伤亡之巨大、战况之激烈，如今那条路上还有烈士陵园。这座大桥当时遭到炮火覆盖，损坏太严重，所以拆除废弃了。要不是二子被水下的钢筋扎死，恐怕到现在还没人发现桥墩子里有僵尸。

这当然都是道听途说，那座旧桥到底是不是日本鬼子造的，我也没处去考证。不过这类很邪乎的说法，主要是因为施工时，会有人员意外掉进正在浇筑的水泥桩子，被活埋或闷死在里面，因为没有目击者，就此变成了失踪人口。据闻西藏还是新疆的某处，有那么一座铁道桥，里面就埋着几位牺牲的工程兵。那是在浇灌水泥时发生了事故，致使遗体在桥墩子里至今无法取出。横跨在河谷上的铁道桥巍然耸立，英魂永驻其中。我想，我在1989年看到的僵尸，是否也与这件事有相似之处？

古书有云"死后入土不化者，即为僵尸"。子牙河桥墩子里发现的尸体，应该是在老桥打水泥桩子时被封到里面的，等从河底抠出来，少说也过了五六十年，时间过了这么久，仍然保持着原状，当然也属于"僵尸"。那些年，我们每天都在它周围游泳，可以说是近在咫尺，若干年后回想起来，仍会觉得后怕。

第二章 公司闹鬼事件

很多了解我的朋友应该知道，我主要从事金融期货工作，写小说是业余爱好。其实我从来都不敢称我写的东西为小说。因为古人写汉赋唐诗宋词元曲，明清则是笔记小说。咱们国家人民群众的平均受教育程度，目前是初中二年级，各种学历注水注得厉害。我估计我应该是属于平均程度以下的，能编几个段子就不错了，抬高一些可以算得上是故事。

我这次说的段子，诸位虽然可以当故事来看，但里面没有虚构的成分，不像写小说会故意设置悬念和营造惊悚的氛围，不过贵在真实，真实的魅力也绝非小说可以企及，希望能带给各位读友一些不一样的感受。

闲言少叙，就说我们那个公司最初是在广州，后来才搬回天津，安置在解放北路附近的一座大楼里，详细地址不便直说，只能说离第一饭店不远。解放北路是天津的金融一条街，从租借地时期就都是外国银行，周围存在很多上百年之久的老式建筑，而我们公司所在的大楼是近几年新造的写字楼，原址是什么我也不大清楚。

常有人问我是不是懂风水，要说完全不了解全是胡编的，那是不负责任。实话实说，我本人并不深信这些，一贯采取百无禁忌的态度。真要把话说回来，每个人或多或少都有些忌讳，也可以说是习惯，比如我就从来不在家里摆人形的饰品或玩具，走路尽量不踩井盖。

公司里的老总是我大哥，他属于特别迷信的那种人，而且什么都不懂，一味跟风盲从。以前"气功热"的时候追随气功大师，倾家荡产买那些带功的磁带和茶水；后来又信佛了，家里请了菩萨；再后来又信了圆满教，居然把菩萨请走了，就像墙头上的蒿草随风倒。另外老大这个人还没文化，时常不懂装懂。有一年新疆出土的楼兰女尸在古文化街展览，我们要等个客户晚上一起吃饭，下午出来得早了，便去看了展览。老大瞧见那具干尸，不由得感叹道："全球沙漠化越来越严重，可怜的楼兰姑娘就是活活渴死的吧，你们看这身上干得都拔裂儿了，再不保护环境不行了。"

公司这回搬到新楼里，照例请了金光闪闪的财神爷。办公室里放了玉白菜和鱼缸，据说"白菜"和"摆财"同音，鱼缸则是公司的钱柜，里面养着几条价值上万的龙鱼。没电脑也不能没有鱼缸，但鱼缸摆在什么地方，这里边的讲究可就太大了，位置摆对了日进斗金，摆不对钱就都流到外边去了。

有一回公司里养的龙鱼死了一条，可把我们给心疼坏了，一万多一条啊，何况那些年尚未通货膨胀，一万大几还是很可观的。老总捧着死鱼心尖儿都疼，实在是舍不得扔，最后收拾收拾给清蒸了。我尝了一口，龙鱼真不一般，敢说跟螃蟹一个味道。

我不太信这些事，以前老总问到我，我也没办法，就胡乱给他出了个主意，随便把鱼缸摆个地方，要是不盈利就换地方，换到赚钱为止。不知道这算不算是心理暗示，但真的非常管用，这次搬到新地方，我们仍然沿用这个法子。

公司换到新地方，该请的全请了，该拜的也都拜了。可接下来的几个月，始终特别不顺，大事小事都不顺。我们公司还有个特别奇怪的地方，不知是不是风水原因，从广州到天津五六年间，公司里从上到下都打光棍儿，没一个找得到媳妇。

按说条件不错的男男女女真有几个，要着朋友的也不算少，多少人发过狠，要把这说法给破了，到最后都没成。哪怕结了婚的人，到我们公司也是一准离婚。去年有个五十多岁的老会计，家里很和睦，到我们这儿没俩月就跟老伴儿离婚了。这个真是邪了，至今也没找到原因。

都找不着媳妇这事，每个人都有自身的具体原因，各不相同，凑在一起可能是巧合，也可能有别的原因，那我就不清楚了。反正离开公司就有结婚的，这让我们很眼红。这事就不深究了，还说公司搬到解放北路之后的事，那几个月出了很多事，连我这不信邪的人，也怀疑那楼底下是不是埋着什么脏东西。

有好多人对我们公司不分男女全打光棍儿这事很感兴趣，但这跟天津和广州两个地点无关。我们公司在广州运转得不错，搬到天津之后就开始出事了。钱是没少赚，可不太平，动不动就有人吵架；有俩保安不知什么原因闹矛盾，最后动了刀子，没出人命也满地是血；老总还出了车祸。

感觉到那儿上班之后，公司里的人情绪都不太对。我们最初以为北方风大沙尘多，人容易烦躁，所以没太在意。因为这层楼的两个保安打架，被捅得进了医院，捅人的让河西分局给收了，所以临时找了个河北的小伙子来看夜。这小子值了没几天夜班，非说这楼里闹鬼，死活不肯干了。

诸位要问我信不信有鬼，我肯定回答相信，但不是《聊斋志异》里的那种孤魂野鬼，科学家也证实了灵魂的存在，这话另当别论，在此就不多说了。当时我们问这保安怎么闹鬼，保安说夜里听到办公室有人吵架，开门进去什么也没有。老总不淡定了，疑心是楼里不干净，但是这里有好多家公司，怎么都没事，单就我们这儿不太平？

保安说的是否属实，我们无从得知。我个人是不太相信这座新楼里有鬼，因为旁边几家公司都挺好的，总出事的就是我们公司。那时老总有个一人多高的大瓷瓶，是一个银行领导送给他的，一直摆在办公室里，莫名其妙地被打碎了。还因电脑显示器短路失了火，好在损失不大。这么连续出事，恐怕就不是巧合了。

由于公司里一直不太平，有人疑心真是闹鬼，也有人说这地方风水不好，最后老总只好花不少钱，从南方请位老先生过来给瞧瞧，看看到底是哪儿不对了。江湖上那些所谓看风水算命的，历来伪多真少，大部分是骗子，看不出什么门道，背过几句口诀就到处坑人，但这位老先生确实是我们所信服的。

我们专程去接老先生过来，请来之后好吃好喝伺候着。为什么说我和老总很信这位，可能也和工作有关。我们公司的客户很多在煤矿上有股份，那时候一个开矿的批文两亿，矿里能不能挖出煤来就不知道了，挖出来就赚钱，挖不出来买批文的钱就打水漂儿了，所以有些迷信的人就从南方请懂眼的老先生过来看矿脉。

以前这些先生都是给看阴宅的，如今都改行看矿脉了，因为看矿赚得多，有的煤老板尤其信这套。我们公司的名字就是请这位老先生起的。这回我们把老先生请过来，先在酒店住下，然后一同品尝了狗不理包子，说实话我那回也是第一次吃。转天到那座大楼周围走了走，瞧瞧周围的环境，没有发现不对的地方，进到里面才看出问题。

我看有人说"心里有鬼"，这话说得太对了，大多时候就是因为心态不好，疑心生暗鬼。为什么会疑心呢？当然是因为有事发生，使人心态不能保持平和，和气生财，家和才万事兴。我们请老先生过来看看风水，就是想找人指点指点，哪怕是心理作用也好。公司里供养着前后地主财神，同样是为了兴旺和睦。

当时老先生到公司各房间看了一遍，没用罗盘也没念口诀，很快就看出问题所在了。我们公司几个月来接连出事，都在于此。实际上不是这座楼里有鬼，也不是公司的位置选得不好。至于为什么总有东西被打碎，总有人意外受伤，还经常发生各种事故和纠纷，根源就在我们老总的办公室中，那里面有些犯忌讳的东西。

那间办公室里除了平常的桌椅电脑、工夫茶的茶几，还供着一尊开过光的财神爷。老总每天都要亲自上香，要说这屋里有犯忌讳的东西，我觉得也只能是这尊财神爷了。可是公司里供着财神，那是最寻常不过的事了，洗浴中心的大堂里还都摆着关二爷的神位呢，想不出有什么不对。

看完公司里的情况，我们在附近饭店摆了一桌，请老先生给讲讲有什么犯忌讳的地方。老先生说其实没大事，你们公司里财神爷供得太多了。财神有文财神和武财神之分，不懂的不能乱拜，文武财神在一起就打架，钱是不少赚，可家神不宁，还能太平得了吗？

据老先生讲，前后地主财神是各归各路。文财神是比干丞相，武财神是赵公明元帅，一个没心一个没眼，这两位上神不是一路。而且你们公司里供了六尊财神，所以清净不了。转天老总就请走了几尊财神，也不能随便扔了或是给人。有的寺庙、道观里收神位，家里不想供了可以请到庙堂里，那地方有专门的人替你供养，当然前提条件是得给够了钱。

从那以后，我们公司就太平多了，大伙儿都能安心做事了。我寻思不管这位老先生看得准不准，至少给了我们一种心理暗示。心里的烦躁平静下来，事情就能随之变得顺利，也就是所谓的"心安稳处身安稳"。最后顺便提一句，可能有些朋友认为武财神是关公，其实关公是民间的武财神。正式的神位，要从武王伐纣斩将封神开始算。

第三章 我的邻居是妖怪（上·韦陀庙）

一

　　我上中学的时候，每个暑假都寄住在亲戚家，今天就想给大伙儿讲讲这段经历。虽然时隔多年，但是为了避免给当事人找麻烦，我还是不用具体的地名了。

　　话说这地方，是位于天津老城区的一个大杂院。旧天津有个特点，就是庵多庙多。另外因为有很多租借地，所以教堂也多，天主教堂、基督教堂都有，现在也保留下来不少。但是庵庙宫观留存至今的不过十之一二，仅从地名上还能找到些踪迹，像什么达摩庵、如意庵、慈惠寺、挂甲寺、韦陀庙之类的，多得简直数不过来。我住的那个大院叫白家大院，以前就曾供过韦陀。

　　可能有人知道天津有条胡同叫"韦陀庙"，但是我已经说了，这次讲的地名都是编的，因此并不是特指韦陀庙那条胡同，解放前城里供韦陀的地方不止一个。因为人越来越多，白家大院里又起了一圈房子，也都住上人家了。如果看过冯巩演的电影《没事偷着乐》，就知道那是什么样的居住条件了。

大杂院就是这么挤，家家户户都是一间房子半间床，另外半间功能特别多，可以是厨房、茅房加客厅，各家门口还要盖个小屋，用来放蜂窝煤和白菜，到处都堆满了东西。巴掌大的地方住十几户人家，好处是邻里关系很近，有什么需要帮忙的不必发愁；坏处是哪家吃什么喝什么，都躲不开邻居的眼睛，不太容易有隐私。

那时候没有空调，一到夏天的晚上，大杂院里的男女老少都习惯出来纳凉，搬着板凳马扎卷着凉席，坐在胡同或者院子里。有下棋打牌的，凑到一起闲聊的尤其多。哪家有个什么大事小情，甭管真的假的，都容易变成茶余饭后的谈资，当时我就是这么听了几件发生在白家大院里的怪事。

我听过印象比较深的几件事，其一是解放军进城的前一天，早上天刚亮，就有人看见在这院里有老鼠搬家，大大小小的老鼠过街时，把整条胡同都铺满了。住户们都没想到这儿有这么多耗子，那些上岁数的人愿意说这是要改朝换代，仙家都出去避乱了。我觉得也可能是打炮吓的，发大水那年同样出过类似的事。

白家大院资格最老的住户，是住在院子最里面的一家。这家不姓白，两口子三十多岁不到四十，都是老实巴交的人，单位效益不景气，没班可上也不发工资，平时就在家待着什么都不干。男的我们叫他二大爷，哪个大杂院里都有这类称呼，显得邻居跟亲戚似的；他媳妇我们随着叫二大娘，这女的就不是个凡人。

我那时候还小，不懂事，不太喜欢二大娘，因为她是院子里最闲的人，长得特像某高音通俗歌星。一米五出头的身高，脖子、脑袋一般粗，满头乱蓬蓬的短发，小鼻子、小眼睛，架副黑框的深度近视眼镜。一开门就能看见她背着手在院子里转悠，到谁家里坐下就不走，所以我们院里的小孩儿都给她起了个外号，叫"大座钟"。

据说整个白家大院，以前都是二大娘姨奶奶家的祖业。那个老太太生前很迷信，供养着宅仙，能算命会看相，说谁家要倒霉了，谁家就一定出事。她死后还没出殡，尸体停在这院儿的某间房子里，夜里接连不断有黄鼠狼过来对着棺材磕头作揖。这事很多人说得有鼻子有眼，可他们都没亲眼看见过。

这些事大多是街头巷尾的传闻，大家全是在夏天乘凉的时候听胡同里上岁数的人讲的，能有多少真实成分确实很难说，不过这家老辈儿非常迷信应该不假。大座钟每天到处串门子，也许她就是在家闲的，说起东家长李家短来，那嘴皮子快得赛过刀，该说的、不该说的都往外掏，据我所知，也真说准过好几回。

可能因为街坊邻居觉得大座钟嘴太碎，说好事没有，说坏事一说一个准，加上这家老辈儿特别迷信的传言，所以谁都不愿意把她往家里招。有一天晚上我去录像厅看了场录像，回来的时候抄近道路过后院，瞧见她一个人对着墙站着，嘴里咕咕哝哝，不知说着什么，不时还嘿嘿冷笑几声。我吓得够呛，招呼也没打就跑过去了。

然后一连好几天，都没看见大座钟出过屋。听邻居讲，她是跟某嫂子因为点儿小事矫情起来了，那位嘴底下也不饶人，说了些过分的话，所以在生闷气。我听说后院那堵墙，以前是韦陀庙里的神位旧址，平时去那儿玩也特意看过，就觉得二大娘那天半夜里是在跟韦陀说话，也许那地方真有什么特别之处。

事后我听说，这个大座钟确实是脑子不正常，有精神病，一直在家吃药控制着，平时跟好人一样，受点儿刺激就闷声不说话了，或者说是不跟人说话，总是晚上对着后院的墙自言自语，回到家就把她闺女的娃娃摆桌子上，点起几根香转圈熏，对着娃娃不停地磕头。没人知道她这是在干什么，但周围肯定有人要出事了。

以前道门里有种邪法，天天磕头能把活人的元神拜散了，大座钟会不会这些东西我不清楚。不管是不是心理作用，任谁知道了自己被她天天这么拜也受不了。难免就让人疑心起跟大座钟发生口角的那位，后来听说某嫂子浑身疼，躺床上病了好长时间才逐渐好转。第二年夏天我再去的时候，就听说这个人得了红斑狼疮，已经没了。

二

白家大院里的二大娘，经常一个人对着后墙嘀咕，还在屋里关上门窗给娃娃磕头。她这些反常的行为，周围邻居大多知道，可要说恨上谁就躲在家里磕头，就能要人命，这是没人知道的，甚至没人觉得某嫂子得红斑狼疮去世，跟大座钟磕头有关系。只有我偶然冒出过这个念头，因为那时候我每天中午都听评书。

那时每天中午从一点开始，电台里能收听到廊坊人民广播电台的中长书连续播讲节目。放暑假时正好在播袁阔成先生讲《封神传》，我上初中的时候听这个听得特入迷。除了单田芳先生的白眉大侠，我最爱听的就是神册子和钻天儿，就是听了《封神传》，我才知道原来在家磕头也能要人性命。

我听《封神传》里提到一个特别厉害的老道叫陆压，这人是个没来历的散仙。他有个"斩仙葫芦"，能从中射出一线毫光。里面有一物，长约七寸，有眉有目，不管照到什么神仙鬼怪身上，只要陆压一念"请宝贝转身"，但见那道白光一转，对方就已经身首异处了。

陆压还有个法术，传给姜子牙了，这法术叫"钉头七箭"。在寨子里扎个草人，把敌营主将的姓名和生辰八字写到上面，草人头上脚下各点一盏灯，每天作法，早中晚各拜一次，一连二十几天，就能够把那个人的三魂七魄给拜散了，再拿箭射草人，本主便会流血。

我对那个斩仙葫芦向往已久，很想知道葫芦里有眉有目的东西到底是个什么，所以每次听到陆压出场就格外认真。有一回听到"钉头七箭"这段书，冷不丁想起我们院儿的大座钟，三伏天竟突然有种脊背发冷的感觉。至于五行道术里有这种邪法的记载，是我好些年之后才知道的。

此外民间还有种说法，普通人经不住拜，被拜得多了肯定要折寿，但这都是没根据的事。谁都无法证明邻居某嫂子的死亡和二大娘有关，也许仅仅是巧合而已。毕竟是人命关天，我从来没跟别人提起过，现在说出来只当是个故事。往下我就说说第二年在白家大院过暑假的遭遇，如今想起来还觉得后怕。

那年夏天，白天大人们都去上班了，院子里就剩下一些老头儿老太太，中午都在屋里睡觉。我到后院树底下，拿粘杆粘知了。外院有小姐儿俩，大娟子和小娟子，一个上初中，一个上小学，因为后院有树荫，就搬着小板凳坐那儿写作业。寒暑假作业之类的，我从来没写过。我捡到只死蝉吓唬她们，没注意到二大娘就在后面。

中午一点多，胡同里没闲人，大座钟溜达到后院，跟我们没话找话地瞎聊。一会儿说伸进院墙的这树怎么怎么回事，一会儿又说这道墙以前是间屋子，就是白家大院以前的样子，然后就给我们讲她小时候在这院子里的事。说的是她姨奶奶还是姨姥姥我记不住了，反正就是以前特别迷信的那个老太太，说这老太太是怎么死的。

大座钟说白家大院是由韦陀庙改建而成的，当时这座庙非常灵验，香火很旺，所以老辈儿都信道，年年办道场，每回都有好多人来听道。那个不知是姨奶奶还是姨姥姥的老太太，以前最疼大座钟，觉得她是宅仙托生，经常换着样给她买好吃的。那时谁要敢说这孩子一个字的不好，老太太就会找上门去，把人家锅给砸了。

以前有的人家不养猫，那是怕伤了屋里的老鼠。谁家有黄鼠狼、刺猬、耗子之类，都被看成宅仙，不但不驱赶，逢年过节还要在墙角或房梁上摆点心上供。大座钟的活动范围不超过一两条胡同，国家大事一概不知，说起这些迷信的事却头头是道，当时我们听得还挺上瘾，很想知道她是哪路仙家投胎。

在后院听大座钟讲这些事，根本不觉得可怕，我也没太认真。晚上大娟子让她奶奶揍了一顿，我问怎么回事，原来大娟子回去把听来的事跟她奶奶说了。她奶奶说那个老太太解放前就死了，大座钟根本没见过老太太的面，怎么可能整天带她到处玩还给买吃的？听完这话后，我做了一宿的噩梦。

这事有两种可能，一种可能是那老太太闹鬼，显了魂来看大座钟；还有一种可能是大座钟的妄想。当时我根本没有什么妄想症之类的概念，那会儿听都没听过这个词，搁现在让我说我还是不敢断言，因为这件事不算完，还有后话。

三

记得在后院粘知了的时候，大座钟告诉我和大娟子、小娟子，以前这里是韦陀庙，而老树的年代要比韦陀庙早得多，更早于白家大院。那棵老树里住着仙家，我理解那是某种有灵性的动物，究竟是什么她没说。庙里的人想把这东西赶走，结果引起一场大火，把韦陀庙烧没了。后来才起了宅子，也就是白家大院，解放后逐渐变成了有很多居民的大杂院。

在我的印象中，周围有很多上岁数的人，对这院子以前的情况，知道得都不如大座钟清楚。听了大娟子奶奶的话，我觉得应该是那个老太太的鬼魂告诉给她的，反正把我们吓得不轻，以为大座钟就是在韦陀庙的老树里住了很多年的东西，最后托生成人了。

如今我也不认为这完全是大座钟脑子有问题，至于原因，说到最后各位就明白了。不过当时我和院儿里大多数人一样，一度认为大座钟脑子有问题，因为我们都看见过二大爷给她买药，所以我除了觉得她可怕之外，还有点儿同情，有时候在后院遇上了，也会听她讲一些不知所云的事。

我渐渐发现大座钟特别喜欢吃鸡，哪家炖鸡她就站到门口，踮着脚闻香味。都是街坊邻里，谁好意思不问一句二大娘吃了吗，只要一接上话，她就往人家屋里走，非把鸡蹭到嘴不可，每次都把鸡骨头啃得干干净净，也常让二大爷到市场上，买最便宜的鸡架子给她吃。另外谁家丢了东西，她多半都能帮忙找着。

那片平房在 20 世纪 90 年代中期就全拆了，所以我只在那儿过了三个暑假，最后一个暑假，见到一件不可思议的事。二大爷是东北人，当时带着孩子回老家探亲去了，家里就剩下大座钟一个人。那天我在院子门口，看见大座钟哼着曲儿从外边回来，手里大包小包的买了不少东西，都是新衣服新鞋。

住过大杂院的可能都了解，胡同里闲人太多了，尤其是那些家庭妇女，每天嗑着瓜子盯着进来出去的这些人，谁买的什么菜都逃不过她们的眼。虽然大多是热心肠，但也有些是气人有笑人无，不如她的她笑话你，超过她了又招她恨。妇女们看见大座钟买了新衣服，都觉得很奇怪和异常气愤。

大座钟家里经济条件不好，平时都是省吃俭用，每年春节至多给孩子添身新衣服，两口子多少年来只穿旧衣服，连双不露窟窿的囫囵袜子都没有。妇女们羡慕嫉妒恨，于是向大座钟打听，问为什么买新衣服新鞋，是发财了还是不打算过了。大座钟当时显得挺高兴，说过两天老太太就来接她，要走了。

院里的人不敢问得太多，主要是都知道大座钟脑子有毛病，万一说了犯忌讳的话把她惹着，不知会干出什么事来，谁也担不起那份责任，闲人们更愿意隔岸观火，躲在一旁看笑话。至于大座钟说的她家老太太的鬼魂告诉她，过两天就要走了，那时是没有一个人相信的，怎么走？是死了还是直接飞到天上去？

　　那天晚上，还和往常一样，大伙儿都坐到胡同里乘凉吃晚饭。大座钟自己在家吃捞面，按老例儿出门前都要吃面条，图个顺顺利利。她换上新衣服新鞋，但没出门，而是回到屋里把门反锁了，窗帘都拉得严严实实，屋里就再也没动静了。邻居里有上岁数的心眼儿好，怕她犯了病要出事，主张过去敲敲门问一声。

　　夏天的晚上很闷热，哪有人把自己关在门窗紧闭的屋里，又黑着灯，憋不死也得中暑。可院子里的街坊们，大多不愿意找麻烦，担心大座钟犯起病来不好对付，十点过后就陆续去睡觉了。到了十二点前后，大娟子的奶奶不放心，过来敲了半天门，可那屋里黑灯瞎火的，一点儿动静都没有。

　　那时院子里的人都揪着个心，觉得没准儿是大座钟又受了什么刺激，一时想不开，在自己屋里上吊了，顾不上叫民警，赶紧把门撞开了。进去拉开灯一看，那屋里收拾得整整齐齐，床上的被子都叠着，根本就没个人影。新衣服新鞋也都不见了，只有桌上摆着一张大照片，就是那种黑白的死人遗像。

　　那张遗像就是大座钟的照片，不知道是什么时候拍的，自己把自己供上了。当时大娟子的奶奶也进了屋，吓得差点儿没瘫了。有胆大的看后窗户没关，到后院看见大座钟穿着新衣新鞋，倒在韦陀庙旧墙底下不省人事。

　　大座钟醒过来之后，就再也没犯过精神病，人变得木讷呆板，眼里那挺邪挺贼的光不见了，再没说过那些不知所云的怪话，和以前完全不像一个人了。问她是怎么回事也说不知道，就好像这人身上的魂少了一部分。很快那片平房就开始拆迁改造，白家大院以前的老树和韦陀庙的旧墙全没了。

那片平房大杂院，现如今都变成了高楼。很少有回迁的住户，以前的邻居们全搬走了，很少有机会再遇到。2000 年春节，我去亲戚家拜年，听说大座钟两口子用拆迁款，又借了些钱买了套房，搬到了外环线附近；没住两年，那边又拆迁，只好第二次搬家。从此就没了消息，也不知道后来怎么样了。

一

我记得很清楚，那是 2006 年 3 月份，我到河西小海地附近吃饭，在饭馆里凑巧遇上了大娟子和小娟子姐儿俩。一晃十来年没见，没想到还能遇上，提起小时候的事，真是有聊不完的话题。以前大杂院里的人们，都管这姐儿俩的奶奶叫刘奶奶，我就记得刘奶奶以前特别照顾我，一问这老太太还在，今年七十多不到八十。当时因为要赶时间，没顾得上跟她们多聊，我们互相留了电话号码，约好了过几天去看看刘奶奶，我由此了解了大座钟家拆迁之后发生的一些怪事。

我提前给小娟子打了电话，定好时间去看望老邻居刘奶奶，当然不能空手去。我知道刘奶奶以前特别喜欢吃祥德斋的麒麟酥。老天津卫点心铺做的麒麟酥，和北京的完全不一样，看着没区别，味道和做法可差太多了。祥德斋是天津的百年老字号，专门做各式点心，像什么大八件、小八件、萨其马、江米条、槽子糕、蜜饯元宵……种类之多说也说不过来。旧社会那老点心铺，会把卖剩下的各种点心渣子，全部集中起来，放在一起拿蜜糖裹住，放到油锅里炸一遍，然后蘸上一层白霜般的砂糖，这种点心就叫麒麟酥。上年纪的老人非常爱吃这口，近些年却没有了，可能是因为现在生活条件好了，祥德斋、桂顺斋这些老字号也往高端高档上发展了，没人再用剩下的点心渣子做麒麟酥了。如今的麒麟酥都是单独做的，再没有以前的老味儿了。恰好我认识点心铺的一位老师傅，他手艺精湛，退休后仍自己制作这类点心，我特意跑到他那儿买了两盒，转天给刘奶奶拎了过去。

刘奶奶那天很高兴，让大娟子和小娟子包饺子，非留我吃晚饭不可。我坐在那儿跟她们聊天，无非是说说大杂院拆迁后各家的情况，要说远亲不如近邻，还是老街坊老邻居的情分深。虽然我只是因为亲戚住在白家大院，每年放暑假时才去那儿借住，但隔了这么多年没见，一点儿都不生分，大娟子和小娟子都跟我亲妹妹似的。话赶话就说到二大娘家的事了。

大座钟当年在白家大院，乃至整条韦陀庙胡同，可是很有名的。她脑子出了问题之后，整个人就变得寡言少语了。听说白家大院拆迁后，大座钟家搬到了外环线附近，过了没多久，又赶上拆迁，再往后就没消息了。这次来探望刘奶奶，我才得知大座钟最后搬到了北辰区果园新村附近，再往西走就是北仓火葬场了。

天津市内总共有六个区：河东、河西、河北、红桥、和平、南开。俗话说"穷河东富河西，砸锅卖铁红桥区"，怎么讲呢？天津卫历来是南富北穷、东贱西贵。以前河东区是贫民区；和平区属于商业区，租借地、小洋楼很多，寸土寸金的地方，条件当然不差；南开区是学院区，有名的天津大学、南开大学等学校都集中在南开区；河北区老厂子最多，属于工业区；河西区富是因为很多机关干部在河西住，那一带非富即贵；红桥区那边平民百姓集中，旧时形容是"砸锅卖铁红桥区"。后来又扩建了四个区，分别是北辰、东丽、西青、津南。北辰区处在红桥区西北的位置，这一二十年也建起了很多大型居民区，老城里拆迁以来，有很多居民搬到了那边。大座钟二次搬家，住的地方离刘奶奶家不远，两家又做了邻居，经常走动串门，所以刘奶奶和大小娟子姐儿俩，对大座钟家这些年发生的事一清二楚。趁晚上包饺子吃饭这段时间给我这么一讲，我听得是毛骨悚然。

据刘奶奶说，老城里全面改造，韦陀庙白家大院拆迁，大座钟二次搬家，住到了北辰区的一片居民楼里，位置相对偏僻，家境大不如前，当然以前他们家里的条件也好不到哪儿去。二大娘一直没收入，二大爷单位不景气，可到月还能发点儿基本工资。搬家之后，二大爷工作的国营工厂倒闭了，厂里把地卖给了房地产开发商，得了笔钱给大伙儿一分，工人们就全体下岗。分到的这点儿钱和老房子拆迁款，经过两次搬家这一通折腾，花得分文不剩。两口子带个孩子，那是个叫小红的胖丫头，小红长得随她娘，刚上小学，也正是用钱的时候，二大爷愁得头发都白了。家里没什么亲戚朋友，就是那些街坊邻居，各家各户的条件都差不多，好话说尽东拼西凑，总算凑够一笔钱，在北辰区果园新村那边安了家。在这里住下来后，二大爷渐渐发现了一个可怕的真相——大座钟根本不是活人。

说到这儿，大伙儿可能不信，不是活人还是死人？死人还能大白天出门，从老城里搬到果园新村？您先别急，这件事得慢慢往下说。二大爷一家三口在北辰安了家，这安家之后得过日子啊，柴米油盐煤水电，哪样都需要用钱。二大爷天生老实，胆子也小，见到生人张不开嘴，但凡事都是没逼到那个份儿上。生活所迫，那年冬天只好到街上摆摊做点儿小买卖，就是推辆小三轮车到马路边上，卖一些手套、护膝、口罩之类的东西，一天赚个十块八块，刚够维持生计。事非经过不知难，今天不出摊儿，也许明天就没米下锅了，常言道救急不救穷，过日子指望不上别人。别看二大爷以前也穷，但那时候好歹有个单位，每天晃晃悠悠到厂里，吃套煎饼馃子喝点儿茶，看看报纸打打扑克，这一天的工资就算混下来了，那大锅饭把人都养废了。现如今没办法了，不管外边是多冷的天，冻得狗龇牙，也得顶风冒雪出去摆摊，自己想起这些糟心的事，时常一个人偷着抹眼泪。

二大爷经常到刘奶奶家串门，也愿意跟刘奶奶诉诉苦，因为白家大院的刘奶奶不是外人，是看着二大爷从小长起来的长辈，就跟二大爷自己的老家儿差不多。刘奶奶的儿子在外地工作，身边只有大娟子和小娟子两个孙女。上岁数的人隔三岔五难免有个头疼脑热，那年头打车可打不起，住处离二大爷家又很近，每回都是二大爷"吭哧吭哧"蹬着小三轮车，把刘奶奶送到医院里瞧病。

那一年春节刚过，大年初三，二大爷带着小红来给刘奶奶拜年。说完拜年的话，大娟子、小娟子两个姐姐，带着小红下楼去玩，刘奶奶让二大爷坐下聊会儿天。问起家里的情况，二大爷闷着头半天没言语，好像有些话想说又不敢说。

刘奶奶说："你跟我还有什么可隐瞒的，家里有什么难处？"

二大爷吞吞吐吐地告诉刘奶奶："不瞒您老，我觉得我家里有鬼……"

刘奶奶不信："好端端哪来的鬼啊，大过年的说这些晦气话，赶紧出门吐口唾沫。"

二大爷却不像在说笑，他讲起经过。原来自从老城里拆迁，韦陀庙白家大院彻底没了，大座钟就跟变了个人似的，变得沉默寡言，眼神也呆滞了，有时一整天都不说一句话，几乎很少出门。以前大座钟最喜欢串门扯闲篇，如今就跟换了个人似的，再也没犯过病，二大爷为此事还着实高兴了一阵子，但有些事瞒得了旁人，瞒不了天天在一张床上睡觉的枕边人。

二大爷有时莫名其妙地打冷战，总觉得二大娘有些地方不太对劲儿，可他这个人心眼儿比较实，这两年折腾搬家的事，还得每天出去做小买卖赚钱过日子，身子累心思也累，很多事顾不上多想，就暂时没往心里去。

这个春节之前，刚进腊月，二大爷就开始为过年的事发愁了。穷人过年如过关，一年到头再怎么节省，过年也得包饺子炖肉，走亲串友不得准备些点心水果吗？就算躲在家里不出门，大人再怎么都能凑合，孩子身上也省不了。买不起新外套，最起码得做身新裤子，要不然孩子过年还穿旧衣服，出门遇上同学多让人家笑话，可家里哪有钱啊？

二大爷正愁得想拿脑袋撞墙，二大娘突然开口说话了，数落二大爷死心眼儿，认准了手套、口罩，不知道想点儿别的办法。那时过年，家家户户屋里都挂塑料贴膜的年画，上面印着元宝、财神爷、人民币、美元、聚宝盆的图案，很俗气，但是红火喜庆又吉利。这种画全是在曹庄子那边批发来的，上点儿年画到马路边上卖，生意应该差不了。

二大爷脑子不活，也不会说话，根本不是做买卖的那块料，在马路边上摆摊是逼到这儿了没办法。经二大娘一提醒，才想到还真是这么回事，转天一大早"吭哧吭哧"蹬着小三轮车，跑到曹庄子上货。曹庄子就是现在植物园那一片，他批发了一些年画回来卖，摆到地上颜色鲜艳抢眼，远远地看着就很吸引人，一天下来果然卖出去不少，比卖手套、口罩强多了。

二大爷在腊月里，通过卖年画赚了些钱，过这个年是不用发愁了。腊月二十八那天把剩下的年画都卖光了，就收拾东西回家，炖了个肘子，喝了两杯小酒。他酒量浅，以往很少喝酒，那天因为高兴，自斟自饮多喝了几盅，头昏脑涨地就睡下去了。半夜醒了酒，迷迷糊糊地睁开眼，猛然发现躺在身边的不是二大娘，脸长什么样虽然看不清楚，但肯定不是自己的媳妇。

二

二大爷跟二大娘还真有夫妻相，他也是小眯缝眼，个儿不高，胖墩墩的"五短"身材——两条胳膊、两条大腿外加脖子，这五样都短，是为"五短"。他脑袋、脖子一边粗，脸上架着深度近视眼镜，总得往上推镜架，要不然就顺着鼻子往下溜，说话高嗓门儿，跟踩着鸡脖子似的。小时候我们那些孩子不懂事，总开玩笑说，二大爷年轻时一定是一部电影的男主角，这部电影是捷克斯洛伐克拍摄的动画片《鼹鼠的故事》。

那天晚上临睡觉，二大爷喝多了，顺手把眼镜放在了枕头边上，半夜十二点来钟，酒劲儿过去醒转过来，刚一翻身想接着睡，忽然发现睡在旁边的不是二大娘。他俩眼近视，在不戴眼镜的情况下，白天看东西都模糊。深更半夜屋里黑着灯，家里住楼房，两口子的床挨着窗户，外面不知是路灯还是月光，透过窗帘照进来，就这么点儿亮，他那眼神当然看不清东西了，但还是能够瞧出身边这个人的轮廓，绝对不是二大娘。大座钟那体形非常有特点，更何况老夫老妻，在一张床上睡多少年了，眼神再不济也不会认错。

二大爷心里一紧，脑子里首先想到的是自己喝酒喝糊涂了，半夜进错屋，睡到了隔壁邻居的床上，当时没敢吱声。不过自己家可认不错，别人家总不能也是一样的床单，一样的墙壁，问题是自己既然没上错床，那床上这女的怎么会不是大座钟呢？

这个念头转过来，也就是一瞬间的工夫，他想看看身边这女的到底是谁，虽然黑灯瞎火的看不清脸，可二大爷觉得这个女人以前在哪儿见过，身形轮廓有几分眼熟，只是脑子里卡壳，一时半会儿想不起来是谁。想到这儿又是一愣，不等回过神来，就见身边那个女人突然睁开了眼，目光阴森，带着一种形容不出来的鬼气。二大爷立时感到一阵寒意，从毛孔透进骨头缝里，那感觉像被梦魇住了，心里明白，身上却动弹不得，最后一下子惊醒过来。一看天都亮了，自己躺在床上，满身的冷汗，大座钟早已经起来了，正在屋里给孩子穿衣服。

二大爷越想越怕，不知道半夜里看见的是真事还是噩梦，以为这屋里边有鬼，没敢把这件事告诉二大娘。转眼过了除夕、春节，初三这天，二大爷带着孩子过来给刘奶奶拜年，把那天晚上的事说了一遍。您瞧刚搬过来不到半年，这就住不安稳了。

刘奶奶一开始没把这些话当回事，觉得二大爷胆小多疑，果园新村靠近北仓礼堂这片房，都是新盖的居民楼，以前没住过人，不可能是凶宅，哪儿来的鬼？说他就是那天卖东西累了，晚上到家睡觉做了一场噩梦。

二大爷听了刘奶奶的话，心里踏实多了，也确实是这么回事。果园新村这边的房子都是新楼，以前虽是荒郊野外，但随着城区扩建，坟地全部迁走铲平了。城郊这种情况非常普遍，要说先前的坟地盖楼都闹鬼，那就没有活人住的地方了。可他当时忽略了一件很重要的事，屋里那个女人为什么让他感觉眼熟，他也不是没发觉家里那些反常的地方，只是因为胆小怯懦，不敢再多想了。

春节从腊月到正月，每一天都有讲究，天津这边民俗尤重，要过完正月十五，才算把年过完。旧时正月里没有做买卖的，所有店铺摊位一概歇业，外地那些务工的人也都回乡过年了，街上连卖早点的都没有，所以那时候过春节要准备很多年货，这是老皇历了。到了20世纪90年代那会儿，一般过了初五（破五之后），该上班的就都上班了。二大爷年前卖的年画，过完春节就没人买这种东西了，没办法只得又卖口罩。他这人很内向，拿刘奶奶的话讲就是没嘴的葫芦，有主顾来挑东西，也不会主动跟人家打招呼，不懂死店活人开的道理，心里只盼着这一年赶紧过去，到年底就又可以卖年画赚点儿钱了。整天就这么混日子，生意自然是越做越回去，收入一天不如一天，没多久手里就没钱了。眼瞅着孩子开学要交各种各样的费用，困难家庭有减免，只是校服的钱不能省，瞪眼拿不出这点儿钱来，二大爷愁得恨不得拿脑袋撞墙。

到了这个地步，无奈只好找亲戚朋友借钱去了，可借钱也不那么容易，且不说有没有人愿意借，首先就张不开嘴，所以有那么句老话，说是"上山擒虎易，开口告人难"。二大爷想来想去没办法了，打算厚着脸皮去刘奶奶家拆兑一点儿，去年从人家那儿借了三百块钱还没还呢，毕竟刘奶奶也不富裕，但只要开了口，想必能借出来。心里想去借钱，却拉不下脸。这天正犹豫着要不要去，一看孩子放学回来穿着新校服，二大爷心里奇怪，学校又有新政策了，家庭困难就白发一套校服？一问孩子得知不是那么回事，校服的钱已经交了，是二大娘给的钱。二大爷更纳闷儿了，家里这点儿钱都是有数的，二大娘哪来的钱？莫非趁我不在家勾汉子？又一想不能够，凭二大娘这条件，倒找钱也没人愿意来，那这钱是怎么回事？

住白家大院的时候，那会儿的二大娘还神神道道的，没事就在家里烧香烧纸，冲着布娃娃磕头下拜，那也没见她能变出钱来，许是找人借来的？但是大座钟娘家早就没亲戚了，普通的街坊邻居，只不过是点头之交，谁能把钱借给她？要说去偷去抢，二大娘也绝没那份胆量，她这钱到底是哪儿来的？

二大爷发现给孩子买校服的钱来路不明，晚上吃完饭就问二大娘。二大娘说钱是给邻居帮忙赚的，二大爷一听放心了。他知道二大娘没什么手艺，连缝纫机都不会用，但这段时间脑子清楚多了，在家里也能洗衣服做饭，帮邻居干些活赚点儿钱贴补家用，也是合情合理。二大爷心里挺高兴，两口子都赚钱，这日子就能越过越好了，当时没再继续追问，后来才逐渐从街坊邻居口中得知二大娘这钱是怎么来的。

原来二大爷每天早出晚归，孩子也出去上学，只有二大娘一个人在家。她家住三楼，头几天一楼有户邻居办白事——娶媳妇属于红事，死人出殡叫白事——楼门口贴上了门报，拿白纸写着"恕报不周"四个大字，落款是某宅之丧，意思是家里有亲人故去，朋友邻居亲戚众多，万一通知不过来，请各位多担待。天津有这种风俗，不光是亲友同事来送花圈，楼里的邻居，凡是认识的，也得随份子，给点儿钱买个花圈什么的。家里设了灵位，摆上遗像，有全都懂的"大了"在那儿招呼着，死者为大，来吊唁的人都先到遗像前三叩首。

二大娘搬过来之后，已经不再整天把自己闷在屋里了，也出来走动，和街坊邻居都认识了。得知一楼这家出殡，她跟二大爷也随了二十块份子钱，钱虽然不多，但是心意到了。不仅给钱，还跟着帮忙。办白事一般都要在楼前搭个大棚，请和尚、居士在那儿念经超度，那户人家桌椅板凳不够，二大娘就从自己家里拿来。前来吊唁的人很多，她白天帮着烧水沏茶、迎来送往，晚上还帮主家做饭，她看出这户人家里并不太平。

这家死的是个老头儿，整个一大家子的户主。这老头儿观念非常守旧，生前喜欢藏东西，有了钱不往银行存，拿个装饼干的铁盒子，把钱卷成一卷一卷的，连同房本、户口本等都塞进铁盒子里，用油布裹了两层，然后东掖西藏，有时候自己都忘了放到哪儿了。

这回走得又很突然，没来得及把话交代给儿孙们，导致几个儿子和儿媳妇为此吵了起来，都以为老爷子把房本和存折偷着给了谁。结果那边尸骨未寒，这边打得头破血流，除非能把那铁盒子找出来，否则这场家庭纠纷很难收场。问题是老头儿死了，从死人嘴里问不出话，谁也不知道他把那铁盒子藏哪儿了，屋里屋外翻了个底朝天也没找到。

二大娘看不过眼了，将本家的大儿子叫出来，声称她知道铁盒子放在哪儿了。大儿子听罢愣在当场，上上下下打量二大娘一番，心想，我们家老爷子没有白内障啊，怎么能看上大座钟这样的？不过也备不住老爷子偷着放铁盒子的时候，让邻居瞧见了。

二大娘说看倒是没看见，但这件事我可以直接问问你们家老爷子，他自己把铁盒子放在哪儿，他本人最清楚不过了，可今天问不了，得等到头七晚上才能见着老头儿。

大儿子听得身上直起鸡皮疙瘩，他听说过有"走无常"的事，就是某人能魂灵出窍去往阴间，如果谁家有人去世，家里人不放心就托付会走无常的，到下面去看看，给死者捎个话带个信。他真没看出来二大娘能走无常，心里半信半疑，但也是没招了，就跟家人商量了一下，赶头七那天夜里，请大座钟来到家中，问问这老头儿的阴魂，究竟把放钱的铁盒子藏到哪儿了。

三

所谓走无常，即生人走阴，活人魂魄深夜出来，能跟阴间之鬼交谈，再把看到、听到的事情带回阳间。以前迷信风气重，这种事情很多，一般走无常、跳大神的都是农村老太太，反正是有的准有的不准，以骗取钱财的居多。

这户办白事的人家，出于万般无奈，决定让大座钟去问问那老头儿的鬼魂，把装着钱和房本的铁盒子藏到哪儿了。按照民间风俗，人死之后第七天为头七，这是死人鬼魂回家的时候，到那天要备下一顿好饭，然后家里男女老少全部回避，天黑后立刻睡觉，睡不着也得在被窝里躲着，别让鬼看见。这风俗不同地区间也存在很多差异，咱在这儿就不细说了。

头七这天，天刚一擦黑儿，二大娘就把这户里的人们都打发出去了，她自己也没进屋，回到自家睡觉，说要是不出岔子，明天一早准有结果，大伙儿只好回去等着。天亮之后，二大娘跟人家说问来地方了，铁盒子是埋在一个种石榴的花盆里。家中果然有这么个花盆，拔出枯死的石榴树一看，那铁盒子真就埋在底下的泥土中。老头儿攒的钱和房本、户口本、国库券，一样不少全在里面。

这家人又是吃惊又是感谢，拿了几百块钱答谢大座钟。从这儿起，大座钟能走无常的事就传开了，经常有人过来请她帮忙。您别看人死如灯灭，可活人跟死人之间往往好多事需要解决。大座钟也不是什么活都接，她不想接的给再多钱也没用，一个月走这么两三趟，就不用发愁没钱过日子了。

二大爷最初觉得这么做不太妥当，一是走无常实在有点儿吓人，二是指不定哪天就得让人举报了。但人穷志短，有这来钱的道为什么不走，索性睁一只眼闭一只眼，全当不知道有这么回事。偶尔有邻居说闲话他也不理，不过这是街坊邻居们的妄自推测，二大爷是没嘴的葫芦，心里有事很少往外说，没人知道他真正是怎么想的。

二大爷跟刘奶奶两家住得很近，天底下没有不透风的墙，刘奶奶当然也听说了这些事。这天二大爷又带着闺女到刘奶奶家串门，刘奶奶一见他就说："二喜啊……"二大爷小名叫二喜，别看他自己的孩子都上小学了，但到老辈儿人嘴里，总是招呼小名。刘奶奶说：

"二喜，有些话我得跟你念叨念叨。"二大爷说："您说您说，我听着。"

刘奶奶便说起早年间亲眼见过的走无常的事，那是活人走阴，一个人的魂魄离了身躯往阴间走，没有比这个再险恶的事了，谁知道会在下面碰上什么东西。听说有些投不了胎的孤魂野鬼，专等着活人魂魄出壳，它们好趁机附在这个肉身上，那么走无常的那个人，可就再也回不来了。你贪图这点儿钱，让你媳妇走无常，等出了事再后悔可就晚了。

二大爷听完刘奶奶这番话，支支吾吾，不置可否，既不点头也不摇头，但是脸色很难看。

刘奶奶看出来二大爷好像有些话不敢说，她知道这个人平时就窝囊，三棍子打不出一个屁来，就说："忠言逆耳利于行，良药苦口利于病。总之该说的话，我这做老辈儿的也都说到了，你就自己好自为之吧。"

二大爷仍不说话，两只小眯缝眼在眼镜片后头来回转。刘奶奶也看不出来他心里在想什么，也就懒得再管他了。后来刘奶奶听大娟子和小娟子说，她们姐儿俩跟小红玩的时候，常看小红打寒战，两眼直勾勾的，像是被什么东西给吓着了一样。

大娟子和小娟子是亲姐儿俩，长得都挺清秀，但性格不太一样。小娟子文静，大娟子的脾气则从小就跟炝红辣椒似的，遇事敢出头，眼里揉不得沙子，以为小红让学校里的同学欺负了，当时就要找对方评理去，还好小娟子知道应先问清楚到底怎么回事。小红上小学二年级，是个小胖丫头，外貌、性格都随她爹妈，也不太喜欢说话，别人问一般问不出来，可她愿意跟这俩姐姐说。但她年纪小，根本说不清楚，大概意思就是说她害怕，家里的妈妈不是妈妈。

大娟子嘴快，立刻把这事跟刘奶奶说了，刘奶奶摇头叹气："这一家子都是什么人哪？这孩子跟大座钟就像一个模子里抠出来的，哪能不是她亲娘？不过也别怪孩子，大座钟当初在白家大院犯了场大病，从那开始就跟变了个人似的，整天把自己闷在家里不出屋，最近这一年多才好转……"

这事过去没多久，忽然传来一个噩耗。那天早上二大爷蹬着小三轮车去进货，可能脑子里想着事，不知不觉骑到了机动车道上。外环线净是拉煤的大货车，开得飞快，把二大爷连同那辆小三轮挂倒，连人带车掉进沟里死于非命了。

刘奶奶得知这个消息，带着大娟子和小娟子到二大爷家帮忙主持后事。别看两家离得近，刘奶奶腿脚不便，一直没来过二大爷家。老太太一进门抱住小红就哭，说闺女命太苦了，心肝宝贝儿一通疼。这时大座钟出来了，也在那儿干号了几声，随后把刘奶奶让到屋里坐下。刘奶奶搬家后始终没再见过大座钟，这次在二大爷灵前见着了，老太太仔细看了看她，心里顿时一哆嗦。

刘奶奶叫大娟子给了份子钱，跟大座钟一句话都不说，也没多待，很快就起身回家了。大娟子心里挺奇怪，问奶奶怎么回事，二大爷家里出了这么大的事，家里也没个主事的，您平时这么热心，这次怎么成用甩手掌柜什么都不管了？刘奶奶心里清楚，但当时没告诉大娟子，怕把她吓着。

听说二大爷的丧事过去之后，大座钟就带着小红再次搬家，没跟任何人打招呼，这次她搬到哪儿去了，真是没人知道了，从此也没再跟刘奶奶联系过。刘奶奶把整件事跟我念叨了一遍，可我没听太明白。刘奶奶为什么在灵堂前一看见大座钟立马扭头回家，莫非大座钟走无常的时候，真让什么东西给附身了？所以二大爷和他闺女都觉得这个人变了，却始终不敢说出来，因为真正的大座钟早就死了，如今的二大娘是外来的阴魂，但这不都是瞎猜的吗？刘奶奶也没开天目，能看出二大娘是人是鬼？

刘奶奶告诉我，这件事比我想象的还可怕，大座钟并没有在走无常的时候让孤魂野鬼附身，因为她早就是个鬼了。

为什么二大爷那天夜里起猛了，发现身边躺着的是另一个人，不是大座钟但还有点儿眼熟？其实这就是看见鬼了，他当时没想起来，但后来肯定想到那个女的是谁了，只是不敢把这件事给说破了。二大爷的闺女，那孩子年纪虽然小，但小孩儿眼净，大人看不见的东西她能看见，而且大座钟是她亲娘，这个"大座钟"瞒得住谁，也瞒不过家里人。

我胆子不算小，听到这儿也觉得头皮发麻了。如果大座钟不是以前白家大院的大座钟，那会是谁呢？

刘奶奶说："那天在二喜灵堂前，看到很久没见的大座钟，别看你刘奶奶这么大岁数，可一眼就看出这个人是谁了，但这件事没法儿当着外人说，说出去也不会有人相信。咱们都是老邻居老街坊，聊闲话聊到这儿，所以这话是哪说哪了。"

根据刘奶奶所言，韦陀庙白家大院没拆迁之前，大座钟脑子有点儿问题，总说她能见到早已去世的姨姥姥，后来有一天她突然说自己要走了，姨姥姥该来接她了。当天晚上一个人在家吃完捞面，换上新衣服新鞋，从后窗户跳出去倒在韦陀庙旧墙底下不省人事，被邻居们发现后救了回来，从此整个人性情大变，天天躲在屋里不出来。应该是在这个时候，大座钟就已经死了，取而代之的是这院子里的一个死鬼，它借大座钟的肉身还了阳，唯恐被人看破，所以不说话、不出屋。

我越听越是骇异，当年那个大杂院里有鬼？为何二大爷和刘奶奶都能认出这个鬼来？

刘奶奶说，以前大座钟就跟会妖法一样，谁得罪了她准倒霉。

有一次跟邻居一位姓王的嫂子，因为点儿鸡毛蒜皮的事吵了起来。那姓王的嫂子是舌头底下压死人的主儿，极是护短，能言快语，是个揽事的闲冤家，若相骂起来，一连骂上十日也不口干，更没半句重样的脏话。大座钟哪里骂得过人家，气得脸色发青，闷着头把自己关在屋里，又烧香又下拜，折腾个不停。那位王家嫂子没过多长时间，得了红斑狼疮一命呜呼了。刘奶奶在白家大院住了五六十年，对这些街坊邻居再熟悉不过，那天在灵堂前一看见大座钟，立刻就瞧出来了，这个女的外表看是大座钟，但那眼神举止，分明就是那位姓王的嫂子，也就是说王家嫂子阴魂不散，死后这口怨气还咽不下去，一直跟着大座钟。没想到大座钟那天晚上离魂走了，这个鬼就借尸还魂，冒充大座钟继续活了下来。至于大座钟本人的魂儿去哪了，是死了还是怎么回事，那是谁也说不清的事，总之现在这个"大座钟"，其实是别的东西借尸还魂。

这个借尸还魂的"大座钟"，在家里躲着不敢见人、不敢说话，只怕被人看破了，好在老城里很快拆迁进行平房改造了，搬到了新的居民楼里，周围没什么认识的人，她这才敢出门。大概也想把家庭维持下去，给二大爷出主意卖年画，大座钟本人四体不勤、五谷不分，哪懂得做买卖？二大爷应该也看出来了，但他胆小窝囊，大概是觉得跟谁过日子不是过，凑合活着就得了，所以到死都没说出来。大座钟在被老邻居刘奶奶看破真相之后，带着闺女再次搬家，继续过她的日子去了，刘奶奶也希望今生今世别再见到对方。

我不知刘奶奶说的这些事是不是真的，即便只是老太太的一面之词，当成一段故事来听，也是我听过的最惊悚的故事之一了。

第五章

表哥捡到的宝物

一

　　这次给大伙儿说说我家表哥的事，我这位表哥，小时候除了学习不好什么都好，长大了除了不会赚钱什么都会，先后捡到过几样稀奇古怪的东西，经历颇有些传奇色彩，说出来竟也抵得过一回评书。

　　表哥是我家的远房亲戚，比我大十几岁，我们平时接触不多，逢年过节才偶尔走动。小时候我常到他家玩，印象中表哥一直没找着合适的工作，从年轻时就待业，那时还叫"待业青年"，拿现在的词来说就是"啃老族"，做梦都想发财。

　　据说我表舅妈生他的时候，曾梦见一个黑脸大汉，穿得破破烂烂，看模样似乎是个要饭的。那大汉手里端着破碗，莽莽撞撞地闯进门来，表舅妈吃了一惊，随即从梦中醒转生下了这个孩子。不免疑心是前世欠了勾心债，如今有讨债之鬼上门投胎，可终究是亲生骨肉，因此仍是非常溺爱，跟我表舅老两口儿一辈子省吃俭用，把从牙缝儿里省下来的钱，都花在他身上了。

表哥家以前住在海光寺附近，现在海光寺家乐福那个十字路口整天堵车，是数得着的 CBD（车倍儿堵）地段。明清两朝时这地方属于南门外，不算城里，出了城门就是殿宇巍峨、宝刹庄严的普陀寺，民间俗称"葡萄寺"，康熙爷御笔亲题给更名为"海光寺"，经历过好几百年的沧桑岁月。

如今再去，可见不着海光寺了，就只剩下个地名。清末海光寺的原址就没了，后来日军侵华，海光寺一带是天津驻军的中枢，盖了好几栋大楼，那建筑多少都带着点儿大唐遗风。大楼具体是什么用途我不清楚，似乎是宪兵队营房或军医院一类的设施，反正楼盖得很结实，地基也深。解放后虽经过数次改造和翻修，但原貌还是保留了下来，到地下室还能看见日军留下的无线电屏蔽墙，以及储存弹药的防空洞。

1976 年唐山大地震，这边也受到了影响，那座大楼需要翻修。当时表哥还在上学，家里让他推着小车到工地上捡废砖头，留着用来盖小房。据他说施工的地方挖开了一条很深的大沟，两边堆着很多翻上来的烂砖头，随手捡了不少。那会儿天气正热，出了满身的臭汗，无意中摸到一块大砖，冰凉冰凉的，抱了一阵觉得很舒服，身上的暑热消了大半，也没想太多，扔到车上之后就回家吃饭去了。夜晚屋里闷得难受，翻来覆去睡不着，他想起那块特别凉的砖，于是捡出来放到床上搂着，拿他的话来形容，感觉像下火的天吃了冰镇西瓜一样。我表舅和表舅妈也觉得挺奇怪，所以这块砖头就一直放在屋里。

表舅经常吸烟，一天两包最便宜的劣质香烟，一到晚上就连咳带喘。有时贪图凉快，也把这块大砖头放到枕头底下垫着，转天醒来不能说咳嗽好了，但是痰明显少了，呼吸也觉畅快了。表舅逐渐想到是表哥捡来的砖头不太寻常，端详那形状，也有几分古怪。还是表舅妈最先发现这块砖很像一样东西，吓得我表舅赶紧把砖头给扔了。

表哥捡到的砖头，我并没有见过。听他家里人的描述，这块砖头的大小，与寻常的窑砖接近，形状不太规则，一头厚一头窄，外部裹着很厚的灰浆，里面质地滑腻，除去泥污看那形状轮廓，很像是一只大手，厚的那端是断开的手腕，窄的那端则是合拢的手指。

表舅和表舅妈心里直犯嘀咕，哪是什么砖头，分明是石俑的手，带着股阴气，又是从地里挖出来的，没准儿是哪座大坟里陪葬的东西，积年累月放在死人旁边，这么晦气的东西谁敢留在家里？所以让我表舅趁着天黑，远远地扔到卫津河里去了。

1976 年唐山大地震那会儿，"文化大革命"都还没结束，普通老百姓根本没有什么古董之类的概念，看见了也当四旧，最主要的是不想惹麻烦。直到很多年以后，得知这么一条消息。前清时英法联军打北京，屯兵在海光寺，当时寺庙还在。寺里有两件宝物，一个是千斤大铜钟，还有一个是康熙爷御赐供养的玉佛，打外邦进贡来的佛像，被视作镇寺之宝，许多年来香火极盛。寺里的和尚担心洋兵把玉佛抢走，狠下心将玉佛砸碎，埋到了地底下，从此就下落不明了。

海光寺一带没有古墓，表哥捡到的那只断手，很可能就是当年那尊玉佛的手。此后他从学校出来，先在糕点厂当学徒工，工作了没多长时间就不想干了，认为家里给找的工作不理想，又苦又累，工资也低，总有点儿自命不凡的感觉。奈何志大才疏，要文化没文化，要本钱没本钱，又没掌握任何技术，社会上的那套东西却都学会了，整天指望着空手套白狼，最不愿意当工人，胳肢窝底下夹个包，假装到处谈业务。他每次提起这件事，便怪我表舅和表舅妈没有眼光，如果把那东西留到现在，也不至于为了钱发愁，哪怕是留不住献给国家，你还能得个奖状光荣光荣。这可好，扔河里瞪眼看个水花。

二

表哥上的是技工学校，学钳工。20 世纪 80 年代，工人是相当不错的职业，工资铁杆庄稼似的按月发放，不迟到不旷工便有奖金，福利补贴之类的待遇也好，混够了岁数一退休，国家还管养老送终。

当时有句话评价厂子里的各个工种 ——"车钳铣没人比，铆电焊对付干，要翻砂就回家"。这话怎么讲呢？当工人最好是干钳工、车工或铣工，钳工保全工都是技术活，晃晃悠悠到处走，比较自在，而且那手艺荒废不了，什么时候都用得上；车工、铣工则是整天守着车床、铣床，耗时间却不用走脑子，有活就干，没活就随便歇着，在车间里看报纸、打扑克、喝茶，所以这三个工种最舒服，厂里的人都想做。

至于铆工、焊工需要吃些辛苦，赶上有活了，工作量比旁人都大。电工同样是技术工种，居家过日子也不乏用武之地，哪家电表灯管坏了，免不了要麻烦懂电的师傅，所以电工很吃得开。不过以前的人们大多认为，带电就有危险，你虽然有防护措施、绝缘手套什么的，可万里还有个一呢，万一哪天出了点儿差错，那就是要命的事。这不像别的活，胳膊碾进车床了大不了截肢，至少还能留下条命，电工一出事都是大事，因此电工也给列为二等了。

"要翻砂就回家"，这话说得再明白不过了，厂子里最苦最累的活就是翻砂，干这个工种还不如直接回家待着。我表哥学的钳工，初时本想混一辈子大锅饭，无奈家里没关系没路子，厂子不看专业，硬被安排做了翻砂工。表哥凑合干了几个月，差点儿没累吐血，实在吃不住那份辛苦，又托人转到了面粉厂。工作了也没多长时间，嫌那地方粉尘太大，容易得肺结核，索性蹲在家里当了待业青年。

那时有青年点，相当于小便利店，卖些杂货之类的商品，待业青年可以去那儿实习，但不算正式职工，什么时候找着工作了什么时候走人。表哥连青年点也不愿意去，怕被人笑话，我表舅气得拿铁锹追着他满街打。

我表舅妈担心表哥跟那些不三不四的社会小青年混，同时为了不让表舅整天跟他发脾气，便让他到乡下亲戚家帮农，等家里给找着合适工作再回来。

表哥到农村是投奔他大伯，夏天帮着守瓜田，晚上就住在野地间的瓜棚里。乡下人烟稀少，河网纵横，不过也没什么凶残的野兽和贼偷，夜里啃瓜的都是些小动物，比如獾、刺猬、鼬、狸、田鼠之类的。别看是些小家伙，却极不好对付，用毒下套时间长了就不管用了，最可恨的是到处乱啃，遇上一个瓜啃一口，一圈转下来会有很多瓜秧被啃断。你告诉它们偷着啃瓜犯法它们也听不懂，给吓唬跑了转头又溜回来，防得住东边防不住西边，十分让人头痛。

所以看瓜的人往往备下若干爆竹，等夜深人静的时候，听到瓜田里传来咔嚓的细微声响，就点个炮仗，远远地扔过去，"砰"的一声，那偷着啃瓜的小动物便给吓跑了。倘若没有鞭炮，则需握着猎叉跑过去驱赶，这是最折腾人的。

我听表哥讲这段经历的时候，脑海里每每都会浮现出鲁迅先生笔下的少年闰土。闰土提着猎叉，在月光下的瓜田里追逐某种小动物的身影，与表哥十分相似，不过我表哥在瓜田里的遭遇和少年闰土大为不同。

表哥天生胆大，那年夏天守看瓜田的时候，意外逮着只蛤蟆。

两条腿的活人好找，三条腿的蛤蟆难寻。这蛤蟆就有三条腿，后面那条腿拖在当中，并不是断了一条后腿，也不会蹦，只能爬。以往有个刘海戏金蟾的传说，那金蟾就有三条腿，传说可招财聚宝，见了便有好事。

其实三条腿的蛤蟆并不是没有，人也不都是两条腿的，或许只是蛤蟆中的畸形而已，表哥又非物种学家，是不是蛤蟆尚且两说。不过据表哥所言，他开始觉得好玩，就把蛤蟆养在瓜棚里，每天喂些虫子，倒也养得住。几天之后，他发现三条腿的蛤蟆还有个怪异之处，每逢子午两个时辰，这蛤蟆就咕咕地叫，与电匣子里所报的时间一毫不差。平时怎么捅它却是一声不吭，如若整天都没动静，那就是要下雨了。问村里人，村里人无不称奇，都说住这么多年从没见过这玩意儿。

表哥合计得挺好，打算等有车来村里拉瓜的时候，就搭车把蛤蟆带回家去。那时表哥已经有经济意识了，知道这玩意儿没准儿能换钱，没想到当天夜里出事了。

那天晚上表哥还如往常一样守着瓜田，夜深月明之际，又听远处有小动物啃瓜的声音。他白天光顾着端详那只蛤蟆，忘了预备爆竹。没办法只好拿着手电和猎叉，先随手将蛤蟆压在瓦罐底下，然后骂骂咧咧地跑到瓜田深处去赶。离近了用手电筒照到一只小动物，是田鼠还是猫鼬，他也说不清楚，反正毛茸茸的，瞪着绿幽幽的两只小眼，根本不知道怕人，就在那儿跟手电光对视。

表哥拿叉子去打，那东西躲得机灵，"嗖"的一下就蹿到田埂上去了，表哥在后边紧追。趁着月色明亮，追出好一段距离，就看见它顺着田埂钻进了一个土窟窿。表哥当时是受扰心烦，想把那洞挖开来个斩草除根，弄死了落个清净。不料土窟窿越挖越深，刨了半天还不见底，隐隐约约瞅见深处似乎有道暗红色的光。

我表哥以为这地方有宝，不顾浑身是汗、气喘吁吁，又使劲儿往下挖。据他描述，挖开那窟窿的一瞬间，看到里面密密麻麻，有上百双冒绿光的小眼睛，都是先前逃进去的那种小动物。什么东西多了也是吓人，他吓得两腿都软了，随即感到洞中有股黑烟冒出来，脸上如被铁锤击打，叫都没来得及叫一声，便一下躺到地上，不省人事了。

天亮后表哥被村民发现，找来土郎中用了草药。他全身浮肿，高烧昏迷了好几天才恢复意识，跟别人说起夜里的遭遇却没人信。听当地人说他先前看见窟窿里有暗红的雾，很可能是那种小动物放出的臭气，会使人神志不清，此后看到的情形也许是被迷了。而表哥捉到的那只蛤蟆，由于被他随手压在瓦罐底下，醒来再去看时，早就死去多时，又赶上夏天酷热，都已经腐烂发臭了。

三

按说书的话来讲，到此为止，前两个宝物的故事就此结束。往下我再说说表哥捡到的第三个宝物，这次更为古怪，看着可能像小说，其实也是真人真事。

表哥从农村回来之后，一直没找到合适的工作，一来二去变成了家里和社会上最让人瞧不起的待业青年，我表舅为他的事没少着急上火。但是表哥志气不小，国营工厂里的工作他根本看不上眼，当领导的野心他倒是没有，只是羡慕那些整天坐着火车往全国各地跑业务的人。

跑业务的业务员隔三岔五就出差，一来可以见见世面，二来那个年代没有淘宝网购这类事物，物流行业还很落后，如果谁往上海、广州出趟差，便会有许多人托他捎东西，每件东西多收点儿钱，加起来就很可观了。虽然这种事被单位知道了有可能归为投机倒把，也是要吃不了兜着走的，但好处更多，赚的都是活钱，总比拿死工资吃大锅饭强太多了。

表哥想归想，家里却没那么硬的路子。他到车间里当工人的门路，都是表舅求爷爷告奶奶，把好话说尽人情送到了，才勉强挤出来的名额。这小子还死活不愿意去，最后表舅没脾气了，跟表哥说："你不愿意去工厂上班也行，那就在家待业，但咱这是普通劳动人民家庭，不养白吃饭不干活儿的少爷羔子，每月月头，你得给家里交一份伙食费。"

表哥二话没说就答应了，只要不到厂里上班，怎么着都行。他寻思自己不傻不薅的，干点儿什么赚不来那几个钱？不过想着容易做着难，梦里有千条大道，醒来却处处碰壁，一点儿本钱没有，想当个体户也当不成。

那时邻居里还有个小年轻的，外号叫"白糖"，年岁与表哥相仿，也是胡同里出了名的浑球儿。别看此人外号叫"白糖"，本人却特别不讲卫生，长得黑不溜秋，洗脸不洗脖子的主儿，同样不务正业。

白糖算是表哥身边头一号"狐朋狗友"，哥儿俩打从穿开裆裤那会儿就在一起玩，表哥蹲在家里当了待业青年，就想起白糖来了。原来这白糖喜欢看小人儿书，那时候家里条件不错，攒了几大箱子小人儿书，好多成套的。像什么《呼家将》《杨家将》《岳飞传》《封神传》《水浒传》《三国演义》《西游记》《聊斋志异》等，这是传统题材，一套少则二十几本，多则四五十本，此外还有不少国外的名篇，更有反映抗日战争以及解放战争的《红日》《平原游击队》之类，单本的更是五花八门、不计其数。

白糖这爱好大致等同于现在学生们喜欢看漫画，那个年代没有漫画，全是小人儿书，学名称为"连环画"。比如《丁丁历险记》，在国外是漫画，到国内就给做成了连环画，区别在于每页一幅图，都是一般大小。

我曾亲眼见过白糖收集的小人儿书，真有大开眼界的感觉，印象最深的是《洋葱头历险记》。白糖把这些小人儿书看得跟宝贝一样，舍不得让别人看，因为他跟我表哥关系铁，我才有机会看全了《洋葱头历险记》，回到学校跟同学们吹了好久。

表哥找到白糖，俩人认真商量了一番，那年夏天在胡同口树荫底下摆了个摊，地上铺几张报纸，摆几个小板凳，将那些小人儿书拿去租赁，两分钱一本，五分钱可以随便看一下午。很多小孩儿乃至大人都来看，一天下来也不比到厂子里上班赚得少。

白糖虽然舍不得这些小人儿书，可也想赚点儿钱，于是跟表哥对半分账，赚了钱哥儿俩一人一半，收入除了交给家里一部分，剩下的打台球、看录像也绰绰有余了。

转眼到了秋季，秋风一起，满地落叶，天时渐凉，不适合再摆地摊赁小人儿书了。表哥跟白糖一数剩下的钱，足有一百多块，在当时来讲已经很可观了，那时候普通工人一个月的工资也不过几十块钱。不过小人儿书被翻看的次数太多，磨损缺失的情况非常严重，那些成套的书很容易就零散了，然而再想凑齐了却是难于登天。那时也根本料想不到，这几大箱子小人儿书若是留到如今，可真值了大钱了。当初小人儿书鼎盛时期，不乏美术大师手绘之作，极具收藏价值。当时几毛钱一本的绝版连环画，如果保存到现在，品相较好的，价格能拍到几万元，成套完整的就更值钱了。

在连环画收藏界备受追捧的一套小人儿书，是上海美术出版社出版的《三国演义》，全套六十册，搁现在能顶一套商品房。当年白糖就有这套书，六十册一本不少，他连20世纪50年代绘画大师"南顾北刘"的作品都有。可是为了赚点儿小钱，把这些小人儿书统统糟蹋了，丢的丢，残的残，加上白糖自己也不再上心，导致一本也没保存下来。

不过收藏热也就是最近这几年的事，那时候并不觉得心疼。表哥摆摊租赁小人儿书赚钱的那个夏天，遇上一件挺可怕的事，当然也跟他捡来的东西有关。

那天天气很热，表哥和白糖俩人，同往常一样在路口摆摊。天黑后虽然有路灯，但蚊子也跟着出来了，因此他们就在吃晚饭之前收摊。表哥这人眼尖，不当飞行员都可惜了。那次收摊的时候，他瞥见地上有个挂坠儿，捡起来扑落尘土，仔细一看，是枚拿根红绒绳穿着的老铜钱。肯定是谁不小心掉在这儿的，路口这地方一天到晚人来人往，没处找失主去，表哥也没有那么高的觉悟，他觉得这小挂坠儿好看，是个玩意儿，顺手就给揣兜里了。

表哥当时没想太多，而且捡来的东西，也不知道好坏，所以谁都没告诉。收摊回到家洗脸吃晚饭，表舅和表舅妈照例唠叨个没完，埋怨他放着工人不当，却摆摊租小人儿书，把家里的脸都丢光了。表哥早已习以为常了，左耳朵听右耳朵冒，从来也不拿这些话当回事。

表哥当天累了就没出去玩，吃过饭到院子里乘了会儿凉，跟一群狐朋狗友扯闲篇，还把那用红绳穿着的铜钱拿出来挂在自己脖子上显摆。大伙儿都说这铜钱是个护身符，而且这枚铜钱上的字太古了，谁都认不出来，说不定挺值钱的。表哥听了很高兴，可夜里睡觉却发了一场噩梦。

那天晚上，表哥梦到自己在屋子里上吊，脖子让麻绳勒住，憋得喘不过气，惊醒过来已出了一身冷汗。最奇怪的是梦境接连不断，每天半夜都做同样的梦，表哥隐隐感觉到噩梦也许和捡来的老钱儿有关，不敢再往脖子上挂了，想扔又有点儿舍不得。

白糖的爷爷在旧社会做过老道，又开过当铺，是个懂眼的人，

"文革"时为这事没少挨整，表哥拿着那枚老钱儿去找白糖的爷爷，请他老人家给瞧瞧是怎么回事。

白糖的爷爷并不隐瞒，他对表哥实话实说。早年间老爷子当老道给人算命作法，只是为在江湖上混口饭吃，没什么真本事，但这眼力还是有的。他一看表哥捡来的老钱儿，就说这玩意儿根本不是挂脖子上的东西，没有人敢在脖子上挂铜钱，凡是有这么干的，必定是不懂事自找倒霉的棒槌。老钱儿在解放前有压制的意味，因为上面铸着"官"字，死人装棺材入土之前，通常在嘴里放上一枚铜钱，那叫"压口钱"。

再往早，人们穿的衣服宽袍大袖，下摆很长，让风一吹就起来，行动不太方便，因此发明了一些压衣服的东西，平时拴在腰带上，不仅是个装饰，还起到压住衣服下摆的作用。压衣的东西有很多种，玉佩是其中一种，但玉器不是谁都带得起的。汉代以前平民百姓佩戴玉器是触犯法律的，所以有人用小刀替代，唤作"压衣刀"。《水浒传》里有段书是"宋公明怒杀阎婆惜"，宋江用的凶器便是压衣刀。俗话说"寸铁为凶"，将属于匕首之类开了刃的压衣刀带在身上，在很多时候都是犯忌的举动，所以最常见也是最普遍的方法，是在腰间挂一枚铜钱压衣。

根据白糖的爷爷猜测，表哥捡来的这枚老钱儿，多半是哪个吊死鬼身上带的东西，不知为何留到现在，把它挂在脖子上，夜里能不发噩梦吗？这玩意儿值不值钱不好说，留在家里却容易招灾引祸，趁早扔了才是。

表哥听完这番话，心里不免害怕，不过他也不完全相信，掂量来掂量去，一直没舍得扔。要说这事也邪门儿了，自打老钱儿离了身，表哥再没做过那种噩梦。后来表哥家经过拆迁搬家，这枚让人做噩梦的老钱儿就此下落不明，不知遗失到什么地方去了。

四

表哥在我表舅眼里，始终是个没出息的待业青年，但在我看来，表哥是个挺能折腾的人，从小胆子就大，敢做敢闯，向来不肯循规蹈矩。

举个例子，以前有种关于耳蚕的传说，说"耳蚕"那是叫白了，也有称耳屎或耳垢的，总之就是耳朵里的秽物，据说正常人吃了这玩意儿，立刻就能变成傻子。

大人经常这么告诉小孩儿，说是胡同里那个老傻子，就是小时候误吃耳蚕造成的。这种事有没有依据，完全无从考证，反正大伙儿都这么传，渐渐都信以为真了。也许真有这么回事，也许只是吓唬小孩子，毕竟那东西不卫生，那年头的孩子大都又淘又馋，什么都敢往嘴里放，所以拿这种话镇唬着。

表哥十五六岁的时候，跟胡同里的一群半大孩子打赌，说起吃耳蚕能变傻子的事。白糖当场从自己耳朵里掏出来一大块耳蚕，他长这么大从来没掏过耳朵，那耳朵里的东西可想而知。掏出来的这块耳蚕，能有小指甲盖那么大，也不知道存了多少年了，黄里透绿，放在手里给表哥看："你敢不敢吃？"

表哥胆子再大也不敢嚼，全当是吃个蚂蚱，捏起来扔到嘴里，拿凉白开往下一送，气不长出、面不改色，也没有变成傻子，彻底将吃耳蚕变傻子这个愚昧无知的说法给破了，震惊了整条胡同，还因为打赌赢了二十根小豆冰棍。

表哥从小就经常干这种事，拿表舅和表舅妈的话来讲，淘得都出圈了，干嘛嘛不行，吃嘛嘛没够，搁哪哪碍事。

其实越是这种人越能成大事，汉高祖刘邦当年不也是游手好闲、不务正业？按表哥的理解，在厂子里找份工作，老老实实每天到点上班到点下班，刮风下雨不敢迟到，累死累活赚份工资，整日里算计着柴米油盐，将来娶个媳妇生个孩子，再教育孩子长大也这么做，那才是真没出息，男子汉大丈夫坚决不能走这条路。

表哥果然没走那条路，他应该算是国内下海比较早的那批个体户，只不过时运不佳，要不然早就发了。当然，摆小人儿书摊捡到枚老钱儿，后来莫名其妙地丢了，那倒不算什么了不得的东西。表哥遇到最厉害的一个宝物，还是在1985年，那件东西可说得上是空前绝后了。

那一年白糖已经去厂里上班了，表哥又认识了一个新疆人，俩人合伙卖羊肉串。新疆那哥们儿手艺不错，但只会说维语，地面也不熟，跟表哥合伙，俩人打了个炉子，就在街上烤羊肉串。那是天津最早的羊肉串，至少周围的人在表哥摆摊之前，都没尝过这种西域风味。那会儿是两毛钱一串，羊肉都拿自行车的车条穿着，不像现在都用竹签子。炉架子后面放台单卡的破录音机，喇叭都劈了，也不知从哪儿搞来一盘旋律诡异的磁带，说是新疆的乐曲，但是放起来呜里哇啦，谁也听不清楚到底是什么曲子。新疆人拿把破蒲扇，一会儿把羊肉串在炭火上翻来翻去地烤，一会儿捏起孜然、辣椒面往上撒，动作非常熟练，他用破蒲扇一扇那炭就冒白烟，混合着烤肉的香气，让人隔着半条街都能闻到。表哥则在那诡异的旋律下，嘟噜着舌头吆喝生意，什么"辣的不辣的，领导世界新潮流的羊肉串"之类。这买卖在当时来说可太火了，路过的男女老少没有不流口水的，每天下午都围着一帮人。

那天有个外地男子，看模样四十来岁，大概是到天津探亲或出差，一听口音就是土生土长的北京人。因为北京人口甜，老北京话和普通话还不一样，儿话音特别重。刚解放的时候，全国党政军机关都设在首都了，各个机关加上家属不下百万人。这些人大多来自五湖四海，口音是南腔北调，子女后代基本上都说普通话，但不是老北京的土话，只有四九城里住了多少代的人，才说真正的老北京话。表哥家在北京有亲戚，所以一听口音就能听出来。

这位老北京走在半路上，也被表哥的羊肉串吸引过来，吃了两块钱的，吃完抹抹嘴，抬脚走了，却把手里拎的提包忘在原地了。表哥对这个人有印象，可等到晚上收摊，还没见失主回来，他一琢磨："这么等也不是事，不如打开看看皮包里有什么。要是有很多钱，人家肯定也挺着急，就赶紧交给派出所，让他们想办法去联系失主，要是没什么值钱的东西，我就自行处置了，没准儿只是些土特产之类的……"想到这儿，他把包打开，见那里面除了零七八碎，以及一些证件票据之外，还有个很奇怪的东西。

这东西像是年头很老的玉石，但没那么沉重，有一指来长，两指来宽，形状并不规则，疙里疙瘩的泛着白，还带着一些黑绿色的斑纹。从来没听过见过这种东西，看着又不像古董。晚上到家后，表哥就拿去请教白糖的爷爷。

白糖的爷爷当过算卦老道，也做了好些年当铺的掌柜，掌眼一看这东西，连连摇头，表示从没见过。像玉肯定不是玉，这些黑绿色的纹理，也不是铜沁。古玉和青铜器一起埋到地下，年深岁久，青铜之气侵入玉的气孔中，会形成深绿的沁色，那叫青铜沁。如果古玉是放在尸体旁边，死尸腐烂的血水泡过玉器，年头多了是黑色，是为血沁。这东西上的斑纹色呈黑绿，又不成形状，多半是仿古玉的西贝货。什么是西贝货？"西""贝"合起来念个贾——江湖上避讳直接说"假"字，就拿"西贝"二字代指假货，一个大子儿也不值。

表哥听完十分扫兴，又想这皮包里有证件和票据，还是还给失主为好。转天还没等送交派出所，那位老北京就急匆匆地找来了。敢情这位也够糊涂，回到家才发现包没了，也想不起来丢在哪儿了，一路打听过来，问到表哥这里，表哥就把皮包还给人家了。

那位老北京感激不已，主要是这些票据事关重大，搞丢了很麻烦，他拿出那块假玉要送给表哥。表哥执意不收，另外也生气这人虚情假意，拿这东西来糊弄自己。

那位老北京说："这东西确实不是玉，它是哪儿来的呢，您听我跟您说说。我老家儿是正红旗的旗人，前清时当皇差，守过禄米仓，禄米仓您听说过吗？明末清初，八旗铁甲入关，大清皇上坐了龙庭，给八旗各部论功行赏，这天下是八旗打下来的，今后有这朝廷一天，八旗子弟就有禄米，到月支取，这叫铁杆庄稼。当然根据地位不同，领多领少是不一样的，属于一种俸禄，可以自己吃，也可以拿到市上换钱。朝廷存米的地方就叫禄米仓。仓里的米年复一年，新米压着陈米，整个大清王朝前后两百多年，最底下的米不免腐烂发霉。赶到大清朝玩完了，那禄米仓里的米还没见底，不过底下的米早就不能吃了。再往后日本鬼子来了，这小日本子太抠门儿了，据说他们天皇喝粥都舍不得用大碗，哪舍得给咱老百姓吃大米白面啊，发明了一种混合面，拿那些粮食渣子，配上锯末让咱吃。这东西畜生都不肯吃，硬让咱老百姓吃，也不知吃死了多少人，那混合面里就有禄米仓存了几百年的陈米。那时候我老家儿还守着最大的一处禄米仓，让小鬼子拿刺刀逼着，也不敢违抗，整天在仓里挖出那些猪狗都不吃的陈米，用来做混合面，结果挖到最深处，发现了好多这种化石。相传这是地华，华乃物之精，陈米在特殊环境下变成了石头，所以表面疙里疙瘩，都是米变的呀。最后数一数，挖出这么二十几块，天底下可就这么多，再多一块也找不出了。这么多年一直收藏在家里，这次到天津是有个朋友很想要，因此给他带了一块。"

这位老北京说这东西虽然不值什么钱，但也少见，就想送给表哥略表谢意。

表哥一想，这不就是粟米形成的化石吗？那黑绿色的斑痕都是霉变物，谁愿意要这种破玩意儿？于是推辞不受。可转过年来就后悔了，悔得以头撞墙。原来有日本人收这东西，也不知道是研究还是收藏，反正是一块能换一辆小汽车，那时万元户都不得了，一辆小汽车是什么概念？

表哥总捡些稀奇古怪的东西，有些值钱，有些罕见。可按看相的说，他这人手掌上有漏财纹，捡到什么好东西也留不住。所谓"物有其主"，那就不该是他的东西，可换个角度想想，这些经历本身，又何尝不是一件宝物？

这是个消暑的段子——"河神"郭得友，发生在天津卫的真人真事。

说起"河神"，并非河里的神明，而是一个充满传奇色彩的绰号。在天津比较有名的河神，就是冯耀先和郭得友两位了。可能比我岁数大的听说过，这俩人都是老公安，水上警察，在河里打捞尸体和犯罪证据，也救那些落水的轻生者。冯爷这人可能现在还在，我看报纸上去年还报道过老爷子在海河里冬泳的事。郭得友郭爷 20 世纪 80 年代末就去世了，事迹流传得比较少，我这是听郭爷后人讲的。

天津卫地处九河下梢，当地河网纵横，河沟子水坑特别多。每到夏天，人们习惯在各处河道游野泳，也不时有人落水或轻生，所以淹死人的事情时有发生。还有很多来历不明的浮尸死漂，都不知道是从上游什么地方漂过来的，甚至有可能牵涉命案，也有作案后把作案工具扔进河里的，全需要水警打捞搜寻，因此在解放前便设有水上警察。水警不参与破案，专门负责搜索、打捞、救援这些事，个顶个是游泳健将。据说郭爷六十多岁还没退休，冬天挖个冰窟窿就能潜下去，俩眼珠子倍儿亮，人长得也魁梧精神，猛一看跟画上的人似的。由于他水性太好了，又从海河里救过许多性命，所以得了"河神"这么个极具传奇色彩的绰号。咱说的这事发生在"文化大革命"初期。

当时也是夏天，正是一年里最热的时候，有位中学物理老师，四十来岁的一个男教师，让红卫兵当成右派给斗了，免不了挂大牌子、撅喷气式什么的，还把脑袋剃了个阴阳头。以前那文化人跟现在不一样，好脸面，特别讲尊严，在上万人参加的批斗大会上，被红卫兵小将按着膀子低着头。所谓"阴阳头"，是拿推子硬推的，头发推光半边，留下半边不动。这人挨批之时，屁股要撅得比脑袋还高，当老师的哪儿受得了这份罪？觉得自己没脸再活着了，等上午批斗大会一结束，回到家换上身干净衣服，一个人走到海河边，从桥上跳到河里自杀了。正是大中午的，有路过的群众看见了，赶紧找人来救，但在这位老师投河的地方找了半天，却是活不见人，死不见尸。

自杀的老师从桥上跳到河里，就没影儿了。革命群众们议论纷纷，有的说是让河里的大鱼给吃了，也有的说尸体让暗流卷到下游去了。这时已经有人通知了水警捞尸队，郭爷正好当班。还得说是老公安，经验丰富，到河边一看地形，就知道那人投河之后，一直在河底下没动地方。

郭爷换上水靠，亲自下到河里摸排。这段河底下全是淤泥，还生长着很多茂密的水草，那位老师掉下去是陷在泥里面了，当然人是早没气了，尸体也被水草裹住了。郭爷带俩帮手，忙活到晚上九点多，才用绳子把尸体捞出来，晚饭都没顾得上吃。伏天天黑得晚，但这时候，天色也已经大黑了。

郭爷将投河自杀的尸体打捞出来，给死者整理了一下，拿麻袋片子盖上脸。虽说解放这么多年，迷信的那套东西早就没人提了，但郭爷还是点了根烟放在船头，拿麻布遮上尸体。这是由于故老相传死人不能见三光，尤其是晚上的月光。迷信不迷信姑且不提，主要是为了让自己心里觉得踏实。

水上公安只负责搜救和打捞，验尸和立案都由别的部门负责。郭爷等来车拉走了尸体，这件事才算告一段落，忙活了一天自然是又累又乏，找地方接点儿自来水冲了冲身子，换上衣服骑着自行车回家。一看时间已是夜里十一点来钟了，马路上基本就没人了。当晚是阴历十六，天上月亮又大又圆。他回家这条路也是沿着河走，路过解放桥的时候，就瞧见有一个女的，从远处看，那女人穿着白色上衣、深色裤子，正站在离河最近的一个桥墩子底下，盯着河水一动不动。

这座桥的头一个桥墩子，多半截儿在河里，小半截儿在岸上。郭爷当水警几十年了，瞧见那女的大半夜站在河边，一看就知道是要寻死的，赶紧停下来，扔下车过去招呼那个女子："你深更半夜在这儿干什么？有什么想不开的？遇上天大的难事，你先想想家里人！"说着话走到跟前了，伸手要抓那女的肩膀。对方听见动静一回头，差点儿没把郭爷吓死。

大月亮地儿，俩人脸对脸，就看那女的长得大鼻子大眼，跟在河里泡过挺长时间似的，郭爷一看真不知道怎么劝了，心说，我长成你这模样可能也有投河的心。心里是这么想，话可不能这么说，他先表明自己的身份，然后好言好语地说："这位女同志，深更半夜的你怎么站河边不回家？你是哪个单位的？家里住在哪儿？"那女的脸色阴沉，一开始低着头不说话，郭爷反复追问才说了个地址。郭爷一听刚好顺路，就拿自行车驮上她往家送。

此刻大约是夜里十一点多钟，还不到十二点，搁以前是三更时分，夏夜纳凉的人们早都回家睡觉了。除了郭爷骑自行车驮着这个女的之外，路上没有别的行人和车辆。那年头人少，路灯也少。解放桥西边是劝业场，东边是火车站。郭爷回家的方向，是沿着河东一侧走。一路走，一路行，往前不远是个大广场，有阅兵的观礼台，20 世纪90 年代这片广场已经拆除了，现在再去已经看不着了。广场一带很空旷，又有种肃穆的气氛，加上周围没有住户，所以到了晚上就让人感觉发瘆，胆小的人都不敢从这儿过。

郭爷一辈子干公安，心里信不信有鬼，他跟任何人都没说过。他家住河东区，每天都要打这儿路过，已经习以为常了。反正就是觉得这女的可怜，不用问缘由，那些年想投河的人没有几个没冤屈。他瞧这女的三十来岁，别看长得丑，但言语举止像受过教育的，就一边骑自行车一边劝她，可那女的也不说话，夜深人静，就听身后"滴滴答答"往下淌水。

郭爷心里觉得不对劲儿：这女的身上哪来的这么多水？瞧那鼻子那眼也不像正常人，许是刚从河里爬上来的？

想到从河里爬上来的东西，郭爷心里也是吃了一惊，怕倒是不怕，虽然没穿警服，本身也是老公安了，不太信那些邪的歪的，但这事情真是不太寻常了。他想起解放前老一辈儿水警留下的话："不管自行车后面驮的是什么，别回头就没事！"当下只顾蹬自行车，也不再搭话了，这时就听那女的说："师傅，到地方了。"

这地方正好是过了广场沿河的第一个路口，从解放桥骑自行车过去，有十几分钟的路，说远也不算远。路口也对着座桥，不过没解放桥那么大。郭爷更感到奇怪了，他记得这女的先前说过住址，离这儿还有很远，怎么就到地方了？再说这附近哪有住户？月明如昼，街上静悄悄，四顾无人。郭爷虽然是老公安，可到这会儿心里也不免犯嘀咕，不敢应声，只把自行车停了，等那女的下去。

郭爷停下自行车，单脚踩地支撑平衡，等那女的下来，不敢回头看，也不敢再多问什么，可身后却没了动静，就像没人似的。他想往前骑，那辆自行车的链条却像生锈卡死了，脚蹬子根本踩不下去。他下午在海河中打捞的尸体，是个中年的男教师，别看只有一百多斤、身材不高，从河里捞出来却绝不止这分量，死尸里灌满了泥水，那真叫死沉死沉的。从中午忙活到半夜，水米未曾沾牙，身子和心底都感到发虚，这时候额头上可就冒了冷汗了。

郭爷是从旧社会过来的人，当初做水警有师傅带。老一辈儿的水警特别迷信，从道门里求过一种咒，这个咒是什么，除了水警自己，外人都不知道，上不告诉父母，下不告诉子女，逢人不可告诉，遇上危难，心里默念三遍，自有搭救。不过解放后破除迷信这么多年，郭爷早把那咒忘了，只能硬着头皮往身后问："你到底是谁？"

那女的仍是一声不吭，大半夜只听见滴水的声音。郭爷心里特别清楚，千万不能回头看，一看就要被那东西拽到河里去了，又壮着胆子问了几句，始终得不到半句回应。身后冷飕飕的，根本感觉不到有人气儿，活人身上热乎，还得喘气呼吸，但自行车后面不但阴气很重，更有一股子水草的腐臭。此时是叫天天不应，叫地地不灵，正不知该如何是好，突然有只手搭上了他的肩膀。

河神郭得友，一辈子从河里救过几百条性命，捞出来的死尸更是数不清，要说胆量还是真有，这时候头发根子都竖起来了，没办法，扭头看吧。一瞧身后却不是那个女人，而是自己带的一个徒弟。这徒弟才二十岁，天津卫土生土长的愣头青，心直口快，见师傅从中午忙到晚上，连饭都没顾得上吃，也真是心疼师傅，知道师傅老伴儿在家卧病没法儿做饭，干完活之后特地到食堂打了份饭，想给师傅送到家里。一路顺着海河跟到这地方，他看师傅跨在自行车上，满脑袋冒汗，好像正跟谁较劲呢，就过来拍了他肩膀一下。郭爷此刻脸都白了，回头看看左右，满地带水的泥脚印，打自行车后面一直通到河里。

徒弟还傻乎乎地问："师傅，你一个人在河边练什么功？"郭爷把刚才那些事说了一遍，徒弟也吓坏了，失声就想说"有鬼"，郭爷没等他出声，先拿手把他的嘴给按上了。那年头不敢乱说，有什么事只能自己在心里琢磨。等转过天来，郭爷按那女人说的地址找过去，发现屋门紧锁，里面没人。

按地址找人是早上，屋里没人，问邻居都说不知道哪儿去了，但一描述，确实就是他昨天深夜用自行车驮的那个女人。由于要赶着去当班，也没有继续深究，自己还宽慰自己，寻思那是个脑子有问题的主儿。中午听说解放桥下有具浮尸，郭爷带两个帮手把死者捞上来。这尸体在河里泡得时间长了，脸都没人样了，但那身衣服和头发，郭爷瞧着可有几分眼熟。

这次从河里打捞出来的浮尸，正是郭爷昨天夜里用自行车驮的女人。她投河时间至少是两天以前，当时没人看见，所以没有报案，尸体也被河底水草缠住了，过了两天涨水才浮上河面。这说明郭爷那晚遇上的根本不是活人，但究竟是怎么回事，恐怕谁也说不清楚。多亏他这位傻徒弟心里惦记师傅没吃饭，大半夜过来送饭，要不然非出事不可，想起来就觉得后怕。后来师徒俩偷着卷了点儿纸钱，晚上到桥底下给那亡魂烧了。

其实"带鬼回家"这件事并未结束，河神的故事还有很多，但许多事情互相关联，有些因果埋得很深，要是连着说可就太精彩了。我一个朋友是郭家后人，他希望我把河神郭爷的故事，整理成一本书，以便让这些事能够流传下来，否则再过些年就没人知道了。我一定找时间写一部关于河神的长篇小说，到时会把河神郭爷的事迹，完完整整地呈现给各位。今天暂且做个得胜头回，后面的故事咱们留到《河神》这部书里再说。

第七章

马头娘庙里的神虫

上

这段事接着前面"表哥捡到的宝物",是表哥在 20 世纪 90 年代初的经历。那阵子他还是社会青年,待业了好几年找不到好工作,摆过租赁小人儿书的摊子,卖过羊肉串,还开过台球厅和录像厅,但哪样也做不长久。

有一年,表舅逼着表哥学门手艺,以便今后安身立命,也就是跟个南方师傅学煮狗肉。表哥被家里人唠叨得想死的心都有,按着脑袋不得不去。从此师徒俩每天晚上,在城郊一条很偏僻的马路边摆摊儿,那地方早先叫"马头娘娘庙",这是民间的旧称,解放后不再使用,据说此地怪事极多。

马头娘娘庙这个带有神秘色彩的地名,当然也有讲儿,往后再细说。先说这位卖狗肉的老师傅,老师傅是江苏沛县人,祖上代代相传的手艺,天天傍晚蹬着辆三轮车,带着泥炉和锅灶,有几张小板凳，还卖烧酒和几样卤菜，挑个幌子"祖传沛县樊哙狗肉"，买卖做到后半夜才熄火收摊儿，专门伺候晚归的客人，天冷的时候生意特别好。

表哥曾听老师傅讲过"樊哙狗肉"的来历，做法起源于两千多年前。樊哙本是沛县的一个屠户，宰了狗煮肉卖钱为生，后来追随汉高祖刘邦打天下，成了汉朝的一员猛将。他卖的狗肉是土生大黄狗，用泥炉慢火煨得稀烂，直接拿手撕着卖。

当时汉高祖刘邦也在沛县，虽然充着亭长的职务，却整天游手好闲，赌钱打架，下馆子吃饭从来不给钱。他最喜欢吃樊哙卖的狗肉，打老远闻见肉香，便知道樊屠户的狗肉熟了，一路跟着味道找到近前，每次都是白吃不给钱，还跟人家流氓假仗义。

樊哙是小本买卖，架不住刘邦这么吃，碍于哥们儿义气，也不好张嘴要钱，只得经常换地方。谁知刘邦这鼻子太灵了，不管在城里城外，只要狗肉的香气一出来，刘邦准能找着，想躲都没处躲。

最后樊哙实在没办法了，干脆偷偷摸摸搬到江对岸去卖狗肉，他合计得挺好，这江上没有桥，船也少得可怜，等刘邦闻得肉香在绕路过江，那狗肉早卖没了。可刘邦是汉高祖，真龙天子自有百灵相助，竟有一头老鼋浮出江面，载着刘邦过江，又把樊哙刚煮好的狗肉吃了个精光。樊哙怀恨在心，引出江中老鼋，杀掉之后跟狗肉一同放在泥炉中煮。

这老鼋到底是个什么生物，如今已经不可考证了。有人说是传说里江中的怪物，有人说其实就是鳖，也有人说是看起来像鳖的一种鼋鱼，现在已经灭绝了。别管这东西是什么了，反正樊哙把狗肉和老鼋放在一起煮，香气远胜往常，闻着肉香找上门来的食客络绎不绝。樊哙的买卖越做越好，他也不好意思再怪刘邦了，任其白吃白喝。

从此樊哙狗肉成了沛县的一道名吃，往后全是用老鳖和狗肉同煮，配上丁香、八角、茴香、良姜、肉桂、陈皮、花椒等辅料，盛在泥炉瓦罐当中，吃起来又鲜又烂，香气扑鼻，瘦的不柴，肥的不腻，而且按传统古法，卖狗肉不用刀切，一律用手撕扯。据闻是当年秦始皇害怕民间有人造反，将刀子全部收缴了，樊哙卖狗肉的刀也未幸免，所以这种手撕狗肉的习俗流传至今。

老师傅迁居到天津，摆了个摊子在路边卖沛县樊哙狗肉，手艺非常地道，每天卖一只狗。表哥不吃狗肉，也见不得人家宰狗，只是被家里逼得无奈，帮着老师傅看摊儿，做些收钱、端酒、收拾东西之类的杂活儿。

师徒俩摆摊儿的地方，是在小西关监狱再往西面的马路上，以前这里位置很偏僻，过往的人不多。身后不远是大片野草丛生的坟地，夜里有几盏路灯照明，摊子守着电线杆子，趁着光亮做买卖。常有小西关监狱里的警员，晚上下班之后来这儿吃点儿东西，也有那些好吃的主儿，不辞辛苦，大老远骑着自行车过来。寒冬里要上半斤狗肉、二两烧酒，拿张小板凳坐在路旁，迎着泥炉里烧得正旺的火，先喝几口滚烫的鲜美肉汤，一边吃肉一边就酒，同时跟老师傅唠唠家长里短，遇上朔风凛冽、雪花飘飞的日子，不但不觉得冷，反而全身上下热乎乎的，别提多舒服了。

那年天冷得早，十二月底，快过阳历年了，过来场寒流，头天下了场鹅毛大雪。民谚有云，风后暖雪后寒，转天刮起了西北风，气温骤降，出门就觉得寒气呛得肺管子疼。师徒俩知道今天的吃主儿肯定多，傍晚六点来钟就出摊儿了，早早地用炭火把泥炉烧上，将肉煮得滚开，带着浓重肉香的热气直往上冒。

狗肉又叫香肉，俗话说"狗肉滚一滚，神仙也站不稳"。表哥以前养过狼狗，即使沛县狗肉用的是土狗、肉狗，他仍然不能接受吃狗肉。可这天寒地冻，冷得人受不了，闻得肉香自然是直咽口水，忍不住喝了几口肉汤，鲜得他差点儿没把自己的舌头咬下来，从骨头缝里往外发热，顿时不觉得冷了。

表哥肚子里的馋虫被勾了上来，还想再喝碗肉汤。可这时天已经黑了，寒风中又飘起了雪花。有两个刚下班的狱警，都是老主顾了，过来围在炉前一边烤火，一边跟老师傅聊天。主顾一落座不用开口，老师傅照例要先盛两碗肉汤，然后再撕肉。表哥只好忍着馋，在旁帮忙给主顾烫酒。

老师傅老家在沛县，从他爷爷那辈儿搬到天津卫，到他这辈儿，家乡话也不会说了，祖传熏制樊哙狗肉这门手艺却没走样。这摊子小本薄利，为了省些挑费，所以在这种偏僻之处摆摊儿，能找过来吃的全是老主顾。赶上那天也是真冷，正合着时令，夜里九点多，泥炉前已围满了吃主儿，再来人连多余的板凳都没有了。

师徒二人没想到来了这么多食客，老师傅让表哥赶紧去找几块砖头，垫起来铺上垫子，也能凑合着坐两位。这时候天都黑透了，只有路上亮着灯，上哪儿找砖头去？

表哥转着脑袋看了半天，没瞧见路上有砖头。他拎着汽灯往野地里去找，摊子后面远看是一片荒坟，当中却有一块空地，二十平方米见方，地上铺的全是大方砖，砖缝里也长着草。往常不从这儿走，看不到草丛里有古砖，好像是好多年前有座大屋，后来屋子倒塌，墙壁都没了，只剩下地上的砖石。

表哥用脚拨开积雪，一看这不是现成的砖头吗，可手里没家伙，没办法撬，只能用手去抠。刚要动手，瞧见附近有块圆滚滚的巨石，似乎是个石头碾子，半截儿埋在土里，可能是前两天风大，吹开了上面的泥土才露出来，看形状又长又圆。他使劲儿推着这浑圆的石碾子，并未觉得特别沉重，可能是尊泥胎，外边有层石皮子裹着，中间是空的，也没看出究竟是个什么东西。他把它推到摊子前，上面垫了些东西加高，继续忙活，给吃主儿们烫酒加肉。

等到把泥炉里的狗肉卖光，已是晚上十一点多钟了，路上早没人了。在这漆黑的雪夜中，除了昏黄的路灯，只有远处小西关监狱岗楼里的探照灯依然亮着。师徒二人熄掉炉火，收拾好东西装到三轮车上。老师傅看那半截儿泥胎不错，放在路边也不用担心有人偷，什么时候吃主儿来得多，搬过来还能坐人。

这时表哥把垫在泥胎上的东西拿开，无意中发现这泥胎轮廓古怪，依稀是尊塑像，再仔细看看，像只圆滚滚的巨虫，心里不免打了个突。毕竟附近有些老坟，这泥胎塑像奇形怪状，莫非是哪座坟前的东西？

老师傅在旁瞧见，立即沉下脸来，问表哥道："这东西是从哪儿找来的？"

表哥说："在后头那片坟地附近找到的，师傅，您认识这东西？这泥像怎么跟只大虫子一样？"

老师傅点了点头，说道："这是庙里供的神虫啊，你从哪儿推过来的，赶紧推回去，这是不能随便挪动的。"

表哥看那尊泥像应该有许多年头了，风吹雨淋磨损甚重，怎么看也看不出原先是什么模样。可他土生土长，从没听说附近哪座庙里供着神虫，难道那乱草间的古砖曾是座大庙？表哥好奇心起，问老师傅："神虫到底是什么虫？这里头有没有什么说法？"

老师傅是从旧社会走过来的人，脑子里迷信思想根深蒂固，斥道："别多问，你先把神虫推回原位，要不然一会儿该出事了。"

表哥吃了个烧鸡大窝脖，只好将那尊神虫推了回去。黑天半夜，又下着雪，哪还记得住地方？他做事向来也是敷衍了事，胡乱推到那些石砖附近，然后帮师傅收摊儿，回去的路上扔放不下这件事，接着刨根问底，恳求老师傅讲讲神虫的来历。

老师傅拿表哥没办法，说好多年前他爷爷在这儿摆摊儿卖狗肉，那时候还有座庙，庙里供的便是神虫，民间称其为马头娘娘，也叫马头娘。

表哥一听更纳闷儿了，马头娘娘是谁？听这称呼像是个女人，怎么会是只大虫子？

老师傅说其实马头娘娘就是只虫儿，南方乡下拜它的人极多，到北方则十分少见，偌大个天津卫，也只有这么一座马头娘娘庙。

中

老师傅给表哥讲起马头娘娘庙的事情。此地有座古庙，建造于两百多年前，庙里供的是蚕神。所谓的马头娘娘，也叫马头娘，指的是蚕祖，旧时江南养蚕的桑农全拜它。

盐打哪咸，醋打哪酸，蚕为什么被称为马头娘娘，说来也是话长，甚至还有几分恐怖色彩。相传在很久以前，蜀中那地方有个姑娘，生得是沉鱼落雁、闭月羞花，爹娘把她视若掌上明珠，到了该出嫁的岁数，还没找着合适的婆家。家里也是衣食无忧的富足之户，当爹的是个地主。有一次贼寇作乱，沿途烧杀抢掠，合该地主倒霉，出门遇到了贼兵，贼人胁迫他做了马夫，专门给贼兵首领牵马坠镫。

家里剩下母女两个，听得这个消息就抱头大哭。反贼迟早会被官兵剿灭，当家的纵然不死在贼营，也得让官军当成贼寇砍了脑袋，这可如何是好？

主母情急之下，到处求人帮忙，承诺不管是谁，只要能救回地主，除了重金报答，还要把女儿下嫁给此人。可刀枪无眼，街坊邻里全是以耕种为生、安分守己的村民，躲都躲不及，哪有本事到贼营中救人，找到谁谁都是摇头叹气。

　　母女二人深感绝望，此时家中养的那匹高头大马，突然挣开缰绳跑了出去，过了几天竟驮着地主回到门前。原来此马颇通灵性，又识得路途，趁夜跑进贼营，地主骑了这匹马闯营而出，躲过了穷追不舍的贼兵，平安返回家里。一家三口劫后重逢，皆是不胜之喜。可主母当初说过，谁救回地主，便将女儿下嫁给谁以作报答。这话十里八乡都传遍了，男女老少没有不知道的，但谁也没想到，将主人救回来的居然是一匹马。难道要将那如花似玉的女儿，嫁给此马？

　　主母有意反悔，便生了歹毒之心，她干脆一不做二不休，将这匹马用铁链锁住，又找来屠户把这匹高头骏马宰掉。而屠户是个贪心的人，背着主母，偷偷带走了马皮，到外面卖给了皮匠。皮匠熟过马皮，制成了皮褥子，拿到皮货店里贩卖。当时无话，到了冬天，天气格外寒冷，主母心疼女儿，怕她冻着，特意找人买了床皮褥子给女儿取暖。哪承想到夜里，那皮褥子越裹越紧，将女儿活活憋死在了其中。裹着马皮的女尸，埋在土里变成了蚕，老百姓们就称它为马头娘。

　　这是蚕祖最早的由来，不过在常见的马头娘娘庙里，正中神位上供的泥像，大多是一位身穿宫装的女子，胯下骑匹骏马，身边侍立着两男两女四个童儿，分别捧着桑叶、蚕、茧、丝四样东西。蚕祖神虫的泥像摆在侧面当成化身，当中这个女子才叫马头娘娘，也叫马明王。蚕农们摆设酒肉，在幛子前焚烧香火，祭拜的主要神祇，是这位马头娘娘。

　　因为在明朝初年，明太祖朱元璋颁布过一道法令，一个人栽桑树十五株，可免除徭役，减轻了蚕农们很大的负担，蚕农们认为这是朱元璋的皇后马娘娘之意。大脚马皇后出身寒微，深知民间疾苦，素有贤名，桑农便将她供在庙里，当作蚕祖转世投胎，作为蚕庙里的正神，这才有了马头娘娘庙的名称。

不仅桑农拜马头娘娘，有许多贩运丝绸的商贾，也到庙里烧香祭祀。清朝末年，某绸缎商在天津卫建了座马头娘娘庙，庙里供的叫马姑马明王，这是入乡随俗，当地人习惯称马头娘娘为马姑。天津这边的风俗是南北会聚自成一体，执掌桑蚕的马头娘娘到了此地，有不少人到这儿烧香许愿，祈福求子。据说庙里有尊神虫的泥像，格外灵验。

老师傅的爷爷那辈儿，因躲避官司，从老家沛县迁到天津卫居住，摆了个狗肉摊子为生。那时候马头娘娘庙的香火很盛，别看是在城郊，来来往往的人却不少，隔三岔五还有庙会节庆。后来解放军发动平津战役，城西是主攻方向。这座庙毁于战火，再也没有重建，墙体屋顶和神像也都损毁了。

马头娘娘有两个神位，一个是宫装跨马的女子，另一个是只大蚕的化身。老师傅在解放前就在这附近摆摊儿，年轻时亲眼看过神虫的泥塑，庙毁之后再没见过，还以为早已不复存在，想不到这马头娘娘庙被毁这么多年，这尊蚕神的泥像竟然还在。老师傅相信蚕神有灵有应，所以吩咐表哥赶紧把蚕神泥像推回原位，免得惹来麻烦。

表哥听了这蚕神庙的来历，只是觉得新鲜，但蚕神显灵的事怎么听怎么觉得离奇。如果真有灵应，这座庙怎么会毁于战火？马头娘娘连自己的神位都保不住，它还能保着谁？可见是民间的迷信传闻罢了，只有老师傅这种上岁数的人才愿意相信。

老师傅看出表哥的意思，说道："你小子别不信，这泥塑的神虫真有灵性。"

表哥说："师傅我信还不成吗，泥人儿也有个土性，泥胎塑像常年受到香火祭祀，必然有灵有应，只盼它保佑咱这买卖越做越好。"

老师傅听这话就知道表哥还是不信，他说："这马头娘娘庙跟江南的风俗不同，善男信女们到此烧香许愿，常有祈福求子保平安的，与咱这卖樊哙狗肉的摊子毫不相干。解放前我就在这附近摆摊儿了，多次见过庙里的神虫显灵。"

表哥道："师傅您给说说，这庙里的神虫怎么显灵？它给您托梦来着？"

老师傅说俗传"狗肉化胎"，是说孕妇吃了肉狗，肚子里的胎儿就会化成血水，其实根本没这么档子事儿，这才是真正的迷信。南方人信的多，天津卫倒没有这种说法。早年间我祖父在沛县卖狗肉，有个孕妇买去吃了，那孕妇自己走路不慎摔了一跤，撞破了羊水，以至流产，却怪到咱这狗肉摊子头上。祖辈不得不背井离乡，举家搬到这九河下梢做买卖。我从记事开始，便跟着我爹在这摆摊儿，用泥炉瓦罐煮狗肉。

那还是在解放前，马头娘娘庙香火最盛的时候，老师傅当时二十岁不到，已经能一个人挑大梁，煮出来的狗肉五味调和，远近有名。和现在一样，也是每天傍晚出来做买卖，到半夜才收摊。有一次忙活到后半夜，路上早没人了，剩下他自己收拾好炉灶，正要回去，隐隐约约听到庙里有声音传出，因为离得远，那动静又小，听不真切。这座马头娘娘庙附近没有人家，庙里也没有庙祝，深更半夜哪来的动静？他以为是有贼人来偷庙内的供品，那时也是年轻气盛不知道怕，手边摸到一根棍子，拎着棍子走进去，寻思要是有小偷小摸之辈，挥着棒子喝骂一声，那做贼的心虚，肯定扔下赃物开溜。谁知到了庙里一看，前后不见半个人影，连只野猫和老鼠都没有。当晚一轮明月高悬，银光铺地，这马头娘娘庙的规模也不大，从庙门进去只有当中一座小殿，殿中一片沉寂，那马头娘娘和几个童男童女的塑像，在月影中黑蒙蒙的，白天虽然看习惯了不觉得怎么样，夜里一看，真让人感觉毛骨悚然。老师傅也不免有几分发怵，心说："可能偷东西的贼，听到我从外面走进了，已然脚底下抹油溜了。"想到这儿转身要往回走，忽然听身后传出小孩儿的啼哭声，那声音很小，但夜深人静，离得又近，听在耳中分外的诡异真切，他吓得原地蹦起老高。往后一看，哪有什么小孩儿，只有那尊神虫的泥胎。以前多曾听闻，马头娘庙里最灵异的是这神虫，常会发出小儿啼哭之声，求子嗣的善男信女全给它磕头烧香。往常别人说他还不信，泥土造像能发出小孩儿的哭泣声，这事怎么想怎么邪门儿，这次让他半夜里撞上了，吓得魂都丢了，跌跌撞撞地爬出庙门，一路跑回家中。后来倒没出过什么怪事，只是打这儿起，老师傅就相信庙里的神虫灵应非凡，也跟着善男信女们前去烧香磕头，继续在附近摆摊儿做生意。打仗时马头娘娘庙毁于炮火，转眼过去那么多年，想不到这尊神虫的泥像，埋没在荒草泥土间，还能保留至今。别看外面那层彩绘都掉光了，但一看那轮廓形状，老师傅立时认出是庙里供的神虫。

　　表哥一边蹬着三轮车，一边听老师傅说了许多年前的经过，只当听个段子，还是不愿意相信。泥土捏成的神像，怎么可能会在夜里像小孩儿一样啼哭？

　　师徒二人说着话，不知不觉到家了。表哥将老师傅送进屋，自己才冒着风雪回家睡觉。他累了一晚上，到家先洗了个澡，躺在床上便睡，连个梦也没有，等睡醒，再起来吃饭的时候，已经把这件事忘在脑后了。傍晚又跟老师傅去那条路上摆摊儿卖狗肉，结果当天夜里就出事了。

下

　　这两天连着下雪，大雪下得推不开门，一般做小买卖的全歇了。老师傅这祖传的沛县狗肉，却是天冷好卖。师徒两人顶风冒雪，用三轮车拉上炉灶，来到往常摆摊儿的路边，烧起泥炉，把狗肉装到瓦罐里用火煨上，准备好了板凳等待客人。

表哥对老师傅说："师傅，我有件事一直想不明白。您这祖传的手艺这么地道，老主顾又多，怎么不自己开个小馆子，这么大年纪了还在这偏僻的路边摆摊儿，天寒地冻何苦遭罪？"

老师傅叹气说自己没儿没女，好不容易收了你这个徒弟，你小子却又懒又滑，做买卖只会偷工减料，祖传的沛县狗肉到自己这辈儿，恐怕要失传了。他上了岁数，也没有开店的精力了，趁着身子骨还能动，才到路边摆个摊子，主要是放不下那些老主顾，对付着过一天算一天。

表哥一听这话别提多泄气了，合着师傅根本没拿自己当回事，他跟老师傅拍胸脯子保证："师傅，您别看我手艺学得不怎么样，可师徒如父子，往后您岁数大了，我给您养老送终。"

老师傅给了表哥脑袋上一个栗暴："你小子这就想给为师送终了？"他嘴上这么说，心里却很欣慰，觉得这个靠不住的徒弟也懂事儿了。

说话的工夫，天色渐黑，狗肉煨得软烂，热气腾腾，肉香四溢。陆续有吃主儿过来，围着泥炉坐在摊前，老师傅撕肉加炭，表哥则忙着烫酒收钱。这条路身后是坟茔荒野，对面是大片田地，隔着田地有村镇，今天来的几个吃主儿都在那儿住，彼此熟识，相互寒暄着有说有笑。

雪下到夜里，变成了纷纷扬扬的鹅毛大雪，路上行人车辆绝迹，可能电线被积雪压断了，整条路上的路灯都灭了。老师傅在摊子上挂起一盏煤油灯，加上炉火照亮，这老鳖狗肉是大补，热量很大，风雪中围着路边烧得火红的炭炉吃，更添美味，所以真有那嘴馋的主儿，冒着雪摸着黑赶来吃上一顿。

晚上十点来钟，风停了，雪还下个没完。表哥的肚子突然疼了起来，老师傅正忙着，也顾不上他，让他自己找地方解决。

表哥平时并不关心国家大事，但他有个习惯，上厕所必须看报纸，就从摊子上抄起一张破报纸，夹上手电筒一溜儿小跑，蹿到了后面的草丛里方便，嘴里还念叨着："脚踩黄河两岸，手拿秘密文件，前边机枪扫射，后面炮火连天……"

表哥在雪地里解决完了，浑身上下如释重负，但也冻得够呛，想赶紧回到摊子前烤火取暖。这时手电筒照到身前一个凸起的东西，覆盖着积雪。他恍然记起，之前把神虫的泥像推到此处，离着刚才出恭的地方仅有两步远。他虽然不信老师傅的话，可怎么说这也是庙里的东西，又想到泥像夜里啼哭的传闻，心里也有些嘀咕，起身将泥胎塑像推到远处。

不承想天太黑，没注意附近有个斜坡，表哥用力一推，神像就从斜坡上滚了下去，撞到底下的石头上。那泥像外边虽有层石皮，但毕竟风吹雨淋这么多年，滚到坡下顿时撞出一个大窟窿。表哥连骂倒霉，拿手电筒往底下照了照，猛然发现神虫泥像破损的窟窿里，露出一个小孩儿的脑袋，白乎乎的一张脸。

表哥吓得目瞪口呆，马头娘娘庙里这尊泥像，听说已有两百多年了，里面怎么会有个小孩儿？那孩子被塞到密不透风的泥像里，还能活吗？

稍微这么一愣神儿，一阵透骨的寒风吹来，刮得表哥身上打了个冷战，定睛再看那泥像的窟窿，却什么都没有了。他也不敢走近观瞧，暗道一声见鬼，急忙跑回狗肉摊子处。

老师傅忙着照顾那几位吃主儿，见表哥回来立刻招呼他："你小子又跑哪儿去偷懒了，还不快来帮忙。"

表哥没敢跟老师傅说，当即上前帮忙，手上忙个不停，心里却七上八下难以安稳，总想着刚才看到的那个小孩儿。

　　以前听过一种说法，小孩儿身子没长成，死掉半年就连骨头都腐烂没了。许是以前有人害死了一个孩子，把尸身藏在那泥像里，夜里那哭声是小鬼叫冤，烧香的善男信女们听了，误以为是神虫显灵。自己将泥像撞破一个大洞，外面冷风一吹，封在泥胎中的尸骨立时化为乌有。他脑子里全是这种吓人的念头，好不容易盼到收摊儿，骑着三轮先送老师傅进屋，再回到自己家，已经是夜里十二点半了。

　　表哥把三轮锁在胡同里，那时候住的还是大杂院，院门夜里十点准关，门里面有木闩，不过木闩前的门板上留着条缝隙，能让人把手指头塞进去拨开门闩。他伸手拨开门，心里还惦记之前看到的情形，下意识往身后看了看，只见雪在胡同里积得很厚，可雪地上除了他走到门前的脚印，还有一串小孩儿的脚印。

　　表哥大吃一惊，头发根子都竖起来了，可那脚印极浅，鹅毛般的大雪下个不停，转眼就将那串细小的足迹遮住了，只剩下他自己的脚印，由于踩得深，还没让雪盖上。他不禁怀疑是自己脑袋冻木了，加之天黑看错了，心头"扑通扑通"狂跳不止，但愿不是那屈死的小鬼跟着回家了。他慌里慌张进院回屋。

　　表舅两口子还没睡，等着给表哥热点儿饭菜吃，一看表哥进屋后脸色不对，忙问出什么事了。

　　表哥一怕爹妈担心，二怕老两口儿唠叨，推说今天吃主儿多，忙到深夜特别累，睡一觉就好了。表哥胡乱吃了点儿东西，打盆洗脚水烫了脚，提心吊胆地上床躺着，灯也不敢关，拿被子蒙着脑袋，翻来覆去睡不安稳。

　　那时居住条件不好，住平房，屋子里很窄，床和衣柜都在一间屋里。表哥烙大饼似的正折腾呢，觉得自己胳膊上凉飕飕的，用手一摸什么也没有，他心里纳闷儿，不知道是怎么回事，揭开被子看了看，没看到有什么东西，刚想蒙上头接着睡，无意中往衣柜的镜子上瞥了一眼，发现有只小手，正抓着他的腕子，更可怕的是，这只小孩儿的手只能在镜子里看到。

表哥吓坏了，当时已经是凌晨两三点，他"嗷"的一嗓子惊叫，把表舅和表舅妈全都吓醒了。表哥再瞪眼往镜子里看看，除了他自己之外什么都没有。屋里的灯还开着，他身上出了一层白毛汗，说不清刚才是做梦还是真事，随后发起了高烧，不知道是冻着伤风了还是吓掉了魂儿，去医院打了吊瓶。那年头不像现在，如今牙疼去医院都要输液，以前是这人快不行了才打吊瓶，说明情况很严重了。

表舅得知此事之后，等表哥恢复过来，能下地走动了，就带着他去找一位孙大姑。据说这孙大姑年轻时跟个老尼姑学过本事，会看阴阳断祸福，很多人都信她，乡下有盖房子选坟地的事，经常找孙大姑去看。比如"头不顶桑，脚不踏槐"之类的民间说道，因为桑树的"桑"与"丧"同音，"槐"带着"鬼"字，又与"坏"同音，这都是住家的忌讳，所以一般不用桑木做梁，也不用槐木做门槛。传统讲究是"东种陶柳西种榆，南种梅枣北种杏"，这叫"中门有槐，富贵三世，屋后有榆，百鬼不近"。还有种说法是"宅东种杏树，宅西种桃树，皆为淫邪之兆，门前种双枣，门旁有竹木，青翠则进财"，反正诸如此类事情，孙大姑都熟得不能再熟了。据说她还能看到一些别人看不到的东西，信孙大姑的人是真信，不信的人则说她脑子有问题，或是指责她以迷信手段骗钱，属于街道居委会重点盯防的对象。

表舅历来相信这些，带着表哥上门拜访，特意拎了两包点心。孙大姑却不收，让表哥把整件事原原本本地说了一遍，听完让爷儿俩回去等消息。转天孙大姑告诉表舅，以前马头娘娘庙里的庙祝心存不善，懂得邪法，从人贩子手里买来一个孩子，把这小孩儿堵在泥胎里，活活憋死了。这屈死的小鬼一直出不去，有时候夜里就在那儿哭，不知情的人听到，以为是神道显灵，使得香火大盛，庙祝以此来收敛钱财。这事过去好几十年了，那庙祝也早已不在人世，咱烧些纸钱请人做场法事，超度一下这小鬼的亡魂，应该就不会再有事了。

表哥一家为此事花了些钱，从大悲院请和尚念了几卷大经。拿表哥自己的话来形容，听完经之后，好像心里压着的一块大石头就此没了。是不是心理作用就不知道了，总之从这之后不再有怪事发生，他又跟着老师傅，在路边摆了两个多月的摊子。

冬去春来，天气转暖，生意冷清了不少。老师傅身体欠佳，可能是劳累了一辈子，连咳带喘一病不起，最后竟然撒手西去。表哥一直在旁伺候，直到送终火化，那门沛县狗肉的手艺终究没能学会。

上

位于故宫北面的煤山，元代之前是荒郊野地，明末崇祯皇帝吊死于此。据传夜里如果有人看到一个身穿红袍的老者在煤山附近痛哭，转天宫里一定会有帝后驾崩，也曾有侍卫用火枪去打那老者，但是一瞬间就不见了，这即煤山鬼怪的传闻。

北京故宫建成至今六百年了，在午夜时分，常有巡夜队听到或见到一些根本不该存在的东西，令人毛发奓起。比如在一处老墙下，看到一个宫女的幽灵，1992 年的时候还有人拍到过模糊不清的照片。因为深宫大院，从风水上讲是聚气之所，是磁场很强的地方，在阴雨雷电或满月时，有可能记录下人的影像。这段信号在很多年以后，就变成了反复出现的幽灵。

这篇虽然名为"故宫老墙和煤山鬼怪"，但我想说的故事，不是这些荒诞无稽的传闻。我有位亲戚，论辈分我要称呼他一声二舅，其实是辈分低、岁数大。他年轻时有点儿文化，解放前就参加了革命，当过四野某首长的警卫员，战争年代因敌机轰炸负过重伤，现在七十多岁了，身子骨仍然很结实，只是肺部至今还有弹片没取出来，阴天下雨便会感到喘不上气。他给我讲过很多在故宫中亲历的奇闻逸事。

1949年新中国成立之后，首长照顾我二舅身上有伤，给他安排了一份比较清闲的工作，转业到故宫保卫处。当时的故宫荒废了好几十年没人居住，也不对外开放，工作相对轻松。没过几年，到了20世纪50年代初，国家决定对故宫进行整理。周总理亲自批示，由保卫处和管理处抽调人员，分成若干个工作组，到故宫各处勘察，每一个角落都不能遗漏，并将情况记录上报。比如某处大殿是损毁了还是坍塌了、杂草多高、从里到外有什么物品、分别是哪样哪样，事无巨细，全部要详细记录备案，然后由上级调派人手进行翻修整理。这个工作断断续续，一直进行了两年多，光是从故宫里清除出来的堆积了上百年的垃圾，就有好几十万立方米。二舅所说的那些事，主要发生在此期间。

20世纪50年代初期，抗美援朝战争的硝烟尚未散尽，国内还有很多特务活动，按照规定，故宫保卫处和夜巡队也要配枪。二舅所在的工作组只有几个人，只有他一个人挎着把手枪，每天带上干粮、水壶、笔记本、照相机、图纸等用品。带上干粮是因为故宫实在太大了，吃饭往返耽误时间，所以在挎包里塞上俩馒头，累了饿了坐下来就着凉水啃几口充饥。他们早出晚归，在寂静空旷的深宫大殿中一走就是一天。

故宫是世界上最大的宫殿建筑群，始建于明朝永乐年间，占地七十二万平方米，四周的宫墙约有三千五百米长，墙外环绕着宽五十二米的筒子河。相传故宫里总共有九千九百九十九间半的房屋，差半间是一万。那时候也没游客，只有工作组这几个人，站在宏伟无比的太和殿前，抬头仰望苍天，会有种与世隔绝的恍惚感。

这么大的故宫，要把每一处角落都走遍，可不是一件容易的事。那时候的人们特别吃苦耐劳，既然组织上这么安排，埋头干就是了。最先进行勘察的是午门。穿过天安门和端门，一直往里走，就是故宫的正门——午门，以往说书的经常说"推出午门斩首"，就是指这道门了。高大的红色宫墙，城墩当中辟有三个门洞，左右各有一处掖门，俗称"三明五暗"，由于年久失修，墙皮脱落的情况很严重，墙头和城门楼子上都长出野草了。

午门这样颓败萧条的情形，在整个故宫里情况还算比较好的，毕竟一般有人来都从这儿进，那些常年闭锁的偏僻区域，情况还要差，野草长得比人都高，走进去连下脚的地方都找不着。二舅刚到故宫时，还以为午门前这片空地，真是古代处决犯人的法场，特意多看了看。后来听工作组里的专家说，戏文评书里的"推出午门斩首"这种情节，完全是胡编的，推出午门也许没问题，但是砍头不可能在午门前。明朝处决死囚在西四牌楼，清朝的法场设在菜市口。那时每到秋后开刀问斩之际，差役们就把犯人押出宣武门，经过断魂桥和迷市这两个地方，送到菜市口行刑。当地菜摊集中，所以叫菜市街，街前的路口叫菜市口。那地方闹鬼的传说最多，留着以后单独说。

还是说这座午门，为什么叫午门？凡是地名没有不带讲儿的，午门也有讲儿。整个紫禁城的布局东南西北非常工整，坐北朝南处在子午线上，如果用子丑寅卯十二时辰象征方位，子在正北，午在正南，午门就是故宫的南门。"南"字音同"难"，不吉利，旧时避讳。您看南北两方打仗，不单是中国，越南、朝鲜包括美国，凡是南北相争，北在上南在下，论形势是以上制下、以北压南，南边从来就没赢过。以前的朝廷最忌讳这个，故此称南门为午门。

这是二舅听工作组里的老同志讲的。那几年二舅在工作组里，也真跟着学了不少东西，又请教人家这故宫为什么又叫紫禁城，这里面有讲儿没有？老同志说怎么没有呢，凡是地名都有讲儿。紫禁城是人王住的地方，人王就是世间的帝王，号称真龙天子，是天帝的儿子。皇宫要仿着玉帝的天宫建造，天宫也称紫宫，因为紫微星居于天地中央，皇宫属于戒备森严的禁地，所以就叫紫禁城了。只是人王的宫殿规模不敢超过天宫，传说天宫里不多不少是整整一万个房间，故宫里就只有九千九百九十九间半，这是为了比天上少半间。实际上宫里究竟有多少房间，这么多年来从没有人数得清楚，只知道大致是八九千这个数目，就像没人知道紫禁城总共有多少条龙。故宫里这种解不开的谜团实在太多了，没法儿一一细说。

二舅所在的工作组，初期勘察的区域在前廷西侧，进了午门往左走，隔着一道宫墙便是武英殿。那一带建筑比较少，深邃又空旷。如今故宫对外开放可以参观的，仅是一小部分，很大部分仍常年闭锁，这座武英殿就属于其中之一。

工作组刚进去的时候，这片宫殿里野草齐腰长，宫殿里有大群大群的乌鸦栖息。每天黄昏日落之际，成群结队的乌鸦就往武英殿飞，群鸦铺天盖地，看起来犹如乌云压顶，数目多得吓人，此起彼伏的叫声杂乱凄凉。这些乌鸦很多年来没人敢打，因为老百姓都说这是玉皇大帝的黑鸦兵。

群鸦白天飞往南城觅食，傍晚飞回故宫武英殿附近，墙头房檐都是乌鸦落脚的地方，由于这片宫苑很多年没人进来过了，所以乌鸦都不怕人。相传故宫里的乌鸦群几百年前就有，只不过数量很少，并没有眼下这么多。乾隆时的名臣刘罗锅，曾就这些乌鸦做过一首打油诗："一只两只三四只，五六七八九十只；食尽君王千钟粟，凤凰何少尔何多。"借此抨击朝廷里那些碌碌无为的庸臣。当然也有人说诗里写的是麻雀，实际上是指乌鸦。前清的皇帝常下旨给群鸦投米，因为古书上有"乌鸦反哺"的典故，皇上认为乌鸦孝顺，百善孝当先，理应赏赐，主要是为了给臣工百姓们做个样子，显示皇上尊崇孝道。

　　工作组的几个人忙到中午，坐在武英殿前的石阶上啃馒头喝水，就看见墙根背阴处落着一只老乌鸦，满身羽毛锃亮，个头大得出奇。这个时间武英殿附近的乌鸦不多，大部分都出去觅食了，工作组一开始没拿这只巨鸦当回事，想不到故宫里的大乌鸦真有灵性。

　　工作组里有个女的叫小陈，她把剩下的一小块馒头扔给老乌鸦，巨鸦衔起来就吞了。午饭后工作组到武英殿前察看，武英殿前面是武英门，整座大殿朱红色的高墙，琉璃瓦铺顶，地面上满是蓬蒿野草。明末清初闯王李自成进北京，在这武英殿里登基称帝，但很快就被清朝八旗铁甲逼得逃出京城，李自成兵败身亡。有这段历史的存在，给本就荒废的宫殿蒙上了一层更悲凉的色彩。工作组拨开野草正要往前走，忽听刚才那只老鸦高声鸣叫，振翅在众人头顶盘旋，有人就说："这乌鸦真讨厌，给了它一口吃的便纠缠不休。"一边骂一边往前走，那只大乌鸦竟飞下来啄人，怎么驱赶也不肯离开。

　　组里的那位老同志觉得乌鸦这举动有些反常，好像是在告诉这几个人别往野草深处走，难道前面有什么危险？

　　大伙儿心里画了个问号，抬眼往前看，荒草深处有几口带着兽头的大铜缸，那都是宫里积水防火用的器物，几乎每座大殿前都有。这时就听草丛里窸窸窣窣一阵响动，有东西在乱草深处快速移动，"嗖"的一下蹿出一个谁都不认识的怪物。

中

从草窝子里蹿出来的这个活物，足有一尺多长，身上疙里疙瘩，糙皮的颜色和枯树叶一样，长着四肢和尾巴，脑袋又扁又圆，眼珠子跟舌头都是血红的，样子很凶恶，从众人眼皮子底下蹿过去，落到武英殿石阶前的野草丛中，众人再想找就找不着了。要不是那只老乌鸦在头顶干扰，二舅这几个人往前多走两步，非让这东西给咬着不可。

以前有种传闻，说故宫里有种怪物，好多人见过，但始终没能逮到。关于这怪物的样子，众说纷纭，没有个准谱儿。相传是宫殿檐脊上镇邪的神兽，年头多了有了灵性，到夜深人静的时候就四处活动，当然这属于迷信传说了，不过故宫里确实有怪物。二舅当年在保卫处做夜巡队，不止一次亲眼见过，但那天在野草丛生、荒废破败的武英殿前蹿出来的东西，还是头一次看见。

工作组里的老同志姓贾，二舅称呼他为"贾不懂"。贾不懂就是真懂，故宫里的事很少有他不知道的，对这地方一砖一瓦的历史掌故无不通晓，比如宫殿屋脊滴水檐上雕着的神兽，各有各的名，各有各的讲儿，每一样贾不懂同志都能给你说出来。但从草丛里蹿出来的这个东西，连老贾同志都不认识，也许是他走在后面根本没看清楚。

一开始以为是某种怪蛇，可蛇没有腿，后来查过不少旧档案，以前皇宫里养过不少动物，御花园里有的是珍奇异兽，还有养在地窖子里的守宫。守宫也是剧毒之物，养在深宫中喂以秘药，等到长大了便钉在瓦上拿炭火烤透，然后碾成碎末，做成守宫砂给嫔妃、宫女点到臂上。从此嫔妃、宫女臂上便多了一个红玉似的血痕，处女一破了身，这守宫砂就会立即消退，通过此法防止有人做出秽乱宫闱的事情。末代皇帝溥仪被逐出紫禁城之后，紫禁城里养的守宫也没人喂了，逃得四处都是。这东西性喜阴凉，武英殿前的大铜缸存积了上百年雨水，那水都是黑绿色的，散发着腐臭，周围长满了厚厚绿苔，底下的岩缝里阴凉潮湿，守宫最喜欢钻到这种地方，大概有不少乌鸦被它咬死了。别看乌鸦不招人喜欢，但这种鸟类的逻辑性特别强，很有灵性，那老乌鸦必定知道草丛里有守宫，这才阻止人们接近。

当然这仅仅是猜测，因为没能逮到在武英殿附近出没的怪物，所以说不清它到底是什么。其实不仅是这个，20 世纪 50 年代故宫里的活物很多，黄鼬、野猫、野鼠、蝙蝠之类最为普遍，由于荒废了好几十年，蝎子、蜈蚣、长虫这些毒物也有。工作组从那次后就吸取了教训，再到荒草没膝的偏僻所在行走，一定要提前打好绑腿，起码也得把裤管扎住，以免有蛇钻进去把人咬伤。

在对故宫的彻底清整中，工作组根据线索找到了一间储藏珍宝的密室，地点在乾清宫。这是有个老太监，解放后为了立功，把密室的事报给了人民政府，据说这地方连溥仪都不知道。乾清宫里的结构十分复杂，以前是皇帝的寝宫，设有暖阁九间，每间分上下两层，各有楼梯相通，每间屋子都有三张床，总计二十七张床，为的是让皇上换着地方睡觉，以防被人暗害，但明朝的一些宫廷命案，都是发生于此。乾清宫暖阁下有防火的夹壁墙，密室就藏在墙里，从里面取出来的最有价值的东西，被命名为金发塔。纯金的一座小宝塔，四尺多高，塔身嵌满了宝石，工艺精湛绝伦。塔里放着一些头发，那是乾隆生母孝圣宪皇后的头发，清朝皇帝笃信密宗，所以有这样的习俗，堪称稀世珍宝。

另外还有两件骨器，就是拿人骨做的法器，是什么人的遗骨还考证不出。野史中有一个未经证实的说法，咸丰年间，有发匪作乱，就是太平天国起义，也是清朝历史上规模最大、持续时间最长的农民起义。太平天国鼎盛时派兵北伐，北伐的两个统帅是林凤祥和李开芳。太平军一路北上，势如破竹，打到天津的时候被天津知县谢子澄组织民团伏击，太平军损失惨重。这时僧格林沁指挥的蒙古马队又赶来夹击，北上的太平军全军覆没，林凤祥和李开芳分别受伤被俘，首先被擒的是李开芳。初时清军跟太平军作战没赢过，头一次大获全胜，还捉到了贼首，铁帽子王僧格林沁为了在皇上面前请功，把林凤祥装在囚车里，由大队官军押解到北京城献俘。皇上带着文武大臣，亲自在午门城楼子上观看俘虏。京城的老百姓也争相来看热闹，挤成了人山人海，要看这太平军里的大人物到底是不是三头六臂，一看虽没有传说中的那么厉害，倒也真是一条好汉。林凤祥被押送菜市口凌迟处死，身受千刀万剐，自始至终神色如常。他死后，腭骨被喇嘛做成了一个酒碗，上面雕刻着密宗的真言咒语，据说可以辟邪。后来太平天国遭到彻底镇压，天王洪秀全有个妹子叫洪宣娇，南京被清军攻陷之际，洪宣娇死于乱军之中。她的尸体被清军找出来，扒皮取骨，遗骨也被做成了一件法器。按野史笔记里的描述，这两件东西收藏在皇宫大内，可谁都没见过，而且这也不是信史，只是作为传说顺便一提。但乾清宫密室里发现的珍宝中，确实有两件密宗骨器，来历无法考证。

20 世纪 50 年代初，在故宫密室中发现的珍宝，如今在故宫博物院珍宝馆里都能看到，但那两件骨器一直没有展出，是封存起来了还是怎么样，咱们就不得而知了。

现在的珍宝馆是在故宫东北面，那里属于后廷，离珍妃被投井的地方不远。既然之前说到故宫里的怪物，接下来就说说珍妃井。八国联军打进北京那一年，慈禧太后要逃亡西安避难，老佛爷一直看珍妃不顺眼，将她当作眼中钉肉中刺，一直把珍妃幽禁在冷宫里，临逃之前非要找个借口把珍妃这小妖精弄死，就称洋兵洋将很快就要打进北京城了，不能让珍妃留下受辱，万一让洋鬼子糟蹋了，有损国体，让珍妃投井自尽。珍妃活得好好的，怎么能甘心自尽，当时奋力挣扎，最后被慈禧手下的心腹太监，活活推到了井里，结果香消玉殒成了水鬼。后来慈禧回到紫禁城，夜里常做噩梦，梦到珍妃披头散发从井里爬出来找她索命，那情形比午夜凶铃还恐怖。慈禧受不住吓，只好命人把珍妃的尸体从井里打捞上来好生安葬，比较邪行的是井下尸体仍然栩栩如生。这也可能是后人以讹传讹，到了民国时期有件大案 —— 夜盗珍妃墓，那已是后话了。咱不说土贼当年如何夜盗珍妃墓，只说听我二舅讲，在 20 世纪 50 年代清整故宫的时候，有人在这口珍妃井附近看到过很奇怪的东西。

珍妃井所在的景祺阁属于紫禁城的后廷，二层的一座阁楼，当时管理处的人都听过珍妃井闹鬼的传闻，大白天往这儿走也觉得瘆人。井口看起来不大，珍妃要是稍微胖点儿，硬塞也塞不进去。不过以前这井口是八角的汉白玉栏杆，号称八角玲珑井，那会儿井口还很宽，20 世纪 50 年代初期，这口珍妃井已经枯得见底了。当时夜巡队曾有人经过庆寿堂，晚上听草响，还当是有野猫，拿手电筒照过去，就看有个很瘦的小孩儿，样子古里古怪，有鼻子有眼，站直了可能还没普通人大腿高，身上白乎乎的全是毛。

说这怪物是小孩儿也不太像，倒像浑身白毛的小猕猴。夜巡队的人也是胆大，几个人呼啦啦往上一扑，就想逮住这只小白猴，不料那家伙逃得飞快，"噌噌"几下就上墙了。夜巡队借着月光从后面追，打庆寿堂一直跟到景祺阁，就看它一溜烟似的逃进了珍妃井，等夜巡队追到井前，往里看黑咕隆咚看不到井底。后来疏通这口古井下的淤泥，有工人下去看到井壁很滑溜，不可能有东西从底下爬上去。工人从井下挖出不少淤泥，但没挖多深，底下"咕咚咕咚"

直往上冒水。有人说这口井深处可能通着筒子河，当时也不敢再挖了，任凭井水自己涨落。这件事二舅只是听当事人讲过，后来随着故宫对外开放，进出的人越来越多，这些稀奇古怪的东西也就很少再有了。不过现在的故宫仍有很大一部分区域，从不对外开放，其中有几个地方在深夜十二点之后，即使是夜巡队也不敢去。

最让夜巡队怵头的地方，主要在紫禁城后廷东面。故宫里千门万户，不熟悉的人进来就跟进了迷宫一样。紫禁城前面主要是三座大殿，分别是太和殿、中和殿、保和殿。从明朝开始，这三重大殿周围一棵树也没有，按民间的说法，不种树是怕有刺客躲在树上，实际不是这么回事。

紫禁城前朝三大殿自古不种树，近代稀稀落落有过那么几株，还是辛亥革命之后所栽，长得也不好，后来又给砍了。以前朝廷不让种树，主要是为了衬托宫殿宏伟威严的气势。您想古代的文武官员前去朝拜天子，先经过天安门，踏着漫长深邃的御道，在层层变化起伏的建筑中穿行，会感到一种无形的压力逐渐扩大，最后进入太和门，看到宽阔的广场上三重大殿巍峨耸立，人的精神压力至此被放大到了顶点，至高无上的天子要的就是这种效果。

此外，二舅还听老贾同志提过，宫殿前不种树，也和五行风水有很深的关系。紫禁城讲究的就是天人呼应，皇帝在五行里占个土，木克土，触了霉头，这也是三大殿前没树的缘由之一。

往东还有一座闹鬼的"阴门"。阴门不是正式的名称，那是民间的俗称，这道宫门叫东华门。紫禁城里的每扇大门，上面的门钉按制度要"朱扉金钉，纵横各九"，也就是门是朱漆红门，门钉刷金漆，按九九之数排列，每排九个门钉，总共九排。唯独这东华门，门钉居然少了一排，是八九七十二个。有人说是建造此门的时候出现了疏漏，其实不然，紫禁城那是皇上住的地方，谁敢犯这么大的错？再说当初造错了，为什么几百年一直没改回来？其实是故意造成七十二个门钉，七十二合着地煞之数，这座东华门本来就不是给活人走的。紫禁城里住过二十几个皇帝，历朝历代皇帝驾崩，一律从东华门出殡，因此得了"阴门"这么个名称。这一带旷地很多，比西边的武英殿还僻静，闹鬼的传闻最多。

下

东华门位于紫禁城的东南角，位置偏僻，20世纪50年代的时候，那一带尤其荒凉。往北过了皇极门属于内廷，建筑开始变得密集，宫阙重叠，不熟悉的人进来很容易迷路。俯瞰紫禁城东北侧，宫墙殿阁犹如棋盘，故宫里闹鬼的传闻，大多发生在东边，甚至有人进去之后失踪不返，活不见人，死不见尸，挺大个活人，就这么不明不白地消失了。

刚解放那会儿好多单位实行军管，故宫管理处、保卫处的人员，很多是从部队上调拨过来的。二舅有个同事，也是部队转业，战争年代作为乡下农民参了军，没什么文化，就是傻大胆。他到北京紫禁城，刚来没两天，得知这是皇帝老儿的金銮殿，俩眼都不够使了，看哪儿都觉得新鲜，一个人到处溜达。有管理处的人劝告他："你哪儿都不认识，别一个人在故宫里到处走，万一迷路就麻烦了。"这老粗不听那套，以前在游击队打鬼子，什么样的深山老林没钻过，不信在城里还能走丢了。结果这个人独自走到后廷，然后再没回来。保卫处派人找了好几天也没寻到下落，究竟遇到了什么意外，恐怕只有他自己才知道，但是永远没机会说出来了，也不知道是否与东宫后廷闹鬼的传言有关。

要说东宫后廷闹鬼，绝不是没有根据的。后廷的建筑本身就复杂，充分发挥了古代风水的藏纳之道。紫禁城有个特点，站到皇城外的景山上，地势比城内高出许多，但宫里这么多道门户，在高处完全看不到，只能见到朱红的墙壁重重叠叠，以及一座座铺着琉璃瓦的殿顶起伏错落，这也是为了防止有刺客在山上窥觑大内路径。

解放前的北京，一度称为北平，在那个兵荒马乱的年月里，北洋军阀、日本鬼子、国民党这些统治势力，你方唱罢我登场，虽然城内没发生过大的战争，但有时候治安也不稳定。紫禁城自皇帝被赶走之后，几乎成了无主之地，确保治安的巡逻队往往是形同虚设，那些毛贼草寇盯着皇城怎么能够不眼红呢。其实为了避免日军轰炸，故宫里价值连城的珍宝，已经被政府转移到大后方，故宫几乎是个空城。不过贼不走空，历朝历代皇帝老儿住的地方，随便划拉点儿什么也是宝贝，因此不断有贼人溜进紫禁城，可进去之后很少有贼人能再活着走出来，据说都让鬼给迷在里面了。

东宫这边闹鬼，始于明末清初，闯王李自成二十万大军，全军皆穿黑衣黑甲，渡过黄河一路势如破竹打到北京城。崇祯皇帝在穷途末路之际，以发覆面吊死于煤山。三宫六院的那些嫔妃、宫女，有些怕被义军捉住受辱，也有一心忠于大明皇帝的，自杀以殉国难的不在少数，义军攻进紫禁城又杀了一批。死人的地方大多在东宫，多年以来冤魂不散。按民间流传的说法，清军入关之后在东面造了一座佛堂，专门镇着这些阴魂，清末这佛堂塌毁了未能重修，所以出现鬼怪作祟。

旧时北京有很多飞贼的传说，可真能飞檐走壁的实在是少之又少，有那本事就用不着偷皇宫内府了，随便找个富商巨室，足能盗得许多财物。大多数的贼都没这么厉害，比如以前丰台有个贼，绰号"飞毛腿"，无非是腿脚利索跑得快，若无其事地走在街上，到人家店铺里抄起一样东西撒腿便跑，一般人还真跑不过他，因此得了个"飞毛腿"的绰号，实际上只不过比常人能跑而已。至于贼人为什么大多死在东宫，咱得先描述一下紫禁城的地形。围着城一圈都有护城河，民国年间河水还挺深，唯独故宫东北侧的角楼附近，能找到过河的地方，这些个毛贼瞅上了角楼底下河水浅，借助蜈蚣梯爬进后廷。也有白天从侧门混进去，躲到夜里再动手的贼，通常就近在紫禁城后廷藏匿，到夜里走在阴森空寂的深宫大内，遇上什么风吹草动，真有胆小的被吓死的。据闻也有贼让鬼给带迷了的，这地方即使没有鬼，那时的宫门全都关着，摸着黑走来走去，走转了向也毫不奇怪。那些死在里面的贼人，有些还能找到尸骨，个别人就和保卫处那个老粗一样，说没就没了，直到现在都找不着踪迹。

20 世纪 50 年代初清整故宫时，就在紫禁城东侧后廷排水的沟渠里发现了两具尸骸。尸骨都被沟里的脏水浸烂了，身份到现在都没查明。因为发生过很多无法解释的事情，所以那时保卫处的人员有个心照不宣的规矩，一过夜里十二点，绝对不去后廷东侧。

二舅在 20 世纪 60 年代受到运动冲击，离开了保卫处，平反后组织上给安排了别的工作，到老一直住在北京。风风雨雨几十年，算是在那儿落户了，甚至习惯了和老北京一样吃焦圈喝豆汁，给我们后辈儿人说起在故宫夜巡队的所见所闻，仍是历历如绘。

比如大伙儿都知道"朝廷"这个词，因为故宫分前后两部分。前边主持政务的三大殿叫前朝，皇帝起居的后宫叫后廷，合起来就是朝廷。至于故宫全部门匾上的"门"字，末笔都没有钩，唯一有钩的门叫锡庆门，这个谜的解释有很多版本。据说皇城里的忌讳很多，"门"字末笔在书法中称钩角，而皇宫大内最忌讳钩心斗角，所以把末笔的钩都给抹了。唯一例外的锡庆门，位于后廷东部，是整个紫禁城里的重要交通枢纽，按以前迷信的说法，这座门相当于人身的死穴，需要有遮拦，因此皇城里只有锡庆门的"门"字末笔带钩。

要是碰巧有去故宫游览的读友，别忘了去验证一下是不是真的如此，保证会有意外的发现。

相比这些稀奇古怪的见闻，二舅最为津津乐道的段子，是当年在故宫听老贾同志讲的一则逸事。前清时紫禁城戒备森严，御林军各营各旗分别有自己的防区，守得铁桶相似，连苍蝇也飞不进去一只，可在咸丰年间出了件奇人奇事。

咸丰初年，顺天府宛平县有个乡下的草民，最普通不过的平头百姓，祖宗八辈没吃过饱饭的这么一位。这人姓王，穷人没大号，有个小名叫库儿，连起来叫王库儿，绰号"傻柱子"。"傻柱子"是老北京土语，意思是实心眼儿、一根筋，不懂王法只知道赚钱。王家到了他这代，做了点儿小买卖，每天蒸了馒头用小车推到北京城里贩卖。有一回无意中，他捡了一块出入紫禁城的腰牌，腰牌就相当于通行证。您说这小子胆子多大，捡到腰牌丝毫没考虑王法当前，先想的是紫禁城里能不能卖馒头。他也想不到这是多大的祸事，私自把腰牌上的名字刮去，换成自己的名字，转天开始不在街上做买卖了，大摇大摆地推着小车，往紫禁城里就走。

当时守卫的军兵也想不到有人这么大胆子，未经许可就敢去大内禁地摆小摊，又看王库儿带着腰牌，还以为是内府特批，便把他放进去了。从此王库儿财迷心窍，每天起早贪黑到皇宫里做买卖。那些往来的宫女、太监和御前侍卫，也都认为这人能在紫禁城里卖馒头，肯定是上面准许的，所以都没多问，还有不少人来买他的馒头。别说王库儿这手艺还真吃得过，人人都说他这馒头蒸得好。

有时赶上早朝，王公大臣们天不亮就进紫禁城候着，总不能让皇上等大臣不是，因为起得太早，很多人来不及吃早点。王库儿听说了这个消息，起得比这些大臣还早，推着热腾腾的馒头来卖。那些王公贝勒文武臣工，一看宫里还有卖馒头的，都觉得这事稀奇，可一闻见馒头的香味，肚子里便打鼓了，纷纷掏钱买来吃，有的上朝没带钱——本来上朝也没必要带银子——就找带银子的大臣借钱买。王库儿这馒头比街上卖得贵了几倍，但在紫禁城里是蝎子屙屎——独一份，天天卖个精光。这事除了皇上不知道，连后宫的皇后都有耳闻，听说前面有个卖馒头的小贩，做馒头的手艺京城一绝，所以皇后和嫔妃们也不时差太监来买。这些人吃惯了山珍海味，没吃过这种家常馒头，一来吃个新鲜，二来人人都说好吃，本来觉得一般的人，也不免觉得好了，另外宫里跟馒头搭配的全是好东西，可不是就着咸菜疙瘩吃。由于王库儿常年在皇宫摆摊儿卖馒头，时间久了和那些侍卫太监，乃至王爷贝勒都混了个脸儿熟。有一次身体不适，偶尔没去紫禁城卖馒头，大伙儿天天看见他，一天看不见还都挺惦记，据说某位王爷还特意派御医去给他瞧病，可谓出尽了风头。

到后来王公大臣和皇后嫔妃们，总跟皇上念叨，说皇上真是有道仁君，体恤大臣们早朝辛苦，便特意让人在宫里卖馒头给大伙儿吃。皇上越听越纳闷儿，哪有这回事？哪来的什么馒头？不过再英明的皇帝，也喜欢底下人溜须拍马，被说是仁君圣主那还不高兴吗，当然是龙颜大悦，也没再往下追究。

直到好几年之后，王库儿无照经营非法摆摊儿的事才败露。原来当初御膳房有个执事出来买菜，一时大意把腰牌丢了，由于担心受到责罚，始终没敢呈报，王库儿捡到的就是这块腰牌。想那皇宫大内紫禁城，守卫严密，城防坚如磐石，竟让这个小人物进出如履平地长达几年之久，当真是不可思议了，事情近乎荒诞，却在紫禁城里真的发生过。

现在的电视剧，很流行拍清宫戏，但那些格格、贝勒、皇帝的故事大伙儿早看腻了。我觉得如果能把王库儿进宫卖馒头的事添油加醋演绎一下，完全可以拍成一部连续剧，观众们一定很喜欢看。

第九章

鬼市人头案

上

以前南开一带有个早市，摆摊贩卖的东西，大多来路不正，有偷抢蒙骗来的，也有挖棺掘墓盗来的，还有以次充好的，要趁天没亮看不清的时候出手。那些爱贪便宜捡洋落儿的主顾，特意摸着黑来逛。买卖双方不喊不叫，不嚷不闹，讨价还价拿手比画，一个个来去匆匆，好像阴间集市，因此俗称"鬼市"，这个民间自发形成的旧货市场至今仍有。

上述景象是解放前，近几年鬼市搬来转去，人越来越少了，也淘不到什么好东西了。前几年鬼市还在西市大街的时候，我和一个哥们儿去那儿转悠。哥们儿瞅上一个玉制小挂件，青绿通透的一只蟾蜍，额顶有块天然的红斑。卖东西的小老爷们儿说这东西不是好来的，俗话说江湖财江湖散，不散有灾难，真是这么回事，打他爷爷那辈儿得着，家里就没好过，所以拿出来想卖掉。

当时我那哥们儿认为鬼市上没真话，也不想听那小老爷们儿说故事抬价，直接讨价还价，反正是买的贬、卖的抬，到最后二百二十块钱成交。拿回家这玉蟾就没了，大概是他老娘收拾屋子时给放到哪儿了，转过年来他家他老爷子出了车祸，家里的底商也被合伙人占了，打官司把积蓄掏了个精光，真不好说这些倒霉事是不是巧合。

以前鬼市上发生过很多古怪的事情，比如人卖了东西，等天亮一数钱，发现全是烧给死人的冥币。还有天津卫民国八大奇案的第一件大案——"鬼市人头案"，也正是在此发生的，先给诸位大致说一下这个案子的经过：

解放前有个住在南市的老头儿，每天天不亮就去鬼市摆摊儿，无非是卖些破东烂西，偶尔也收一些别人卖的物品。有一天他出摊儿出得早了，大街上黑咕隆咚的，还没什么人，那时也没有路灯，有一些摆摊儿早的人，坐在摊位后边抽烟。那烟头上的烟火在黑暗中看来忽明忽暗，不时移动，就像一点点鬼火，这也是鬼市名称的另一个由来。

老头儿刚把摊儿摆好了，坐下来等着主顾上门，顺便摸出烟袋，拿洋火点上。洋火就是火柴，我记得我小时候老人们就习惯将火柴称为洋火。清末那会儿从西洋引进的东西，甭管什么都加个"洋"字，黄包车叫洋车，油叫洋油，烟卷叫洋烟，洋枪洋炮那就甭提了。旧时天津卫是八国租借通商码头，洋物尤多。北京就不这样，老北京管火柴叫取灯，现在北京还有"取灯胡同"，曾经是存火柴的仓库，不过读出来要念成"起灯胡同"，写成字还是"取"。以前北京专门有种职业是叫"换取灯的"。晚清时期，朝廷禄米养了许多代的旗人，没了俸禄沦落为穷人，先前的日子过得太好了，一个个养尊处优，早已没有了劳动技能。清朝通过骑射得天下，等到了清末民初，八旗子弟连老祖宗射兔子的手艺都没了。有些旗人妇女为了谋生，没办法只能以换取灯为业，一边吆喝一边走街串巷，用火柴交换一些日用品。

别看北京、天津挨得近，文化背景截然不同。一个是传统味道浓厚的皇城文化，一个是东西方新旧交融的市井码头文化，所以旧天津没有"取灯"这种名称，火柴就叫洋火。老头儿找个背风的地方划着洋火想抽烟，火柴这么一亮，就发现脚旁有一个包袱，周围没别的人了，放在这儿肯定是没主儿的东西。看那包袱皮儿是上好的面料，估计要卖也能值几个钱，里边裹着的东西自然也不会差，但是鼓鼓囊囊的不知道装着什么。

这老头儿一时贪心发作，唯恐有旁人看到分一半，他趁着天黑没人注意，拎起包袱来匆匆跑回家中，摊儿上的东西也不要了，跑到家连口水都顾不得喝，指着包袱告诉老伴儿："咱捡着宝贝了！"他老伴儿也是财迷，见状大喜，赶紧关上房门，把包袱摆到桌上，解开看看里面有什么好东西。老两口儿上岁数了，眼神不济，还特意点了盏油灯凑到近处看，谁知打开来一看，那包袱里裹的竟是一颗血淋淋的女子的头，披头散发，两眼圆睁，当场老头儿老太太就吓瘫了。

有人在鬼市上捡了个包袱，里面裹着一颗人头——这件事轰动了津门。那些天大街小巷、男女老少间没别的话题，议论的全是"鬼市人头案"，各种各样的谣言也跟着出现。当局对这个案子很重视，安排了一位最有经验的探长专门负责此案。其实案情并不复杂，以这颗人头为线索，很快就破了案，但里面的一些细节，是巧合还是有某种别的原因，事隔多年仍是人们议论纷纷的焦点。

破案之后各家报纸上都刊登了详情，让民众得以知晓来龙去脉。死的这个女人到底是谁呢？她生前是天津卫一个富商的小妾，这位富商买卖做得很大，但迷信道术，经常去道观里烧香上供，因为生意上的事很忙，有时外出做生意没空去道观，就让家里的这位小妾代替自己去做这些事。天津卫最有名的道观叫吕祖堂，顾名思义，里面供着上洞八仙吕洞宾祖师的神像。清朝末年闹义和团，那时这座吕祖堂曾是义和团聚集的坛口，正因为义和团在此设过坛，吕祖堂才得以保留至今。您现在去小西关还能瞧见，旧天津寺庙道观多不可数，留到今天的屈指可数，吕祖堂便是其中之一。

民国"鬼市人头案"发生的时候，这吕祖堂观中有个道士，俗家姓宋，年纪三十出头，长得挺帅，一派仙风道骨，仪表不凡。这小妾水性杨花，嫁给富商图个衣食无忧，但过得并不幸福，第一次到吕祖堂烧香时就看中了姓宋的道士。当然这道士也不是吃素的，除了通晓道门里的法事，也很懂得风情。什么叫风情？男欢女爱谓之风情。宋道士跟这小妾两个人，那算是王八看绿豆对上眼儿了，一来二去勾搭成奸，经常利用富商出门做买卖的机会苟合。

都说女人是感性动物，这话当真不假，有一天小妾来到吕祖堂，找道士关上房门云雨一番之后，忽然泪如雨下，声称实在忍受不了这种偷偷摸摸的日子了，从家中卷了些金银细软，要跟道士私奔，逃到外地结为夫妻，好好过几年恩爱的日子。道士不肯，觉得为这女人犯不上，那小妾便以揭出奸情相逼，到最后二人越说气越大，竟然争执起来，道士一怒之下杀了这个小妾，又怕惹上官司。那时的侦破手段还比较落后，如果死者没了脑袋，无法确认身份，这案件就没法儿破，所以道士狠了狠心，一不做二不休，去卖羊杂碎的店里借了把刀，连夜把小妾大卸八块了。吕祖堂平日里只有他一人住持，在后堂分尸杀人，外边完全没人知道。

道士将小妾分尸后，当晚就一趟趟地出门，这趟包上一条胳膊，下趟包上半条大腿，全部扔到了荒郊野地。郊外野狗很多，等不到天亮就把尸块啃没了。姓宋的道士杀人抛尸，整整忙活了一个通宵，眼瞅着天光破晓，却还剩下一颗人头，当天只好停手，托病闭门不见外客。等到天黑之后，他拿包袱皮儿裹了人头，想趁夜带出吕祖堂找个偏僻地方给埋掉。这件事从此死无对证，神也不知鬼也不觉。富商肯定以为小妾跟某个小白脸儿跑了，绝不会想到跟他这个道士有关。因为小妾和他是偷情，家里上下人等都要瞒着，来吕祖堂只告诉下人是回娘家，回到娘家晚上再出来，路上换两次黄包车。因此除了宋道士，谁都不知道这小娘儿们的行踪，做梦都想不到她死在吕祖堂了。

　　道士想得挺好，但谋事在人，成事在天，刚出门没走多远，就有一个小贼趁他不备，拎起包袱飞也似的跑了，深更半夜追赶不上，道士就知道这是冤魂不散，多半要牵出事了。果不其然，小贼抢走了包袱，可能也想看看里面是什么，一瞧是颗人头，顿时吓个半死，就近扔到了鬼市街角，让那个摆摊儿的老头儿给捡着了。侦缉队通过人头确认死者的身份，顺藤摸瓜抓住了吕祖堂的道士，宋道士见这事阴错阳差，心知是冤魂缠腿，也没必要再抵赖了，当堂对杀人分尸之事供认不讳。审讯后被判处了极刑，押到刑场执行了枪决。这就是"鬼市人头案"的完整始末。

　　这事都说出来了还有什么可讲的？其实"鬼市人头案"在解放前的报纸上多次披露，被人们谈及的太多了，说这个没意思，咱说的是另一桩"鬼市人头案"。如果说吕祖堂道士杀人是1号案，那么咱要讲的就是2号案。2号案也是出在鬼市，也和人头有关，但这案子为什么知道的人少，大报小报上很少提及，我说到最后您就明白了。

中

　　鬼市是个买卖旧货的早市，拿天津话讲得加儿化音，要说成"鬼市儿"才对。旧时天津卫的风俗是"晚上不睡，早晨不起"，做买卖的商户每天开板营业，通常是在日上三竿、太阳晒屁股之后。唯独鬼市儿天不亮就开，一般天光大亮即散，因为来这地方做买卖的不只是人，还有些很可怕的东西。

鬼市儿上真能淘着好东西，谁赶上算是谁的运气。不过好东西大多不是好来的，不乏偷抢盗墓得来的贼赃，也有祖上家传的宝贝，落到后世败家子孙手里，拿到鬼市儿变卖，再有就是蒙人的假货趁天黑出手。反正有一条，不管是好是歹，只要是拿到鬼市儿上卖的东西，价钱肯定便宜，所以穷人和爱捡便宜的主儿，最爱逛鬼市儿。

贪小便宜吃大亏，捡不着便宜捡着麻烦的事儿也不少。解放前有这么一位庄大哥，家里很穷，三十来岁还是光棍儿一条，没老婆没孩子，以在码头上"扛大个儿"为生，自己吃饱了全家不饿。天津是水陆码头，往来通商的地方，码头、火车站、各个仓库，每天进出的货物众多。有一些人通过替商家搬运货物挣饭吃，这就叫扛大个儿，当然这活儿并不是谁都能干的，搬不动累吐血了甚至被活活压死都没人可怜你。庄大哥体格过人，有一膀子傻力气，每天去河边码头干半天活儿，赚一块钱，下午就歇着，再有钱也不赚了。庄大哥跟那个年代的很多劳动者一样，不想今后怎么办，也不知道该存点儿钱，赚多少花多少，所以别看赚得不少，却总是那么穷，家里没有隔夜之粮。

那时候还没通货膨胀，一块钱可真叫钱。每天上午赚了这一块钱怎么花呢？中午收了工先去澡堂子里泡个澡，把身上的泥和汗都洗干净了，溜达到饭馆要一个肉菜、一碗面、二两酒，吃饱喝足后再到茶馆听评书听相声。庄大哥听说书先生讲《刘秀走国》听上瘾了，晚上做梦都是刘秀跟王莽打仗，少听一段就觉得心里没着没落。听够了书，吃完晚饭就回家睡觉，转天再去河边码头干活儿，日子过得很有规律。这一块钱不多不少，刚好够他这么活着。

庄大哥家徒四壁，米缸里一粒粮食都没有，他倒满不在乎，因为白天根本不着家，这只是个晚上睡觉的地方。家里没家当不要紧，可你出门干活儿得穿衣服啊，庄大哥屋里屋外只有一身衣服，洗了穿，穿了洗，缝得补丁摞补丁，到后来补丁都没地方补了，拿胶水粘上也能凑合穿。夏天还好说，眼瞅着天气越来越冷，而衣服都快漏成渔网了，实在对付不过去，再出门就要光屁股了。只好找哥们儿先借了套衣服穿上，省下一天喝茶听书泡澡的一块钱，四更天起来前往鬼市儿，想要蹅摸一件合适的衣服。

说鬼市儿这地方是个早市儿不太准确，因为太早了，四更起就开始有摆摊儿的人了。您想鸡鸣五更，五更公鸡才报晓，四更天相当于凌晨两三点，正是一天当中最黑的时候。庄大哥溜达到鬼市儿，一看人来人往，烟头烟锅在黑乎乎的夜雾中晃动，但是说话的很少，地上摊位一个挨着一个，老怀表老钟表、各种瓷器玉器、书籍画册、桌椅家具、耳挖眼镜、旧衣服旧鞋，卖什么的都有。他本身是老天津卫，打小就知道鬼市儿，可很少来逛，也不懂规矩，看上什么扯开嗓门儿就问，人家买主儿都躲得远远的，不愿意搭理他。庄大哥心里有气，一路溜达过去，不知不觉走到街巷深处。这边人少冷清，摆摊儿的也不多，但那墙根底下蹲着一个小老爷们儿，可不是开头咱说的那位，同样是个瘦小枯干的小汉子，姑且也叫他小老爷们儿。这个人不声不响，浑身上下跟那蔫黄瓜似的，天冷戴了顶大皮帽子，裹得严严实实，上半身又在月影之中，看不到脸长什么样，只有他嘴里的烟火儿忽明忽暗地亮着，他手里抱着一件衣服，叠得方方正正，摆明是要卖的。

庄大哥从他跟前过，半夜里借着暗淡的月光，看这小老爷们儿手里的衣服式样还行，估摸着是八成新，顶多洗过两水，能瞧得过眼，就过去问："爷们儿，这衣服怎么卖？"

那小老爷们儿一见来了主顾，忙把衣服托起来，说话声音又尖又细，跟掐着脖子似的："您先瞧瞧，瞧着合适了咱再说价儿。"

庄大哥心里明白，早听闻鬼市儿上净是以次充好的东西，自己省吃俭用置办一套行头，可别打眼让人给蒙了，必须好好看看，瞧仔细了，这衣服好不好，主要在布料。他伸手一摸觉得还行，使了七分劲儿拽了拽，不敢使足了劲儿。他也清楚自己力气大，铆足了劲儿再好的布料都得给扯裂了，所以只用七分劲儿，一扯扯不动，就知道这衣料错不了。

庄大哥有心要这衣服了，问价儿吧，人家说要两块钱，他兜儿里只揣着一块钱。鬼市儿的买卖向来没有一口价，都有讨价还价的余地，但庄大哥不懂那套，就跟那小老爷们儿直接说，今天出门就带了一块钱。

那位小老爷们儿有点儿犹豫，想了想说："行啊，我看出来您也是真有心想买，我就当交个朋友，一块钱卖给您了。"

庄大哥挺高兴，摸出钱来，买卖双方一手交钱一手交货。庄大哥抱着衣服离开鬼市儿，到家天还没亮，躺床上又睡了个回笼觉，等鸡鸣天亮，该去三岔河口码头干活儿了。这屋里连盏油灯都没有，外边天亮了，屋里还黑着，庄大哥这样过也习惯了，伸手摸到新买的衣服，迷迷糊糊地穿在身上，开门出屋伸个懒腰，跟同院子早起的邻居打声招呼。正是秋风起树叶黄的季节，一阵秋风刮过，庄大哥不由自主打了个寒战，身上怎么凉飕飕的，低头一看傻眼了，那衣服让风一吹就散了。

大杂院里免不了有大姑娘小媳妇，看庄大哥赤身站在屋前，都臊得满脸通红，赶紧把身子转过去。这时庄大哥也醒过味儿来了，"哎呀"一声大叫，"嗖"的一下倒蹿回屋中，兔子也没有蹦得这么快的。

庄大哥回到自己屋里，又是羞愧又是恼恨，羞愧的是三十多岁大老爷们儿，身上这点儿零碎全让同院的看光了，今后低头不见抬头见的，该如何相处？恼恨的是这衣服买打眼了，鬼市儿上蒙人的东西多，没想到看得好好的，拿到手里让人家给调包了，他越想越是不平，当时就要找那小老爷们儿算账去。

庄大哥出去之前，先跟院里的街坊邻居解释了一番，刚才不是成心光着腚跑到屋外，只因在鬼市儿买了件衣服，谁承想让人家给蒙了。那个卖衣服的小老爷们儿太可恨了，不找回去把钱要回来再狠狠揍他一顿，难消心头之恨。

街坊邻居们就劝庄大哥，这事怪你当初自己不带眼，鬼市儿那地方有很多地痞无赖，你去了不但要不回钱，没准儿还得让他们给揍了，就当吃傻子亏算了。

庄大哥不听，一门心思要去找那卖衣服的，就算不动手，至少也得把那一块钱要回来。不过当时天已大亮，鬼市儿早已散了，现在去也找不着人了，只得先忍下这口气。穿上借来的衣服，仍去河边扛大个儿，中午出来洗澡吃饭，下午到茶馆听书，以前一天不听睡不着的《刘秀走国》，当天都没心思听了。晚上早早睡觉，等到四更天爬起来，到院里看人家有劈柴的斧子，拎起来揣到怀里，就去鬼市儿找那个小老爷们儿算账，寻思："对方好生将钱退回也就罢了，否则就拿这把斧子说话，庄爷这膀子力气，什么时候怕过地痞流氓？"

鬼市儿四更天就有人摆摊儿了，这时候是又冷又黑，冻得鬼都龇牙，和上次来没什么区别。庄大哥怀里揣着斧头，一路走一路找，就看见那小老爷们儿抱着一件衣服，仍蹲在路旁抽烟，大帽子压得很低，遮住了脸，看不到长什么样，但是连地方都没换，是这个人绝对错不了。

庄大哥火撞顶梁门，心说："你小子居然还在这儿骗人，敢拿穷哥们儿打镲，我绝饶不了你！"想到这儿，大踏步走上前去质问，还没等开口，那小老爷们儿也发现上当的买主找回来了，赶紧站起身掉头开溜。庄大哥哪容他逃脱，加快脚步从后边追。俩人一前一后你追我逃，鬼市儿这地方本来也不在城里，往南走不出多远就是片没有人烟的漫洼野地。

当晚阴天，庄大哥在一片漆黑的野地里，看那小老爷们儿嘴里叼的烟锅子里烟火儿忽明忽暗，就盯准了这点亮儿。荒野里没有道路，天又黑，想追追不上，心急也没用，只好深一脚浅一脚地跟着。这时候远处传来鸡鸣报晓之声，天渐渐放亮，庄大哥就看那烟锅停住不动了，走到近前一看，顿时吓得心里好一阵哆嗦，竟是追到了一片坟地当中，也不见那小老爷们儿踪迹，只有根残香插在一个坟头上，周围坟头起起伏伏，一座连着一座，无数荒坟野冢，一眼望不到头。

下

庄大哥一看这片坟地，立时醒悟那小老爷们儿不是人，总听传言鬼市儿上有孤魂野鬼出没，没想到让自己给遇上了，当时吃这一惊非同小可，回去接连几天高烧不退。自古是穷帮穷富帮富，全仗着大杂院里的街坊邻居好心照顾，这条命才算保住，好了之后不敢再去鬼市儿了，要真这样也就没事了。

庄大哥吃傻子亏认倒霉，但这件事不吐不快，在码头干活儿或是到茶馆听书，遇上熟人便讲。有一次碰上了大腮帮子，那是以前的老街坊，虽然前些年搬走了，却没离开天津卫，隔三岔五还能见着。

大腮帮子脑袋大、脖子粗，腮帮子尤其大，所以得了这么个绰号，也是天津卫有名的一个混混儿，对道儿上的事特别熟。听庄大哥说了经过，急得直拍大腿，告诉庄大哥："哥哥，你太实在了，这根本不是鬼。听说鬼市儿上专门有那么一伙人，趁天黑拿假衣服调包蒙人。你要去找他算账，他就把你引进城郊坟地，让你以为遇上鬼了，一害怕就不敢再去找他的麻烦了，其实是躲到坟丘后头去了，这小子是吃这碗饭的，肯定离不开鬼市儿。我大腮帮子非给你出这口气不可，今天四更咱哥儿俩就奔鬼市儿，我不信他真能跑坟包子里去。"

庄大哥一听原来还有这种事，也是气炸了肺，心想："我堂堂五尺多高的汉子，让那瘦得跟小鸡子似的毛贼给耍了，传出去好说不好听，要不把这事儿给平了，今后还怎么在天津卫混？"

俩人约定好了，转天四更在大腮帮子家碰头，一路直奔鬼市儿。去得太早了，天黑咕隆咚，路上稀稀落落还没几个人，哥儿俩也不声张，就蹲在最黑的墙根底下，等着那个小老爷们儿出现。

庄大哥来之前心里还有些嘀咕，毕竟那次眼睁睁看着小老爷们儿走到坟地就没影儿了，万一真有鬼怎么办？

俗传黑狗血能辟邪，庄大哥多了个心眼儿，不再拿劈柴的斧头了，头天晚上找了点儿狗血，拿块破布蘸了，揣到怀中防身。此刻蹲在大腮帮子旁边，俩人一边看着过来过去的人，一边商量等那小老爷们儿现身后，不能打草惊蛇，得给这家伙来个出其不意，二话不说直接按到地上。大腮帮子是混混儿，平日里专以讹人、敲竹杠为业，"平地抠饼，抄手拿佣"，没理的时候还要讹人，何况眼下占着理，理所当然要逮着蛤蟆攥出尿儿来，不让这小老爷们儿掏钱了事不算完，得了钱哥儿俩一人一半。

庄大哥连说不行，他就要自己那一块钱，剩下的全给大腮帮子，要不是大腮帮子这么仗义，把这鬼市儿上的门道儿给说破了，自己现在还蒙在鼓里呢。大腮帮子也不推辞："那就这么地了，等会儿完了事，咱哥儿俩吃早点去，想吃什么都算我的。"

旧天津卫，不管多困难的人家，哪怕晚上回去吃混合面儿，早晨这顿早点也得吃好了，就讲究这个。管油条叫馃子，来两根棒槌馃子，外边包上刚摊好的绿豆面煎饼，抹上面酱、腐乳，再撒点儿葱花辣椒，这就是煎饼馃子。据说是打山东那边传过来的，山东人习惯用煎饼卷大葱，百多年前传到天津给改良了。除了煎饼馃子，还有锅巴菜。锅巴切成碎块，浇上卤汁儿和调料，配烧饼吃。天津卫回民多，回民两把刀，一把卖切糕，一把卖牛肉，做的烧饼也是一绝。此外还有其他各式各样的早点，天天换着样吃也吃不过来。庄大哥和大腮帮子起得早，这时候都已经饿了，蹲在墙根下商量着吃什么早点。周围的人开始多了起来，但是天太黑，还起了雾，也分不清是人是鬼。

哥儿俩睁大了眼，仔细分辨过往之人的形貌，等了很久，终于看见那小老爷们儿从跟前走过，戴个大皮帽子，走起路来鬼鬼祟祟。庄大哥一眼就认出来了，用胳膊肘轻轻撞了一下大腮帮子，提醒他就是此人。等那人走到近前，俩人同时伸手将那人拽住。

小老爷们儿一见庄大哥，立时明白了，忙解释自己也是穷人，上次是急等着钱用，实在没办法了，要是有对不住二位的地方，还请多担待，现在立马奉还，说着话掏出几张钱币。

大腮帮子一把夺过钱，把小老爷们儿推到墙根死角，天黑看不清，用手摸了摸，估计这一沓子钱有整有零，大概是五六块。他觉得差不多了，问庄大哥怎么样，这事算了吗？要是不算了，那么等到下次什么时候没钱了，再来鬼市儿敲这家伙的竹杠。

庄大哥说这钱是太够了，可万一这小老爷们儿不是人，它身上的钱到天亮就变成冥币鬼票子了，该如何理会？

大腮帮子是个混混儿，自认为神鬼都怕恶人，一龇牙说不要紧，咱就在这儿等到天亮，看看这钱到底是不是鬼票子。

庄大哥一听也对，俩人就把那小老爷们儿堵在墙角。大腮帮子得了钱高兴，跟庄大哥说："你今天也别去河边码头干活儿了，吃过早点咱哥儿俩回家睡觉，中午我做东，登瀛楼饭庄好好喝一顿。"庄大哥说："那敢情好，要是下馆子那还吃什么煎饼馃子，吃了早点占地方，登瀛楼的九转大肠、晉蹦鲤鱼、清炒虾仁儿多解馋哪……"

刚说到这儿，忽然刮起一阵大风，将雾气吹散了，天也蒙蒙亮了，脸对脸能看清人了，这时就听有人喊了一嗓子："哎哟！出人命了！"

周围的人闻声都跑过来看热闹，庄大哥和大腮帮子还纳闷儿呢，哪儿出人命了？瞅见附近的人都往自己这儿看，想起身后还有个小老爷们儿。俩人转头一看，惊见身后是具无头的尸体，脖子上没血，毡帽掉在一旁，脑袋却不见了。

有巡逻队的人闻讯赶过来，当场把庄大哥和大腮帮子扣下了，又从庄大哥身上搜出一块满是血污的破布，这回俩人浑身是嘴也说不清楚了，审讯的时候，说夜里遇上一具没脑袋的行尸走肉，谁能相信啊？

警察一开始认定是这两人谋财害命，在某地杀了人，身上有带血的破布，又有钱，这两样全是证据。还有许多目击证人看见这俩人在尸体旁边，看来是想趁着天黑起雾，要把尸体抬出城去毁尸灭迹。

开始说的那个 1 号案，是在鬼市上捡了颗血淋淋的女子人头，这 2 号案则是在鬼市儿上发现了一具无头男尸，都和人头有关，所以同样被称为"鬼市人头案"。1 号案的案情很简单，就是一件凶杀分尸案，线索也都对得上；而 2 号案却让破案的人员犯难了，办案这么多年，从没遇上这么离奇的事。

2 号案初看并不复杂，可证据全都对不上，尤其是这俩嫌犯，在公堂上熬刑，打死也不承认。问题是那两位想认也认不了，即便是屈打成招，也总得把死者的身份搞清楚，还有犯人在哪儿作的案，使用的是何种凶器，人头究竟藏到什么地方去了。庄大哥和大腮帮子本身就毫不知情，又哪里编得出这些口供？

再进一步调查，庄大哥怀里揣的破布，确实是狗血不是人血，其余的线索全查不出来，把这两人在狱里关了半年多，一直没有确凿的证据能定罪，只好让他们取保候审。庄大哥在狱中饱受折磨，放出来的时候人已经废了，丧失了劳动能力，没过多久便冻饿而死。大腮帮子是混混儿，身上伤越多越吃得开，残废了也不要紧，据说活到了解放之后，20 世纪 60 年代才去世。

由于呈报上去的案件不能涉及鬼怪之说，就成为悬案了。那时的警察局是报喜不报忧，破了案大肆宣扬，破不了的案子对外只字不提，所以前后两件"鬼市人头案"，各家报馆争相报道的都是1号案，仅有几家不起眼儿的小报提到了2号案，还是报馆花钱从内部买来的消息。这件耸人听闻的案子在当时也引起了不小的轰动。民国时期破案的技术手段还比较落后，这件奇案始终悬而未解，时至今日仍是一桩悬案。解放后破除迷信，"鬼市人头案"的2号案几乎没人再提了，只是从以前留下的旧报纸上，还能找到一些踪迹。

基于此案引出了不少民间传说，更为诡异惊悚。比如说没头的死尸到鬼市儿买火柴，要照个亮找自己的脑袋，还有说这地方以前有怪物，明朝刚建卫的时候，鬼市儿一带很荒凉，有夫妻两人深夜时分从这儿经过，途中又饥又渴停下歇息，遇到一个好心的老太太，给了这对夫妻一些干粮。两口子吃完就全身麻木动弹不得了，只见那老太太露出一张毛茸茸的狸猫脸，抱着丈夫的脑袋啃，连皮带肉带骨头吃了个干干净净，要吃那妻子的时候，天亮有马队经过，把这妇人救了起来。人们得知此处有怪物，便埋了尊石佛镇压，从那时起倒是没再有过妖怪吃人的事。但很多年后，石佛毁于兵火，夜里有人路过总听到那儿有人哭泣，甚至能看到一个没头的人在附近徘徊，这地方就是后来的鬼市儿。

最离奇的传言说那无头尸体，是被老魅所附，死人本身不能说话，何况是没头的尸体。跟庄大哥等人说话的是老狸猫，附在死尸身上戴着个大皮帽子，拿假衣服蒙人钱财，得了钱买香火买肉吃，天亮后怪物跑了，只剩下一具无头的死尸，那就指不定是从哪儿来的了。这些事情大多是以讹传讹，不足为信。随着时间的推移，第二桩"鬼市人头案"的真相已经永远无解，前些年偶尔还能听老人们提起，但知道的人也越来越少了。

去扬州的时候，听说瘦西湖边上有座汉墓。据当地朋友讲，那是汉代广陵王的墓，是中国规模最大的木椁墓，旁边还有一座王后的墓。

我买了票进去参观，广陵王墓倒也罢了，一进王后墓前的地宫，立时感觉到十分怪异。这种怪异来自地宫的布局，整个古墓俯视为正方形，是大型岩坑竖穴。前方有斜坡墓道，当中是"黄肠题凑"的巨大木椁，与广陵王墓相邻，但内部没有墓道连接，系夫妇同茔异穴的合葬，结构十分严谨。可修成展览馆之后，大门开在墓道的侧面，走进通往地宫的墓道，阴森深邃的感觉扑面而来，门在侧面，正对着墓道深处的却是一面大镜子，这镜子又高又大，站在阴森的墓道里，回头能在镜子中看到自己的身影。去过那么多地方，这样诡异的布置，还真是头一次见到。

镜有辟邪镇妖之用，在正对着地宫的墓道里放这么大的镜子，我觉得必定事出有因。汉代广陵王这两口子，也绝非等闲的人物，要说广陵王可能有些人不知道，提起他爹那肯定无人不知，无人不晓。

广陵王是汉武帝的儿子，汉武帝谁都听过，秦皇汉武，那是和秦始皇齐名的人物，通西域征匈奴，开疆拓土，威震四夷，据说汉武帝吃过西王母的不死仙药，虽然到最后难逃一死，但在古代帝王里，也算活得比较久的。在位年头太长了，他儿子广陵王当不上皇帝，不免动了邪念。用巫术做了个小木俑，写上汉武帝的生辰八字，天天晚上用针刺这小木人，盼着这老不死的早些归位，他好当皇帝。天底下没有不透风的墙，这事终于传到了汉武帝耳朵里。广陵王知道自己麻烦大了，当夜于显阳殿宴会群臣，随后在宫里悬梁自杀，成了吊死鬼。

广陵王夫人也是上吊而死，说迷信点儿，这两人都是厉鬼。地宫前的门开在侧面，放一面大镜子，是不是与此有关，咱不知底细不能乱说，不过如此布置的只有王后墓。进入广陵王那座墓，大门迎面是道墙，两边有小门，进小门顺斜坡下去，能从近处看那座木椁，里面的尸骸早就没了，金缕玉衣还在。

扬州自古繁华，当地人讲究早晨皮包水，晚上水包皮。皮包水是早上喝早茶吃点心，水包皮是泡澡。到了扬州咱也要入乡随俗，所以第二天早上去了富春茶社。富春茶社是扬州顶有名的地方，始于前清，号称"一江水三省茶"，安徽的魁龙针、浙江的龙井，以及本地的富春茶，配上包子、饺子、烧卖、油糕、酥饼、面条等诸般茶点，这日子给个神仙都不换。我们在那儿喝着早茶，跟朋友聊起广陵王地宫，一说到这种话题大伙儿都来神儿。当时，那位朋友讲了一些道听途说的内容：

先是这个"黄肠题凑"，我写《鬼吹灯》总共八卷盗墓的故事，篇幅那么长，倒了那么多斗，没一座古墓是真正意义上的黄肠题凑。因为这种形式的墓葬，属帝王级别，始于战国，终于东汉，存在的年头不算太多，到今天为止，全国发现的仅有十座左右。

"黄肠题凑"在名称也显得有些奇怪，很难从字面上直接理解它的意思，必须分成两部分来说："黄肠"指的是黄心柏木，这种树是中国独有的珍贵木材，防得住水土侵蚀，埋到地下长久不腐，还带着若有若无的香气，十分名贵，很适合放在墓穴中；"题凑"中的"题"指的是额头，"凑"是"集合"的意思，放一块儿是指将黄肠木拼到一起，以木头代替砖头，作为墓室地宫的外壁，棺材放置于其中，这叫"黄肠题凑"。

当年建此二陵，凿在山岩下二十四米深的地方，耗费楠木以千万立方米计，足见规模之巨。外围的木椁错落有致，块块紧扣，层层相叠，坚固细密，放错一块就无法复原，宛若魔方一般。

汉代各个楚王墓，连同这座广陵王的木椁墓，大多是凿在山腹之中，可您要去参观，一定会发现地宫上头没有山，是片平地。其实广陵王及王后的两座古墓，原址位于高邮天山，又叫天山汉墓，出于保护目的，才整体移到市区相别桥。

考古队发现这座广陵王墓的经过，也有几分偶然。那年考古人员听说山里有汉代兵马俑，急忙组队赶过去探察，发现那山上有许多房屋，住了大量人家。兵马俑是老乡从山下的田里刨出的，这汉代兵马俑不比秦俑，体积形制要小得多，但确实是帝王级的墓穴才有的陪葬品，懂行的一眼就能认出来。从田间刨出汉代兵马俑，意味着附近一定藏着一座大墓，知道是在山里，可这山太大了，一点点地找，这辈子也未必找得出来，况且周围居民众多，从来没人发现山里有古墓。

考古队员不死心，到处走访调查，跟老乡交谈，连续几天，没得到半点儿有用的线索。当时考古队有个专家叫老刘，正当大伙儿放弃希望的时候，老刘冷不丁听到一句话，那是旁边一个老乡跟人家闲聊，说起自家在山上挖了个三米多深的地窖，用来放红薯。

这话说来平平无奇，是再普通不过的拉家常，然而听在老刘耳中，却似凭空响起一声炸雷。这里的大山全是岩石，耕地种田都是在山下，很少有人在村子里挖地窖，在满是坚硬岩石的山上凿地窖还差不多，为什么要用"挖"这个字？

老刘想到一种可能性，挖地窖的老乡，没准儿刚好挖到了墓道上的回填土，想来想去，这山上没有岩层能挖地窖的所在，也只有回填墓道的封土了。他当即向那老乡说明情况，态度非常诚恳，让人家带路去看看那地窖。到地方一看土层，果然是回填的墓土，也是机缘巧合，让他顺藤摸瓜找出了汉代广陵王古墓。

这是考古队的重大发现，一步步清理到地宫，大伙儿的心都悬着，就怕里面是个被盗墓者倒过斗的空膛。这座大墓封土完好，近几百年来山上甚至有了好几个村子，也许不会有盗墓贼找到古墓。可进去一看心都凉了半截儿，木椁正上方有盗洞留下的痕迹，料想不到几百甚至上千年前的盗墓贼，竟能如此精准地将盗洞直挖进来。错愕之余，却又有了惊人的发现。

广陵王墓虽然被盗墓贼光顾过，但盗墓者只是抽走了金缕玉衣中的金缕，其余的东西都没怎么动，广陵王的尸骨烂没了，玉衣上的玉片却一块不少。墓中留下的文物众多，从墓志上得知是广陵王，最离奇的是木椁后室，有一尊大铜鉴，里面积满了清水，清可见底，水底沉着一只木瓢。

当年在马王堆汉墓中发现水中有一节莲藕，两千年前的莲藕，还保留着原样，考古队激动之余想捞上来加以保存，没想到一碰那莲藕就完全碎了。这次吸取了经验，打算从底下慢慢放掉水，不承想放水的时候，水面产生了轻微的晃动，那木瓢一眨眼的工夫，竟在考古队员的眼皮子底下凭空消失了，半点儿渣子也没剩下，好像变成了空气。此事直到今日，也没有任何人能解释得清。

考古队清理了这两座古墓，见附近村民众多，恐怕会损坏墓穴，就写报告请示整体迁到别的地方。广陵王墓清空之后，有个当地的年轻村民，胆大好奇，用手电筒照亮进到岩坑中探险，碰巧在漆黑的淤泥里摸到一个铁块。这小铁块四四方方，像是个稀罕物件儿。

这村民握着铁块爬出墓坑，去山下稻田里用水洗了洗，看出铁块是个印章，上边铸刻着一只龟，下边刻了两个篆字。他简体字加上错别字总共才认识两百多个字，当然认不出古字，但知道这是墓主的印章。拿回去给女朋友看，女朋友看了很喜欢，让这村民把铁印上的字磨掉，换成她的名字。村民舍不得，骂了女朋友一通，然后找根尼龙绳穿上，挂在腰带上当了钥匙链，走起路来钥匙跟铁印碰得叮当乱响。

他自己感觉很神气，问村里最有学问的支书，铁印上刻的两个字是什么。支书也说不知道，让他请教考古队的老刘，但考古队早撤走了，这村民也晓得捡了个古物，这东西不能私藏，只打算玩几天就交给考古队，便打了个电话到文物局找老刘同志，希望老刘同志来村里看看他捡的东西。可接电话的人并不是老刘本人，老刘当时出差在外联系不上，那人答应转告。不料石沉大海，隔了半年都没回音，估计接电话的那位早把这事给忘光了。

那村民把古墓里的铁印当成钥匙链，在身边挂了半年多，直到公安局的人找上门来，因为有眼红的举报，说这小子偷了广陵王古墓里的东西。这村民才知大事不好，赶紧跟公安局的人解释，是怎么怎么回事，好在有村支书证明确实给考古队打过电话，考古队没来，那就怪不得这村民了。

这枚铁印被考古人员命名为"龟纽牙印"，是十分重要的一件文物，结果这村民不但无罪反而有功，因祸得福，考古队还给这位村民发了锦旗和两百元奖金。不过他拿到手的只有那面锦旗和五十元钱，其余的钱，村支书自作主张，请全村人吃饭庆祝了。

第十一章 南太行血池村

一

工作的原因，我经常到山西出差，印象最深的有三个县。头一个是阳城县。"一村分两县，漫水分东西；霜鸡鸣晓月，铁马响秋风"形容的就是阳城，蟒山蟒河、石人盆、白云洞都是不能错过的去处，"阳城罐肉"也是名不虚传。

其次是高平市。我们在当地吃到一种很美味的小吃"烧豆腐"，同行的人却说这是"白起肉"，我茫然不解："白切肉？为什么吃起来像豆腐？"后来听人家一讲才知道，原来高平是古战场，秦国大将白起曾在此坑杀四十万赵国降兵，激起百姓对白起暴行的愤恨。把烧豆腐当作白起肉，是流传两千多年的古老传统，真是"百尽高山尽头颅，何止区区万骨枯"。

最后也是最值得说的是陵川县。那一年到太行山出差，经过陵川锡崖沟挂壁公路。这条路通往深山里的一个小村子，这村子东有车马岭，西有白桦山，北边是王莽岭，南面青峰围的群山巍峨对峙，村子就在崇山峻岭围绕的深沟里。由于山险路绝，村里人常年过着自给自足的生活，偶有壮士舍命而出，多坠于崖下，生还者无几。

当时我们只看到了最靠近隧道的一个村子，山沟里面还有几十口人或十几口人的小村子。据说流传着奇特的风俗，看县志从唐代以前就有记载了，什么时候、怎么住进去的不知道。想想陵川县的名字，也许是古代陪葬的人活了下来却逃不出去，不过这是我胡猜的。

后来我们到县城住下，当地客户的朋友听说我业余时间写段子，非要带我去那山沟里与世隔绝的几个小村子看看，他说那里有很古老、很不得了的东西，我觉得悬崖上的路实在眼晕就没去。后来有点儿后悔，打算找个机会再去一趟，进到那个与世隔绝、存在了两千年以上的村子里，看看到底有些什么。在我没有抵达之前，就已经预感到这一次将会面对巨大的秘密。

南太行是指太行山脉的南端，在山西和河南交界的地方。想必大伙儿都读过《愚公移山》，愚公家门口有太行、王屋二山，那就是在南太行附近了，愚公想通过一代代子孙把这两座大山挖掉。咱不说这事儿，就说愚公的动机，好好的太行、王屋两座山，为什么非移走不可？哪来的那么大仇？其实文中也交代了，主要原因在于出门不方便，因此自古以来很多有名的雄关，都设在太行山中。雁门关应该是最有名的了，山势如门，南北迁徙的雁阵从山门穿过，故得此名，从这一点上不难想象太行山势之雄浑险阻。有很多天险屏障，自古以来便是兵家必争之地，尤其是山西、河南交界的山区，那真是延袤千里、百岭互连、千峰耸立。根据县志记载，汉代南太行曾是农民起义战争的战场，当时王莽军以奇人巨毋霸为征讨先锋，在此与绿林军展开多次恶战，据说巨毋霸是个能够驱使虎豹、身高三米三的巨人。明末李自成的农民军也在这附近和官兵有过激战。

太行山绵延千里，就像一条青色的巨龙，盘踞在河南、山西、河北三省辽阔的大地上。山脉南端有个去处，东汉以来唤作"王莽岭"，此处千山万壑，云海浩瀚。这里有个叫锡崖沟的小村子，山陡沟深，地势险恶，周围峭壁环列，由于天险阻隔，沟中二百户人家几乎与世隔绝，千百年来自给自足。

　　我们搭车进山，要经过锡崖沟挂壁公路。那都是在万丈峭壁间开凿出的岩洞隧道，是在直上直下的山壁间，凿出一个个窟窿，再打洞将这些窟窿连起来。据同行的当地朋友讲述，这王莽岭在民间传说里，是王莽和东汉光武帝刘秀打仗的古战场，山上有一些地方都是以这些传说命名，比如有道险恶的深涧，称为"刘秀跳"。在民间传说中，当年王莽带兵追赶刘秀到此，刘秀孤身一人穷途末路，前有深涧，后有追兵，只得舍身向前跳过天险——他绝处逢生，终于成为开创东汉王朝的光武帝——追兵虽众，却无人敢跳，眼睁睁看着刘秀逃脱，所以此地得名刘秀跳。人生得失成败，往往只有一步之遥，关键在于有没有胆量和能力跨越这一步。另外还有心肝石、兵书岩等，每个地方都有一段古老的传说，但这些民间传说为正史所不载，应该不能当真。而这个隐藏在王莽岭深山里的小村子，有一段比演义传说更离奇的来历。

　　东西两汉之间，王莽篡位当了皇帝。古代皇帝最大的事就是修陵，毕竟真龙天子也难逃一死，为了在死后也能享用生前拥有的荣华富贵，就得把皇陵修好了，王莽也不例外。但他在位的时候，正值天下大乱，先后爆发了赤眉军、绿林军等大规模农民起义。以前赤眉军兵败，把汉武帝的茂陵挖了个底儿朝天。汉武帝通西域平匈奴，那么厉害的大汉天子，死后竟被一群泥腿子从皇陵里抠了出来。王莽以为这件事归根结底，就是汉武帝的茂陵位置太明显，要造皇陵就得造到大山里头。他看中了南太行的形势，发动民夫刑徒，大举修筑皇陵。谁承想人算不如天算，王莽的陵坑刚挖好，他的天下就让起义军给推翻了，王莽自己也惨死在乱军之中。当时修皇陵的陵工，全给堵在了山里，再往后陆续有不少躲避战乱的难民，也翻山越岭逃了进来，逐渐形成了几个村子。人们知道外面世道乱，在山里耕种打猎为生图个安稳，不想再出去了，也怕被外人发现，就截断了通道。两千年来自给自足，几乎与外界完全隔绝。

几百年以前还有险路可以出山，但是到后来受地质变动影响，王莽岭锡崖沟里的村子四周险峰叠嶂，村里人如同坐井观天，再想出去也出不去了。相传此地风水极好，村民们沾亲带故一代代繁衍生息，也没出过几个呆傻，现在科学还解释不了这个原因。

解放后有两个村民，探得一条险径，得以来到外界。这两人参了军，开阔了眼界，知道了毛主席提出愚公移山人定胜天的道理，回去之后带着一众村民，硬是在高不可攀、飞鸟也难逾越的悬崖上，凿出一条挂壁公路。他们两人不幸在工程中牺牲，村民为了纪念这两个领路人，把他们的坟埋在村口，进村的人都能看到这两座坟。我觉得这个村子的传说已经很神奇了，但当地朋友说还有更加不得了的东西，但是并不在这里，他让我们先在村里住一晚，明天再去看。

我这人是急性子，要不你别告诉，告诉了就别说一半，这一晚上脑子里没别的事，一直在想转天会有什么意外的发现。第二天朋友和当地一位老乡，开上车带我们离开了锡崖沟。路线是往南走青峰围，穿过云封雾锁的王莽岭大峡谷前半段，再往前车就进不去了，我们下车徒步而行。沿途就看到这条大峡谷垂直分开，内部深邃悠长，两侧峭壁如屏，头顶云雾缥缈，这条路走到尽头，地势豁然开阔，层层叠叠的险峰峭壁，包裹着一个青山绿水的小盆地。盆地边缘林海葱郁，成群的野鸟在上空徘徊。当中是个废村，断壁残垣，粗略一看少说也有几百处村屋，多半已被野草和树木覆盖，走到死寂的废村中，偶尔惊跑一两只野鼠，会把没有准备的人吓出一身冷汗。

这还是在白天，我想如果夜里置身在这废村里，那样的经历可比看任何鬼片都来得恐怖。我去过很多地方，这样被遗弃的村子也见过不少。解放后建设大三线，出于战略需要，有不少大工厂被全部转移到贵州、四川的腹地。后来形势改变，那些深山里的厂房大楼都荒废了，如今成了地方宿营探险的好去处，所以我并不觉得大山中的废村有什么稀奇，除非它有扑朔迷离的古怪传说。

包括当地接待的朋友和熟悉道路的老乡，我们一行五个人，自己带着睡袋和炊具，这条路很远，当天回不去了，就在山里过夜。晚上我用气罐和炉头煮了热巧克力，听我这位朋友说起了关于这个村子的秘密。夜晚山风呼啸，低垂的暮色衬托得太行山悲壮苍凉。朋友所讲之事，也是大大超出了我的预想，想不到崇山峻岭中这个不起眼儿的无人废村，竟有这么一段惊心动魄、令人难以置信的过去。

由于这段往事，是由我这位朋友以及当地老乡口述，乡音较浓，按原话没法儿讲，否则很多人看不懂，我当时听也只是听个一知半解，很多谜团无法解释。事后我查阅了一些相关的档案资料，进一步了解到关于这个村子的传说。咱们还是按照以往讲段子的习惯，从第三人称角度当作故事来讲，具体地点位于南太行王莽岭青峰围。太行山是长达几千公里的山脉，王莽岭是方圆上百里的一片大山，青峰围则是王莽岭峡谷尽头的一块盆地，这个废弃无人的村子名叫"血池"，故事发生在硝烟弥漫的抗日战争时期。

二

据说血池村里的村民，祖先是给王莽修皇陵的守陵人。村里有个叫血池的大坑，是给皇陵杀生活殉的地方，村民常年避世居住，两千年来依靠耕田采药狩猎为生，全村有八十余户三百来人，很少与外界往来。其实村子有王莽岭大峡谷这条路，虽然山陡路险，但还是能够进出的，只不过村民们谨守祖训，世代保守着血池的秘密，不敢让外人知道。

至于这村子里到底有什么秘密，绝大多数村民都不知情，只有村长临死的时候才告诉下一任村长。千百年来，村里人偶尔会和外面的人接触，用药草兽皮换些生活必需品。曾有几拨土匪听到了这个村子的事，想从峡谷进村洗劫。村民多为猎户，结成民团自保，占据地势，凭借刀矛土铳将土匪击退或歼灭。

清朝嘉庆年间白莲教起义，战争波及数省，有一些官军的残兵败将逃到青峰围，让村民全给杀了，官府震怒。青峰围里的山民，历来不服王法、不缴田赋，当时曾调兵前去清剿，但山高路险，为了一个小小的村子，也不值得派遣大队兵马，人去少了又打不下来，所以官府拿青峰围很头疼，只好置之不理。

太行山自古以来便是用兵之地，历朝历代打仗都属这里打得最激烈。"卢沟桥事变"之后，日军侵华战争全面爆发。侵华日军占领太原，先后对太行山的抗日武装进行过多次扫荡，青峰围里的村民们也得到了消息，知道外面正在打仗。日本鬼子的事大伙儿都听过，据闻日军很凶悍，烧杀抢掠无恶不作，但是就连村里最有见识的村长，也不知道日军是从哪儿来的，更不知道这日本国是在东还是在西。反正这些村民就认准一个道理，不能让日本鬼子进村，来一个杀一个，来两个杀一双，杀得日本鬼子不敢来了，青峰围也就平安无事了。

因为以前那么多朝代都是这么过来的，南太行王莽岭万峰突兀，山路险阻，峡谷深壑中峭壁对峙。县志中描述峡谷中最险要的一段，称为"飞狐岭"，仅有一线微通，那道路"细如丝发，盘似羊肠"，敌人来少了打不进来，一个村子又不值得大军讨伐，围困起来就更不怕了，两千年以来一直过着自给自足在土里刨食儿的生活，山外饥荒闹得再厉害，也没见青峰围的村子里饿死过人。

村中的首领是村长老东叔，老东叔五十来岁，是一位老猎人，熟悉山中地势，为人耿直果敢。但第一有见识的则是老太爷，老太爷相当于长老，八十多岁，满嘴的牙都掉光了，一辈子总共出过六次山，甚至到过县城。对于青峰围的村民而言，去过县城是什么概念？那等于咱们现在说谁乘飞船去过火星了，因为好多村民到死都没出过飞狐岭，做梦也想不出县城是个什么样子，所以老太爷在大家伙眼里，那是见多识广，无所不知，无所不晓，大伙儿对他很是信服。得知外面在跟日本鬼子打仗，村里的人们便聚在一起商量对策，这些事当然是由村长做主，但也要请教长老。

长老眯起眼，捋着山羊胡子沉吟良久，缓缓开口说道："兵凶战危啊，如今是两国交兵，这场仗打起来自是非同小可。咱们这个村子虽然僻处深山，却也不能掉以轻心，该当严加防备。"

村民们纷纷点头称是，接下来请村长决定如何布置。村长清点了村中青壮，能抡枪使刀的都算上，连男带女一百六十多人，剩下一半老的老小的小。就把这些精壮充为民兵，每五人一组，分配了村中的刀矛土铳等武器。各组轮流埋伏到飞狐岭放哨，白天黑夜不间断，以木哨联络，一旦发现有外敌进犯，整个村里的民兵全部出动。

青峰围里的村民自古就是半民半匪，在深山老林里抗捐抗税、不服王法，官府就拿这些村民当野人看待，生存环境使得村民们习武成风，一说要打仗连眉头也不皱，当下磨刀磨枪，着手准备，这些事不在话下。

只说有一天，五个民兵分散在飞狐岭放哨，中午时分，忽然听见远处有枪声，惊得野鸟飞逃。民兵们立刻警觉起来，过了半个时辰，看到有个人匆匆忙忙往山里跑。那人身上挎着短枪，一看也是翻山过岭的老手了，可到了飞狐岭，道路太窄太险，只好把脚步放慢。正在云雾缥缈的山道上走着，被埋伏的民兵打了一记闷棍，立时像个木桩子似的一头栽倒于地。民兵们看这人不像日本鬼子，日本鬼子什么样谁也没见过，但这个人穿着打扮和外面的人差不多，因此没下死手，先打蒙了拿绳子绑起来，再带回去交给村长发落，是杀是剐那得由村长说了算。

正在这个时候，又有三个人进了飞狐岭。那三人都是粗壮敦实的五短身材，脑袋上顶着钢盔，背着背包，端着带刺刀的大枪，说话声音叽里呱啦。民兵们从没听过，也听不懂，但不用问也明白多半是日本鬼子进山来了。这几个民兵都是打猎的出身，拦路杀人的事也没少做过，相互使个眼色，先拖着刚才抓来的俘虏躲在一旁，等那三个日军进了飞狐岭走到近处，五个民兵齐声发喊，一起冲上来轮起大片刀就砍。三个日本鬼子猝不及防，也来不及抵挡，况且地势狭窄，步枪掉转不便，一转眼就成了刀下之鬼。

闻讯赶来的村民，把三个日本鬼子身上的衣服、装备扒了个精光，尸首就直接扔进林子喂野鸟了。村民们见头一次就砍死了三个日本兵，看来小鬼子也没传说的那么邪乎，大伙儿是兴高采烈，看着那些从死尸身上扒下来的东西，又好奇又新鲜，可都不认识是些什么。不知道是谁捡起一颗日军的手雷，把铜环拔了下来，看看没什么用顺手扔到地上，触发了压发引信，只听一声巨响，当场炸死了两个村民，炸伤数人。

青峰围的村民们第一次见识到现代武器的威力，打雷也没这么大动静。这些人的观念还停留在冷兵器时代，村里有几支老掉牙的鸟铳，那还是前清剿灭白莲教时的产物，比老太爷的岁数都大，早已打不响了，只能摆出来装个样子吓唬人。有些村民也知道现在有步枪手枪，但亲眼见过的不多，对于手榴弹这种东西更是闻所未闻，此时才知道鬼子兵果然有厉害之处，要是刚才让这仨鬼子有机会扔出掌心雷，死掉的人就是村中民兵了。

村长急忙吩咐众人收拾死者救治伤者，这时先前被抓的那个人也从昏迷中醒转了。他是八路军一二九师的一个参谋人员，部队调动途中与日军发生了遭遇战，只剩他一个被敌人追赶到此。双方说明情况之后，村民们放了这位八路军的参谋，并让他给看看日本兵身上带的都是什么鬼东西，为何一碰就炸？

那参谋熟悉日军装备，一件件给村民们说明，钢盔、三八式步枪、子弹匣、工兵铲、水壶、饭盒，刚才炸死村民的手雷，俗称甜瓜手榴弹。每个日军都有一块身份铁盘和一本小册子，那小册子叫军士手牒，记载着该士兵的个人履历，从肩章的颜色可以区分日军兵种。村民们哪懂这些名堂，直听得目瞪口呆，不知所云。

这名八路参谋告诉村民们，如果日本鬼子有军士失踪，一定会派人在山区搜索，找到这个村子免不了进行血洗报复，乡亲们还是赶紧撤离此地为好。这山势虽然险要，但是过了飞狐岭就无险可守，里面又是断头路，万一让日军打进来，后果不堪设想。村民们却不为所动，这个村子的祖先是守陵人，虽然皇陵到最后并没有完工，但是还守着一个很大的秘密，这是祖宗留下的遗训，岂可不遵？再说日本鬼子虽然厉害，无非是仗着武器之利，村民则凭借地势天险，只要小鬼子敢来，就能让他有来无回，何况日本鬼子身上还带着这么多好东西。其实主要是村民们认准了日军不会派太多部队，民兵扼守各处险要路段，按照以往的战术借助地形忽打忽散，敌军走不到一半就全被收拾了。

八路参谋苦劝村民，见这些人不为所动，也无可奈何，只得归队去了。过了两天王莽岭果然不断有日伪军出没，最多一次有十几个日本鬼子。村民们在沿途挖掘陷坑、布置滚木礌石，使用弓箭和刀矛伏击，接连挫败了不熟悉地形的日军。后来有些抗日武装被敌军打得走投无路，也到青峰围避难，但村长为了避免村子里的巨大秘密泄露出去，只让外来者在飞狐岭里躲避日军，再往深处走就不允许了。

日军对这个地方恨得牙根儿发痒，可也和历朝历代的官军一样，为了这么个小村子，犯不上使用大部队，那山势太过艰险，是天然的屏障，陆航的飞机无法准确轰炸那个村子，步兵的重武器也运不上去，真是有劲儿使不上，因此青峰围村子里的秘密才得以继续保留。

直到 1941 年 12 月 7 日，日本联合舰队空袭珍珠港，正式对美国开战，太平洋战争爆发。日军的主战场转移到了太平洋，转年春天侵华日军的精锐也将被调去参战。在此之前为了免除后顾之忧，日寇对整个晋察冀敌后根据地，进行了规模空前的疯狂大扫荡，不知是什么原因，青峰围也成了扫荡的重要目标。

三

1942 年的春天，春寒料峭，山上的积雪还没有完全融化，日军对太行山区展开了前所未有的疯狂扫荡。河南省、河北省的"河"是指黄河，山西省、山东省的"山"是指太行山，太行山为华中屋脊，压制太行山无异于打断了中国的脊梁。

偷袭珍珠港取得巨大战果，证明美国的太平洋舰队在日军面前不堪一击，这使日军的气焰也嚣张到了顶点，认为美国的工业虽然无比强大，日本造一辆坦克的时间，美国能造一百辆坦克，但只要在战争初期予以重创，令美国国民陷入恐慌，那么美国人也不得不向大日本帝国低头。此时日军战略重心移向太平洋战场，战线拉得太长，兵力不够分配，因此要对华北实施大扫荡巩固战果，但是谁也没想到青峰围也成了他们扫荡的目标。

原来日军指挥官早把青峰围当成了眼中钉肉中刺，这一带山区常有抗日武装活动，遇到日军就躲进峡谷，等日军一撤又出来活动，渐渐成了心腹之患，因此下定决心要血洗青峰围，特别抽调精锐兵力组成一支讨伐队。一百多个鬼子再加一百多个伪军，配备有迫击炮、掷弹筒及九二式重机枪，由反游击战经验丰富的老鬼子山崎率领，一路潜行，悄无声息地逼近了青峰围。

青峰围里是条绝路，并非战略要地，但日军的频繁活动，加上经过这么多次的较量，日军的凶残狡诈和战斗力之顽强，也让村民们感到了很大的威胁。这伙东洋鬼子跟以前的官兵土匪完全不一样，别看这日军大多体格短粗，但是太凶悍了，落单被人围住之后仍不投降，受了伤满身是血也照样跟你玩命，端着刺刀咬牙切齿地怪叫，林子里的大兽都没这么野；不仅如此，日本鬼子枪打得准，离近了拼刺刀也厉害，村里民兵没少在这方面吃亏。但村民心里也对日军的斤两有了底，知道要避免近战厮杀，更不能直接暴露在日军火力射击的范围之内，只能利用险恶地形与外敌展开周旋。

村民们的观念仍停留在冷兵器时代，至多见过打鸟的土铳，但见识了日军的武器装备后，也不敢小觑对方了，不过又认为飞狐岭山远路险，敌人来少了对村子没威胁，来多了不值得，之前多少朝代都是这么过来的，这次也不会例外。可在 1942 年大扫荡前夕日军竟出动陆航轰炸机，朝这个小村子投放重型炸弹。

南太行血池村位于深谷尽头，这地方全是崇山峻岭，只有前边的飞狐岭上有一条险路通行，村子周围峭壁环列，猿猴飞鸟也难以逾越，山中一年到头雾如潮涨，日军陆航轰炸机不敢深入云雾，扔了几次炸弹都没有命中目标，只是炸塌了一部分山体，随后日军的侦察兵开始在飞狐岭附近频繁活动。

时值初春，村里有些田地要耕，这地方没有牛，山路险陡，牛马骡子进不来，以往多曾有人带骡马进山，半路上全掉山沟里摔死了，没有一次例外。所以自古以来，村民要用手犁地，能干这种活的人右臂都比常人粗上一倍。

这天村民们聚集到一处，正商量耕地的事。有人担心春耕太忙，疏于防范，会有日本鬼子进山扫荡。有个村民说绝不能够，东洋国这时候也得种地，要不然回头吃什么？从古至今，凡是大举用兵，向来是在秋草正长的时候，秋草一长，战马的膘就肥了，那时征夫容易披挂，顶盔掼甲不冷不热，寒暑披铁甲，那是最辛苦的事了，日本鬼子再凶他不也是俩胳膊俩腿儿的人，这时节全都回国耕田去了。其余村民听了连声称是，随后七嘴八舌地议论起来："敢情小鬼子也是庄稼人啊？"

老太爷闻言，咳嗽得上气不接下气，村民们赶紧安静下来，请老太爷说话。老太爷说日本鬼子是从东洋国来的，东洋国在哪儿咱不知道，可一定是有海啊，要不然怎么能叫洋呢？那东洋国里的人，全是不种庄稼不种田的渔民海盗。

村民们没见过海，但既然不是庄稼人，自然也没有春种秋收的忙碌，那就随时有可能进山，不过这也没什么，还和往常一样加强防范即可。正说得热闹，突然一支响箭射上半空，村里人知道有鬼子进山了，老的小的连忙躲藏起来，其余的村民各拿刀矛弓弩，依着村长号令，前往飞狐岭伏击。

村里事先布置了暗号，发现有外敌进了峡谷，如果人少，那埋伏放哨的民兵就自行动手解决了；来得多了就放响箭。因为地形关系，峡谷外面听不到，传到村里这声音却放大了许多倍，民兵们得到信号，立刻埋伏到山口附近。

日军佐官要配刀，不知老鬼子山崎是什么佐，反正是个挎着刀的军官。军官级别一般是按"少中上大、将校尉士"排列，日军是用佐官代替校官，佐官属于中高级指挥官，级别很高。对于一个毫无战略价值的小村子，竟由老鬼子山崎亲自指挥讨伐队，事情显得很不寻常。不过村民们并不知情，只是从没见过这么多日军，虽然这支讨伐队仅有一百多个日军和一百来个伪军，但对这个小村子来说，已经是杀鸡动了牛刀。

村长带人到高处窥探，只见日军拉长了队伍，犹如一条长蛇，顺着如丝的山路逶迤而来，刺刀和钢盔在日光下泛着寒光，血红的膏药旗随风招展。在前面开路的是那一百多伪军，先头部队已经进了王莽岭峡谷。

峡谷里有很多陷阱，比如挖的深坑铺上乱草枯叶，底下全是倒竖的木桩子，还在地势险要处设置了窝弩。走在头里的一百多伪军首当其冲，虽是小心翼翼地一边探路一边走，一路上也扔下了不少尸体。伪军贪生怕死，战斗力不强，要在以前一旦出现伤亡，早就转身溃逃了，可这次不一样，日军在后架着重机枪压阵，谁敢退后一步就地处决，那些伪军只得硬着头皮往前走。

这种情形也超出了村民们的预计，打了几次伏击收效不大，被逼得步步后退，敌军终于开进了没有道路的峡谷深壑。飞狐岭是处于直上直下的万丈峭壁之间的一条狭窄的险径，最窄的地方云生足底，往前行只能一步一挪，转身都转不了，刮阵大风就能把人吹进深谷，底下是绿浪滔天的林海，两侧是刀削斧劈的悬崖，在民间传说里，仅有天上的飞狐才敢过去，故得此名，其险可想而知。

民兵们分散躲在飞狐岭对面的断崖上，投掷长矛，射出弓箭飞石，把通过飞狐岭的日伪军一个接一个打落深谷。走在飞狐岭上转身都困难，本事再大也无法举枪还击，更没余地躲闪，全成了活靶子。中箭的惨叫声以及坠入深壑的绝命长呼之声，在山里反复回荡。

日军的九二式重机枪到这里就成了累赘，步枪和迫击炮也施展不开，民兵全躲在死角里，以上制下占据了最有利的地势。前头的伪军死伤不少，被迫退了下去，后边的日军毙了几个也遏制不住。

村里的民兵们见击退了敌军，无不欢呼雀跃，从没见过一次来这么多部队，何况又是装备精良、训练有素的日本鬼子，看来只要有天险飞狐岭，日军再怎么厉害也进不了村。

村子里有个傻子，也不是真傻，人傻心不傻，就是脑子简单一根筋，只能占便宜不能吃亏，自小没爹没娘，长得又高又壮，虽奇丑无比，但攀山越岭不让猿猱，能够用一只胳膊犁地，力大无穷。老太爷最疼傻子，平时就将他带在身边，谁说傻子不好老太爷就骂谁。这时傻子也在断崖上，他见飞狐岭上还有几名受伤的伪军，中箭带伤地在那儿呻吟惨叫，缩在狭窄的道路上，想退又不敢退，哆嗦成了一团。

傻子看到这些伪军身上背着步枪，就想夺过来。他那身手村里无人能及，跟山魈一般攀着古藤爬上云雾缭绕的峭壁。那几个伪军都看得呆了，不等挣扎，早被傻子揪着领子拎起来，抛下了深谷，傻子趁手便捡起几支步枪挎在身上。

其余的民兵在远处看着，忽见傻子身后的雾中出现了一个鬼怪，那家伙长得轮廓像人，但脸上有个大套子，脸下是个猪嘴。其实这是戴着防毒面具的日军，但在民兵看来，就和鬼怪一样，他们急忙拼命叫喊，招呼傻子赶快离开。

傻子虽然看不到身后情形，但是瞧见对面的民兵挥手大叫，他也知事情不妙，扭回头看了一眼，一个戴着防毒面具的日军已经到他身后了。山谷深壑中云雾缭绕，俩人事先谁都没看见谁，等到发觉的时候，险些撞在一处，都被吓了一跳。傻子反应迅速，蒲扇般的大手一巴掌抡过去，就将那个日军打得翻着跟头摔下峭壁，随即探臂膀拽出了大环刀，就看后边也有戴着防毒面具的日军，对着他举枪要打。傻子也明白挨枪子儿不是闹着玩的，纵身跳起来抓住一条枯藤，"噌噌噌"几下爬到了高处。附近埋伏的民兵则端起弓弩长矛，准备打第二拨上来的日本鬼子，却有一阵阴森惨绿的雾气迅速弥漫开来。

别看村民们不懂这是日军放的毒气弹，但久在深山，也见识过瘴气，心知可能有毒，忙撕开衣襟遮住口鼻。不料这毒气走五官通七窍，埋伏在飞狐岭各处的民兵接触到毒雾，包括村长在内，相继倒在地上，身体抽搐，口吐白沫，瞬间丧失抵抗力，眼瞅着就活不成了。

飞狐岭山势狭窄，这风又是从外往里走，日军用掷弹筒放出的毒气弹，发挥了很大的杀伤力。大队戴着防毒面具的日军，用毒气弹开路，穿过了飞狐岭天险，沿途看到倒地不起的民兵，近处的拿刺刀捅，远处的用枪射杀，一个活口不留，村长也被老鬼子山崎用刀砍掉了脑袋。两百多日伪军杀气腾腾，直逼青峰围里的血池村。

四

埋伏在飞狐岭截击外敌的百余民兵，大部分被毒气弹撂倒在地，惨遭屠戮，只有傻子和两三个离得较远的民兵逃过一劫。这几个人舍命逃回村子，边跑边听身后传来枪声，子弹擦着头皮"嗖嗖"乱飞，就知道日本鬼子已经跟上来了。

当时村里剩下的人全集中在村后一个大坑里，这个坑就叫血池，是两千年前为皇陵挖的殉葬坑。那时候流行杀殉，活人砍了头填在坑里，要流血成池，所以叫血池，不过挖好之后没用过，这些年荒草丛生。村里以老太爷为首的老弱妇孺，还有一些村民收救的游击队伤员，都在这儿等着消息，远远地听见枪声不对，怎么会越来越近？

这就预感到要出事了，青峰围里是个绝地，尽头没有退路，千百年来全凭飞狐岭天险挡住外敌，真让日本鬼子打进来，村里人谁也别想活。另外那日本鬼子虽说厉害，其实也就那两下子，全村民兵守着那飞狐岭，能让日本鬼子轻易进来？再说村长带领的民兵，岂能眼睁睁着日本鬼子进山，这枪都打到村口了，莫非民兵全都牺牲了？

村民们不知情况如何，一会儿恐慌一会儿担心，皆是坐立不安，这时就看到傻子一只胳膊夹着一个受伤的民兵，撒开大步跑进村子来。大伙儿一看那两个民兵都受了枪伤，傻子身上全是血，屁股上也挨了一枪，但他自己浑然不觉，张着大嘴一边喘着粗气，一边拿手比画，想告诉老太爷是怎么回事儿。他越着急越说不清，还是跟在傻子后面逃回来的一个民兵说明了情况。

村民们得知这个消息，当场抱头痛哭。这地方生存条件恶劣，因而民风彪悍，既然日本鬼子进来了，一定是要鸡犬不留的。剩下的男女老少就准备要去拼命，却被老太爷拦住了，他认为日军有妖术，那有毒的绿色烟雾没人抵挡得了。

大伙儿急得没办法，虽然不甘心束手待毙，但日军已经打了进来，即使不用毒烟，踏平这个村子也易如反掌。村民们缴获了几支三八式步枪，会用的人没几个，而且青壮民兵全死了，剩下些老弱面对穷凶极恶的日寇，只有伸脖子等死的份儿。村民们绝望至极，你看看我，我看看你，都不知应该如何是好。

老太爷让傻子背上自己，告诉众人往坑底走，这村子埋藏了两千多年的秘密，此时不得不让大伙儿知道。村民们都听说过这件事，这个巨大的秘密只有每代村长知道，如今村长已经死了，不过老太爷是这村里岁数最大、知道事情最多的人，他知道这个秘密没人会觉得奇怪。村民们跟着老太爷，穿过比人还高的草丛往坑底走，这里堆积着几块巨石，搬开巨石露出一个洞口，里面深不见底。

此时站在大坑边缘，转头就能看见日军鲜红的膏药旗在村中晃动，村民们不敢停留，鱼贯进了那个大洞。洞里有古代留下的火把，用油布包着至今还能用，老太爷指点大伙儿点了火把照明，往洞穴深处走去。

村民们从不知道村子下边还有个洞穴，以为村里流传千年的秘密，就是一条逃生的暗道，绝处逢生，心里又惊又喜。但是走到深处感到并非如此，往里面走是个大山洞，这个洞大得都无法形容了，也没有底，尽头是一道大断层，深厚无比的大地从这里裂开。火把光芒照到对面断层上，众人一个个看得两眼发直，那个巨大的秘密此时就在面前。

那是一个谜一般的巨大生物，它白森森的脊椎早已变成了化石，骨架嵌在大地的断层中。村民们站在地底，跟这些大得吓人的白骨相比，如同一群蝼蚁般渺小，火把光芒有限，仅能照到其中一部分，但也足以使村民们胆战心惊。

老太爷告诉众人这是祖龙，大地的裂痕就是龙脉，春秋战国的时候就在此杀活人祭祀，每一代村长都要到这里拜上一次，他还是六十年前来看过一眼。村民大多迷信，想不到世上真有龙，全部惊得不知所措，趴在地上磕头膜拜，大气也不敢多出一口。

实际上地质断层中露出的化石，是史前某种巨大的恐龙，这条断裂带则深不可测，现在科学家称其为中原断裂带。以前的人们不懂什么恐龙，认为这就是祖龙，皇陵选在此地也是出于这个原因。村子里祖宗的遗训不让外人进来，也是害怕毁掉龙脉。

在村民们惊异于目睹了祖龙的同时，日军也已循着血迹发现洞口了，村里没人说明村民全躲进了山洞。为了避免遭受伏击，日军往洞中投了不少毒气弹，随后又向洞里扔手雷。老鬼子山崎逼着伪军残部开路，日军都戴上防毒面具跟在后头，进洞剿灭幸存的村民。

日军为什么要兴师动众，来打青峰围里一个无关紧要的村子，不仅不计代价，甚至连《日内瓦公约》禁止使用的毒气弹都用上了。据说有三种可能：第一种可能是，日军就是要拔除这个易守难攻的天险，以免被抗日武装利用；第二种可能是，日军侵华之野心巨大，事先经过了长达几十年的情报收集，绘制的中国地图精确无比，矿产、地理、风土无所不包，连中国自己都没这么精密的地图，而且日本人也相信风水，妄图截断中原的龙脉；第三种可能就是，那时候日军秘密研制了一种武器，称为地震武器，这种炸弹不是用来炸毁工事掩体、杀伤有生力量的，而是专门用来炸地脉——将炸弹放置在地质断裂带深处，炸弹有定时装置，设置之后人员全部撤离，炸弹被埋在地下，到了时间自行引爆，爆炸的冲击波通过地脉传导，可以使千里之外的目标城市发生地震，不仅能有效破坏敌人后方，更可使敌方军民以为是天灾，作战决心与意志受到动摇，可谓一举两得。不过日军的地震武器，始终停留在秘密研制、实验阶段，到第二次世界大战结束，日本战败无条件投降，也没有真正地投入使用。当年对青峰围这个村子的重点进攻，有可能是想找到中原断裂带的洞口，作为地震武器的试爆点，没有比这里更合适的地方了。日军的这一行动虽然属于绝密，但真正的动机也不外乎这三点。

　　当时老鬼子山崎指挥部队进了洞，一路追着村民们走入了大地裂痕的深处，突然随着一声巨响，山洞里的岩石塌落下来堵住了洞口，这大概是之前手雷爆炸引发的塌方，此后再也没人从里面活着出来，留在洞口的日伪军也不敢进去搜寻，仓皇由原路退回。至于进洞的日军和村民们去了哪里，是生是死，外面就没人知道了。我想，可能村民中有幸存者从别的地方逃出来了，因此才有了关于中原龙脉的传说，但这些事咱就没法儿确定了。往事如烟，转眼过去这么多年，中原断裂带的山洞仍被乱石阻塞，深谷尽头险峰环绕的村子也从此荒废，渐渐被世人遗忘。

一

老北京大胡同三千六，小胡同赛牛毛。出了宣武门往南，有个地方叫菜市口，是旧时处决犯人的法场，那是四九城里最热闹的所在，赶上出红差，京城最火爆的戏园子都没这儿热闹。清王朝垮台之后，决囚的刑场改到了城郊，不在闹市行刑了，如今那里早已变成了宣武区[1]菜市口商场，车水马龙，人流如潮，仍和当年一样繁华。您要想看看百余年前刑部刽子手斩首的鬼头刀、凌迟的分尸刀，就只有去国家博物馆参观了。咱这回先讲一个清朝末年发生在菜市口法场的真实故事。

明朝杀人的法场在西市，如今叫西四，到北京一提东四、西四，无人不知无人不晓。西四是西四牌楼的简称，与东四牌楼相对。清

---

[1] 宣武区在 2010 年已被撤销，与旧西城区合并为新西城区。

/ 125 /

朝将法场换到宣武门外的菜市口，那地方菜摊特别集中，是个大菜市场，京郊农民车推担挑，把时令蔬菜运到京城贩卖，久而久之形成了这个菜市场，每天买菜卖菜的人络绎不绝。法场设在菜市口也是因为这地方热闹，能够起到杀一儆百的作用，让普通老百姓都看看王法森严，最好老实巴交地活着，别轻易犯事儿。

清朝最重的死刑是凌迟，千刀万剐，说文了叫"磔刑"。刽子手将犯了大罪的死囚，赤身裸体绑到木桩子上，一刀刀碎割。凌迟最少八刀，多者三四千刀，囚犯死了之后枭首示众，剩下的尸骨剁碎了喂狗，从肉体上把这个人彻底消灭。这种刑法太残酷、太不人道，到清朝末年就给废除了。

清末废除凌迟之前，有一个法国人来到北京，这人是个摄影师，带着照相机到菜市口拍了一组照片。这组照片记录了三次凌迟酷刑：头一次是个老太太，第二次是个很瘦的男子，第三次是个壮汉。这三个死囚受刑的过程，从头到尾被法国人用照相机拍了下来，虽然是黑白照片，可那血腥程度仍让人毛骨悚然。他回到法国把这组照片制成了明信片，外国人本来以为遥远的东方古国很神秘很美，一看这凌迟的照片，都感到野蛮残忍，跟想象中的不一样。清朝皇帝也觉得让洋人这么看中国不好，随即颁旨废除了凌迟酷刑。这些照片现在在网上都能找到，翻拍的法国明信片，胆大好奇的可以搜来看看，反正我是不忍看。

根据记载，清朝也是中国历史上最后一个被凌迟处死的犯人，是北京城赫赫有名的大盗康小八。这康小八是身上背了几十条人命的贼，仗着手里有把洋枪，无恶不作。官差拿他都没办法，只好从王府里请出形意拳和八卦掌的两位高手。这两人一个叫马玉堂，一个叫廖海波，两人都是一等一的武术名家。他们二位联手才逮到了康小八，经有司审问之后，押送菜市口凌迟处死。康小八胖墩墩、黑黝黝的身材，死到临头还特别硬气。一般刽子手下刀，通常是先把罪犯额上的皮割开，拉下来遮住双眼，免得罪犯看到自己受剐的样子。康小八却不让刽子手这么做，非要瞧瞧自己是怎么死的，刽子手一边割他身上的肉，他还一边若无其事地给人家指点，围观看热闹的老百姓算是开眼了。可从康小八之后，菜市口就没有剐刑了，只剩下砍头和腰斩。

晚清时天下大乱，变法维新、革命党、义和团，再加上京城里的毛贼草寇，隔不了几天就有出红差的，最忙的人就是刑部刽子手，菜市口法场可热闹了。尤其是清末的一些重臣和社会名流，被判了斩立决，一个个都是名动天下的大人物，老百姓听说过没见过，因此不分男女老幼，摩肩接踵，争先恐后地挤到前边来看。当时，在菜市口发生过很多耸人听闻的怪事。

光绪皇帝变法维新失败，朝中很多大臣受了牵连，有些皇亲国戚虽然被判了死罪，但毕竟是沾亲带故的，往往法外开恩，不用在菜市口大庭广众之下身首两分。有时候就在天牢里关着，忽然来了几个传旨的，或赐一杯有毒的鸩酒，或赐一条上吊用的三尺绫子，让罪人自己了断性命。最严厉的是把人按住了手脚，取黄纸蘸湿了往脸上糊，糊上一层又一层。人活着全凭鼻子和嘴呼吸，脸上被黄纸糊住，很快便会活活憋死。

戊戌变法失败，慈禧太后恨透了变法维新的这伙人，将抓到的维新义士们送到菜市口处决，特意吩咐刑部把刽子手的刀换了，换成刃上有豁口的钝刀。因为当时废除凌迟已久，慈禧也不敢随意更改国法，让刽子手换成钝刀，等于拿好几十斤的大铁片子砍头，没个五六刀砍不下人头。老佛爷这份心思不能明说，通过太监给刑部下了密旨，让这几位义士死得越惨越慢越好。

变法失败之后，以谭嗣同为首共有六名义士，史称"戊戌六君子"，这六个人出红差那天，震动了整个京城。怎么叫出红差呢？开刀问斩之前，监斩官要用朱砂红笔，把犯人的名字勾掉，刽子手砍下首级，还要拎着头颅过来请官员检验。按大清律例，官员必须用朱砂笔在这颗脑袋上点一下，一颗人头换一支笔。随后这朱笔就能卖大价钱，做买卖的商家认为这红笔可以镇宅辟邪保平安。另外刽子手手起刀落，死囚身首两分，溅得满地血红，刽子手扎的腰带也是红色的，刑场上处处犯红，所以叫出红差。

谭嗣同等人宁死不屈，临刑前慷慨陈词，怨愤之气直冲牛斗。当时的监斩官是慈禧太后的心腹，唯恐这些人死前说些不该说的话，触怒老佛爷，又怕有人来劫法场，因此命刽子手尽快动手。之前的程序全都免了，刽子手用钝刀挨个儿斩首，六君子死时的惨烈之状可想而知。但这几个人也真硬气，有的人宁死不跪，被官差拿铁棍子把腿骨打折了才跪下；有的人头掉了，满腔鲜血喷溅到一丈开外，没头的尸体却屹立不倒，头颅落在地上二目圆睁，这就是死得不服。来菜市口看热闹的百姓们吓得鸦雀无声，家家回去烧香祈福，以求祥瑞。

谭嗣同临刑之前，用煤屑在墙上题诗，这诗是给他一个过命的朋友写的。谭嗣同这朋友也不是一般人，乃北京城里有名的一位侠客。此人擅使一柄重达百斤的大刀，姓王名五，北京人口顺，给起了个绰号叫"大刀王五"。王五因为出身草莽，家里大排行第五，就随口起了这个名字。名字虽然土了一些，但本事是真高，他跟谭嗣同两个人是英雄相惜、莫逆之交，当初就动过劫法场的念头，可谭嗣同铁了心要拿自己的鲜血唤醒国人，没让王五这么做。等谭嗣同被斩于菜市口之后，弃尸于市，人们虽然同情，却都不敢帮忙收尸。夜里王五背着大刀过来，先是抚尸大哭，然后收殓起来，第二年将其运回故里安葬。

王五爷这么大的本事，附近即使有官差看见了也不敢过问，直到八国联军打进北京，有教友在联军军官面前污蔑王五曾经参加过义和团，并且亲手杀了很多洋兵。结果联军派了五十几个德国兵前去捉拿，双方在打磨厂相遇，拉家伙动起手来。可怜王五爷大刀厉害，也挡不住洋枪，当场被乱枪打死，脑袋都让人割走了。

据说谭嗣同生前得过一柄宝剑，名为"凤矩"，他在出事之前将此剑送给了王五，王五妥善收藏。王五死后，凤矩剑连同他那口大刀，由其家人一直保存到解放之后。可惜到了大炼钢铁的时候，这柄罕见的宝剑，连同王五的大刀，全给扔进炉里化成了铁水。

菜市口的故事太多了，几百年来，在此被处决的犯人不计其数。每逢秋后，便是刑部集中处决死囚的日子，那些比较重要的人物，到菜市口之前还要站在木笼里，用囚车推着满城游街。普通的死囚就是绳捆索绑，戴上手铐脚镣，被官差一路打到法场。两旁全是看热闹的，连菜市口附近的屋顶、房檐、树梢上都挤满了人。咱们这次讲的事，算是晚清最热闹的一场红差，发生在光绪初年。为什么热闹？因为这一次斩首的犯人最多，多达七十几人，这伙人相互都认识，是一伙犯了事儿的土匪，这么多人一块儿掉脑袋，说明这娄子捅得不小。您要问犯的什么事儿？只因盗挖皇陵，跟谋反忤逆是同等的罪过，凡是牵涉在内的人，全被判了个斩立决，绑到菜市口开刀问斩。

在清朝律法中，有斩监候和斩立决的分别。斩监候拿现在的话来说，相当于判处死刑缓期执行，即判了个斩刑，先放到死牢里监起来，等着开刀，开刀的日子或长或短，家里打点到了，也有可能就不斩了；斩立决则正好相反，属于立即处决的意思。当年这场大案说是盗皇陵，其实不是盗了清朝皇上的陵寝，土贼们盗挖的墓叫"八王坟"。

二

八王坟里埋的当然是八王，这也是让老百姓给叫俗了。首先咱得说说八王是谁，看过《聊斋志异》的可能有印象，《聊斋志异》里有一篇《八大王》，是说一个书生结识了某个鳖精，那鳖精自称八大王，其实是个大王八，它给了书生一枚鳖宝，从此这穷书生就发财了。据说这个故事其实有原型，明末清初真有一位八大王，当时的义军首领张献忠，一度被称为八大王。只因民间有张献忠屠川的传说，杀的人太多了，所以才有人编了这么个段子埋汰他。要再往前说，北宋年间有个八王千岁，怀抱凹面金铜，仗着宋太祖赐给他家的丹书铁券，上打昏君，下打奸臣，评书戏文《杨家将》里经常提及此人，跟寇准寇老西儿一样都是忠肝义胆之人。要是有忠臣让奸臣陷害了，马上要被推出去斩首，寇准给皇上磕破了脑袋也不管用，这节骨眼儿上八王千岁就该出面了，手举凹面金铜一吓唬，皇帝准保收回旨意。

可埋在北京这座八王坟里的人物，并不是宋朝的八王千岁，而是清太祖努尔哈赤的第十二个儿子，摄政王多尔衮的兄长，名叫阿济格。其人骁勇无比，身经百战。清八旗铁甲入关之前，阿济格参加过辽东的宁远大战、锦州大战，围攻过北京广渠门，进关后带兵追击过李自成，一直打到江西，那真是立下了赫赫战功。清朝开国之后论功封赏，阿济格被封为武英郡王，也叫英亲王，在清皇室的王爷里排第八，人称八王爷。别看阿济格这么威风，最后却死得十分凄惨。

那时候摄政王多尔衮病故，朝廷大权不稳，八王爷一向野心不小，觉得除了多尔衮，朝中没人降得住他，于是密谋夺取摄政王之位，结果走漏了风声，被打入天牢幽禁，转年赐死。尸骨埋葬到通惠河畔一个很荒凉的所在，从此民间就称此地为八王坟了。

按说八王堂堂亲王，他的墓不能叫坟。以前有葬制，陵寝、坟墓的级别不同：皇帝的墓是陵寝，王公为墓，所以没有王陵只有皇陵；老百姓死后不管有没有棺材，也是挖个坑埋到地下，上面堆个土丘，这才叫坟。这么算应该是八王墓，可八王因谋反的罪过被赐死，墓穴很简易，仅有薄皮棺材，上覆黄土一堆，和普通百姓没什么区别，所以民间一直叫八王坟。这是以坟得名，久而久之就变成了固定的地名。

清太祖努尔哈赤，太宗皇太极，后来又出了位圣祖康熙。康熙在位的时候，某次跟臣下提起了八王爷的好处，想八王这一辈子在枪林箭雨里出生入死、转战万里，要说八王为大清王朝立下了多少汗马功劳，那是卢沟桥的狮子——数不清了，虽然最后因谋反被赐死，但毕竟有功于国，何况那是亲王，打断骨头连着筋啊，死后埋到荒坟里何等凄惨。康熙越想越觉得于心不忍，便对阿济格重新盖棺定论，并对他的墓葬进行了一定修缮。乾隆年间下旨重修八王坟。

这回可是按王爷墓的规格修了，御赐金丝楠的棺材，阴沉木的衬里儿，拿绫罗丝绸重新裹住遗骸装殓到棺椁之中，不能有缎子。要说棺材里有绫罗绸缎，那就是外行话了，"缎子"跟"断子"同音，有"断子绝孙"的意思在内，所以说古代棺材里什么好东西都能放，唯独不能有缎子，真有也不能明说。

修复之后的八王坟，规模非常宏大：两边设有配殿，前边放置驮龙碑，上有宝顶金盖，封土堆下面是地宫，墓道墓门前后三进的墓室，外边围了圈墙。巨石造的墓门为了防盗，门后特意做了两道石槽，合拢墓门的时候，有石球顺着沟槽滑下来，把墓门从里侧顶死，合上之后就永远也打不开了。

乾隆年间，这座八王坟虽然造得很大了，但老百姓叫顺了口，仍是习惯叫八王坟，好多年都没改。这地名到现在还有，就在北京东四环四惠桥西南侧 SOHO 现代城附近。在辛亥革命之后，八王坟的地面宫殿都被拆掉了，全当成砖瓦木料卖了，墓穴地宫则在清末被盗，如今保留下来的仅有地名而已。

清朝时期的北京远远没有现在这么多的人口，城区也没现在这么大，那时候南边到陶然亭就非常荒凉了，满目芦苇野地，都是乱坟岗子，走半天看不见人。如今陶然亭就是北京火车站南站，那高楼大厦盖的是一片连着一片，跟以前不能同日而语了。

晚清光绪年间，陶然亭这边还有几处荒废的寺庙道观。乾隆时香妃埋骨的香冢，离这地方也不远。当时清王朝的统治腐朽，没落到了极点，已是大厦将倾，各地盗贼蜂起，陶然亭附近便有伙土匪，为首的绰号叫"赵麻子"，也是一条好汉。他出身贫苦，早年拜过名师，学成了满身武艺，属于那种彪形大汉，生得膀大腰圆，豹头环眼，满面钢髯，只是脸上落了麻子，才得了这么个绰号。闹义和团的时候，他也杀了几个洋兵，被官府拿得紧，只好落草为寇，聚集了十几个兄弟，专在陶然亭附近杀富济贫。陶然亭虽然偏僻，但那也是天子脚下，首善之地，赵麻子胆大包天，敢在白昼杀人，城里的官差也拿他没办法。

赵麻子每次劫到财物，都要进城走一趟，无非是吃喝玩乐，就这样官差都拿不住他，为什么呢？因为那时京城里有好多镖局，镖局里的人知道赵麻子是贼头，一看他来了，赶紧给请到镖行里，好吃好喝安排着，到城里转悠下馆子，都有镖局的人陪着，绝不让他掏一分钱，等贼离城回山，还要用马车护送，备下礼品让贼带回去。这属于江湖道儿，把面子给得足足的，下次走镖时远远地一吆喝趟子，劫道的贼人听到是朋友走镖，也就不好意思出来劫镖了，否则逮谁跟谁动手，把各处的人都得罪广了，走到江湖上寸步难行，镖行这碗饭也就没法儿吃了。

有那么一次，赵麻子劫了一位客商，得了许多财物，乔装改扮了进城来看朋友。镖局的人得到消息，照例是远接高迎，安顿好了之后到砂锅居白肉馆吃饭，还商量着晚上到戏楼看戏。这也该着出事，赵麻子坐在砂锅居里喝着酒，就听旁边那桌有人说话。那是一个北京本地人和一个外来的亲戚，外来的亲戚说起路过一个地方，地名叫八王坟，本地这个人就讲了八王坟的由来，还说坟里有当年乾隆爷赐的珍宝陪葬。

说者无心，听者有意。赵麻子在旁支着耳朵听了个一字不漏，心里便转上一个念头，当天不辞而别。到城南陶然亭，他把手下弟兄聚到一块儿，跟大伙儿说八王坟里有陪葬的宝物，如果能把这老坟打开，得了其中的珍宝，足够咱们这些人快活半世，可比整天在野地里劫道的油水多多了。咱们绿林人讲的是阴间取宝，阳间取义，当取不取，过后莫悔。

这伙山贼土匪一拍即合，白天过去踩好了盘子，当晚就开始动手。不过八王坟不比寻常的土坟，墓室里全是石壁，他们还特意找了几个懂行的石匠入伙，昼伏夜出连挖带刨，用了两个多月才挖开。夜里干活儿，白天则用乱草伪装，免得被路过的人看出来。简短些说吧，挖开墓穴发现里面全是泥水，原来八王坟修得够大也够坚固，只是离通惠河太近，没考虑到地下渗水的问题。赵麻子等人也不会排水，蹚着齐腰深又黑又臭的泥水，撬开了棺材，里面果然有乾隆帝赐的一些东西，比如东珠、宝剑之类。这伙贼半偷半毁，八王的遗骸和一些贵重明器，都给扔到了泥水中，剩下的揣到身上，连夜逃回去分赃。没想到，这次的娄子捅到天上去了。

土匪夜盗八王坟的案子，惊动了慈禧太后。慈禧见大清英亲王的坟都让土贼掘了，这简直是无法无天，照这么下去，列祖列宗的陵寝也安稳不了。大概慈禧想到了自己的身后事，觉得要不杀一儆百，今后她的陵寝也难保万无一失，于是严令缉拿这伙盗墓的贼人，办案不力的官差一律砍头，家属充军宁古塔。

当时京城里的差人真红了眼，赵麻子等人胆量再大也不敢进城了，都躲在乡下等着风声过了再说。可也真是鬼催的，赵麻子手下有个二当家，叫鱼眼薛七，听这名字就知道长什么样了，俩眼珠子跟鱼目一样特别大，但黑少白多，显得有些奸猾，其实为人至孝。这鱼眼薛七的老娘病重，要到城里请郎中瞧病。本来这种事随便托个朋友就能给办了，可薛七不行，脑子一急就把被官府缉拿的事给忘了，匆匆忙忙赶到城里请大夫。身上没钱，正好揣着一件赃物，这是盗完八王坟之后分到他手里的东西，一个碧绿碧绿的玉扳指。鱼眼薛七把这个东西拿给坐堂的先生，请郎中出诊，这一下可就惹上了杀身之祸。

那位郎中是京城里的名医，常给达官贵人诊病，一看这扳指就知道肯定是皇家之物，像薛七这种土里土气的乡下人，祖宗八辈儿加起来也不可能有这么值钱的东西，必定不是好来的。郎中可不想跟着受牵连，就谎称去准备几味药，把鱼眼薛七稳住了，跑到官府报了案，当时引来一群穿官衣儿的。鱼眼薛七就是水下的功夫好，拳脚武艺稀松平常，被官差打倒在地，胖揍了一顿。他架不住严刑拷打，被迫供出了同伙赵麻子等人的藏身之处。官府连夜调集五城练勇前去拿人，京城里装备了洋枪的火器营也跟着出动了。

赵麻子当晚正在家睡觉，忽听外面乱成了一团。他身为绿林人是何等机警，心里一惊，知道出事了，赶紧从被窝里钻出来，顾不上穿衣服，怕前边有埋伏，也不敢走正门，抬脚踢开后窗，纵身蹿出窗外。不料后窗早有官差等着他，还没落地就挨了一记闷棍，终于负伤被擒。

从阴历四月十二案发，到阴历六月初八为止，这伙夜盗八王坟的土匪连同家属统统落入法网。窝藏贼人、收受贼赃的都算在内，牵扯进去的多达七十几人，男女老少均有，在公堂之上落成供状，全部问成死罪，断了个斩立决。阴历十二那天从宣武门出来，一路游街示众，最后押赴菜市口刑场开刀问斩。

这桩盗墓案子闹得满城风雨，菜市口行刑的那天，围得是人山人海。北京城里的老百姓也算见多识广了，可是从来没见过一次处决这么多犯人的，惹得街头巷尾议论纷纷，为首的贼人又是令人谈虎色变的赵麻子，遇到这样的热闹哪能不看呢？行刑那天，戏楼茶馆都没人了，四九城里万人空巷，全挤到菜市口观看出红差。官府知道处决的都是亡命土匪，唯恐有人冒死来劫法场，特别调拨了上千兵勇维持秩序。当天菜市口法场上血流成河，惨呼声惊天动地，同时还引出了一件奇事。

三

按大清律法，谋反及盗挖皇陵属于不赦的弥天大罪，决不待时，不用等到秋后大审，冬至之前才上法场，因此八王坟一案破得快，处决也快。头天刚下过雨，到阴历六月十二这天，响晴白日，碧空如洗，一大早从宣武门到菜市口的街巷两旁就挤满了人，全是看热闹的老百姓。

本来菜市口里面都是菜摊，郊县的农民每天集中到这里卖菜，赶上出红差设法场，卖菜的小贩们要先在旁边等着，什么时候砍完了人头，铺上一层黄土垫道，遮住满地的鲜血，才能开始摆摊做买卖。

可这回一次处决七十几名人犯，大清开国以来，京城里从没出过这么大的红差，菜贩子们知道今天别想做生意了，指不定砍到几时才算完呢，所以压根儿没带蔬菜，但是也特意起早贪黑跑过来瞧热闹，把个菜市口围得水泄不通。

当天刑部派来维持法场的兵勇多达千人。重犯或有名的人物游街，照例要装在木笼囚车里，可这回犯人太多了，只有为首的赵麻子、鱼眼薛七等人，被披红挂彩装在囚车里，其余的犯人各戴枷锁，绑成一串，排在囚车后面。每人脖子后面都插着块长条木牌，上面写有犯人姓名，并用红笔圈着个"斩"字，这叫断头状。

围观的百姓太多了，囚车打宣武门就走不动了。您瞧北京在民间叫俗了是四九城，东西南北四面城，一共有九座城门，合起来叫四九城。这九座城门各有各的用途：东直门俗称粮门，专门走粮车，旧时地面有车辙，走到城门洞里一抬头，能看见头顶刻着麦穗的图案。西直门叫水门，运水的车都从西直门走，城门洞里刻着水纹。南边的宣武门出红差，砍头凌迟的犯人去到菜市口上法场，必打宣武门经过。城门洞旁边立有石碣，上书"后悔迟"三个大字，其中的含义不用多说了，无论你是忠是奸，是愚是贤，是蒙冤还是活该，只要犯下了死罪，被装在木笼囚车里推出宣武门，这条命就算交待了，再怎么后悔也不管用。

囚车堵在宣武门好半天，兵勇才把道路疏通。往前就更热闹了，街道两旁的买卖铺户，都在店铺门前摆上一张条案，上边备几碗水酒，有那买卖做得大的，还给准备了鸡鸭鱼肉四碗菜。这事没人吩咐，全是自觉自愿。犯人在被押赴菜市口的路上，可以随时停下来吃喝这些酒肉，大清律法是允许的，甭管犯了多大的事儿，踏上黄泉路之前喝点儿送行酒也不为过。为什么那些店铺商人愿意请死囚喝酒？因为以前有种讲究，死囚从你门前过，准不准备东西在你，是否吃喝则在他，他要不动你的酒菜也就罢了，只要喝了你一口酒，或是吃了你一口菜，你就算积下阴德了，将来做买卖定能财源广进。那时的人最迷信这个，不用官府下令，提前把告示贴出来，告知百姓哪天在菜市口处决人犯，沿街店铺自会准备妥当。

菜市口是个丁字路，三条土道交会的这么一个地方，平时人来人往、车水马龙，非常繁华，不过这条道路是"无风三尺土，下雨满街泥"。正对着法场有家老字号，是卖刀伤药的鹤年堂。鹤年堂是个药铺，由打元末明初就有了，您算算得有多少年了。鹤年堂的刀伤药最有名，但不是只卖刀伤药，大概是因为店铺门面正守着菜市口法场，所以人们提起鹤年堂，总是会想到刀伤药。其实上法场开刀问斩的犯人，基本都是被砍掉了脑袋，抹上再好的刀伤药也不顶用。听老人们讲，以前每到菜市口出红差，都属鹤年堂摆设的酒菜最为丰盛，等刽子手掌完了刑，掌柜还要给他送上一个红包并一服安神药。也听闻鹤年堂夜里总有鬼拍门，那是惨死在法场的冤魂到店里索取刀伤药，因此到夜里上了门板，任谁在外头叫门，喊破嗓子，店里的伙计也不敢开门。

这天处决赵麻子等一众悍匪，因为看热闹的人太多了，兵勇官差好不容易把囚车推到菜市口，围定了法场，将七十多个犯人分成三排，由西向东跪在地上，每人身后都有兵勇按着，等着午时三刻开刀问斩。鹤年堂掌柜亲自让伙计给这些犯人送上断魂酒，有的人一口气喝了，有的则咽不下去，况且男女老少都有，死到临头吓破了胆，大哭哀号者有之，屎尿齐流者有之，默然不语者有之，周围则是挤破了脑袋来看热闹的百姓。

以往电视里经常有这样的镜头：午时三刻一到，号炮三声，监斩官用朱笔画个圈，一道令下，几十个身穿赤红号坎的刽子手，同时举起大刀挥落。现实中可不是这样，至少菜市口从来没有几十颗人头一齐落地的事。

为什么呢？因为京城里没有那么多刽子手。刽子手掌刑执法，专吃这碗饭，手艺都是师傅带徒弟，代代相传，不是随便拉来一位抡得动刀的就行，所谓隔行如隔山。清朝出红差的刽子手，杀人的手艺分为四等：一等是凌迟碎剐。凌迟少则八刀，多则千刀，不够刀数把犯人先割死了，剩下多少刀就要着落在刽子手身上，这门手艺是最难的。先割哪儿后割哪儿，如何肢解枭首，全都有讲究。其次是斩首。清朝人脑后都留辫子，行刑的时候俩差役在后边按住死囚，前边另有一人拽着辫子，这就把脖子露出来了，刽子手拿鬼头刀，一刀砍下去，手艺高的不仅刀法快，而且会认骨头缝，能做到身首不分，死者家属还能请人缝合尸首，留下一具全尸。菜市口附近修鞋的皮匠，全会缝脑袋，靠山吃山，靠水吃水，挨着法场当然会有人从这地方找饭吃。第三等是绞刑。拿麻绳把犯人吊死，打绳结绾绳套全是手艺，遇上意外吊不死的犯人，还要加械，用棍子插到绳套里一圈圈地绞，越绞越紧，直到把人勒死为止。最后一等是腰斩。用铡刀把犯人从腰部铡成两截儿，鲜血肚肠流得满地都是，可犯人一时半会儿还不会咽气，嘴里吐着血沫子还能说话。只因过于残酷，实际用得很少，比较多的是前三种。刑部刽子手就是指着这门杀人的手艺吃饭，平常没差事挺清闲，赚得也不多。秋后问斩是最忙的时候，都指着这当口赚钱，收到犯人家属私底下送的钱，动手前说几句好话，让犯人安心受死，可以尽快结果犯人性命，不至于太过受苦。不给钱的上去也是一刀，这刀却是照着脑袋瓜子砍，砍掉半截儿脑壳，唤作去瓢儿，脑浆子流一地，收都没法儿收，一刀砍完抬腿把没头的尸体踹倒，二话没有转身就走。就连绑犯人的绳子，刽子手都要解下来卖钱，据说绑过死囚的绳子，用来拴牛，那牛不会受惊；拴到房梁上，能够镇宅驱邪。干这行也不乏来钱的道儿，出这一场红差，足够刽子手吃上好几个月。

到了光绪年间，凌迟一类的酷刑已经废除，死刑就是砍头。整个京城里有这门手艺的，剩下不到三四个人，其中一位当师傅的姓吴。吴师傅年事已高，好几年前就不能动刀了，刑部刽子手人少，没让他告老还乡。下面还有两个徒弟，其中一个酒后掉到护城河里淹死了；只剩一个姓熊的徒弟，四十多岁正当年，排行第二，人称熊二爷，是北京城里手艺最好的刽子手。他也带了两个徒弟，可还没出师，只能给打打下手，等于整个四九城能用刀的，仅有熊二爷这么一位，一口气砍七十多颗人头可不是闹着玩的。

刽子手熊二爷前几天已经领命准备。头天喝酒吃涮肉，到正日子起来穿上官衣儿，带俩徒弟出门吃早点。出红差之前不宜吃肉，可不吃饱喝足了没法儿干活儿，因此爷儿仨喝豆汁就焦圈。熊二爷那是土生土长的北京人，老北京没有不爱喝豆汁的，外地人却大多无法接受这东西，连用鼻子闻一下都避而远之，也很难理解为什么老北京这么爱喝豆汁。实际上豆汁虽不是什么珍馐美味，可喝到嘴里，独有一股微甘回酸的鲜味儿，有那么点儿像橄榄，头一口喝起来也许会觉得不怎么样，一尝再尝之后就上瘾了，再就着酥脆油香的焦圈，那简直没得比了。

师徒三个吃过早点，时辰还早，就大摇大摆地溜达着往菜市口走。路上碰到熟人，都要抱拳拱手客套几句。那些熟人知道熊二爷今天要动刀，全给二爷道喜，一是图个吉利，二是出红差正是发财的机会。熊二爷心里也高兴，来到鹤年堂，那店铺里的掌柜伙计早给准备好了，桌椅板凳、点心茶水一应俱全，他就坐在店里喝茶候着，俩徒弟在旁边磨刀。

眼瞅着犯人被押到法场，监斩官验明正身，当众宣读罪状，请出刽子手准备行刑。熊二爷抱着鬼头刀走进法场，站到一块大石碑跟前。这石碑上刻着"国泰民安"四个大字，自从清军入关把菜市口设为处决死囚的法场，便立了这么块石碑，也是镇着那些惨死的冤魂，不让它们夜里出来作祟。

四

刽子手熊二爷天生就是吃这碗饭的，要开脸儿就得说是"身高膀阔，膘肥体健，一张国字脸，紫红色的脸膛，连鬓络腮胡子，油汪汪一条大辫子打了结盘在头顶，辫梢留下一截红穗耷在脸旁，光着两臂，左右两手各套牛皮护腕，穿一件猩红的马甲，半敞着怀，露出胸前黑扎扎一片盖胆寒毛，腰系板带，斜插追魂令，下半身着一条黑色兜裆滚裤，足蹬薄底快靴，怀抱法刀挺着大肚子站定了，跟那要命的活阎罗相似"。他站在法场上眯缝着眼向周围扫视，不看跪在地上等死的犯人，而是看法场四周看热闹的老百姓，因为熊二爷心里纳闷儿，今天处决这么多犯人，怎么没有送钱来的？

熊二爷凭手艺在法场上出红差吃饭，只管砍脑袋，向来不问缘由，哪知道赵麻子等人是满门抄斩，家里父老妻儿全给判了斩立决，此时都在法场里跪着，自然没有家属来给他送常例钱，心中不免暗自恼怒，打算等会儿行刑的时候要下黑手。这些贼寇连同家属真是撅头拍子，连这么点儿人情世故都不懂，等会儿定让尔等领教领教二爷的手艺。

中国古代很早就有潜规则了，就拿这上法场掉脑袋的事来说吧，但凡有个三亲六故，家里再穷，多少也得凑点儿钱，私底下送给刽子手。熊二爷一看都快午时三刻了，还没收着钱，不由得沉下脸来。恰好这时候，有个人从围观的百姓当中，一边打招呼一边挤了过来。

熊二爷举头一看，来者是顺源镖局的一名徐姓镖师。此人跟刽子手熊二爷是点头之交，就是同在北京城里住着，互相知道有这么一人，偶尔碰上了点点头，也不是说特别熟。但这位镖师跟夜盗八王坟的贼首赵麻子关系不错，赵麻子对他曾有过救命之恩，前两天托人上下打点，到死牢中见过赵麻子一面。

镖师当时给赵麻子跪在地上，垂泪说道："恩兄当年救过小弟性命，按说我该以死相报。奈何您这案子做得太大了，惊动了朝廷，我势单力薄，想劫法场也没那个本事。"

赵麻子说："兄弟，哥哥一人做事一人当，这里头没你的事儿，当然不能连累你，临终只有一事相托。"

原来那时磔刑已经废除，没有凌迟了，犯了天大的事儿，无非是掉脑袋，处决后弃尸于市，砍完头不让家人收尸，首级插到木桩子上示众，然后连同尸身扔到荒郊野外喂狗。赵麻子也怕自己是这种下场，想求镖师帮个忙，在官面儿上打点一下，趁着夜里无人，请位缝尸的皮匠，到菜市口把他和这些兄弟的尸首缝合起来，再用草席子裹好找个野地埋葬，好歹落个全尸。

其实在清朝末年，官府腐败透顶，杀人不过头点地，在菜市口处决了人犯，就算给朝廷交了差，谁还理会夜里有人偷走尸首。只要把钱使到了，官面儿上自然睁一只眼闭一只眼，假装看不见。因此镖师二话没说，答应了赵麻子的请求，回去张罗着卖房子卖地，凑钱疏通。

夜盗八王坟的案子办得快，定了罪之后没过几天就开刀问斩，等姓徐的镖师凑来钱，赵麻子也被送到菜市口了。他这才从人群里挤进来，仗着平时跟那些穿官衣儿的认识，进了法场找到刽子手熊二爷。

熊二爷一看钱就乐了，给不给刽子手塞钱的差别，就在于下刀的时候，刀锋劈到脖颈上还是脑袋上。脑袋从脖颈被砍断，能找修鞋的皮匠给缝上；要是鬼头刀从后脑勺砍下去，那手艺再高的皮匠也没法儿往一块儿缝合了。他当场让徒弟把钱收下，冲镖师点点头，那意思是说："徐爷尽管放心，这些规矩咱都明白，您就在旁边踏实等着吧。"

徐镖师不忍心看恩兄血溅当场，过去敬上断魂酒，跟赵麻子说都安排妥了，赵爷您一路走好吧，交代完了转身离开法场，自去准备棺椁寿衣。这时监斩官把刽子手传过去说话，熊二爷只不过是掌刀的刽子手，在刑部里无品无级，平日里跟那些有顶戴的上官连话都说不上，此刻听说监斩官找自己有话说，就跟那走狗见了主子似的，一溜小跑过去请安。监斩官也没多说，只告诉熊二爷："上边给话儿了，盗挖八王坟的一干人犯罪大恶极，今日杀头弃市，烦劳熊爷给他们去了瓢儿，尤其是贼首赵麻子，得多关照关照。"

熊二爷哪能听不明白，瓢儿就是脑瓜壳子，上边的意思是让这伙贼人死得惨一些，砍头的时候把脑袋劈成两半，缝都没法儿缝。可刚拿了徐镖师的钱，答应人家砍头之后能留全尸，这事真是掰不开镊子，不好办了。他这人向来贪心昧己，上官既然发了话，绝不敢不照办，私底下收的钱也是不打算退，就起心要把这钱黑了。拿人钱财，与人消灾，否则等于吃了黑钱，他只想着这点儿小钱，却忘了师傅说过刽子手吃红饭，最忌讳收钱不办事，饶是拿了人家的钱，还让人家死得闭不上眼，这人死之后也不能放过你。刽子手无非上差下派，罪人犯了事儿在菜市口送命，不管有多大冤屈，恨也恨不到刽子手头上，可你黑了人家的钱就不一样了。

熊二爷师傅那辈儿的刑部刽子手里，就有一位经常黑犯人钱的，后来脖子后头长红色水疱，请多少郎中吃多少药也好不了，这叫断头疮，绕着脖子长一圈就喘不上气了，这刽子手因此丧命。师傅常提起来让吃这碗饭的徒弟们引以为戒，熊二爷却把这事抛到脑后去了。转眼间午时三刻已到，监斩官投下令牌，四周百姓知道要下刀了，一齐鼓噪喧哗，争着往前拥挤。

剑子手在菜市口法场处决人犯，顺序是由东往西。熊二爷来到第一个跪地的犯人身后，那人已被差役按住，伸着脖子等死。二爷手捧鬼头刀，亮了个架势说道："爷，我今日送您上路，也是吃哪碗饭办哪桩差，您路上走好……"说到这儿，一刀下去，"咔嚓"一下砍掉犯人半截儿脑壳，鲜血脑浆迸流。

周围看热闹的百姓顿时炸开锅了。有经常看出红差的懂这些事，知道凭剑子手砍人头的手艺，完全可以做到断头不掉头，这砍掉半拉脑壳叫去瓢儿啊，成心不让收尸，太血腥了。人群中议论纷纷，好多胆小的都把眼睛捂上不敢看了。

剑子手熊二爷一连砍了十几个脑袋，停下来喘口气，整个法场上血气冲天。此时徒弟端上来一个乌漆托盘，上边俩碗：一碗酒，一碗茶。熊二爷喝茶清了清嘴里的血腥气，这碗酒人不喝给刀喝，先含到口中，喷出来喷遍刀刃，去掉刀上的血污。

赵麻子等人在旁跪着，看剑子手专照脑瓜壳子下刀，心里雪亮似的都明白了。有些人看到同伴脑浆横流的惨状，吓得已经昏死过去，剩下那些胆大亡命的悍匪，无不破口大骂。

监斩官一看不能让这些贼人在法场上乱说，忙命差役拿出铁条，谁敢张嘴就往谁嘴里捅，连舌头带牙齿戳个稀烂，满嘴是血就出不了声了，同时催促剑子手尽快用刑。

熊二爷不敢怠慢，拎着鬼头刀一个个排头砍去。他这手艺当真了得。清朝那时候的人都留辫子，早期的发型跟清宫电视剧演的不一样，整个脑袋全剃秃了刮得锃亮，就后脑勺留一小块头发扎成辫子，唤作金钱鼠尾，顾名思义跟耗子尾巴一样，要多难看有多难看。为什么清军入关之后为了"留头不留发，留发不留头"一事，在南方杀了那么多人，就是因为这辫子太难看了，对那些文人名士来说，让他们留金钱鼠尾，还真不如死了。到后来过了很多年，辫子样式才改得相对好看了点儿。脑袋后头编着大辫子，一般的刀砍都砍不动，可熊二爷是京城里出了名的快刀，下刀的方位和劲道到了炉火纯青的地步，切瓜也没他这么利索。不到一个时辰，菜市口法场上已是横尸满地，血流成河，等待处决的犯人只剩赵麻子一个。

赵麻子眼睁睁看着自己这些兄弟、家里的爹娘妻小，全被刽子手去了瓢儿，瞪目欲裂，咬碎了满口钢牙，恨不得扑上去把熊二爷一口一口吃了，奈何被差役按在地上动弹不得。只见熊二爷不慌不忙来到他身后，一边等徒弟抹去鬼头刀上的鲜血脑浆，一边说，赵爷您别见怪，这都是上面的意思，我吃哪碗饭办哪桩差，您这事儿犯得太大，惹了官司就自己兜着吧。说完从徒弟手中接过刀来，"咔嚓"一刀砍下去，赵麻子半个脑袋落地，并不见鲜血喷出，那半截儿脑壳落到地上，俩眼圆睁，恨恨地瞪着刽子手。

熊二爷杀人如麻，也不在乎这些，抬脚把跪在地上的无头尸体踹倒。他忙活了半天也是神困体乏，鬼头刀顺手插在地上，示意徒弟解开尸身上的绳子，留着等会儿卖钱。刚喘了几口气，忽然一阵狂风卷过。菜市口法场是在三条土道当中，北京的土多，一刮风就漫天扬尘，而且这阵风刮得邪乎，飞沙走石，天昏地暗，霎时间白昼如同黑夜，满街的人都睁不开眼。

等这阵大风过去，看热闹的百姓都被眼前的景象惊呆了。就见刽子手熊二爷血溅当场，脑袋被砍成两半，横尸就地。原本插在地上的鬼头刀，却出现在了赵麻子的无头尸体手中，好像是刚才这阵阴风刮过之时，怨愤之气不散的赵麻子诈尸还魂，一刀砍掉了熊二爷的半拉脑袋。这事吓得满城百姓家家烧香贴符。

菜市口法场的这一可怕事件，很快传遍了京城的街头巷尾，毕竟谁都没亲眼看到事情经过，所以种种说法都有。有人说是那位姓徐的镖师所为；有人说是赵麻子怨愤太深，阴魂不散当场索命；也有人说人被砍掉脑袋，在很短时间内还没死透，神经和意识仍然存在，刽子手解开绑着尸体的绳子太早，赵麻子本身就非比常人，加之又恨透了熊二爷，就像古代的刺客田七郎一样，掉了头还能奋勇杀人。总之这件事很多年后也没结果，只能不了了之了。菜市口法场从清初设立到辛亥革命为止，处决的犯人不计其数，刽子手死在法场上的事只发生过两次。一次是咸丰年间太平天国北伐军的首领林凤祥、李开芳被俘，押赴菜市口凌迟处死。在处决李开芳的时候，惨遭凌迟的还有他麾下一员部将，那人双手被反绑在木桩子上受刑，刚刚了没几刀，捆绑在脚上的绳索被挣开了，一脚踢到了刽子手的裤裆里，当场踢死一个刽子手。另外一次有刽子手送命，就是在菜市口处决盗挖八王坟的赵麻子。

　　如今菜市口法场早已消失在历史之中，那地方盖起了商场大楼，再找当年处决犯人的位置都不容易了。这段怪事和菜市口的许多传说一样，虽然过去了上百年，依然流传至今。

第十三章

来历不明的臭味

上

有一件我哥们儿经历的事，已经过去好几年了，他说他很少往深处想，也许是不敢想，想多了晚上没法儿睡觉。这次我就当成故事，把这件事给大伙儿说说。别问我是真是假，我当个故事来说，诸位当个故事来听，咱们是哪儿说哪儿了，过后不提。

我小时候每年暑假都住到韦陀庙白家大院，前头跟大伙儿提过，那是我亲戚家，我在院儿里最熟的邻居是刘奶奶和她的两个孙女大娟子、小娟子。那时刘奶奶的老伴儿，在医院太平间值夜班的老大爷还活着，当然还有大座钟跟二大爷一家。白家大院是个大杂院，住着好多人，拆迁后跟我还继续走动的也就是刘奶奶一家，老人去世的时候，由于家里只有大娟子姐儿俩，后事还是我帮着料理的。

刘奶奶走的那会儿，小娟子刚考上大学，去了外地念书。大娟子职专毕业，没找到合适的工作，临时在火锅店里做啤酒促销员，就是穿上啤酒品牌的短裙，穿梭于各桌之间推销啤酒，免不了有些食客趁机占便宜灌酒，放出话你喝几瓶我买几瓶，甚至动手动脚，大娟子经常遇上这种情况，但是也没办法，赚点儿钱特别不容易。

另外还有一个发小儿，外号叫"二梆子"，也住韦陀庙胡同，从小就跟我在一块儿玩，但老房子拆迁之后，有很长一段时间断了联系。这小子脑门儿稍微往外凸，天津卫老话说前梆子后勺子，就是他这样的。

有一次我在大娟子家吃饭，大娟子问我："看不看你小时候的照片？"我觉得很奇怪，反问："咱俩又不是一个学校的，你怎么有我小时候的照片？"大娟子拿出一本相册，翻开一页指给我。我发现那张照片里确实有我，还有另外几个孩子。

我一下子想起来了，那年放暑假，跟胡同里的小孩儿们去湾兜公园抓老鹤。老鹤就是蜻蜓的俗称，以前环境还好，没现在这么多污染，凡是赶上阴天，漫天都是蜻蜓，小孩儿们最大的乐趣之一就是捏老鹤。看准老鹤落在什么地方，悄悄走过去，拿手捏需要沉得住气，一惊动老鹤就飞跑了，也有拿竹竿蘸黏子粘的，还有用抄网抄的。那年夏天我跟韦陀庙胡同里的几个小孩儿，翻墙进到湾兜公园里捏老鹤，公园门票是一毛钱一张，我们舍不得这一毛钱，要留着买冰棍，所以每次都是翻墙进去。那次二梆子也在，还让看门的大爷给逮着了。当时大伙儿往外走，二梆子正趴在墙头要往下翻，不料被看门大爷把腿拽住了，他一着急使劲儿往下跳，落地时差点儿把自己的舌头给咬断了，流得满嘴都是血。他还张开嘴让我看，舌头上的大口子都往外翻翻着，看得我心惊肉跳，好在送医院止血后把舌头保住了。这张照片就是在湾兜公园里拍的，还是二梆子偷拿了他爹的傻瓜相机，正好里面胶卷还剩几张，小孩儿们闹着玩合了张影，大娟子和我都在照片里。可忘了是谁拍的了，由于对焦时手抖，相片有些模糊。

我看着这张照片，想起小时候那些调皮的事儿，忍不住笑了，依次指着照片里的人跟大娟子说这是谁是谁。照片里的二梆子，在我们这些小孩儿中显得很突出，他从小长得就比别人高半头，到哪儿都是人群里最显眼的一个，我当年曾经认定他将来会有一番大作为，可惜老房子拆迁之后，再没见过，只是听说二梆子转学搬到河东区那边去了。

大娟子跟我说前些天在火锅店里遇上二梆子了，梆子头仍是那样，一点儿没变，还留了他的电话号码，约好了找个时间大伙儿坐下聊一聊。我说这可太好了，不提想不起来，一提还真挺惦记。

夏天，人们喜欢吃马路边的大排档、砂锅羊肉串。那天晚上，我和大娟子、二梆子三个人，在八里台桥底下的一个烧烤摊儿聚会。二梆子见了我们很高兴，他本来就话儿密，多喝了几瓶啤酒，说起来更是没完没了，给我们讲了一件十分离奇的事情。

长大后的二梆子，并没有如我想象中出类拔萃，除了他那个梆子头，连样子都变得平庸了，早已娶妻生子，孩子都两岁了。韦陀庙拆迁后，他家搬到了河东中山门。他学习成绩不行，高二辍学后在超市打工，后来在滨江道鸽子窝倒腾起了服装。鸽子窝那地方现在早没了，二梆子做买卖还是在美国"9·11"飞机撞大楼之前，那会儿还真赚了些钱。

当时女装流行波希米亚风格，二梆子到北京动物园天乐服装城拿货。拿到天津滨江道的摊位上，进价二十出头的小衫，也就是样子货，叫价六十八，买主讨价还价，便宜个十块二十块，一件还能赚上对半的利润，而且销路很好。那时候房子的价格，也不像现在这么离谱，他就买了套单元房，大小两室没有厅的一个房子。当时也有女朋友了，在滨江道练摊儿认识的，有结婚的打算了，做买卖赚了一部分钱，家里又给凑了一部分，买了这么个房子。没想到搬过去就开始走背字儿，倒霉倒得喝口凉水都塞牙，他觉得这也许是命，也许还有别的原因，很可能是新买的房子不太干净。

二梆子买的这套房在二楼，新房没住过人，地点有点儿偏，周围的住户也不多，入住之后简单地刷浆铺地。房子还没收拾利索，就跟女朋友因为点儿小事闹了别扭，结果越闹越厉害，俩人就此掰了。这时又赶上滨江道改造，把鸽子窝全给拆了。鸽子窝就在滨江道跟南京路交口处，以前路口两边各有一个区域，分甲乙两区，分布着数百个几平方米大小的摊位，都是有拉门的小屋，棋格子似的走道，卖的衣服和鞋子要比商场里便宜很多，学生特别爱逛，平时生意很火。当时是哪儿火拆哪儿，二梆子那个摊位不是自己的，一拆就没他事儿了，买卖也没法儿做了。

常言说"福无双至，祸不单行"，打买了这套房就不顺，倒霉事儿总往一块赶，对象跑了，摊位也没了。二梆子那心情可想而知，也不敢跟家里说，怕老爹老娘着急，摊位这事没法儿瞒，就谎称不干买卖了，找了份工作，每天上班下班。其实是从早晨出去就坐公共汽车，坐到最远的终点站下来，然后再坐车回来，一个来回两个多小时，他一天坐四个来回，下午五六点钟回家吃饭。

后来二梆子买了张床，自己搬进了新房，以前没感觉到，住进来之后总能闻到一种怪味，好像屋里有什么东西发臭似的，这种臭味并不明显，时有时无。二梆子以为是刷浆的味儿还没散干净，正好也是夏天，白天家里没人，晚上睡觉敞着窗户通风，也没太在意。

以前同在滨江道鸽子窝摆摊儿的有位乔哥，人称大老乔。他跟二梆子混得挺熟，听说了二梆子最近的遭遇，晚上特意带了些酒菜，过来跟二梆子聊天，怕他闷出毛病来。

大老乔父母是从新疆返城的知青，他比二梆子年长五六岁，当了好多年个体户，在社会上闯荡已久，经得多见得广，为人讲义气，长得也富态，总照顾这些兄弟。二梆子也服他，就把大老乔带到家里，哥儿俩坐下喝酒。

大老乔一早去动物园进货，带回来的天福号酱肘子和烧饼，傍晚到楼下买的冰啤酒，他看二梆子没精打采，就没话找话，说这天福号的酱肉可有名啦。想当初乾隆爷在位的时候，有个山东人到北京城做买卖，开了个酱肉铺。他本钱少找不到好的临街铺面，只能开在一条小巷子里，那生意很不景气，这山东人整天发愁，可是也没办法。有一天上街溜达，瞅见一卖旧货的摊子上，有那么一块古匾，上面写了三个字"天福号"，成色很旧，十分不起眼儿，也不知道是从哪儿收来的。山东人觉得这牌匾不错，有天官赐福的意思在里头，于是买回来挂到店中。转天恰好有个官员路过，顺便买了一点儿酱肉，回去之后一尝那味道真是绝了，从此他这酱肘子算卖出名堂了，京城里的王公贵族都争着来买，成了百年老字号。所以说这做买卖没有一帆风顺的，死店活人开懂不懂，摊位没了，你到别处赁个地方也能干啊，对象掰了再找别人呗，娘儿们那不有的是吗，用不着在一棵树上吊死不是？你瞧你这整天愁眉苦脸的，犯得上吗？

二梆子说："大哥你说得太对了，不过我前两年做这服装生意做得好，全是我对象的眼光。我这眼光可不行，上了货没人买，这真不是闹着玩的，如今我们俩这事儿是喇嘛的帽子——黄了，所以我也不打算再卖服装了。至于以后干点儿什么，现在还没想好，走一步看一步吧。"

大老乔说："兄弟，我就知道你懂事儿，有你这句话哥哥全放心了，走一个……"

哥儿俩边聊边喝啤酒，大老乔又拿起烧饼夹上天福号的酱肘子，这酱肘子切了片夹烧饼里，味道那是一绝，可刚送到嘴边，就觉得有点儿不对劲儿，他用鼻子使劲儿嗅这酱肉，奇怪道："什么味儿这是？"

二梆子说，大哥你就吃吧，不是酱肘子坏了，我这屋里这些天一直有这股味儿，半个多月了还没散掉，可能是刷浆刷的。

大老乔说："奇了怪了，刷浆能刷出这种味儿来？"他使劲儿抽了抽鼻子，惊道，"不对啊梆子，这他妈肯定不是刷浆的味儿，怎么这么臭，你这屋里是不是有死人？"

中

二梆子对大老乔的话不以为然："乔哥，你别吓唬我，我这儿可是以前从来没住过人的新房，新房哪来的死尸？"

大老乔觉得这屋里不像是刷浆的味道，这股气味有些臭，似乎有肉掉在地沟里变质腐烂了，透着一种阴潮的湿气，像是尸臭，又像下雨前地沟往上返味儿，其实死尸腐坏到底是怎么个臭味，他也没真正闻过，但在鱼市闻过死鱼的臭味，应该跟这个气味差不多。大老乔为此跑到卫生间里检查了一下，发现不是从地沟里返上来的气味，找不出这股臭味从何而来。

二梆子被大老乔这么一说，心里也有点儿犯嘀咕。新盖的房子未必没死过人，兴许工地上曾有尸体被封在水泥墙里了，当天晚上不敢再住，转天到公安局报了案。警察一听墙内藏尸，这案子可大了，非常重视，立即派人来勘查现场，从里到外、从上到下检查了一通，连附近的住家都查了，也没发现任何可疑之处，并且确定墙壁里没有尸体或碎尸。公安说如果水泥里真有尸体，尸体在腐烂过程中会使水泥产生空隙，目前没发现相关迹象，让二梆子和大老乔不要疑神疑鬼。当然屋内这股来历不明的臭味，其来源还难以确定，不过这种事就不归公安部门管了。

二梆子听公安局的人查明了楼里没有尸体，这才把揪着的心放下来，自己都觉得自己是大惊小怪了，况且这股臭味只有在夜里才能闻到，白天情况还算正常，他也就不太在乎了。只是奇怪这死鱼般的恶臭，越是深夜越浓，找遍了所有地方，都没发现来源，附近也没有批发水产的鱼市。

大老乔告诉二梆子："别不拿这臭味当回事，搞不好这房子是处凶宅。"

二梆子寻思凶宅倒不至于，有过横死之人的房子才是凶宅，这地方全是新盖的居民楼，听说以前也没有坟地，不过这房子肯定是什么地方有问题，要不然晚上不会有这股死鱼味。周围的邻居好像都没事，唯独他这屋里不对劲儿，贪上这么个有问题的房子，也只能自认倒霉了。

二梆子在滨江道的摊位没了，没待多少日子就出去找工作了，找来找去没有太合适的。那时大老乔在大胡同还有个摊位，让二梆子去给他卖货，一个月有八百块钱保底再加上提成，暂时解了二梆子的燃眉之急。

二梆子家里还养了只黑猫。当初跟对象还没办的时候，俩人出去轧马路，天津搞对象的年轻人通常喜欢去海河边，图个清静凉爽，河边夜景也好，又不用花钱。那天晚上俩人手挽手在河边溜达，二梆子跟对象耍着贫嘴正吹呢，就发现有只小猫。圆头圆脑，满身都是黑的，只有尾巴尖儿带个白点，看着也干净，不像是野猫，可能是从谁家跑出来的猫。这猫一路跟着二梆子俩人，快跟到家门口了还不走，看那意思是死皮赖脸地想让二梆子收留它。二梆子平时就喜欢猫狗，便把房门打开让黑猫进去了，当成自己的家猫养了起来，起个名儿，叫"小球子"。

在大胡同练摊儿卖衣服很辛苦，铁架子搭的货台，基本上是半露天，冬天冷死，夏天热死。二梆子给大老乔看摊儿，那可不像自己的买卖，起早贪黑一点儿都不敢懈怠，他得对得起乔哥。三伏里的桑拿天，站一会儿就是一身的汗，汗流完了就流油，中午人少的时候，坐到台子后头，抱着电扇吹也不管用。每天回家都累得不行，冲个凉躺下就睡，也顾不上再理会晚上那股死鱼般的臭味了。

有一天白天下起了大雨，这种天气不用出摊儿。二梆子在家睡到下午，快傍晚的时候雨停了，他一整天没吃饭，出去吃了粉炒面，吃完往回走，那时天已经黑了。路边有摆牌摊儿的，夏天人们夜晚消暑纳凉，有人专门摆牌摊儿，路灯底下放几十张小板凳，一副牌几块钱，再卖点儿茶水冰棍。六个人凑一堆儿打六家，也不是赌钱，谁输了谁最后把牌钱结了就成，一群爷们儿穿着大裤衩子、光着膀子，周围还有好多看热闹的。二梆子路过牌摊儿，恰好遇上几个熟人，坐下打到夜里十一点多，他打扑克比较投入，激动起来连卷带骂，搬家以来脚心长瘩子——点儿低，牌路不顺，让人数落了几次，心里不太痛快，一想转天还得早起出摊儿，不能打得再晚了，起身走到家，进屋一看傻眼了。

原来家里的墙皮让黑猫挠得满是道子，这屋里的浆全是二梆子和对象两人刷的，看着是个念想，他本来就气儿不打一处来，当即揪着黑猫扔出了门外。关上门回屋躺到床上，睡不着，翻来覆去地发愁，想想前途一片渺茫，买房借的钱没还上，给大老乔看摊儿也不是长久之计，不知道今后的出路在哪儿。恍恍惚惚中，大概已经是深夜十二点了，这屋中的臭味也变得越来越重，比往常都要强烈。

潮湿闷热的三伏天，屋里没空调，开着窗户，但这腐尸死鱼般的恶臭，呛得人脑袋都疼。二梆子忍不住了，骂骂咧咧爬起身来，一睁眼发现周围全是雾，自己站在一条土路上，这时候意识很清醒，知道可能是在做梦，可梦里怎么也能闻到那股尸臭？

二梆子当时以为是在做着噩梦，如同被什么东西魇住了，想醒醒不过来。这条土路前后走不到头，还有很多岔路，也找不着方向，分不出哪边是南哪边是北，心里很着急。他闻到臭味儿好像是从前边传过来的，就跟着这股怪臭往前走，寻思土路上可能有个什么东西的尸体，腐烂之后发出的这股臭味，是人还是动物就不知道了。他迷迷糊糊地只想过去看个究竟，走到近处，就看见有个白乎乎的东西，形状像人，但是底下没有脚。

二梆子这时候感到害怕了，心想这是鬼还是什么，赶紧转身往回走，这时听不到后头有动静，但是凭着那股死鱼一样的尸臭，知道那东西在身后跟过来了。他心里越急，脚底下越使不上劲儿，两条腿生锈了似的拉不开闩，紧走慢走也甩不掉，能感觉到那白乎乎没有脚的东西，一直在自己身后跟着，离得已经很近了。

二梆子吓得都快尿裤子了，身后那阵寒意犹如冰块放在脊梁上，满身寒毛直竖。这时候突然听到远处有声猫叫，二梆子打了个激灵，猛地坐起身来，发现那只小黑猫正趴在窗台上，两眼通红地盯着自己，"喵呜喵呜"地叫个不停。

天气热得像下火，二梆子的身上却全都是冷汗，半天喘不过气来。他心里很清楚，可能是这只猫被扔出家门之后，又从纱窗里溜了回来，刚才不知是噩梦还是怎么回事，要不是小黑猫招呼自己，都不敢想接下来会发生什么，看来这房子真不干净。

二梆子还没活够呢，再也不敢多待了，赶紧搬回老爹老娘那儿住，过几天看见大老乔，把那天晚上的事说了。

大老乔是那种特别迷信的人，家里财神、菩萨供了好多。他说这房子不能住人了，但是为什么一到晚上就有死鱼味儿，二梆子那天晚上是发噩梦还是真魂出来了，遇上的那个东西又是什么玩意儿，这些事都挺古怪，得找人给看看。

二梆子也是这么想，应该找个高人瞧瞧，按说新房不该有鬼，但这地方肯定不干净，他是再也不敢住了。二梆子本家有个表姨，那些年当房虫子，买了房倒买倒卖。这位表姨看上一套吊死过人的房子，因为有人在屋里上吊死了，所以是凶宅，价钱很低没人买，二梆子的表姨不信邪，谁劝都不听，图便宜买了下来，请僧人做了法事，可住着仍是不得安宁，再想转手卖也卖不出去了。表姨也开始走霉运，出门摔断了腿，又打官司破财，所以二梆子很信这些事，有些事不信也真是不行。

问题是高人到处有，想找却找不到，天桥上倒是有摆摊算卦的骗子，找来也不管用啊。还是大老乔给帮忙，好不容易找到了一个老头儿，这片新楼没盖之前，人家就在附近住。他说这地方以前是几条河交汇之处，河汊子上有座白塔，也没坟地什么的。这座塔的位置，就是现在二梆子家的所在，至于这河汊子上的白塔有什么讲儿，老头儿就说不清楚了，反正至少是打他爷爷活着那会儿就有了。

老头儿又说后来河水改道，河汊子全干了，那座白塔还剩半截儿，上面的塌毁了。解放后周围的房屋逐渐多了，但那半截儿石塔附近还是荒地，地震那年塔基裂开，还有人下去看过，塔底下除了烂泥，什么都没有。那时候也从没有过类似死鱼的臭味儿，再往后荒地盖了新楼，如今正是二梆子买房的这地方。

二梆子得知此事，一是意外，二是吃惊，河汊子倒没什么，可那里为什么会有座白塔呢？哪朝哪代开始有的？是不是镇妖的宝塔？

下

二梆子家里条件不能说不好，算是普普通通。爹妈都是工人，他辛辛苦苦在滨江道练摊儿攒了些钱，家里帮衬一部分，又找亲戚朋友借了一部分，凑钱买了套房。买完房对象跑了，又遇上那些事，这房他是不敢再住了，想转手卖掉，没准儿就有那命硬的能压得住，哪怕钱少点儿他也认。可这房子一直没人买，连过问的都少。

二梆子那时吓破了胆，住回家里的老房子。每天骑自行车到大胡同替人家看摊儿，路程可就远了，夏季天黑得晚，收摊至少是晚上八点半之后，再骑自行车到家，少说一个半钟头。有一天他寻思要抄个近道，老桥底下有条小道，总从那儿过，但一直没走过，人一旦倒了霉，事事都不顺，他在天黑之后抄近道不要紧，却险些搭上小命。

这地方本来就是城乡接合部，城区改造拆迁，很多老城里的居民，都被迁到了偏僻的外环线。城改的大趋势如此，城区的平房大杂院，被一片接一片夷为平地，随后盖起高楼大厦，那是谁买得起谁住。老城里以前都是些平民百姓，没几个做买卖、当官的，二梆子家也在旧房拆迁时搬到了郊区，那周围荒地很多，河床上还有平津战役时留下的碉堡。

这条近道属于乡下的土路，路旁杂草丛生，路面也是坑坑洼洼，汽车开不过去，只能走自行车，有简易的路灯，只要不下大雨，晚上也能走。二梆子听人说过，骑自行车从这条路回家，蹬起来虽然费点儿劲儿，但是能省半个小时。这天晚上他真是累了，正好是周末，那是大胡同最热闹的时候，忙到天黑还没顾得上吃晚饭，饿得前心贴后背，只想赶紧回家吃饭睡觉，骑车经过这条小道的路口，没多想就进去了。

二梆子蹬着自行车顺路骑行，这时晚上九点来钟，天已经黑透了。道旁每隔一段距离就有一根木制的电线杆子，上面吊着昏暗的路灯，路灯之间本来离得就远，又坏掉了一部分，使得一些路段很黑。与道路走势平行的是条河道，另一边是长满树木的土坡，由于地方很偏僻，到这个时间路上已经没人了。只有二梆子一个人蹬着自行车，越走越荒寂。

河边不时传来蛤蟆的叫声，周围不见半个人影。二梆子心里不免发怵，自己哼着曲子给自己壮胆，估摸着走到一半的时候，他发觉地形有变化，边骑车边向路旁看了一眼。原来这附近是片坟地，石碑坟丘林立，旧坟上面都长草了，但是有的坟土还挺新，看样子刚埋过死人不久。

二梆子以前胆子不小，也是有名的"愣子"。愣子是天津话，形容这人浑不吝，打起架来敢下黑手。他在滨江道练摊儿那两年，什么样的事没见过，可自从出了那件事儿之后，他真是吓坏了，一朝被蛇咬，十年怕井绳，但凡遇上点儿风吹草动就出冷汗。这条路白天看着还行，晚上却特别瘆人，事先也不知道路旁有这么一大片坟地，当时有心掉头回去走大路，可又寻思太绕了，眼瞅着走了一多半了，就别自己吓唬自己了。正当二梆子犹豫时，就听到坟包子后面的草丛里"窸窸窣窣"地响，似乎有什么东西在走动，又像是有人在那儿吃东西，嘴里发出"吧唧吧唧"的声音。快晚上十点钟了，这黑灯瞎火的，谁会在坟地里吃东西？

二梆子觉得坟地里的动静诡异，脑瓜皮子当场麻了，也顾不上是前是后了，拼命蹬着自行车想赶紧离开。这条路上灯光昏黑，看不清路面崎岖坑洼，骑出去没十米，连人带自行车都跌进了路边的一个泥坑里，当时就什么都不知道了。得亏是后半夜有俩人路过，一看有个人掉坑里了，满头满脸除了泥就是血，赶紧给抬出来送了医院，自行车前轱辘也变形报废了。

二梆子仗着年轻，伤得倒是不重，当得知自己摔在坟地旁的大坑里不省人事，心中也觉后怕。跟人家说起晚上的经过，路过坟地，听到那里面的死人爬出来吃东西，大伙儿都是不信，真有那事，你二梆子还能活到现在？有对那一带熟悉的住户猜测，那片坟地里还有新坟，附近庄子里死人一般不送火葬场，都埋到坟地里下葬。白天有去上坟的，会摆些瓜果点心之类的供品，那吃的东西拿到野地里就没法儿往回带了，尤其是点心。夜里常有野狸去坟地里偷吃供品，二梆子听见的响动，很可能是野狸闹出来的动静，晚上从那路过遇上这种事，咳嗽两声就行了。

从这儿开始，二梆子诸事不顺，觉得自己这些霉运都是那套不干净的房子带来的，夜里做梦时常惊醒，而那片大楼始终没什么人住，附近开饭馆发廊的也都维持不了多久。好在后来二次拆迁建高架桥，他总算是拿到了一笔拆迁款，还清了欠债。前两年经某朋友引见，在大悲禅院里找到一位懂这些事的老师傅，二梆子把前前后后的情由都跟老师傅说了。老师傅告诉二梆子："那条河汊子从明朝设卫的时候，就造了一座白塔，有好几百年了，据说是为了镇压河妖。但是那座塔的风水不好，正处在几条河汊子当中，挡住了几路鬼魂投胎的去路。所谓人鬼殊途，阳间的路是给人走的，阴间也有鬼走的路，鬼走到塔下就再也找不到路了，因此每到深夜常有哭声。解放前常有大户人家做善事，到大悲院请和尚来此念经超度。别看现在这座石塔没了，但肯定还有以前的孤魂野鬼，夜里闻到死鱼的臭味，那就是以前淹死在河里的水鬼出来找路了。二梆子，你那时候时运低落，阳气不盛，晚上睡觉走魂儿，也不知不觉走上那条路了，你把遇上的那个东西带出来，或是让它把你拽走，都得不了好。多亏家里那只猫一叫，把你的魂儿给叫回来了。"

当然这只是那位老师傅的一面之词，谁也没法儿核实。反正二梆子很信服，二梆子还说他姥姥活着的时候经常讲："小猫小狗识恩情，你喂过它养过它，它就记住了你的好，懂得报答你，有时候可比人强多了。"当初要不是把那只小黑猫捡回来，也许早就没二梆子这个人了，可见为人的道理，真是一分仁厚一分福。

二梆子这些年算是六必居的抹布，苦辣酸甜咸都尝遍了，见了我和大娟子，说起小时候的事就没完没了。他说咱这拨独生子女真不容易，这倒不是矫情。爹妈那辈儿和爷爷奶奶那辈儿也苦，爷爷奶奶底下五六个孩子，那年头也穷，一个个拉扯成人有多难啊。到了爹妈那辈儿，赶上"文化大革命"上山下乡，十六岁就到山沟里修理地球，好不容易才回到城里，要说难哪代人不难啊？问题是人家全是先苦后甜，咱这岁数的却是先甜后苦，也没个兄弟姐妹，像大娟子、小娟子这样俩孩子的毕竟是少数，各家都是一个，当眼珠子似的供着，要星星不敢给月亮，小太阳、小皇帝不就是这么来的吗？可长大到社会上满拧，谁知道你是谁啊。小时候大伙儿家里条件都差不多，可是现在在这改革开放的经济大潮里，谁有本事谁游得远，没本事没能耐的淹死也没人可怜。这年头除了破烂儿，没有不涨价的东西，你想要房想要车，爹妈给不起，社会凭什么给你？家里没权没势没背景，认识的哥们儿、朋友也都是在一个穷坑里混的，社会资源有限，想一个人从这穷坑里爬出去实在是太难了。

二梆子那天喝大了，唠唠叨叨倒了好多苦水。他在大胡同给大老乔看了半年摊儿，后来考了个驾照开出租，把那套房子卖掉之后，运气有所好转。如今开了个出租车公司，有了老婆孩子，生活和收入也都稳定了。

我跟二梆子说家家有本难念的经，各有各的难，这要说起来还有个完吗，我混得还不如你呢，连个媳妇儿都没找着。二梆子说："大娟子不是挺好的吗，长得也好，做事又勤快又麻利，你把她娶了得啦。"

我赶紧把二梆子的嘴给按上了，酒后的话不能当真。大娟子那脾气冲，跟她当朋友还行，我们俩要在一块儿过日子，肯定天天打架。

当晚我们三个人都喝了不少酒，海阔天空侃到凌晨两点半。后来二梆子还让我去他家里做客，看了他的老婆和小孩儿，当然还有他养的黑猫，那时已经是只老猫了，猫眼还是贼亮贼亮的，俨然是二梆子家的第四口。再往后因为做生意，二梆子全家搬去了西安，由于手机的更换和丢失，我们就此失去了联系。今天我把"来历不明的臭味"这个故事写下来，以纪念我在韦陀庙胡同白家大院里的老邻居，以及那个一去不返的年代。

一 失踪的柴火

1966 年、1967 年、1968 年三届初、高中毕业生，合称"老三届"，这些学生离开学校之后，基本都当了知青，白旗是最早的那一届。那年高中毕业就闹起了"文化大革命"，他和"小地主"、陆军三个人，由于家庭成分不好，一不能进工厂，二不能参军当兵，只能响应号召，到北大荒参加生产建设兵团开荒耕地。白旗管种地不叫种地，自嘲地称为"修理地球"。

白旗在体校练过几年武术，胆大主意正，自认为名字取得不好，投降才举白旗，所以他很讨厌人直呼他的姓名，总让大伙儿叫他白胜利，说是姓白名旗字胜利，那些人却起哄说你胜利了也是白费。

白旗是小地主等人的大哥。小地主大号朱向东，是个黑不溜秋的家伙，平时又懒又馋，好勇斗狠，很讲哥们儿义气。陆军则是个近视眼，平时爱看闲书。哥们儿之间叫名字习惯往小处叫，后面加儿化音，叫成白旗儿、小地主儿、陆军儿，但是不熟的人要这么叫，他们可不答应。

相同的命运让三个人成了难兄难弟，在前往北大荒的途中拜了把子。没到北大荒之前，哥儿仨以为有田地乡村，可以春耕秋收，日出而作，日落而息，半军事化的兵团还有机会打枪，想象得挺好。可到地方一看，眼泪儿差点儿掉下来，眼前的景象是"百里无人断午烟，荒原一望杳无边"，苍茫的湿沼泽地看不见尽头，又有兔子又有狼。

这里接近中苏边境，北宋时完颜阿骨打的女真部落在此渔猎为生，后金八旗也是从这里发迹，龙兴入关建立了清王朝，然后把这大片的荒野和原始森林保护了起来，打猎放牧种地都不允许，千百年来保持着古老蛮荒的状态。20 世纪 50 年代开始，有屯垦戍边的兵团在这儿开荒，以师团连为单位，各有各的区域。

生产建设兵团是半军半农，白旗等人参加了简单的军事训练之后，被分在了西北方最荒凉的 17 号农场。说得好听是农场，实际上连间像样的房屋都没有。地上掏了几个洞打上夯土叫"地窝子"，睡觉就在这种地窝子里，编制只有一个班，每天的任务是挖渠排干沼泽。由于中苏关系恶化，北大荒的生产建设兵团都要装备武器，所以除了锄头、铲子之外，还配发了几支步枪和少量子弹。生活条件极其艰苦，最可怕的是附近还有狼出没。

白旗这个班里的人，偶尔会在荒原深处看到一两只狼。据说以前有狼群，前几年打狼运动，狼群让边防军给打绝了，剩下的狼已经很少了，即使是这样，晚上也没人敢出去。如果是白天遇上狼，就用步枪打。兵团有兵团的纪律，可以用子弹打狼除害，但是不能为了改善伙食打野兔。

那一年寒冬将至，班上总共十个人，连部下令撤走了六个人，因为天太冷，地都冻住了，没有活儿可干，要等春天开了江再陆续回来。解放前山里的胡子，以及以淘金为生的人们，大多迷信天相地相，通过观察山川江水的变化来趋吉避凶。春天松花江解冻时，可以站在岸边看是文开江还是武开江：文开江是指江上的冰层逐渐融化，过程缓慢；武开江则是江上起鼓，大块的冰排堆叠碰撞，声势惊人，据说那是老独角龙用角划开的。那时的人们相信武开江预示着好年头，四方太平、五谷丰登，这叫天有龙助，一龙治水好，龙多了反而不好。文开江说明春脖子长，春脖子长意味着无霜期短，这在高寒的关东，会直接影响农作物的收成。

班上还要留下几个人守着农场的重要设备，白旗和陆军被选中留下，小地主要讲哥们儿义气，也跟着兄弟们留在了17号农场。班里还有个从北京来的女孩儿，老北京管漂亮女孩儿叫"尖果"，兵团的这些人也跟着这么叫，她作为班上唯一会使用电台的通信员，这一年也留在了17号农场。她前些天收养了一条出生没多久的小黑狗，这片亘古沉睡的茫茫荒原上，只有这四个人和一条小狗相依为命，每天除了外出巡视，最重要的事就是用木柴取暖。这个冬天冷得出奇，虽然还没下雪，但从西伯利亚过来的寒风带着冰碴儿，让人无法抵挡。

连长过来时告诉白旗等人："一旦遇上风雪，就猫在避风的地窝子里，能不出去就别出去。地窝子虽然原始简陋，但底下有土炕，烟囱从地面露出去，烧热了呼呼冒烟，要轮流盯着，不能让土炕里的火灭了，还要时不时出去清除积雪，以防地窝子的出口和烟道被埋住。"

眼瞅着气候变得越来越恶劣了，厚重的铅云从西北方向压来，白旗立即给几个人分了工：尖果负责伙食，等寒流一来刮起雪暴，一两个月之内断绝交通，储存的粮食有限，万一不够吃了，打猎都没处打去，那就得活活饿死，所以每个人每天的口粮都有定量；白旗和小地主的任务是清雪及生火添柴，天气好的时候尽量去打几只兔子冻起来当粮食；陆军负责文化生活，每天给大伙儿讲一个故事解闷儿。

陆军面露苦色："兄弟是看过几本杂书，可在北大荒待了一年多，你们天天让我讲，我肚子里的那些零碎儿早掏光了，实在没得可讲了，现编也编不出来呀。"

小地主儿嘬着牙花子说："陆军儿，你小子不识抬举，二分钱一斤的水萝卜，还拿我们一把？"

白旗点头说："没错，别得了便宜还卖乖。你要是觉得讲故事辛苦，那从明天开始，你去外面捡柴火去。"

陆军体格瘦弱，忙说："不行不行，雪下得这么大，上哪儿找柴火去，我还是接着抓思想文化工作算了，一会儿给你讲讲雷锋同志的故事。"

小地主说："雷锋同志的故事咱太熟了，不就是背老大妈过河吗，这还用得着你讲啊？"

陆军说："雷锋同志的事迹多着哪，他小时候放牛让地主家的狗给咬过，这事儿你们不知道吧？"

小地主说："这事儿我还真不知道，可要这么论，雷锋同志就没有鲁迅先生牛×了，鲁迅先生遇上胡同里的狗都要骂——呸！你这条势利的狗！"

这时尖果说道："咱们玩笑归玩笑，可我看这两天木柴用得太快，白旗儿你也得省着烧，要不然真要冒着风雪到荒原深处找木柴了。"

陆军附和说："我今天上午去看过，储备的木柴确实不多了。据说这北大荒的冬天可不是一般的冷，咱们连个屋子都没有，再没了木柴烧热地窝子，一晚上过来那就得冻得直挺挺、硬邦邦了。"

白旗一听这话也开始担心了，前些天听从这里经过的蒙古族牧民提起，看天兆今年将是百年不遇的酷寒，到时候漠北的冷风一起，这荒原上就会刮起"闹海风"。那是打旋的强风夹着暴雪，这种风刮起来的动静像疯狗狂叫，一连多少天都不停，要找木柴就得去沼泽湿地与森林交界的地方，遇上那么恶劣的气候，出门走不了多远，这条小命就交待了，又怎么找木柴取暖？况且天寒地冻积雪覆盖，也根本不可能找到木柴。

四个人这才意识到遇上大麻烦了，趁着风雪未至，冒着可能遇到狼的危险，到荒原深处收集木柴，回来的路上还说，之前储备的木柴很充足，都是小地主儿烧得太快，要不是尖果发现，等到雪暴来临，大伙儿就得在地窝子里等死了，这次太悬了，今后一定不能如此大意。没想到转天起来察看，木柴又少了很多。小地主急得直跺脚，脑袋上都冒汗了，他敢向毛主席发誓绝对没用过这么多木柴，这不是见鬼了吗？

陆军多了个心眼儿，当天给储存的木柴做了记号，等到第二天一看，果真少了一小堆儿。

四个人面面相觑，心头涌起莫名的恐惧，储存过冬的木柴怎么会不翼而飞？莫非是被人偷走了？可木柴又不是什么值钱的东西，与其来偷还不如自己去捡，再说这17号农场周围全是没有人烟的荒原，哪里会有偷木柴的贼？

不管是闹鬼还是有贼，这一天少一小堆木柴，十天半个月下去，白旗等人就熬不过这百年不遇的严冬了，那真是土地爷掏耳朵——崴泥了。四个人只好把木柴搬到隔壁的地窝子里，这天夜里，大家都格外留神，将压好子弹的步枪放在旁边，睡觉时也不忘睁着一只眼，要看看到底是怎么回事，那木柴总不可能自己长出腿儿来跑掉。

荒原上的地窝子三个一排，底下的土炕相通，通过烧柴的位置不同，可以控制加热的区域。尖果一个人住在左边那间，当中是白旗等人，右侧用来存放木柴和食物。夜深人静的时候，白旗听到右边那个地窝子里有轻微的响动，一听就是有人在挪动木柴，他赶紧睁开眼，轻轻推醒小地主和陆军。三个人顾不上穿衣服，只把皮帽子扣在脑袋上，抄上步枪，蹑手蹑脚地来到外面，见旁边那处地窝子的门板开了条缝，打开手电筒往里面照的时候，正赶上一只毛茸茸的大狐狸，用嘴叼着木柴要往外溜，那狐狸在暗处突然被手电筒照到，双眼顿时放出两道凶光。

二　向风中逃亡

17 号农场存放的木柴，总是无缘无故地减少，白旗等人夜里前去捉贼，打开地窝子的门，发现竟是只大狐狸在偷木柴，当时就醒悟过来了。究竟是怎么回事儿呢，咱还得先往前说。

一个多月以前，秋天的北大荒是色彩最丰富、风景最美的时候，广袤的原野上黄的黄、绿的绿，远处与原始森林交界的地方层林尽染，在蓝天白云之下，北大荒像油画一样迷人。那时有牧区上的几个女知青到 17 号农场探望同学，一看这景色就不由自主地陶醉了，在荒原上走出很远。

17 号农场的位置有些特殊，位于北大荒地图上凸出的部分，西北是漫长的国境线，东面与原始森林接壤，西侧跟大漠草原临近，往南是无边无际的荒原湿地。那时候中苏关系非常紧张，战争一触即发，不过这里全是沼泽湿地，人都过不去，苏军机械化部队更是无法行动，所以 17 号农场没有后撤，只是留下的人仅有十几个。

几个女知青不知道危险，在荒原上越走越远，快到原始森林了，也是命大没遇到饿狼，反而在草丛深处发现了两只刚出生的小狗，睁着两对黑溜溜的大眼睛，见了陌生人显得很惊慌。女知青爱心泛滥，抱起来就舍不得撒手了，抱回地窝子想过几天带往牧区，没想到捅了大娄子。

这17号农场只有一个班的人，编制却是一个排。排长是20世纪50年代参加过抗美援朝的老兵，头一批来北大荒开垦戍边的，对荒原和森林里的事很熟悉。听到这个消息，立时吓了一跳，以为女知青们捡回来的是狼崽儿，急匆匆地过去看了一眼，原来不是狼崽子，也不是什么小狗，而是两只小狐狸，看样子生下来不到半个月。

排长心里"咯噔"一下，命令女知青们赶紧把两只小狐狸放回去。几个女知青软磨硬泡苦苦央求排长，表示一定好好喂养小狐狸，等长大了再放归森林。排长不通情面，把脸往下一沉，将她们几个人带到外面，说明了这件事儿的利害关系。狐狸不是狗，养不起来，另外小狐狸丢了，大狐狸肯定要报复，狐狸不仅报复心强，也极其狡猾，不要自找麻烦。排长说如果不把小狐狸送回去，就要报告上级。几个女知青委屈得掉下眼泪，没办法只得准备把小狐狸送回去，谁知再进地窝子，一看这两只小狐狸已经死了，可能是受到了惊吓，也可能是不适应环境。

排长见状也觉无奈，只好让人把小狐狸远远的埋了。这几个女知青惹完祸捅完娄子就走了，但是跑得了和尚跑不了庙，大狐狸却盯上了17号农场。它通过气味认定，杀死两只小狐狸的凶手，就是住在地窝子里的那些人，经常围着地窝子打转，把农场里几只下蛋的鸡全咬死了。排长也急了，知道这仇疙瘩解不开了，只要那大狐狸没死，就会不断地展开报复。他向森林里的鄂伦春猎人借了两条猎犬，带上步枪骑马追击这只狐狸，一连追了三天三夜，步枪和猎犬让狐狸疲于奔命，最后也不知是死是活，从此消失在了荒原深处，反正它再也没在17号农场附近出现过，大伙儿都以为这件事儿就这么过去了。

不承想这狐狸趁着 17 号农场人员减少，防备松懈的时候，又溜了回来，它似乎知道步枪的厉害，不敢正面出现，只在暗中把储备过冬的木柴，一根根地叼走。倘若白旗等人再晚发现几天，大风大雪一来，就得眼睁睁地等死了。都说狐狸狡猾阴险，没想到会狡猾精明到这种程度，不知狐狸是怎么想的，居然明白地窝子里的人依靠木柴活命，没了木柴就得冻死。

这念头在三个人的脑中一闪而过，很是骇异，就这么一愣神儿的瞬间，那只狐狸体形虽大，却轻捷灵动，如同背上插翅一般，"嗖"的一下，从白旗等人的头顶蹿了过去。等这三个人回过神儿来，狐狸已经悄无声息地落在他们身后数丈开外了。

白旗心说不好，这狐狸都快成精了，存心想要我们的命啊，倘若让它从容脱身，往后还指不定生出什么变故。他想到这儿，跟小地主两个人转回身形，端起步枪就要射击，结果忙中出错，枪栓还没拉开，又手忙脚乱地去拽枪栓。

那狐狸一看步枪，也胆战心惊，恨恨地看了白旗等人一眼，掉头飞奔而去。

白旗等人又生气又着急，但也知道狐狸逃得太快，等拉开枪栓举枪瞄准时，对方早就跑得没影儿了。老排长经验那么丰富，使用半自动步枪，骑着马带着猎犬，追了好几天也没打死这只狐狸，可见其狡诈灵活非比寻常，这个冬天算过不踏实了。

正在此时，夜幕下突然跃出一个黑影，借着月色看是条大黑狗，额顶有一道红纹，头脸似熊，声如虎吼，斜刺里扑倒了狐狸，露出刀牙张口便咬。

那只大狐狸只顾向 17 号农场地窝子里的人报复，黑狗又是从下风口忽然出现，猝不及防被对方扑个正着，但它老奸巨猾，身躯灵敏，倒地后并不急于起身，因为一起身就会被黑狗顺势按住了。它就地连续翻滚，等黑狗咬到空处，狐狸也已腾身而起，它看出这黑狗凶恶，毫不犹豫地狂奔逃命。那大黑狗一咬未中，虎吼一声再次向前蹿跃，后发先至，势如猛虎，狐狸发觉不妙，电光石火间突然转折，又让黑狗扑了个空。这几下兔起鹘落，把白旗等人都看得呆了。

尖果听到了外面的动静，也拎着棍棒出来察看。月光从浓厚的乌云缝隙中透下，在茫茫荒原上，黑狗和狐狸展开了惊心动魄的生死追逐。犬类与狐狸生来就是天敌，那条黑狗凶猛顽强，狐狸则凭着老到的经验随机应变，好几次眼看要被黑狗扑住，它却能在间不容发之际逃离，每次都是差了那么一点儿。可那大黑狗捷如虎豹，狐狸也无法彻底摆脱，只能在死亡边缘拼命地兜圈子，随着气力渐渐消耗，终归会被黑狗咬死。

白旗等人认识这条大黑狗，前些时候转场的蒙古族牧民路过17号农场，有条叫"乌兰"的大牧羊狗生下了一只小狗。由于牧民们要长途跋涉，带着刚断奶的小狗不方便，就暂时托付给尖果照料，等转年开春了再领走。这小黑狗圆头圆脑，长得和小熊一样，这个季节的北大荒万物沉寂，每天和小狗玩耍，给白旗等人增添了不少乐趣，但是想不出乌兰为什么会突然回来。事后看到乌兰脖子上拴的羊皮上，画了一些图案。蒙古族牧民不识字，画了图给白旗等人传递信息，大致是说乌兰不放心小狗，蒙古族牧民也觉得17号农场深处荒原，仅有几个年轻人留守很不安全，就让乌兰过来，与17号农场的人一起过冬。

"乌兰"在蒙古语中是"红"的意思，也是那个年代最常见的名字，它来的时候，恰好撞上大狐狸要逃，当即扑上前来撕咬。那大狐狸百密一疏，万没想到17号农场里会有这么凶悍的巨犬。这条大黑狗非寻常的猎犬可比，据说是蒙古大军远征欧洲的时候，从西伯利亚雪原上找到的犬种，血统非常古老，三只这种犬围攻可以将一头重达千斤的大熊撕成碎片。生存在条件最恶劣的西伯利亚，当地猎人常带这种巨犬打熊，统称猎熊犬。

猎熊犬乌兰接连不断地凶猛扑咬，让大狐狸气都转不过来，眼看就要被乌兰的牙刀插进喉咙，白旗等人在旁看得真切，一同振臂高呼。谁知狐狸奸猾至极，趁黑狗下扑之际，突然将尾巴移开，露出腔下那个小窟窿，"噗"地放出一团绿烟。它在荒原上常吃一种罕见的浆果，放出这团臭气，让人闻到就会心智迷失。狗的嗅觉最灵敏，一旦嗅到鼻子里，无论如何训练有素的凶猛猎犬，也会当场发狂，转圈追咬自己的尾巴，只是狐狸的臭腺需要积攒一两个月，也不是时时都能找到那种浆果，因此不到穷途末路，绝不敢轻易使用。

大狐狸此刻让黑狗追得躲没处躲、藏没处藏，被迫放出臭烟阻敌。黑狗乌兰在草原上咬死过许多狐狸，从没碰上过如此难缠的对手，它也识得这臭烟厉害，急忙跳到一旁躲避。狐狸缓了口气儿，飞也似的一路狂奔而去。

白旗等人知道大狐狸报复 17 号农场，乃事出有因，多少对这大狐狸有些同情，这次对方死里逃生，应该领教了厉害，恐怕这辈子也不敢再来了，毕竟冤冤相报没个完，于是喝住了黑狗，不让它再去追赶了。

苍穹笼罩下的荒原西风凛冽，呜呜咽咽的声音犹如狼嚎。白旗等人只戴了皮帽子，身上衣衫单薄，这时已冻得上下牙关厮打，带着黑狗回到地窝子。乌兰见了小狗又舔又蹭，着实亲热了一番。四个人在煤油灯下看了蒙古族牧民捎来的消息，有这么大的黑狗在 17 号农场守着，确实不必再担心那只大狐狸会回来骚扰了。

那只大狐狸被吓掉了魂，它脚下毫不停留，在漆黑无边的荒原沼泽，穿过刺骨的寒风，不停地向国境线方向逃窜。

三　围攻 17 号农场

大狐狸逃跑之后，17 号农场附近就没了它的踪影，北大荒的天气日趋寒冷，西北的天空积满乌云，零星的雪花开始飘落，强烈的寒流正从西伯利亚源源不断地涌进东北。据蒙古族懂得看天象的牧民说，将会有百年千年才出现一次的奇寒。一场罕见的暴雪来得又快又突然，西伯利亚已在几天之内不知冻死了多少牲畜，随着暴风雪迅速逼近北大荒，用不了多久，这广袤的荒野也将被冰雪覆盖，交通和通信可能会完全中断。

白旗等人在 17 号农场的地窝子里，持续添柴烧热地炕，抵挡这滚滚而来的寒流。当天晚上小地主提议包饺子，其余三个人一致响应，天冷出不去，整天闷坐发呆，包饺子最能打发时间，在北大荒吃上一顿猪肉白菜馅儿的饺子，就等于过年了。

大伙儿商量吃饺子的事挺高兴，可是大黑狗乌兰却坐卧不安，用脑袋顶开门，两眼直勾勾地盯着空寂的荒原处低吼。一开门冷风呼呼地往地窝子里灌，小地主连声叫冷，忙将黑狗赶走，顶着风雪用力把门关紧了，但黑狗一夜都不安宁，在地窝子里不停转圈。白旗等人都感到有点儿奇怪，可不知道是怎么回事。要说那大狐狸溜回来捣乱，黑狗也不至于显得如此紧张，或许是这百年不遇的暴风雪逐渐逼近，让狗都觉得反常了，没办法只好暂时将它关到旁边的地窝子里。

转天外面刮起了闹海风，荒原上涌动着一团团弥天漫地的大雾，那都是强烈气流卷起的雪雾，对着 17 号农场席卷而来。白旗等人忙着准备包饺子，本来是打算留着过年再吃，实在等不及了要提前开动，但是不敢忘记要到各处巡视。整个17号农场有前、中、后三排地窝子，住得下二十来人，烟道露出地面，如同耸立在荒原上的墓碑，最后面的一排地窝子是仓库，存放着不少农机具。留守人员的主要任务是确保安全，在暴风雪到来之后，防止雪积得太厚，把地窝子压塌了。在三排地窝子东侧还有一座很大的囤谷仓，干打垒的夯土墙，里面是堆积成山的稻草，以及装满了草籽的大麻袋。

下午两点来钟的时候，尖果留在地窝子里煮着饺子，白旗三人到外面抽烟，顺便巡视一下各处的情况，望到远处白茫茫的一片，估计这股从西伯利亚平原上吹来的暴风雪，夜里就会将17号农场吞没。

白旗抱怨说："这鬼天气突然就变得这么冷了，出门站不了多久就能把人的耳朵冻掉，可也不能在地窝子里撒尿，要是出来撒尿，那尿也得冻成冰柱子，到时候还要拿棍儿敲。"

小地主拖着两条冻住的鼻涕挖苦说："白胜利，怎么你天天叫苦，战天斗地是咱的光荣传统嘛，反正咱的木柴保住了，天冷就把地炕烧热点儿。咱回去吃完饺子，半夜听着外面呼啸的风雪，我再给你们讲段《林海雪原》，还有什么可追求的？当然了，假如有点儿酒就更好了，饺子就酒，越吃越有，喝点儿酒也能有效驱寒；假如大黑狗再从雪窝子里刨只兔子出来，咱烤着兔肉下酒，那得是何等美味啊？俗话说烟酒不分家，假如班长藏起来的那条战斗香烟，能让咱们误打误撞给翻出来，一边抽着战斗香烟，一边啃着兔子腿儿，喝几盅小酒儿，再吃尖果煮的猪肉白菜馅儿饺子垫底儿，这小日子就没得比了。"

陆军听得悠然神往，忍不住补充道："吃饺子必须配大蒜啊，假如再找几瓣大蒜，然后把炕烧热了，沏一缸子大枣茶，哥儿几个半躺半卧，喝着茶抽着烟，《林海雪原》这么一讲……"

白旗笑道："我说二位，咱大白天的就别说梦话了，有句名言说得好，失败是一切成功之母，我也送给你们两位一句，假如是所有操蛋之父。"

陆军仔细一琢磨，此话说得太有道理了，就问白旗："这是谁说的？"

白旗一拍胸口："我白胜利说的！"

话音还未落地，忽见一只野兔满身带着白霜，没头没脑地奔向白旗等人。野兔一旦离了自己熟悉的地方，逃起来往往不顾方向，常有狂奔中撞到大树上撞断脖子而死的兔子，这只野兔一头撞在了小地主腿上，当时就蒙了。小地主不顾寒冷，摘下皮帽子一下扑住野兔，揪着耳朵拎起来，乐得嘴都快咧到后脑勺去了，抹了抹鼻涕对白旗和陆军说："你们俩刚才谁说假如是一切操蛋之父？"

白旗和陆军两个人觉得，野兔奔跑中撞上人事出偶然，不过小地主的运气未免太好了，正纳闷儿的时候，又有两只野兔和一头驯鹿从三个人身边跑过。这些荒原上的动物都像遭受了巨大的惊吓，一路没命地奔逃，根本顾不上前头有什么了。那头驯鹿脑袋上的角很大，分着很多叉，狂奔到17号农场附近终于体力不支倒地，嘴里喘着粗气吐出血沫，眼看是活不了了。

三个人惊骇无比，看看远处除了雪雾弥漫而来，也不见有什么别的东西。白旗正要走过去看看那头驯鹿，小地主忽然抬手指点："快瞧，那家伙来了！"

白旗和陆军举目观瞧，原来此前被黑狗追咬逃走的大狐狸，也上气不接下气地逃了过来。它对这三个人看都不看一眼，飞也似的掠过地窝子，从囤谷仓木门底部的缝隙溜了进去。

白旗等人破口大骂，刚偷完社会主义木柴，又想偷社会主义稻草，叫骂声中返回地窝子放出黑狗，谁知那黑狗竟不理会狐狸，如临大难一般，撒腿向东跑去。三个人觉得这情形越来越奇怪了，都有不好的预感，可捉拿狐狸要紧，不把它逮到，17号农场永无宁日。

白旗叫尖果出来帮忙，尖果穿上大衣，把小狗揣到怀里，跟着三个人来到囤谷仓附近。这囤谷仓里堆积了很多稻草，北大荒冬季严寒，稻草可以用来取暖保温，盖地窝子离不开这东西。囤谷仓除了一道简陋的木板门，夯土墙周围还分布着几处通风口，里面黑咕隆咚。四个人怕这狐狸再次逃脱，用手电筒和煤油灯照明，端着步枪准备进行围堵。谁知进去一看，发现那大狐狸趴在草垛高处呼呼喘气，根本不理会有人进来，也可能是没有力气再逃了，摆出一副要杀要剐悉听尊便的样子。

小地主摩拳擦掌："上回放这只狐狸跑了，它竟还敢回来，伤了皮毛就不值钱了，咱别开枪逮活的，剥个皮筒子。"

陆军拦住小地主说："不太对劲儿，地主儿你先别动手，没听说风雪和严寒能让狐狸和野兔亡命逃窜啊，况且连那条大黑狗都吓跑了，莫非有什么很可怕的东西？"

尖果听白旗说了刚才的事感到难以置信，大黑狗乌兰不可能丢下小狗和17号农场里的几个人逃走，它是不是预感到要出什么大事，跑去求援了？

白旗摇了摇头，17号农场方圆百里没有人烟，这场百年不遇的暴风雪今天夜里就会席卷而来，在这么恶劣的天气里，即使是边防军的骑兵也无法出动。再说黑狗是奔着东边跑，那边好像只有一望无际的原始森林，他虽然同样不相信黑狗会扔下主人逃命，但也想不明白其中的缘故。

陆军和尖果见这只大狐狸累得都快吐血了，也不知在荒原上奔逃了多久，心生怜悯，想留它一条性命。

小地主则咬牙瞪眼，主张除恶务尽，免得留有后患，不顾劝阻正要动手，却觉得白旗按住了自己肩膀。他嘴里说着白胜利你不要婆婆妈妈的妇人之仁行不行，刚要推开白旗的手，可用手一摸感觉不对，那是一只毛乎乎的大爪子。他吓了一跳，扭头一看，是一张满是白毛的大脸。那是一只流着口水的巨狼，人立起来比小地主还高出半头，张开又腥又臭的大嘴对准他的脖子就咬。

白旗眼疾手快，看到小地主被一只立起来的巨狼搭住肩膀，来不及掉转步枪射击，抬起枪托，照着狼头狠狠捣去。那巨狼"呜"的一声惨叫，小地主也跟着"啊"的一声惊叫起来，棉衣已被饿狼爪子撕开了几道。

那巨狼饿得眼都红了，被枪托打在头上也全然不顾，打个滚儿再次扑来。白旗素有胆气，临危不乱，将枪口对准巨狼扣动了扳机。漫无边际的荒原上悲风怒号，步枪的射击声几乎被风雪淹没了，那只狼转瞬倒在了血泊中。

四个人曾经见过出没于17号农场附近的狼，那都是前几年打狼运动中幸存下来的个别分子，早被半自动步枪吓破了胆，一般见了人不会主动攻击。而今天出现的这只巨狼，和以前看到的不太一样，首先是体形奇大，其次是毛色白多灰少。

众人预感到情况不好，此时也管不了躲进囷谷仓的大狐狸了，匆匆往前面的地窝子赶去，走到一半就瞧见四五只饿狼，正在撕扯分食那只倒毙的驯鹿。白旗等人赶紧端起步枪准备射击，突然看到凛冽的西风中还有成百上千只饿狼，潮水般向着17号农场涌来，那是前所未有的大狼群。

四　困守囷谷仓

百年不遇的奇寒，冻死了雪原上的野兽，耐得住苦寒的西伯利亚狼，也陷入了没有食物的绝境。出于求生的本能，若干只饥饿的狼群结为一体，随着凛冽的西风追逐猎物。它们借助狂风暴雪的掩护，袭击沿途的牧民和牛羊，穿过国境突然出现在17号农场，这是北大荒从没有过的狼灾。

兵团里留守的四个人，从没见过西伯利亚狼，但北大荒没剩下多少狼，一看狼群来的方向和那凶恶冷峻的样子，也自猜出了几分。这种狼体形巨大，性情凶残，习惯于集群出没，出没在荒芜的西伯利亚平原上，因为是成群结队活动，几乎没有天敌。

四个人见远处狼群汹涌而来，借着风势飞驰，转眼冲进了17号农场。陆军吓得脸上变色，两腿打着哆嗦站也站不稳了；小地主好勇斗狼，举起步枪瞄准了正在撕扯死鹿的一只大狼；尖果则想跑回地窝子去拿电台通知连部。

唯有白旗看出情况危急，这狼群来得太快，凭着三支步枪根本挡不住成百上千头恶狼，也来不及再去地窝子取电台和子弹，没等过去就得被围上来的狼扑倒，眼下只能往回跑，躲进囤谷仓。囤谷仓外围是夯土墙，可以抵御狼群，逃生的时机转瞬即逝，白旗拽上腿如筛糠的陆军，同其余两人逃向囤谷仓。

这时倒毙在17号农场的鹿已被啃成了骨架，群狼看到活人立刻红着眼围了上来，四个人被迫回头开枪阻挡来势汹汹的饿狼。被子弹击倒的狼，不能起身，就让其余的饿狼按住吃了。这些狼都快饿疯了，狼群的纪律性很强，在食物匮乏的特殊状况下，会毫不犹疑地吃掉负伤和死亡的同类，但是绝不会对身体完好的同类下手，这也是西伯利亚狼在恶劣地区生存养成的天性。

四个人刚跑到囤谷仓门前，一条脸上带疤的狼也追到身后了，猛地一蹿将尖果扑倒在地。这时白旗等人的步枪子弹已经打光，还没顾得上重新装填弹药，小地主想起手里还拎着一只半死不活的兔子，用力对准疤面狼掷了出去。那疤面狼纵身跳起，咬住了从半空飞来的兔子。白旗趁机扶起尖果，四个人撞开囤谷仓的木门逃到里面，反身放下木闩，呼哧呼哧地喘作一团。狼头撞击和爪子挠木板门的声音接连不断，外面西风呼啸，与群狼的噪声混成一片。

白旗等人胆战心惊，刚才实在是危险到了极点，如果慢上半步，此刻早已葬身狼腹了，所幸有囤谷仓的夯土墙挡住了狼群。

这时四个人和一条小狗，还有那只筋疲力尽的大狐狸，被群狼团团围困在囤谷仓中。囤谷仓里的干草堆成了小山，干草本身有保暖的作用，不过在这种风雪交加的酷寒之下，谁也无法确定钻到草垛里能不能过夜。囤谷仓虽然能挡住狼群，可是狂风暴雪急剧加强，如此恶劣的气候，这座囤谷仓很有可能发生垮塌，把众人活埋在其中。另外，没有粮食，晚上的饺子也没吃，这叫内无粮草，外无救兵，困在四面透风的囤谷仓里，又能支撑多久？

白旗等人意识到身处绝境，但怎么也好过被饿狼撕碎吃了，先前疲于奔命逃进囤谷仓，还没等他们缓过气来，仓门和地面之间的缝隙里，突然露出半个狼头，狼眼凶光毕露，试图从门底的缝隙里爬进囤谷仓。小地主的屁股险些被它咬到，"啊"的一声大叫，跳起身来，抡起步枪的枪托就去砸。那饿狼吃痛，只得退了出去，随后就见木门下伸出几只狼爪，不断刨着门板下的泥土。

四个人见群狼要刨个地洞钻进来，都是大惊，急忙用步枪和囤谷仓里叉草的铁叉，对着从门底伸进来的狼爪子狠狠击打，好在天寒地冻，地面冻得跟铁块一样，狼爪虽然锋利，也难以扩大洞口。饿狼的身躯又比那大狐狸大得多，无法直接钻进来，双方隔着囤谷仓的木门僵持了一阵，狼群便放弃了挖地的念头。

白旗等人不敢掉以轻心，搬过填满草籽的大麻袋，把囤谷仓的木门死死堵住。

陆军提起照明用的煤油灯看了看周围，囤谷仓的夯土墙足够坚固，狼群应该攻不进来。

尖果提醒陆军小心使用煤油灯，可别引燃了草垛，而且囤谷仓里白天也是漆黑一团，眼下只有煤油灯和手电筒可以照亮。

白旗一想没错，囤谷仓里全是易燃之物，万一引起大火，里面的人就成烧兔子了，于是收拾出一块空地放置煤油灯。那大狐狸缩在草垛角落里，盯着这四个人的一举一动。白旗等人自顾不暇，又和大狐狸同是被狼群围困，也没心思去理会它了，只忙着检查囤谷仓四周有无破绽。

这座囤谷仓是夯土围墙，高处有几个通风口，平时塞着几块砖头。上面用木头板子搭成棚顶，为了防止暴风雪，事先进行过加固，也是非常结实，留着三处可以开启的口子，能让人爬上去清除盖住棚顶的积雪。

囤谷仓里除了草垛，还有两架木梯。四个人搬动木梯，爬到高处的通风口向外张望，此刻还没有天黑，不过西风吹雪，外头白茫茫的一片，远处已不可见，但是能看到狼群就在外面徘徊。

白旗让小地主守着通风口，随时注意外边的情况，他和陆军、尖果三个人到下面商量对策。眼下是没粮没水，气温在急剧下降，也不敢点火取暖，步枪弹药少得可怜，数了数只剩十来发子弹了，若没能力杀条血路出去，困到夜里就得被活活冻死。

尖果说那只有盼着狼群尽早离开了，它们进不了囤谷仓，天气又这么冷，应该会到别处去掠食。

陆军绝望地说："不可能啊。你们有所不知，我以前看过本书，那上面说狼是最古老、最完美的掠食生物，这样的生物从史前开始有三种，其一是恐怖鸟，其二是剑齿虎，其三是狼，唯一存活到现在的只有狼。因为它们耐得住各种残酷气候和生存条件，能够连续很多天不吃不喝，越饿越凶残，所以有人说狼性就是饥饿。这是群饿红眼的巨狼，既然知道有活人在囤谷仓里，不把咱这几个人吃掉，绝不会自行撤离。"

尖果听了陆军的话，心里感到一阵难过，泪水在眼眶里打转。

白旗狠了狠心，宁可困在囤谷仓里冻饿而死，也不能被狼群吃掉，鼓励陆军和尖果，在这场你死我活的较量中，一定要竭尽全力求生存。

此时小地主顶不住通风口里灌进的风雪，冻得鼻涕直流，只得先把通风口的砖头重新塞上，爬下梯子向白旗报告。他一边哈气暖手，一边哆哆嗦嗦地说："外面的情况没什么变化，这群饿狼算是沙家浜 —— 扎下去了，得先想个法子取暖，否则等不到半夜就要有人冻死了。"

白旗说："这囤谷仓里好歹有许多稻草，外面冷得滴水成冰，狼群在暴风雪中忍饥挨饿，估计也围困不了多久，咱们钻到草垛里待着，兴许能撑过今天晚上。"

小地主点头说："我看行！"

其实事到如今，也只能这么办了。四个人起身想钻进堆成山的草垛里，那只大狐狸忽然蹿起，紧张地嗅着远处的气味，不住地在囤谷仓里打转，显得格外不安。

小地主指着狐狸说："用不着这么慌张，爷爷们现在没空搭理你，你要是不想出去喂狼，趁早给咱腾个地方，躲到一旁待着去。"

尖果对白旗等人说："狐狸的举动好像有点儿奇怪，它一边在那儿转圈，一边盯着咱们，是不是想告诉咱们什么？"

白旗看见那个方位果然是在一处通风孔下，奇道："这狐狸真成精了？"他心中半信半疑，搬过梯子爬上去看个究竟。

陆军出于好奇，也搬了另一架梯子，两人把砖头拿开，挤到一处向外张望，白旗看到外面的情况，顿时惊出一身冷汗。

小地主和尖果在下面扶着梯子，抬头瞧见白旗神色大变，忙问：

"怎么回事？是不是狼群有什么反常活动？"

白旗吃惊地说："狼群带了一个……怪物过来！"

陆军戴着近视眼镜，冷风一吹就雾茫茫的，什么也瞧不见，此时也在旁边追问："怪物？你看清楚没有，是个什么样的怪物？"

白旗忍着刀割般的风雪，观察囤谷仓外的动静，低声告诉陆军等人："狂风暴雪中的狼群越聚越多，有只断尾的巨狼，背着一只似狼非狼的野兽，身上灰白色的毛发很长，好像活了很多年了。那东西两条前腿比普通的狼短了一半，自己走不了路，所以要让别的狼背着它行动，这个怪物也是一只老狼吗？"

小地主和尖果在梯子底下面面相觑："世上会有这样的狼吗？"

陆军听白旗说了囤谷仓外的情况，骇然道："快开枪！快开枪！这东西不是狼，是狼群里的狼军师！"

五　今夜有暴风雪

陆军差点儿从梯子上掉下去，忙抓着白旗的胳膊说："快快，赶快用步枪打死它……"

囤谷仓的通风孔不是碉堡的射击孔，白旗站在梯子上没法儿用步枪向外边射击，但他和小地主、尖果三个人一听"狼军师"三个字，顿时醒悟过来，同声惊呼道："狈！"

以前有个成语叫"狼狈为奸"，狼性贪婪凶残，也足够狡诈，狈却更为阴险，一肚子坏水，狼群想不出的办法它能想出来，相当于狼群里的军师。古书里很早就有关于狈的记载，但是这么多年以来，真正见过狈的人却不多，也不是每个狼群里都有狈。狈本身就非常稀有罕见，相传只有狼和狐狸交配，才会偶然产下这样的怪物。实则不然，狈这东西像狼，但不是狼，常跟狼群一起出没，还有不少人把断了前腿儿不能行走的狼，误当作狈。20 世纪 50 年代，中国东北和内蒙古地区开展打狼运动，曾捕到过一只狈，后来发现是一只断了前腿的狼，可以说狈几乎绝迹了，只是它的特征很明显。白旗等人也在北大荒听到过这些传说，一看巨狼背上的那只野兽，就知道是狼军师了。

四个人这才明白大狐狸为何突然变得紧张不安，它的嗅觉远比人类敏锐，开始看得出囤谷仓能挡住狼群，所以有恃无恐地趴在草垛上喘歇，此时发觉狼群中有狈，立刻感到大祸临头，看来这囤谷仓守不住了。

众人深知外面风雪太大，一旦失去了囤谷仓，到了冰雪覆盖的荒原上，一转眼便会被狼群撕碎吃掉，只有设法守住囤谷仓，才有机会生存下去，可是谁都想不出狼群会怎样展开进攻。

白旗告诉陆军先从梯子上下去，跟小地主一起赶紧将步枪子弹装好，又让尖果也拿了叉草的铁叉防身，随时准备击退闯进囤谷仓的饿狼。布置好后，他再次从通风孔观察狼群的动向。

小地主把步枪子弹装满，背倚着夯土墙做出负隅顽抗的架势，提醒白旗子弹只够打一轮，随后喃喃自语："囤谷仓的夯土墙又高又厚，狼群本事再大也进不来啊，咱没必要这么紧张吧？"

陆军绝望地说："小地主儿，你不知道狈的狡猾，狼群现在一定在想办法进来，到时候就是咱们的死期。"

小地主仍不相信："不管狼头再怎么结实，它能把这么厚的夯土墙撞个洞出来？"

这时尖果打断了两人的争论，原来站在梯子上的白旗，发现外面的狼群有所行动了。

成百上千的饿狼正冒着风雪逼近囤谷仓，白旗暗觉奇怪："狼群拥过来是想推倒夯土墙？那可是自不量力的作风，难道我们高估了这些狼？"很快白旗就看出了狼群的意图，第一排巨狼人立起来，趴在囤谷仓的土墙上，第二排蹬着前边的狼头又往上爬，白旗抬头看了看顶棚，惊呼一声："哎哟！"

白旗立刻醒悟了，狼群是要爬到囤谷仓顶棚上去，上面木架子之间铺的全是稻草，不比周围的夯土墙坚固结实。他急忙招呼小地主等人，快到高处防御，趁现在还占有地势之利，千万不能让狼群爬上来。

四个人本来又冷又饿、疲惫不堪，此时为了求生，就跟刚上满发条一样，搬着梯子迅速爬上顶棚。白旗一马当先，把帽子、围脖都系严实了，顶着如刀的风雪，蹬到囤谷仓的顶子上。这里只有铺着木板的架子能踩，有很多只盖了稻草的地方，一不留神走上去就得掉到囤谷仓里，那下面虽然堆积着草垛，可掉下去再爬上来，就没时间抵御狼群的进攻了。

白旗置身高处，耳中只听见狂风呜呜怪叫，风大得好像随时都能把人卷走，眼前白茫茫的一片。他只好背上步枪，手脚并用往前爬行，爬到边缘小心翼翼地往下探头看去，就见几只恶狼的前爪已经搭上顶棚了。他连忙摘下步枪对准狼头射击，枪声完全让狂风淹没了，而中弹的恶狼则翻着跟头滚了下去，其余的巨狼前仆后继，一拨接一拨地蜂拥而上。

白旗只有一个人一支枪，只能挡得住一个方向，另外三个人也相继爬上来助战，子弹用光了就拿枪托去砸。人和狼都杀红了眼，全然忘却了寒冷与恐惧。

这时天色越来越暗，暴风雪呼啸着掠过17号农场。白旗百忙之中往下看了一眼，就见下面是无数双碧绿贪婪的狼眼，那是挤不到近前的饿狼们，正仰头望着囤谷仓上的活人，看得人头皮发麻，两条腿止不住地打战。

两只巨狼趁机蹿上了顶棚，龇着狼牙作势欲扑。白旗等人知道再也守不住了，心中万念俱灰。混乱中不知是谁把提上来放在顶棚上的煤油灯撞倒了，从顶棚的口子上掉进了囤谷仓，正落到堆积成山的草垛上，"轰"的一下引发了大火，烈焰翻滚升腾。已经爬上顶棚的那两头饿狼吓了一跳，扭头跃了下去，周围的群狼也纷纷退开几步。狼天性怕火，虽然处在酷寒的风雪中，也不敢过分逼近。

囤谷仓里的干草着起了大火，迫使四个人撤到顶棚边缘，此刻雪已像鹅毛般大，借着风势铺天盖地地降下。仓内烟火升腾起来，又被风雪压住，还威胁不到趴在墙围顶端的白旗等人，反倒暂时挡住了狼群的猛扑。

白旗身上沾染的狼血都冻住了，衣服也被撕开了几条口子，身体因寒冷变得麻木僵硬了，感觉不出自己身上有没有伤，正要低头察看，只见尖果要攀着木梯到囤谷仓下面去，赶紧将她拽了回来。风雪一阵紧似一阵，向站在身边的人大声喊叫，对方也完全听不到了。不过白旗知道尖果想做什么，那只小狗还留在囤谷仓里，这大火一起，必然难以幸免，但底下火势太大，冒死下去不但救不了那只小狗，连自己的命也得搭上。

尖果不想让那条小狗被活活烧死，白旗狠心阻拦，两个人一个拽一个挣，趴在夯土墙另一侧的陆军和小地主声嘶力竭地大声呼叫，可叫喊声都被暴风雪淹没了。正在这乱得不可开交的时候，就见那只大狐狸嘴里衔着小黑狗，顺着木梯冒烟突火逃上顶棚，身上的狐狸毛都被火烧着了。

白旗四个人都看呆了，根本不敢相信眼前所见。狐狸和狗本是天敌，狐狸连狗的气味都难以接受，但或许是因为这大狐狸的崽子不久前死了，母性的本能让它不忍心看小黑狗命丧火窟，又或许是要依靠众人抵御狼群，总之冒着九死一生的危险，拼命把小狗叼到了高处。

漫天风雪之中，这只大狐狸和小黑狗，还有白旗、小地主等四个人，伏在囤谷仓的夯土墙上，身后是烈火浓烟，周围是多得数不清的饿狼，四个人心里明白已到穷途末路了，都做好死的打算了，就在这么个时候，围困囤谷仓的狼群忽然一阵大乱。白旗等人在高处看下去，只见茫茫风雪中跑来一群野狗，当前一条大黑犬，正是此前跑掉的乌兰，它身后是几只与它种类相似的巨犬，最大的跟驴差不多，再往后跟着百余条普通的野狗，闯进狼群里到处乱咬。由于它们是从下风方向迂回过来，群狼并未发现，等回过神来，已经有一大片狼被野狗咬死了，其余的纷纷龇出獠牙，扑上去同那些野狗撕咬在一起。

白旗等人在囤谷仓的高处借着火光，能看到这场突如其来的恶战。他们曾经听说过北大荒边缘的林海中，有成群出没的野狗，大多是以前猎人或牧民丢弃的狗，随着兵团开荒，这些野狗退进了森林深处，很少能再看到它们了。牧区的黑狗乌兰似乎与野狗的首领相识，它察觉到狼群逼近17号农场，明知自己抵挡不了，也无法及时搬来援兵，竟到林海深处找了这群野狗，在千钧一发的紧要关头赶了回来。

为首的那条巨犬猛如虎豹，身上被几头恶狼死死咬住了也不撒嘴，身上鲜血淋漓，依然在狼群中纵横来去。每咬出一口，那锋利的牙刀就能切断一头恶狼的喉咙，那只不能行走的狈和群狼的首领也让它一口咬死了，它直到身上的血流尽了才倒下。

狼群虽然凶恶，但一来猝不及防乱了阵脚，二来狈让那巨犬给咬死了，顷刻间死伤无数，其余的几百头饿狼吓破了胆，只得四散退去，眨眼间消失在了暴风雪中。野狗几乎也都死光了，这一场血战残酷至极，黑犬乌兰也与一头恶狼同归于尽，一狼一犬咬住对方至死也不肯放开。荒原上横七竖八地躺满死狼死狗，这些尸体和鲜血很快就让雪掩埋住了。风雪呼啸的北大荒 17 号农场里，只剩下四个人以及一只大狐狸、一条小黑狗还活着。大狐狸身上的毛被烧掉了好大一片，它头也不回，拖着受伤的躯体消失在茫茫风雪之中。

白旗等人虽然活了下来，但冻得肢体麻木，勉强爬回地窝子，通过电台求援。直到三天后狂风暴雪有所减弱，边防军的骑兵才赶来接应，穿越国境而来的狼群终于被全部剿灭。这四个人里小地主伤得最重，腿部冻伤坏死，被迫做了截肢，但好歹这条命是保住了。

西伯利亚平原上的狼群没有天敌，也许这种说法并不准确，相传蒙古有一种熊头虎躯的巨犬，可以屠灭狼群，其血统极为古老，最初也是生活在西伯利亚，不过几百年前在西伯利亚灭绝了。中国东北在 20 世纪五六十年代还能见到这样的巨犬，但这些年也见不到了。

记得有本《犬经》，曾详细记载了各种各样的犬类，其总决为：

白犬虎纹主富贵，若然臀白祸先招；

浑身黑色全无白，凶邪远逐不相扰；

眉黑身白是祸胎，主人破财家道衰；

入门不久家大乱，耗散黄金万两财；

白犬黄眉亦淡色，逢凶化吉无踪迹；

若然两道黄眉现，诸吉不蹈祸自来；

遍身白色尾头黄，定祝兴隆大昌吉；

此犬世间稀少有，兴家发迹入门庭；

黄黑原来各异形，白前二足主人旺；

黑身本是邪妖怪，黄犬生成家道宁；

黄犬黄眉升喜色，白绒狮犬世间多；

黑绒乌犬主人富，未审斑狮意如何。

古代有《猫经》，也有《犬经》。《猫经》咱们就不提了，单说这本《犬经》里除记载了各种各样的犬类，还提到了很多与狗相关的奇闻逸事。

犬类按体形大小分为三类，最大的称獒，中常的是犬，最小的才是狗，后来犬和狗逐渐被人们将称呼混淆了。三大类里又各分无数品种，獒有獒王，犬有犬王，《犬经》有言："黄身白耳是犬王，能聚金珠万两财；舌上再加三点黑，出自灵山护佛门；此犬从来世间稀，风吹无泪更为奇；登山捕猎似虎狼，下海捕鱼胜蛋拿。"

除了好犬，当然也有恶犬，其中有一种败主的妖狗，养之不吉，近之不祥。《犬经》里说："白狗黑眉身带绖，吉去凶来时不息；衣冠盗窃四乡井，变作主人奸主母。"《聊斋志异》和《包公案》里都有"妖狗"的故事，情节也差不多。

《犬经》最后一篇是"义犬"，不是指某种犬，而是收录了古往今来许多忠犬护家救主的传说。比如有一则救主狗传说："头似葫芦耳似铃，圆珠光亮迥无瑕；蜂腰窄背声如吼，尾若拖绖身若虾；此犬原来得为上，不比村庄守家门；曾随猎户荒郊外，但见狐臊获捉拿；某日登山临旷野，火烧林内起烈焰；主人睡卧半山坡，酒醉不知骨肉焦；此犬世间稀罕有，高声嘹亮喊喧哗；主人沉睡不知晓，四足不停爪乱扒；刨开土沟隔山火，泥浆水土并积沙；终身不惜艰辛力，搭救主人正是它。"这是说有条猎犬随主人进山，主人喝醉了酣睡不醒，猎犬发现起了山火，招呼主人不起，此犬颇通灵性，在主人身边挖出一条隔火沟，救主美名流传天下。

再有一则申冤狗传说："绒毛斑犬尾如球，跟随主人去买油；路遇强徒刀砍死，尸骨埋在荒野丘；咬牙切齿含悲泪，为主申冤要报仇；跟到贼家方驻足，知其下落转回头；一路急走归家内，跪见主母泪双流；主母不明是何意，忙呼仆妇问因由；畜生何事泣悲涕，在我跟前乱磕头；抑或途中遇凶险，定是你主被人谋；狗带主母出家去，寻尸报官找贼门；清官勘问无差错，明正典刑斩贼头；遂料此犬天下少，究明主凶报冤仇。"

《犬经》里此类记载非常多，关于犬的品种也很全面，几乎包括了古代中国所有的名犬。不过东北这种近似怪兽的巨犬，却在《犬经》里找不到半个字，显然是来自异域，自古被荒原上的猎人视为"魔犬"。

第十五章

无头尸体
筒子楼里的

一 憋姑寺

我听过一个鬼故事叫"筒子楼里的无头尸体"，20 世纪 80 年代在大街小巷里广为流传，很多人都会讲，版本也很多，细节不尽相同，只有故事的大体内容一致，毕竟从题目上也能看出，一定是发生在筒子楼里，必须有具没脑袋的尸体。

比较普遍的说法是在某居民楼内发生了血案，案发现场的房间里，只有一颗血淋淋的人头，公安人员一直没有找到尸体，尸体就像蒸发了一样凭空消失了，此后在这座筒子楼里开始有不同寻常的怪事出现。

我觉得"筒子楼里的无头尸体"这个故事，一定有其真实的来历，应该确实有过这样离奇的血案，后来经过民间传播，变得越来越离奇了。当然我没法儿查证这案子出在哪里，最后有没有破案，我只是想借这个话题，说一段我自己经历的事情。

我家老辈儿在南市留下一间小房，一直空着，好多年没住过人，屋里面很潮，墙皮都快掉光了，总共十几平方米，始终也没卖掉，想等到拆迁时拿点儿钱。我说的这件事，出在大面积危房拆迁改造的前一年。

那一年，我还在单位上班，因为路太远，我寻思把南市的那间小房儿收拾一下，暂时先住到那儿，反正空着也是空着。我光棍儿一个，吃饭全在外面解决，下班有个地方睡觉就成。于是找几个哥们儿帮忙，简单地收拾收拾，很快搬了进去。

这间小房儿是在一座筒子楼里，老南市在解放前，素有"三不管儿"之称，念出来一定要用儿化音，否则您说三不管，可没人知道指的是哪儿。"三不管儿"顾名思义，黑不管，白不管，洋人不管。

还有一说是杀人放火没人管、逼良为娼没人管、坑蒙拐骗没人管，因为老南市帮派割据，互相牵制，又是个贼窝子，地面很乱，经常发生命案。其实也未必是三方不管，四方五方都有可能，正好处在外国租借地和政府管辖区之间，出了事互相推脱，谁都懒得理会，总而言之是个没王法的地界儿。解放前为社会底层居民聚居区，住家都是最下层的劳动者和做小买卖的平头百姓，说白了就是穷人多。

别看老南市又穷又乱，但是一等一的繁华热闹。起先没有南市，天津卫的商号集中在北门，从老城出了南门全是荒凉的芦苇荡子。庚子年（1900年）八国联军打开海口，由天津卫打到北京，一路烧杀掠夺，北门的大小商号有许多让八国联军焚毁了。那些破产的买卖人收拾起仅存的家当，到南门城根底下闸口街一带摆摊儿糊口，久而久之成了南市，到后来官面上管不到这儿，摆摊儿做小买卖的越聚越多，人口也密集了，所以才叫南市。

我住的那座筒子楼在老南市地区的边缘，那座楼年头可不短了，还是日军侵华时盖的营盘，一条走廊上有若干个房间，每间屋不过二十几平方米，结构完全一样，总共有四层楼，我家那个房子在一楼106室。这一带地势低洼，赶上阴天下雨，楼道里污水横流，原本的木制地板早已受潮腐朽，十多年前换成了砖头。地面、墙体开裂很多，楼内各种设施和线路老化，停电断水那是常有的事。

当时我是这么想的，与其花钱租房，还不如用来跟狐朋狗友们吃喝。再有一个原因是我跟这儿的邻居都认识，以前我爷爷奶奶就住这儿，小时候经常过来玩，跟周围的邻居都熟了，两位老人去世之后就很少了。等这次搬过来住，才发现物是人非，好多老邻居都把家搬走了，或是将房子租了出去。

我这间屋是106室，对门住的人我还认识，这人四十来岁，姓崔，外号"崔大离"。"大离"在老天津话里当"牛皮"讲，"崔"和"吹"的发音相近，合起来是"吹牛"的意思，满嘴跑火车，特别能吹的一个人。他年轻结婚时我还吃过喜面喜糖，前些年他不务正业，跟媳妇离了婚，老婆带着孩子回娘家住了，只剩他老哥儿一个孤家寡人，在国营工厂上班，厂子不景气，也不想找份别的工作。每天下了班就到处晃悠，做饭时东家借根葱，西家借头蒜，吃饱喝足待腻味了，便到筒子楼底下坐着，过来认识的人就拽住了东拉西扯，从美国总统侃到海河浮尸，好像这个世界上所有的真相他都清楚。

我旁边的107室租住了一个安徽女孩儿，二十二三岁，街坊邻居都管她叫大秀儿，我甚至不知道她本名叫什么。南方肯定没有大秀儿、小秀儿这样的称呼，这是老天津、老北京才有的小名儿，可能是名字里有个"秀"，到这地方也入乡随俗了。大秀儿手很巧，开了家裁缝铺，带着个十岁的弟弟小东，小东不上学，整天帮他姐姐看铺子。

我只跟大秀儿和崔大离两家比较熟，崔大离是我的老街坊，他就不必说了，大秀儿的弟弟小东常到我这儿来，因为我这儿有部

PS2 游戏机。小东一看见这玩意儿眼就发直，每天下午回来不进自己家，直接跑到我屋里，不到晚上十点绝不回家睡觉，他姐姐叫他回去吃饭也不听。大秀儿没办法，只好做了饭端过来，当然不好意思让我在旁边看着，所以我的晚饭算是解决了，以至于我现在吃安徽土菜，总觉得和家乡的味道一样，可能是跟那时候天天吃大秀儿做的饭菜有关。

如果每天都这么过来，那也没什么可说的了，住了一段时间，我才听说这座筒子楼里居然发生过非常离奇的命案。

其实这一带在上百年前，就发生过始终没破的悬案。那时南门外荒野间有个地名叫憋姑寺，特别奇怪的一个地名，这里边也有讲儿，而且和那件人命案有关，不说明白了您都想象不出怎么会叫憋姑寺。憋姑寺有大小先后之分，大寺是在小寺拆除之后，原址搬到蓟县重建而成，现在蓟县还保留着这个地名，其实最早是在现在的闸口街附近。清朝中期，城南是荒郊，到处是盐碱地和芦苇荡子，有家人许愿要盖座寺庙，寺庙盖好的那天，家里突然发现小姑子失踪了，怎么找也找不着，生不见人，死不见尸，以为是让人贩子拐带走了。家人报了官，很着急，可是没办法。过了几天忽然阴云四合，一道惊雷闪电击下，把庙后刚盖好的佛塔塔基劈裂了，里面露出一具女尸，正是此前失踪的小姑。验尸结果是没有内外伤，推断为困在塔里活活憋死的。可小姑为什么会跑到塔里去，是自己进去的，还是受人胁迫，砌塔砖的时候又为何无人发现，案情疑点很多，一直没破，到后来人们都管这座寺庙叫憋姑寺，久而久之，真正的庙名就没人记得了。这个地方以前就在我们这筒子楼一带，不过我说的那件命案，与憋姑寺命案之间没什么关系，现在捎带脚儿说一下，因为往后说还有跟憋姑寺这地方有关的一些内容，所以您提前知道有这么个来历就行了。

咱还接着前边的话，那年夏天的一个闷热晚上，我找了个新出的游戏《零》，是这个系列的第一部，一个使用照相机拍鬼退灵的日式恐怖游戏。操纵着女主角在一座叫"冰室邸"的大宅里四处探索，寻找她失踪的哥哥，木制的地板一踩就"嘎吱嘎吱"作响，阴魂恶鬼会在你不注意的时候突然出现。这游戏气氛音效做得一流，我是用一台二十一吋的二手松下彩电接游戏机，S端子音效输出，关了灯在屋子里打，很快就会投入进去，我感到毛骨悚然、手心冒汗。在旁边看的小东吓得脸都白了，用手捂着眼想看又不敢看，哆哆嗦嗦地不停问我："鬼来了吗？鬼来了吗？"

晚饭时间大秀儿把饭菜端过来，我和小东只好先停下游戏，我一边吃饭一边给小东讲了《零》这个游戏的剧情。其实我对日文也不是很在行，纯粹是玩游戏年头多了，看假名和日文汉字看得烂熟，尤其是玩实况足球，球员的名字都是假名，如果你知道这球员叫什么，一天几十场下来，想不认识这些日文字符都难。因此游戏里的对话和情节，我连蒙带猜至少能理解一多半，加上点儿我自己编的，当成恐怖故事来讲，足已吸引大秀儿姐弟俩了，说实话当时把自己也吓着了。

大秀儿不敢再往下听了，对我们说："你们别光顾着玩了，快吃饭吧，菜都凉了……"她边说边往我和小东碗里夹菜。

小东说："姐，我觉得咱们真像一家人，咱们三个人要是能每天都在一起吃饭就好了。"

大秀儿一听这话脸都红了，在小东脑壳上敲了个栗暴，然后往他碗里放了两块笋衣烧肉，让小东赶紧吃饭把嘴堵上。

我听了小东的话觉得那样也不错，随后脑子继续沉浸在游戏当中，赶紧扒了两口饭，抄起手柄想接着打，突然手机响了，我有个铁哥们儿叫陆明，是他打来的电话，叫我出去喝点儿。我说我刚吃完还喝什么喝，可一听他那声音不对，很悲壮，好像出什么事了。我只好让大秀儿帮我锁门，急匆匆地骑上自行车出去找这哥们儿，出门时是晚上八点半，外面的天已经黑了。

二 《零》

我出门时崔大离正在楼下乘凉，我冲他点了点头，骑上自行车就走了。到地方见到陆明，我们找了个路边麻辣烫，喝了几瓶啤酒，陆明就开始诉苦了，说他结婚之后如何如何后悔，活着都没目标了。他老婆是个小学老师，以前搞对象时挺通情达理的，也不像现在这样，自打婚后怀孕，就开始对他横挑鼻子竖挑眼，今天嫌他赚得少，明天嫌他忙工作不顾家，还总跟婆婆吵架，说婆婆挑拨他们夫妻关系。我这哥们儿以前也是个喜欢电视游戏和动漫的主儿，游戏水平和资历比我高多了。

20 世纪 80 年代，有些住家买几部任天堂红白机，接上几台黑白或彩色电视，黑白的两块钱打一个小时，彩电四块钱打一小时。我上小学时经常去玩，有一次玩了一个游戏叫《超惑星战记》，操纵一个像摩托车一样的机体，属于动作射击游戏。我打得很上瘾，可打到一个地方死活过不去了，时间就是金钱啊，急得我都冒汗了。此时旁边有个观战的给我指点了一下，让我按选择键——最早我们管任天堂红白机手柄当中的两个功能键，左边的叫选择键，右边的叫暂停键——我听他的话，一按选择键，摩托车里"噌"的一下蹦出个戴头盔的小人，原来这一关是操纵驾驶员。我当时非常感激身后指点的人，回头一看发现是个小白胖子，而且我还认识，是我同班同学陆明。那会儿陆明在班上很不起眼儿，虽然是同班同学，可我们的关系并不熟，这时我才知道原来陆明的爱好是游戏机，从此我们上学时一起谈论游戏，下学就去游戏厅切磋。我发现陆明对游戏的热情和理解，远远不是我能企及的，他平时沉默寡言，但话题一转到电视游戏，立刻滔滔不绝、口若悬河。

我们从小学玩到高中，当年《电子游戏软件》刚创刊，还叫《GAME集中营》的时候，我们俩每天放学第一件事，就是跑到报摊儿看看这杂志到没到。那时俩月才出一本，每天盼星星盼月亮似的盼着，拿到手一字不落，连小广告都要反复看十遍，不翻烂了不算完。他跟我最大的爱好就是逃课泡游戏厅，放寒暑假更是夜以继日地连续作战，我们一起通过了无数游戏，留下了无数感动的记忆。

玩《最终幻想7》的时候，打到艾莉丝让萨菲罗斯一刀捅死时，陆明哭得泣不成声。要知道他考试四科不及格，他爸拿皮带抽他他都没掉眼泪，这么爷们儿的人，玩游戏能玩哭了，那是动了真感情了。最神的是有一次跟小流氓打架，他一边动手一边嘴里给自己配音，用的都是格斗游戏里的招儿，竟把在学校门口劫我们钱的小流氓打得抱头鼠窜。没想到，这个白白净净、说话都腼腆的小胖子，居然会如此厉害，不免对他刮目相看，不承想混到今天这种地步。

陆明因为沉迷游戏，学习成绩半死不活，好在家里有关系，当上了公务员。他性格比较宅，下班放假不出屋，只在屋里打游戏，唯一的哥们儿就是我。通过相亲认识了现在的老婆，那女的可能是看他工作稳定、人比较老实，两人去年领证结婚了。房子是女方买的，所以比较受气，在家里说话都不敢大声儿，一打游戏机就让老婆数落。他老婆脾气不好，如今怀孕五个月，更是说一不二，急了就摔东西，家里都没有过日子的模样了。今天两人打得厉害，他挨了几个脖溜儿，不仅游戏机被砸了，人也被赶出了家门，没地方可去，只好找我出来喝酒，说些压抑在心里许久的话，一边说一边哭得上气不接下气，那个委屈劲儿让我都不忍多看。

我们那一拨儿玩家，只玩电视游戏，从雅达利时代开始，到任天堂红白机，世嘉 MD、超任 SFC、索尼 PS、世嘉土星、世嘉 DC、微软 XBOX、索尼 PS2 一代代主机打过来，对网络游戏和电脑游戏提不起半点儿兴趣。陆明说他自己不赌不嫖，也不抽烟喝酒，唯一的爱好就是打游戏，每天朝九晚五，从不迟到早退，发了工资全交给媳妇儿，下班玩玩游戏，又不招灾又不惹祸，凭什么不行？如今让老婆把这个唯一的爱好都给断了，非让陆明跟她一起看电视剧，而陆明连选择频道的权力都没有，老婆想看什么就看什么，还必须让陆明在旁边陪着，要这么活一辈子，还不如直接跳海河里淹死。

原来结婚之后过的都是这种日子，幸亏我没那么早结婚，但我知道两口子过日子，免不了拌嘴，打架不算什么。只不过陆明这个人除了聊游戏时话多，平常都跟没嘴儿的葫芦一样，他媳妇对游戏机深恶痛绝，当然不可能跟陆明交流游戏剧情，所以从他媳妇的角度只能看到他身上满是缺点的一面，必定是越看越厌。最要命的问题是房子是人家娘家给的，陆明实际上相当于倒插门女婿，这样能不受气吗？

我有心劝陆明离婚，可一想他老婆都怀孕了，不考虑别的也得考虑这个孩子啊，只好劝他长点儿出息，我说："你都是成家的人了，哪能玩一辈子游戏机？真要想接着玩，我给你出一招儿，等将来你有了娃，给娃买部游戏机，跟娃一起玩，那不就有借口了吗？再说你老婆都怀上好几个月了，你就不能先忍耐一段时间，抗战那么艰苦，打了八年才坚持到胜利[1]。你熬到你们家娃会打游戏机，又能用得了多久？哪天坚持不住了也别在家玩，可以到我那儿玩一会儿过过瘾，反正我一个人住在南市的老房子里，怎么玩都没人管。"

---

[1] 现为"十四年抗战"。

话能解心锁，果然不假，陆明让我这么一劝，还真想开了，也不打算投河了，吃完麻辣烫就回家给媳妇赔罪，准备长期抗战去了。他怎么赔罪我不知道，我只惦记着赶紧把这位爷打发走，我得赶回去接着攻略日式恐怖游戏《零》。

送走陆明，我骑着自行车回家，我没看时间，但已经很晚了，马路两边几乎没有乘凉的人了，只有个别人图凉快，搬了行军床在路边睡觉。我脑子里全是《零》的内容，这个游戏用照相机和恶灵战斗，胶卷相当于子弹，我琢磨着胶卷不够了，再遇上鬼可不好办，回去开机应该先到处转转，没准儿还有没捡到的胶卷。要说这日式恐怖和美式恐怖的差别挺大，美式恐怖习惯玩直接的视觉，总是搞些僵尸喷血之类很恶心的东西，而日式恐怖秉承东方含蓄的特点，很多时候是心理恐怖，看不见的东西越想越怕。我对前者不太在乎，后者那一惊一乍于无声处听惊雷的日式恐怖，却让我欲罢不能。我估计自己和小东一样，感到害怕的同时，却在好奇心的驱使下，想要尽快揭开谜底，所以玩上瘾了。我打算回去之后一宿不睡，先把这款游戏通了再说，又想陆明结婚的时候我还很羡慕他，觉得成家独立生活，应该更自由了，谁知他落到今天这般境地，我还是再玩几年再结婚为好，可别跟陆明一样，前车之鉴，值得哥们儿警惕啊。

我思潮起伏，不知不觉骑到筒子楼下了，这里夜晚乘凉聊天的人早就散了。只有崔大离还没走，光着膀子，穿条大裤衩，坐在小板凳上，旁边有个茶缸，一手摇着蒲扇，一手把一部小收音机放在耳边，也不知道是听戏还是听评书。

我从崔大离跟前经过，顺便打了声招呼："老崔，这么晚了还没睡呢？"

崔大离一看见我，忙不迭地放下蒲扇和收音机，起身把我的自行车拦住："等会儿兄弟……"

我怕让崔大离拉住了说话，听他侃起来那就没个完了，我还想回去攻略《零》呢，赶紧打马虎眼说："今天实在太困了，真不行了，咱有什么事明天再说。"

崔大离说："嘛行不行的，兄弟，哥哥这不打算问你件事儿吗？"

我只好停下，问崔大离什么事。

崔大离把我拽到一旁，不满地说："兄弟，这就是你的不对了，有这好事还瞒着哥哥？"

我说："哥哥，我越听越糊涂了，我这两天出门丢包、放屁闪腰，净倒霉了，哪有好事儿啊？"

崔大离说："没劲儿啊，还跟哥哥来这套，你小子是不是搞了个对象？"

我说："没有啊，你是指大秀儿？她弟弟小东天天在我那儿玩，她是过去给她弟弟送饭。"

崔大离连连摇头："不是大秀儿，大秀儿是咱邻居，我还用问你吗？刚才你小子出门时坐你自行车后边那大妞儿，穿个白裙子的那是谁呀？也不说领过来让哥哥替你把把关，哥哥我可是过来人，在这方面比你有经验哪。"

我听崔大离说完心里好一阵哆嗦，大热的天竟出了一身冷汗。真他妈见鬼了，我刚出去找陆明吃麻辣烫，绝对是我一个人出去的，自行车后头哪儿驮人了？哪来这么个穿白裙子的女人？

三 双尸奇案

崔大离一看我吓得脸都白了，却得意地笑了起来，说道："兄弟，你这胆子也太小了。"

由于一直惦记着日式恐怖游戏《零》里面的情节，我当时真是差点儿让崔大离吓得坐在地上，听他这么说，我气不打一处来，敢情你这是跟我逗着玩呢？

崔大离又正色说："你瞧你胆子这么小，当哥哥的有些话，可不敢跟你照实说了。"

我说："哥哥你有点儿正经没有，我可没工夫听你胡扯了，我得赶紧回去睡觉了，明天还得早起呢。"

崔大离赶紧说确实有事，我只好耐住性子听他到底想说什么。崔大离说话胡吹乱嗙，听他说点儿事别提多不容易了，说不上两句准跑题儿。他告诉我，前些年107室，也就是大秀儿姐弟俩租住的那间屋子，曾经出过人命。

因为那些年我没在这儿住，所以不知道事情的经过。这事快十年了，那时住在107室的人家姓莫，夫妻俩带一个小孩儿。丈夫莫师傅是个老好人，妻子姓何，在中学当老师，三十一二岁，总穿一身白裙子，人长得很美很有风韵，小孩儿小名叫小胖。有一天两口子在屋里，小胖到外头玩，以往到了吃饭的时间，何老师肯定会出来招呼孩子回家吃饭。那天不知道怎么回事，外边天都黑了，其余的小孩儿都回家了，就剩小胖一个了，家里也没人出来叫他，小胖肚子饿了就自己回家了。推开门进去，一看莫师傅坐在沙发上，脸色铁青，一动不动，眼里全是血丝，何老师躺在床上盖着被子也没动静。小胖以为爹妈在睡觉，桌子上也没有晚饭，饿得一边哭一边去找妈妈，到床边怎么推何老师，她也不动。他越哭声音越大，这筒子楼墙壁很薄，有邻居听孩子哭得动静不对，家里大人怎么也不管呢？邻居赶紧跑过来看看，一瞧可了不得了，坐着的莫师傅早已气绝，床上的何老师脑袋没了，只剩下一具无头尸体，床头从上到下流了好大一摊血。

这件事立刻引起了轰动，筒子楼外挤满了看热闹的人，接到报案后警察来到现场。大伙儿不知道案发的经过，据说是莫师傅杀了妻子，在107房间内用刀割下了人头，这间屋子就是第一现场。夫妻俩一直关系很好，周围的邻居们很清楚，两口子过得好好的，没人不羡慕，这些年脸都没红过一次，莫师傅居然一刀杀了妻子，然后畏罪自尽，说出来谁会相信？可怜小胖年纪还这么小，爹妈就都没了，最后孩子让爷爷奶奶领走了，这间房子就这么一直空着。

案情全是街坊邻里这么传的，可不是警方的结论，也有人说这案子的案情很离奇。首先，那颗人头下落不明，把这屋里翻遍了也没找到，莫师傅不可能杀人之后出去扔了人头，然后再回来自己死到屋里，附近没有任何人看到莫师傅离开过107室；其次，莫师傅是怎么死的，到底是不是自杀，大伙儿就完全不知道了。

时间一年年地过去，这件"双尸无头案"渐渐被人们所淡忘。107这间凶房倒了几次手，最后一任房主转租给了大秀儿，大秀儿是外地来的，根本不知道107房间里发生过什么事。这筒子楼里的老住户也不多了，街坊邻居们都喜欢大秀儿的为人，不愿意让她担惊受怕，当着她的面从来不提。她平时忙着裁缝店里的活儿，每天早出晚归，跟邻居接触也不多，自然是蒙在鼓里，好在没出过什么事。

崔大离跟我家是老街坊，有这种事不能按着不说，说出来是给我提个醒，让我没事儿别进107。那间屋子不干净，当年那件案子十分诡异，指不定哪天何老师那颗血淋淋的人头，就自己骨碌出来了。

我当时看不出崔大离这话是真是假，这个人平时说话不怎么靠谱儿，侃起来没边儿没沿儿，但无论107房间里是否真发生过"双尸无头案"，我听了这番话，到晚上也睡不安稳了，还不如不告诉我呢，只好先把继续玩恐怖游戏的念头搁下了。

当天夜里我给搬走的老邻居打电话问了一下，得知大秀儿租住的107房间确实出过这件命案，不过这楼里还算安稳，没听说闹过鬼，这也是有原因的。前边提过了，两百多年前，憨姑寺出过一桩悬而未破的命案，官府怕这里有鬼怪出没，立了块保国安民的石碑，请高僧开过光，用于镇压邪祟之物。憨姑寺原址迁往蓟县，这石碑依然留在原地没动，日本人造这座楼的时候，把石碑埋到了地下。别看老南市这么乱，也许是有这块石碑镇着，从来没出现过不干净的东西，可以放心居住。

我听完之后把心放下多半，可一想到隔壁107发生过那么离奇的"双尸无头案"，仍是睡不踏实，夜里又下起了雷阵雨，电闪雷鸣让我心惊肉跳。第二天这雨还没停，天气预报说雷阵雨转中到大雨，我索性不出门了接着睡觉，凌晨才睡着，下雨天睡得还格外沉，一个噩梦也没做。

睡到下午三点来钟，小东来敲门想打游戏机，这时整个筒子楼忽然停电了。小东见打不成游戏机，缠着我到他家里看漫画，我想起107的双尸奇案，心里就觉得打怵，本来有心不去，拗不过这小子，只好去了。一看大秀儿也因天气不好没去裁缝铺，在家用缝纫机赶活儿，屋里堆满了布料。

大秀儿见我来了张罗着让我坐下，又给我沏了茶。我一看坐的地方是一张老式单人沙发，立时想到莫师傅大概就是坐在这儿死的，没准儿这沙发还是当年留下的。

我如坐针毡，赶紧起身说不愿意坐着，一眼看到屋里的床，不免又想到那具没有人头的尸体，忍不住问大秀儿："这屋里的家具都是以前的？"

大秀儿点头称是，全部是房东家留下的。

我说："那个……床……睡着还舒服吗？"

大秀儿道："还行吧，你不愿意坐沙发，就坐到床上去吧。"

我急忙摇头，在这间屋里还是站着比较舒服。大秀儿笑道："你怎么有点儿奇怪？是不是饿了？等我忙完手里的活儿就给你们俩做饭。"

我说："总蹭你家饭吃，早觉得过意不去了。今天停电，楼道里黑漆漆的怎么做饭，一会儿我做东，咱仨出去吃火锅。我知道一个肥牛火锅的小店，门面不太起眼儿，但虾滑做得太地道了，生意很火爆，要不赶在下雨的时候去，等座都能等得让人没脾气。"

没等大秀儿答应，小东早已举手同意了。我早晨、中午都没吃饭，饿得心里发慌，带着大秀儿姐弟，到离家不远的饭馆吃晚饭。

当天兴致不错，我给大秀儿讲了我跟这座筒子楼的渊源。话赶话，说到这儿提起来我高祖父那辈儿很穷，打庚子年之前，就住在南门城根儿底下，那时南门外全是漫洼野地，稀稀拉拉有几间小土房。高祖父每天起早贪黑，从远处用小车拉土，把洼地一点点填平了，又捡砖头瓦片盖房子，然后卖给别人居住，逐渐地发了财，大概也就是抗战胜利之后，把这座筒子楼也买下来了，包括周围的好几条胡同，全是我们老张家的。传到我爷爷这辈儿，那就是有钱的大地主了，用不着干活儿，专吃房租，每月铁杆儿庄稼似的租子，整天吃香的喝辣的，横草不拾，竖棍不捡，香油瓶子倒了都不带扶的，睁开眼除了收房租数钱，那就是提笼架鸟，下饭馆坐茶楼，找人扯闲篇儿。没几年全国解放，房产地业全充了公，我爷爷因此没少挨整。盼到粉碎"四人帮"、改革开放落实政策，退还了106这么一间小房儿，又另外补了一些钱。以前的房产却都没了，要不然传到我这代，也用不着辛辛苦苦出去赚钱了。

我们吃火锅的时候聊了很多，跟大秀儿又熟了许多，然后我不知怎么又说到《零》这部游戏上。这个游戏为什么叫"零"，因为零用来暗示不存在，这个世界上根本不存在的东西就是鬼，你比如说107房间……

说到这儿我才发现自己多喝了几瓶啤酒，险些把107"双尸无头案"的事说出来，这要是让大秀儿和小东知道了，晚上也没法儿睡觉了，所以我赶紧把话题转移到火锅上。

晚上从火锅店出来，雨还没停，我们没去别的地方就直接回家了，回到筒子楼发现楼道里仍是漆黑一片。这次停电的时间比往常要久，筒子楼里的线路老化，下完雨返潮，停电的情况经常发生。我也没当回事，拿打火机照着亮走进楼道，大秀儿和小东在我身后跟着。

筒子楼的楼道里杂物很多，能过人的地方非常狭窄，因为各个房间都不过二十来平方米，有的一家好几口挤在一间屋里，所以楼道里的空间都被占满了，还有人晚上下班要把自行车推进来，免得放外面丢了，使这条楼道变得更为狭窄，有的地方要抬腿才能迈过去，地面流着污水，我们回来的时候已经快十点了，又停着电，整条楼道里都没有人。

说话往里走，可打火机才有多大点儿亮，我摸着黑好不容易走到门口，忽然看到我家房门前无声无息地出现了一个人，手里还拎着个人头。

四　昆虫

自从昨天半夜听说筒子楼107"双尸无头案"，我已经觉得很不安了，可能也和我正在攻略气氛非常恐怖的《零》有关，虽然有人告诉我筒子楼下有镇鬼的石碑，我还是有些发慌。这时在黑乎乎的楼道里，看到我家门前突然出现个人，我大吃一惊，扭头抱住了大秀儿，叫道："有鬼！"

因为我是先入为主，而大秀儿和小东早已习惯了停电，根本没有多想。楼道里虽然黑，却不是完全看不到东西，有的屋里点了蜡烛，楼道中透出一些微弱的烛光，一看是有个手里拎着西瓜的人，虽然没见过，但肯定不是鬼。

我听说不是鬼，可也纳闷儿谁大半夜地站在我家门前，定睛仔细看过去，才瞧出来是陆明这家伙，我说："你深更半夜不在家待着，怎么跑我这儿来了？"

陆明当着大秀儿的面，显得有点儿不好意思，吞吞吐吐地说："咱俩昨天不说好了吗，我可以到你这儿打游戏机。我家那部 PS2 让我老婆给砸了，我给她写了保证书，今后绝不在家打游戏了。今天她回娘家，正好明天周末，我就上你这儿来了，还给你买了西瓜和可乐，这不看你没在家，就在门口等你一会儿。"

我心说："你这也太快了，昨天刚说完今天就跑来了，得了，也别在这儿丢人现眼了，有什么话进屋再说。"

我跟大秀儿姐弟道了晚安，掏钥匙打开门，招呼陆明进屋，外面虽然下着大雨，但暑气难退，小屋里热得厉害。我进屋把窗户都打开了，问陆明："可乐在哪儿呢？还凉不凉？"

陆明说："等你半天你也不回来，可乐已经让我给喝了，这儿还有个西瓜……"

话没说完，筒子楼里突然来电了，陆明是赶得早不如赶得巧，他一提游戏那精神头儿立刻就上来了，张罗着插电源开电视，比在他自己家都熟。看到我刚打了个开头的那部《零》，忙说："这个好啊，日式恐怖游戏，用照相机驱鬼退魔的系统很有新意，我早就想打了，敢情你都上手了……"

陆明自言自语，进入游戏抄起手柄就不撒手了，熬夜玩游戏得抽烟。他烟瘾不小，一根接一根，还催着我开电扇、切西瓜、关灯，整个过程中两只眼都没离开过电视屏幕。

我说："你都有老婆快有娃的人了，怎么打游戏机还这么上瘾？

你平时对待工作、对待家庭能有对游戏的一半投入，也不至于混成这样。"

说归说，我也有日子没跟陆明一起打游戏机了，玩SFC和PS那几年是我们玩得最疯的时代。记得当初整宿整宿地玩《大航海时代2》，家里还特意挂了张世界地图，地理考试有一道西班牙首都的填空题，我们俩毫不犹豫地填上"塞维尔"，结果当然是一分没得，现在想想，那都是多么峥嵘的岁月啊。

我收拾好了房间，关上灯跟陆明两个人攻略《零》。陆明是从头开始打，他这么多年玩的游戏难以计数，号称骨灰级玩家，玩任何游戏都不需要参照攻略，为了玩游戏还特意学过日文，所以上手很快，打一会儿就摸熟了系统。

屋里关着灯，听着外面淅淅沥沥的雨声，由于已经是深夜了，怕吵到邻居休息，我把电视音效开得很低。《零》的气氛阴森恐怖，整个游戏都是在深邃古老的大宅中进行，不时闪过的人影，空空走廊上响起的脚步声，枯井里伸出的人手，还有不期而至的阴魂，用老式照相机拍摄亡魂的战斗系统，也充满了紧张的压迫感，所以我们玩得非常投入。不知不觉已到了夜里十二点左右，电视忽然变黑了，电扇也同时停住，筒子楼里又停电了。

陆明急得不行，刚才好不容易解决掉一个很难缠的厉鬼，还没来得及记录，一会儿来电了还要重打。

我说："没办法，这座楼比我爷爷岁数都大，年久失修，连雨天让电线都泡汤了，也许是保险丝断了，楼里的居民自然会去报修，估计过半个小时就能来电，先歇会儿。"

我懒得去找蜡烛，就在漆黑的屋子里跟陆明一边抽烟，一边聊刚才的游戏，等来了电再接着打。

陆明说这游戏还真是不错，大半夜的玩这个，感觉尤其瘆人，这才够劲儿呢。

我说我比你还紧张，昨天刚听说隔壁107出过"双尸无头案"，我都打算搬回去住了。

陆明的亲戚在公安局，想不到关于107的奇案他也听说过一些，来源应该比较可靠。当时死的是两口子，男的死因不明，女的死在床上，人头去向不明，到现在也没找着，外边知道的就那么多。实际上妻子的头还在107房间里，公安侦查的案情经过，基本上是这样，当时妻子正在睡觉，丈夫突然发狂，拿菜刀剁下了妻子的脑袋，把人头扔到了地下室里，然后自己坐在沙发上死了，没有死因。

法医解释死亡，一般有四种：第一种是他杀，第二种是生病老化死亡，第三种是意外死亡，第四种属于神秘死亡。神秘死亡是医学至今解释不了的谜，就像恐怖片《午夜凶铃》里看过录像的人，让贞子变的鬼吓死一样，因为说有鬼是迷信的说法，法医只能承认那是因惊吓过度，导致心脏麻痹而死。筒子楼107房间"双尸无头案"中的那位丈夫，正是典型的神秘死亡。公安人员到现场后，在房间地下室中找到了妻子的人头。官方认定是丈夫因压力过大，心理失常把妻子杀了，然后因心脏停搏骤死。案子是这么给定的性，可私底下有人议论是闹鬼，否则案情解释不通，好在这个杀死自己妻子的丈夫，当时也死了，这案子可以就此了结，没有再追究下去的必要了。

陆明跟我聊了一阵，说晚上还没吃饭呢，只喝了可乐，吃了半个西瓜，这会儿饿得撑不住了。

我说："你事儿太多了，我这儿有个小酒精锅，你自己煮包方便面凑合凑合行不行？"

陆明说："熬夜打游戏，喝可乐、吃方便面那是配套的啊，怎么会不行呢？赶紧的，你这是什么牌儿的方便面，有红烧牛肉的没有？"

我给陆明找出东西煮面，闻着香我也饿了，干脆煮了两包。煮熟了面还没来电，也不能摸着黑吃，翻出一只手电筒，打开借点儿光亮，拿筷子挑起面正要往嘴里送，就听隔壁房间里传出打碎瓷器的声音。我知道大秀儿姐弟俩住在隔壁，这会儿早该睡了，那屋子也许真闹鬼，可别出什么事才好。

我顾不上再吃面了，拿起手电筒快步来到 107 门前，听里面有人说话。我敲了敲房门低声问了一句，大秀儿出来打开门，我看小东站在她旁边抹眼泪，忙问："怎么回事，你姐打你了？你说你姐平时多疼你，哪舍得打你，你是不是不听话了？"

大秀儿抚摩着小东的额顶说："小东从小怕虫子，刚才有虫子爬到胳膊上，把他给吓坏了，屋里这么黑，也不知那虫子躲哪儿去了，你来得正好，帮我们找一找。"

我能理解小东的感受，我小时候也和他一样对昆虫感到害怕，我最怕的就是大飞蛾，这东西扑亮儿，夏天的夜晚经常往屋里飞，要不把它赶走我绝不敢睡觉，唯恐那东西落到我身上，甚至钻进嘴里。

我把陆明也叫过来帮忙，拿手电筒在房间里到处搜寻，很快发现墙上趴着一只昆虫，弓起来的后腿儿长得出奇。我说虚惊一场，这是只蛐蛐儿啊。我不知安徽安庆地区怎么称呼这玩意儿，我们这儿管蟋蟀就叫蛐蛐儿。我告诉小东捉下来，明天斗蛐蛐儿玩。

陆明说："你什么眼神儿啊，哪儿是什么蟋蟀，那是灶马。"

我仔细又看，还真是看走眼了，墙上的昆虫确实是一只灶马。筒子楼下雨返潮，经常能看到这种虫子，长得像蟋蟀和蟑螂的混合体，身躯透明发黄，两条后腿儿又粗又长，学名叫突灶螽，民间传说里灶王爷上天时要骑这东西，是灶王爷的坐骑，所以得了灶马这么个称呼。旧时炉灶的砖头底下都是这种怪虫，一踩一堆黄水，揪掉了脑袋还能爬上半天才死，有时还往煮饭的锅里蹦。我对灶马之类的东西也有点儿发怵，不敢用手去捏，拿拖鞋底子拍上去，把墙上这只灶马拍死了。

我刚用鞋底子拍死这一只，陆明就发现墙角还有，接连打死了三四只灶马，屋里暂时找不到别的了。我看墙下的地板有裂缝，可能这些灶马是从潮湿的地下室里爬进房间的，我用屋子里的布料压住裂缝，让大秀儿和小东安心睡觉，等明天我带上两瓶杀虫剂，到地下室里喷一圈就没问题了。

这时又来电了，大秀儿和小东对我千恩万谢，我也飘飘然觉得自己成英雄了，免不了自吹自擂一通，跟陆明回去接着打游戏机。

陆明像是觉得很意外，他说："你小子该不是逞能吧，几年前那件双尸奇案不就是出在隔壁107的事儿吗，死人脑袋也是从那间地下室里找到的，你明天还敢进去对付灶马？"

五　灶马

我刚才只顾着在大秀儿面前冒充好汉，回屋经陆明这么一提，猛然意识到107发生过无法用常理解释的凶案，死过两个人，妻子被丈夫用菜刀剁下了人头，扔到地下室里，想想都觉得毛骨悚然。但是毕竟过去好几年了，大秀儿和小东一直住在107里，也从没说过房间中有什么不干净的东西。

既然把话说出去了，明天再找借口不去的话，我可跟大秀儿张不开嘴。我一想不能让陆明看热闹，让他早上跟我一起去地下室除灶马，哥们儿弟兄不仅能同甘，也要做到能共苦，要是打退堂鼓，以后别再到我家来打游戏机。

不让陆明打游戏机，那还不如要他命呢，他当即表态："你画条道儿，是个顶个滚钉板，还是手牵手下油锅，哥们儿眼都不带眨的。不过咱可得提前说好了，我以后过来打游戏机，你都得把可乐、香烟、方便面给预备足了。"

等到早晨，外面那雨始终没停，只是下得很小了。大秀儿今天要去裁缝铺，我让小东留下，给我和陆明打个下手。早晨我们三个去吃了碗馄饨，顺便买了一瓶"敌杀死"除虫喷雾，以及"灭蟑灵"、口罩和手套，准备彻底铲除筒子楼里越来越多的灶马。

回来的时候，崔大离也起床了，外头下雨出不去，一大早就在楼道里跟路过的人胡吹，说他们老崔家以前也是大户人家，住在竹竿胡同。那胡同里有件宝贝，就是老崔家那条竹竿，这竹竿也没多长，刚够伸到天上去，夜里一捅，漫天的星星都跟着晃动。

崔大离看到我们三人拎着东西回来，忙问："怎么了兄弟？介是要干吗？"

我说："楼里返潮，地板下的灶马都爬到屋里来了，这不想放点儿药吗，哥哥你正好闲着，一会儿过来跟着忙活忙活。"

崔大离赶紧表示遗憾："哎哟，太不凑巧了，哥哥今天中午在红旗饭庄有个饭局。有两拨人打起来了，非让你哥哥去给说和说和，别人没这面子啊，你看都这个点儿了，哥哥得赶紧过去了，这要去晚了非出人命不可……"说着话就推上自行车溜了。

我知道崔大离是怕苦怕脏，编个借口远远躲开了，本来也没想过让他这个只会耍嘴皮子的家伙帮忙，他跑了这筒子楼里还能清净一些。我摘下小东脖子上的钥匙，打开107的房门，进到屋里开始干活儿。

整座筒子楼里，只有这间107带地下室，地下室的面积和上面的房间一样大。四周是水泥墙体，砖头铺地，砖头下边是一层木地板，已因受潮而糟烂腐朽，当初是为什么修的，早就没人知道了。我觉得应该是个储藏室，但底下太潮湿了，放杂物都不行，一直这么空着，大秀儿和小东搬到107室一年多，也从来没下去过。

地下室的入口在墙角，一大块方方正正的木地板，天气酷热潮湿，地板膨胀开裂，边缘有很大的缝子，灶马、潮虫、蟑螂之类的东西，全是从这里爬进屋的，堵上也没用。这房子太老了，墙壁和地面裂缝很多，想根治也不现实，只能在地下室喷些药，然后撒上一些灭蟑灵，至少能把今年夏天对付过去。

灭蟑灵是陆明推荐的，说是参考古代文献里的秘方，那是一种黑色碎米般的药，人闻不出味道，可蟑螂很容易被它吸引，吃过之后狂性大发，大的咬小的，自相残杀，都咬死才算完，吃一粒就能灭一门。陆明老丈人家就用这种药，效果非常好，这些年都快忘了蟑螂长什么样了，不过还不清楚对灶马是否管用。

我听完身上直起鸡皮疙瘩，这也太狠了，那些蟑螂没有怨念吗？我想起以前玩过一个叫"镰鼬之夜"的恐怖游戏，游戏里有个古老的日本民间传说，深夜镰鼬在老鼠洞前怪叫，能让洞中老鼠吓得发疯互相咬噬，也是惨遭灭门之祸，一死死一窝。

陆明说："蟑螂、老鼠本来就是'四害'，应该铲除，你发扬人道主义精神也得分场合，咱今天还干不干了？"

我说："'四害'也不见得都该死。听我爷爷讲，当初'四害'里居然还有麻雀，你说小麻雀捡点儿掉地上的米粒吃，招谁惹谁了，怎么也成一害了？那些年'除四害'，仅是我爷爷下放的那个地方，就动员了上万群众到处撒毒米，敲锣放炮拿竿子追麻雀，吓得麻雀们只能在天上飞，一直累死才掉下来，一个战役消灭了上万只麻雀，我小时候听这事都觉得心里不忍。不过既然是对付灶马和蟑螂，咱们也只好'怀菩萨心肠，行霹雳手段'，把这些虫子送去另一个世界。"

陆明说："我算服了你了，你比你们家对门儿那位大哥还能侃，咱赶紧干活儿吧，忙活完了还能打会儿游戏机。明天星期日我媳妇儿就回来了，我今天无论如何也得把《零》打通了。"

小东表示他也想去打游戏机，我说你们俩都是什么人啊，干这么点活儿还要讲条件，再说下去都中午了。不过闲聊几句，我们忽略了地下室发现女尸人头的事，也没之前那么提心吊胆了。

我指挥陆明和小东，把堆在墙角的布料挪开，揭开地板露出地下室的入口，一股潮腐的烂木头味儿立刻返了上来。这地下室不通电，只能用手电筒照明，我往里面看了看，手电筒照到的墙壁上，情况比我想象的还要严重。除了灶马，还有墙串子，蟑螂的个头儿比常人拇指都大。墙串子胆小，被手电筒的光亮照到，立刻逃进了砖缝，灶马却凶悍呆板、傻头傻脑的，你不碰它就不动。

我们本来想用除虫喷雾剂，一寻思这地下室里不通风，喷了喷雾剂可就下不去了。我让陆明下去撒药他死活不去，小东在我揭开地板之后，显得十分害怕，总往陆明身后躲。我以为是他胆小，惧怕灶马和墙串子，没怎么放在心上，反正这种活儿小孩儿也帮不上忙。

陆明给我出了个主意，小时候他们家住平房，床底下出了个蚂蚁窝，还有很多带翅膀的飞蚂蚁，爬得满屋子都是，没法儿住人了。陆明的老娘烧了一壶滚沸的开水，对着蚂蚁窝浇下去，所有的蚂蚁全给烫死了，如今也可以给107房间的地下室灌点儿开水。

我说："真看不出来，你小子外表忠厚，损招儿还不少，这叫地图兵器啊。办法是不错，可在地下室没法儿用，地下室的墙缝里也有灶马，你总不能让水在墙里头横着流，开水灌下去根本烫不着那些虫子。再者灶马跟蟑螂的存活能力超强，开水未必烫得死，我看还是必须下药才行，要不然再下几天雨，这屋子就没法儿住人了。"

事到如今我只好自己下去，找了身破衣服穿上，戴上口罩，打着手电筒从梯子上下去。这一天正好是星期六，筒子楼里的居民大多在家，大人不上班，小孩儿不上学，可想而知这楼道里乱哄哄的有多热闹，在屋里都能听见，可我一进这地下室，身上捂这么严实，仍然感到一阵阴冷。

地下室里莫名的阴森，我不知道是不是心理作用，就觉得身后有人盯着我，举起手电筒四处照了照，除了虫子和长在砖上的苍苔，整个地下室里什么都没有。

我不免又想起发生在此的"双尸无头案"，那颗被菜刀剁下来的人头，皮肤一定很白，披散着沾满鲜血的漆黑长发，滚落在这地下室的某个角落，眼睛是否还睁着？

我承认自己是玩日式恐怖游戏《零》太投入了，再这么乱想下去可没法儿干活儿了。我尽力让自己不去想那颗人头的事，抬头让陆明把除虫药递下来，抠开几块铺地的砖头，用手电筒一照，砖下全是墙串子和灶马，看得人头皮一阵发麻。我抓紧时间把药撒到各处，又用喷雾剂往墙缝里喷了一下。

刚忙活到一半，忽然听陆明在上边招呼我，让我赶快上去。

我听陆明的声音很急，显得不太对劲儿，抬头问他着什么急，是不是出事了？

陆明却不说什么原因，就让我快上来，有什么事儿上来再说。我当时有种不好的预感，陆明不会无缘无故让我赶快离开地下室。我忍不住回头看了一眼，跟先前一样没有任何东西，这阴冷寂静的地下室，仿佛与喧嚣的楼道属于两个世界。我急忙爬着梯子上去，盖上了地板，我问陆明为什么突然把我叫上来。

陆明顾左右而言他："没事没事，那里面黑咕隆咚的什么也看不见，我还不是怕你在下面让虫子咬了，药也撒得差不多了，咱收拾收拾冲个澡，接着打游戏机去。"

我跟陆明从小学认识，到现在多少年了，一看他这神色，我就知道他有些话没说出来。我也不问，把房间收拾好，看时间快中午了，锁上 107 的房门。筒子楼里各家各户要洗澡，得到走廊尽头的公共浴室，中午做饭的人在那儿洗菜没法儿去。我们仨奔了老南市的中华池，在那儿泡了个澡。中午出来找个门口的回民小饭馆，一盘八珍豆腐、一盘孜然羊肉，再加一大碗醋椒鸡蛋汤，三碗米饭，干完活儿、洗完澡也真是饿透了，吃得碗底儿朝天，又回去打游戏机。到下午六点来钟大秀儿回来，把小东接走买菜做饭去了。

我问陆明："你现在该说实话了，之前到底是怎么回事儿？地下室里是不是有什么东西？"

六　烧纸

陆明听我问之前的事情，先把手柄放下，莫名其妙地反问我："你在地下室……没……没看着什么？"

我说："107 地下室里什么也没有啊，我看见什么了？你觉得我应该在那地方看见什么？"

陆明松了一口气，说道："什么都没看见就好，也没什么要紧的，接着打游戏……"

我按住游戏机的手柄不让他拿："打什么游戏，你今天要不把话说明白了，以后别想上我这儿蹭机。"

陆明说："不至于这么紧张，其实我也是什么都没看着，可能当时想太多了怕你出事。"

我说："不可能什么原因都没有，我就问问你，当时为什么会担心我出事？"

陆明说出实话，原来我在地下室撒药的时候，他和小东在上面等着，小东突然说地下室里躲着个小女孩儿，小东怕她会让虫子咬了。

陆明听小东这么一说，身上立时起了层鸡皮疙瘩，太瘆人了，地下室里除了砖头和虫子，哪有什么小女孩儿？听老辈儿人讲，小孩儿子眼净能看见鬼，小东看见的女孩儿不是鬼还能是什么？陆明越想越怕，担心我出事，赶紧把我叫上来了。现在想想也许是紧张过度了，都是玩这个超级恐怖的《零》玩的，说完他又闷头打游戏机去了。

一瞬间，我感到全身冰冷。小东几乎每天都来我这儿打游戏机，以我对这孩子的了解，这是个很朴实的孩子，因为老娘身体不好，从小让他姐姐拉扯大，只念到一年级就辍学了。他从来不会撒谎，如果他真的看到地下室里躲着个小女孩儿，那不用问肯定是见到鬼了，只不过他自己不知道而已。

问题是 107 房间的地下室里，为何会有这么个来历不明的小女孩儿？据我所知 107 发生过"双尸无头案"，莫师傅一家三口，夫妻俩带个小胖小子，在我以前跟我爷爷奶奶住的时候，莫师傅就住在 107 了，是莫师傅父母留下的房子，只不过那时还年轻没结婚，印象里是特别热心肠的人。前几年夫妻两个全死了，小胖子被亲戚领养带走，所以就我所知道的 107 房间，几十年以来从未有过什么小女孩儿。这小女孩儿哪来的？又是怎么死的？她的亡魂为什么要躲在地下室里？跟那件离奇的"双尸无头案"有没有关系？

这一连串的疑问，在我脑海里翻来覆去地出现。我看不见鬼，也找不着明白人问。筒子楼 107 房间发生命案的时候，公安人员一定把地下室翻遍了，如果有什么线索，早就找出来了，我再进去找也不会有什么结果，但是我很担心大秀儿和小东继续住在 107 会不会出事，鬼知道地下室里那个阴魂不散的东西想怎么样。

当时我没跟陆明多说，也难怪他老婆骂他，这厮见了游戏机比狗见了骨头都亲，两眼盯上屏幕就离不开了，连续几天不吃不喝不睡都没问题。玩到星期天下午，他老婆给他打电话催了好几次，他这才依依不舍地放下手柄，屁颠儿屁颠儿地赶去丈母娘家接媳妇儿了。

我想了一夜，有些话得找大秀儿姐弟俩问明白了，我决定先问小东。第二天晚上小东刚跟她姐回家，就立刻来我家报到，跟小孩儿说话不能一本正经，装作漫不经心的样子才能问出实情。

我偷懒这习惯不是一天两天了，打游戏也是如此，不像陆明那样每句对话、每个道具甚至隐藏剧情都不肯错过。我也喜欢打RPG，可对枯燥的练级战斗毫无兴趣。每当需要练级的时候，比如在一个固定区域反复转悠，不断遇敌战斗积累经验值升级，我就交给小东来完成，我自己则到旁边抽根烟看看报纸，给朋友打电话聊聊天，什么时候小东把等级练够了，我才接过来继续发展剧情。

那天我们玩的是《幻想水浒传3》，我把手柄交给小东。小东开始认真地战斗升级，把一拨接一拨的杂兵和小怪替我换成经验值。

这时我问小东："东子，你们家屋里住了几个人？"

小东愣了一下神儿，才回答："住了两个人。"

他要是不愣这么一下，直接回答屋子里住了两个人，我也就用不着再往下问了，可他这一愣神儿，我心知坏了，准是怕什么来什么，107那间屋子里确实有问题。我装得若无其事，对小东说："不是有三个人吗，那小女孩儿住哪儿？"

小东和陆明一样投入，两眼眨也不眨地盯着屏幕说："哥，你也见过那个女孩子？我跟我姐姐说她还不相信，哥，你看我又升级了……"

我哪里还有心思注意游戏里人物的等级，继续问小东："那个女孩子一般在什么时候出来？"

小东一边打着游戏一边告诉我，深夜做梦醒过来，经常能看到那个女孩子，穿着红裙子在屋里绕着床走来走去。他同那女孩子说话，对方也不理睬，一会儿又下到地下室里去了。小东也把这事告诉过大秀儿，大秀儿以为这孩子是在说梦话，一直没当回事。

我感觉小东知道的就这么多了，不用再问，问多了反而会让小孩儿觉得害怕。我倚着墙坐下，点了支香烟，用力吸了一口，望着天花板仔细琢磨这件事，不外乎两种可能：第一种可能是小东做噩梦，这个穿红衣服的小女孩儿并不存在，可经常梦到同样的情形，这个梦本身也古怪得紧了；第二种可能是在107房间的地下室里，真有一个阴魂不散的小鬼，我的直觉告诉我第二种可能性比较大，而且这件事绝不简单，也许跟发生在107房间的"双尸无头案"有很大关联。

我不指望我能把那件早有结论的案子再破一次，我只希望大秀儿姐弟俩有个安全的住处，虽然现在没出什么事，但等哪天真出事再后悔就晚了。

小东在我这儿玩了一会儿，大秀儿和平时一样，做好饭菜端过来。我故意吃得很慢，小东几口就扒完饭，又接着替我练级去了。大秀儿也没回屋，在等我吃完饭她好收拾碗筷，我趁机跟她提了一下小东做梦的事。我没敢直接说你们屋里有鬼，但大秀儿听我提到这件事，并不感到意外，她告诉我，她也在夜里看见过那样诡异的情形，像梦又不是梦，怕吓着小东，从来没有明说过。她一开始也曾怀疑过屋子里有鬼，可问遍了周围的老住户，都说这筒子楼里从来没有过这样一个小女孩儿。大秀儿这才把揪着的心放开，认为是自己大白天忙活得太累了，夜里才会做噩梦，住了一段时间也没出现过其他怪事，又因为一来是这筒子楼的旧房便宜，二来距离她的裁缝铺很近，所以就没有搬走。

我说："应该没事，老房子年头多了，难免有些怪事，你要是信得过我，这件事儿我一定帮你解决了。"

大秀儿说："有你这句话我就放心了，我在这儿最信得过的人就是你。"

我听大秀儿这么说，骨头都酥了，可说完有点儿后悔，这次又把话说大了，想不出应该如何是好。搜肠刮肚寻思了一宿，没什么好办法，只好找懂行的老辈儿人问了问，人家说一般遇上这样的情况，烧点儿纸钱就没事了。

第二天我拿了个火盆，跟大秀儿一起到地下室去烧纸钱。我边烧纸钱边念叨："那谁你拿钱来吧，拿完了钱该去哪儿去哪儿，别留在我们楼里不走了，我们这儿没人招过你，没人惹过你，你要有什么事儿放不下，可以托个梦给我，我能办的就帮你办了，有力所不及办不到的你也别见怪……"说到这儿觉得不太好，赶紧又说，"等会儿等会儿，我胆小你就别吓唬我了，有事还是给陆明托梦吧，他们家地址和电话号码麻烦你记一下……"烧完纸，把纸灰从地下室撒成一条线，撒到最近的十字路口为止，据说这样就行了。

烧完纸钱，过几天我问陆明："最近有没有什么情况？这些天过得好不好？"

陆明还蒙在鼓里，他说："过得挺好的，除了在家挨老婆打骂，打不上游戏机之外，生活和工作还都不错，可不打游戏机人生还有什么意义？你知道不知道，《潜龙谍影2》可快出了，年底大作如云啊，玩不上真想跳楼……"

我说："谁问你这个了，睡得好不好？没做什么梦？"

陆明说："睡得当然好了，做梦能打游戏机啊，我梦里把好多想打没机会打的游戏都通关了。"

我听他这么说，知道是没有鬼给他托梦了。我同样什么都没梦到，

107 房间没再出过什么怪事。从此一切和往常一样，筒子楼里的人们白天上班，下班接孩子，回到家买菜做饭，晚上吃饱喝足了，到楼底下乘凉扯闲篇儿，日子过得庸庸碌碌，但是安稳平和。

后来又过了些年，筒子楼危房改造被拆除了，拆迁时从地下掘出了憋姑寺古碑，当时报纸和新闻上都有提及。我跟大秀儿也终归无缘走到一起，他们姐弟俩回安徽老家去了。那时我早把 107 的"双尸无头案"，以及地下室里躲着个小女孩儿的事情全忘了，整天忙着出差开会，但是有一天我做了一个非常奇怪的梦。

七 托梦

梦里我好像又回到了早已不复存在的筒子楼，我恍惚中推开一间房的门，想看看有没有我认识的人住在其中。可我感觉到门后漆黑的房间，如同一盘播放着某段记忆的录像带，我看不到画面，里面的内容却出现在我脑海中：

莫师傅是个开货车跑长途的司机，他因为赶路疲劳驾驶，在一条公路上撞死了一个穿红衣服的小女孩儿。莫师傅下车去看，发现那小女孩儿的脑袋都被碾没了。他当时怕得要命，脑子里一片空白，都不知道怎么开车回的家，到家才意识到是肇事逃逸，而且出了人命，晚上一闭眼就是那个没有了头的小女孩儿。

妻子何老师看出丈夫惶恐不安，一问问出经过，就哭起来了。如果莫师傅被抓起来，她和小胖都没法儿活了，就劝莫师傅把此事瞒下来，反正那条路很偏僻，事发时也没有目击者。夫妻两个就此守口如瓶，消除了全部证据，可莫师傅心里不安，总觉得那个小女孩儿阴魂不散，跟着他进了这筒子楼，从这开始人就不太正常了，有一天他看到那小女孩儿就躺在床上，两眼直勾勾地看着他。

莫师傅吓坏了，这小女孩儿的脑袋分明在交通事故中被轧没了，怎么可能又长出来？莫师傅以为屋子里有鬼怪，那冤魂讨命来了。他为了保护妻儿，拿菜刀剁下床上那个小女孩儿的头，拎到地下室想埋起来，可下去才发现那颗血淋淋的人头，哪是什么小女孩儿，分明是自己的妻子何老师，披头散发两眼不闭，好像在问莫师傅："你为什么要把我的头剁下来？"

莫师傅的心理防线彻底崩溃了，扔下妻子的人头，回到屋子里坐下，抱住脑袋痛哭，这时他又看见那个身穿红衣的小女孩儿从地下室爬了出来，莫师傅当场被活活吓死了，这就是107"双尸无头案"的过程。

那个小女孩儿的亡魂从此被困在了107房间，白天躲在阴冷的地下室，下雨的时候感觉万箭穿心，灶马在身上到处乱爬，只能在夜里出来找路。可是感觉有座大石碑把路挡住了，直到我和大秀儿烧了纸钱，把纸灰撒到路口，它才跟着纸灰走出筒子楼。

您要问我这个梦是怎么回事，我根本解释不了，我跟陆明说了他也不信。我不是一个迷信的人，我只能说我自己是一个逻辑思维比较强的人，日有所思，夜有所梦，筒子楼107房间"双尸无头案"和地下室的小女孩儿，这两件怪事在我心里纠结得太久了，是梦中的主观潜意识把这些线索联系了起来，只是我在梦中一厢情愿的念头。这是我最愿意相信也是最愿意接受的结果，我始终不认为我梦中梦到的案发过程是事实，但是……谁知道呢？

大闹石帅府

　　古代的很多笔记文献中，都记载着非常离奇的古彩戏法或仙术。
西方人认为这些魔术太奇幻、太神秘，现实世界不可能存在，即使
真有，也近似幻术，而不能称为魔术。例如《聊斋志异》里提到的《种
梨》《偷桃》，全是幻术，但也并非完全失传了。在民国年间，曾
有一班杂耍艺人，往来于河北、河南两省卖艺糊口。这伙人就会变"偷
桃"的戏法，其技通神，接下来咱就讲讲这套近乎仙术的戏法。

　　民国时期的中国，内忧外患，混战不断。手握重兵的大军阀首
领石国宝，人称"石阎王"，是土匪出身，性格残忍嗜杀。这年深冬，
恰逢石国宝之父石老太爷八十大寿。石国宝广发请柬，在省城的帅
府中大摆筵席，遍请达官显贵和黑道匪类，入夜后天降瑞雪，席间
又有许多伶人戏子助兴，百般巧艺，千种能为，热闹非凡。

　　正在宴席酣畅时节，有显贵说道："石老太爷喜欢看变戏法，
最近城里有一伙杂耍艺人，使得好手段，特意请来为寿宴助兴。"

　　石老太爷大喜："老夫专爱看变戏法儿，快请上来。"

　　那显贵一挥手，吹打手的锣鼓点儿立刻停下，从边厢上来一个

年轻道士，带着一个粉面小道童，后边是两个壮汉，抬了一口大木箱子，齐到席前行了一礼。

石老太爷屏住喧声，问下边："你们都会变什么玩意儿？"

道士说："小人这口箱子，有个名目，唤作百纳仓，乃天下至宝，没有它变不出来的东西。"

石老太爷笑骂："你们若是能变出金条银圆，还用得着在街上卖艺？无非江湖伎俩，也敢口出狂言？"

道士不卑不亢地说："太爷容禀，纵然家中金银堆过北斗，不如学门手艺好度春秋。小人们虽是市井之徒，却凭真实本领吃饭，从不敢胡言乱语，既是说天下的东西都能变得，那就是样样都变得了。"

石国宝从未见有人敢顶撞老太爷，暗暗动怒，脸上顿时布满了杀机："凭你这变戏法的江湖手段，也敢拿来小觑本帅？这在座的宾朋好友里，也不乏三山五岳的英雄、水旱两陆的豪杰，什么大世面没见过？你既敢说大话，就请在座的诸位当个见证，你与我从这箱里变三样东西，倘若果真变得出来，本帅给你一箱金洋钱，可要有一件变不出来的……"他说着话拍出手枪，冷笑道，"若有一件变不出来，本帅就要留下你一条性命；三件都变不出，便杀光你这伙贼男女。"

其余宾客见石国宝动了杀机，都纷纷相劝，说今天是给老太爷做寿，以石大帅虎威，何必跟这些跑江湖的一般见识。谁知那道人却说："石大帅一言九鼎，小人们敢不敬从？只是不知究竟要变何物，还请大帅示下。"

席上众人一听这话，都认为这道人确实是活腻了自己找死，也有些人觉得此人既然敢说大话，恐怕果真有些高明手段亦未可知，所以都不再多言，而是静观其变，要看这场戏如何收场。

石国宝眼珠子一转，先命人将箱子抬到跟前，仔仔细细从里到外看了一遍，见里面确实空无一物，也没有夹层机关，就说："你给变只仙鹤出来。"

那道人将块黄布蒙住箱子，把手往虚空里一招，叫了个"来"字，再打开箱子，赫然现出一只红顶白羽的大仙鹤。在座众人哄然叫好，喝彩声如雷。

石国宝和石老太爷都吃了一惊，没想到这道士好奢遮的手段，果然了得。变戏法的门道，无非是"撵、过、月、别、开"几项而已，不是暗中夹带，就是障眼法了。今天是石老太爷寿日，变仙鹤、梅花鹿这些祥瑞之物，乃本等的勾当，必是事先有所准备，大帅让他变什么不好偏变仙鹤，倒让这厮显了本事。这第二件可得出个稀奇题目，好好难为难为他。

石国宝正自计较，石老太爷却心生一计，色眯眯地说："兀那道士，你变个美人儿出来看看。"

道士笑道："太爷好兴致。"说罢又用黄布一盖，叫声"来"，再揭开箱盖，就见箱中站起一个娇滴滴的美人儿，明艳不可方物，目送秋波，对石老太爷道个万福："恭祝老太爷寿比南山。"

这叫大变活人啊，四座喝彩声一阵高过一阵。石老太爷看得两眼发直，连连称妙。石国宝却觉得面子上有些挂不住了，说老爷子你可真是老糊涂了，这年头二八的大姑娘插了草标在街上卖，还换不了一袋子米面，变出个活人来又有什么新鲜？可这大喜的日子，总不能让那道士变个死人出来。

石国宝正觉为难之际，八姨太对他耳语了几句。石国宝喜上眉梢，在八姨太脸上狠狠扭了一把："老子没白疼你。"然后对那道士说："古时有个白猿偷桃的典故，为后人留下他奶奶的好一段至孝佳话。老子只想学那白猿献桃，可惜现在天寒地冻，反了时令，又上哪里去找桃子？你不如就从这箱子里，给老子变个鲜桃出来。"

"白猿献桃"是一个有名的典故，在座的宾客大多知道。相传，春秋时鬼谷仙师有片桃园，种着西王母给的仙桃，命弟子孙膑看守。孙膑谨遵师命，带着剑守着桃园，他发现从山上来了只小白猿，这小白猿偷偷摸摸往园中窥探。孙膑假装没看见，夜里躺下睡觉，睁开一只眼注视着外头的动静，就见那小白猿蹑手蹑脚溜进桃园，摘下一个仙桃就要开溜。孙膑纵身而起，一把抓住了偷桃的小白猿，当场没收了贼赃，拿根绳把小白猿拴上，等着明天交给师傅发落。这白猿通体雪白，没有一根杂毛，其性通灵，被孙膑抓住之后掉下泪来，口作人言。原来这小白猿的娘老白猿卧病，馋了想吃个桃子，它才来鬼谷仙师的园中偷摘仙桃，恳请孙膑手下留情。孙膑也是孝子，动了恻隐之心，当即把小白猿放了，拿了仙桃让它带回去。老白猿吃了仙桃病就好了，为了表示感谢，把猿洞里藏的兵书送给了孙膑。孙膑得窥天书，从此成了兵家之祖，《孙子兵法》名传千古[1]。而白猿偷桃也成了典故，里头带着至孝的寓意，中国人讲究百善孝为先，你去外面做再多好事，在家不孝顺爹娘，那也算不上好人，因为大德上亏失了。

那道士听到石大帅的吩咐，果然面露难色。周围的人也都觉得石帅这招可真够损的，想那道士口出狂言，毕竟是江湖上争彩头的把戏，变个仙鹤、变个美女已属难得，你真让他在这数九隆冬、大雪纷飞的时节变出鲜桃，这不明摆着是要逼他把性命留下吗？石大帅满脸坏笑，从桌上抓起手枪摆弄起来，只等那道人说句变不出来，就当场一枪崩了他。

谁知那道人愁眉苦脸地挠头想了一阵，对石国宝说："既然石

_____

[1]　此处有误，孙膑所著兵书为《孙膑兵法》，《孙子兵法》为孙武所著。

大帅吩咐下来，小人们只好舍命去天上盗仙桃了。"说完揭开箱盖，里面显出一捆长绳，他抓住绳头，用力往头顶一抛，那绳却挂在了半空，并不落下，随即越放越高，顷刻间将箱子里的长绳都放尽了，只留下绳尾在手。

众人全都抬头观瞧，可此时天色已黑，又下着漫天大雪，高处灰蒙蒙的一片深邃，谁都看不清这根从空中笔直垂下的绳子，究竟是挂到了什么地方，不由得议论纷纷，猜测不一，总不会是挂在了云中？

这时那道人唤过哑子道童，指了指半空。那哑子道童会意，攀着长绳向半空爬去，他身手敏捷轻快，跟个小猴子似的越爬越快，眨眼间已不见了身形。

众人看得目瞪口呆，都抬头上望，偌大的帅府里鸦雀无声。不知过了多久，忽从天上坠下一物，直落入箱中。道人伸手捧出，竟是一个顶枝带叶的大蟠桃。

石老太爷活了八十岁，从没见过如此肥大饱满的桃子，看起来不似人间之物，莫非这世上真有仙桃不成？

道人说："如今这时节，人间哪有桃子？这是王母娘娘御花园中的仙桃，凡人吃上一口，百病全消，至少能延寿一纪，小徒冒死上天盗得此桃。"

满座宾客齐声道贺，都说这是石大帅好事办多了，又兼为人至孝，积下大德，感天动地，在老太爷八十整寿之际，吃了这个仙桃，定能长生不老。这段佳话今后如能流传开来，美名必然播于四方，世上就再也没那白猿偷桃什么事了。

石老太爷闻言哈哈大笑，抱着桃子就啃，奈何嘴里没牙，怎么啃也啃不动。石国宝同样是得意至极，觉得有了面子，便顺台阶就坡下驴，不再与那道士斗气，并传令手下取来重金奖赏。

可那天上忽然又掉下圆溜溜一件东西，众人以为又是一个蟠桃，谁知凑近一看，都吓了一跳："我的娘啊，是颗血淋淋的人头！"

这时空中又接二连三掉下胳膊、大腿，一件件落在地上。那道人捶胸顿足，大放悲声："我这徒儿为了给石老太爷盗仙桃，竟失手被天兵天将拿住，惨遭乱刃分尸了，可怜你这自幼没爹没娘的苦命孩子……"

道士号啕大哭，自责不该把话放满了，害死了自己的徒弟。

帅府里喜庆热闹的气氛，顿时都被他这一场大哭给哭得烟消云散了。众人见这小孩儿不过七八岁年纪，竟然惨死，都觉心中不忍，没心情再继续饮酒作乐了。

石国宝也觉有些别扭，就加倍多给财帛，打发这道人赶紧离开，别在这儿哭丧冲了寿宴。

那道人在众人注视之下，一边抹泪，一边收了赏钱，将道童的胳膊、大腿一一捡入箱中，扣了盖子，忽然猛地一掌击在箱盖上，叫道："徒弟，还不出来谢赏！"

那箱盖呼的一声，被从里边猛撞开来。只见那个先前被大卸八块的哑子道童，周身血迹未干，但肢体不知何时都已复原如初，只是还不能弯曲，面目也扭曲僵硬。他僵尸般地蹿出箱子，直接跳到桌上，脸对脸冲着石老太爷，竟开口称谢："谢老太爷打赏！"

石老太爷正装了假牙在啃蟠桃，没料到会有这么一出，还以为是死人诈尸或是府里闹妖怪了，顿时惊得翻了白眼，从太师椅上溜到了桌子底下，张着大嘴直挺挺地躺在地上，未知性命如何，先见四肢不举。

石国宝在旁边也吓得不轻，骂声"见鬼了"，掏出枪来就要射那个道童。蓦地冷风袭人，灯烛皆暗，整个石府内外漆黑一片，伸手不能见掌。黑暗中老婆哭孩子叫，上上下下乱作一团，也不知撞翻挤坏了多少人。

等石国宝的部队举着灯笼火把赶进来，早已不见了那伙变戏法的踪影。石老太爷受惊过度，就此一命呜呼，府中财物也被偷盗一空。

原来这伙变戏法的艺人，全是劫富济贫的侠盗，其首领曾在唐代古墓壁画中窥得失传千年的古老幻术，尽得其妙。听闻石国宝残暴不仁，就带手下假扮成杂耍艺人，过来搅乱寿宴，趁机将帅府金银盗取一空，用以赈济黄河灾民。

第十七章

太平间异闻录

上

以前听过这么一个故事，村中老刘家突然来了个老太太。老太太身体不好，咳嗽得很厉害，说几句话就要咳嗽一阵，但她很喜欢哄小孩儿，常给村子里的小孩儿们讲故事。最常讲的一个故事，是说某个卖糖稀的货郎赶路回家，他在途中走得疲乏，恰好经过一片林子，便停下脚步倚着大树歇息。这时出来一位青衣客人要买糖稀。糖稀就是以前说的拔糖，货郎白天做完了买卖，担子里还剩下一点儿糖稀，都给那青衣人舀了出来。这买卖本小利薄，不能白给，但把剩下的糖底子都给了那位客人，分量可比平时多得多，价钱却要得少。那青衣人接了糖稀，一边迫不及待地用舌头舔，一边告诉货郎，自己听见吆喝就急着出来买糖稀，身上没带钱，现在回屋取一趟给送出来。此时暮色低沉，林中模模糊糊像有房屋，货郎就点头应允了。那青衣客人转身走了，货郎左等右等，等到天黑了也不见那人出来送钱，最后实在等得不耐烦了，索性找上门去。径直走到近前，这才发现哪有什么村舍人家，只有一座荒芜的阎王庙，殿宇森严，蓬蒿丛生，野草间狐兔出没，并不见半个人影。殿前一个青泥小鬼，神态形貌跟先前那客人别无二致，嘴角上还有没抹干净的糖稀。

除了这则"小鬼买糖"的故事，老太太还讲过一个与此类似的事情，也是一个套路。她说有个卖花的小贩到外方做生意，走来走去走到一处乡村。从一户人家家里出来个很瘦的大姑娘，看样子十八九岁，那姑娘挑了朵花戴在头上，告诉小贩进屋拿钱，然后就再也不出来了。小贩不干了，进去找人要钱，然而那户人家家里只有孤儿寡母，三十多岁的一个寡妇带着小孩儿，母子两个相依为命，根本没有什么大姑娘。小贩不信，认定那个姑娘藏在屋里，犄角旮旯都找遍了，终于在门后找到一把扫帚，扫帚上插着一朵花。

老太太经常讲"扫帚精买花，小鬼买糖"之类的故事，小孩儿们也都喜欢听，听着听着就听上瘾了。有一天老太太没出门，村里的小孩儿们等了半天，以为老太太得病了，大伙儿都不放心，就到那户姓刘的村民家里去探望，可那家人却说从来没有这么个老太太。孩子们不信，那个老太太分明每天从刘家出来讲故事，怎么可能没有此人？

这件事惊动了四邻八乡的村民，人们聚集到刘家，从里到外只不过那几间房舍，的确没有那个老太太，这光天化日的不是见鬼了吗？众人正诧异间，忽听床底下有咳嗽声传出，但那床架子很矮，底下根本藏不住人。村民们无不大奇，揭开床板往下一看，只见有只老刺猬蜷缩在床下。刺猬咳嗽起来和人的声音一模一样，它被村民惊动，趁众人目瞪口呆之际，匆匆钻到墙后的洞穴里，从地下溜走了，打这以后再也没人见过它。

以上这个段子，是听邻居老刘头讲的，他就是《我的邻居是妖怪》

里提到的那位刘奶奶的老伴儿，老家是农村的。据他说真有这种老刺猬成精的事，反正我是没见过，他这么一说我就这么一听。不过老刘头的亲身经历，可比这些乡下田间地头的传闻更离奇，因为老刘头的工作很特殊，他是在同和医院停尸房看更的。

首先得说明一下，确实有这家医院，但同和医院这名字是编的，涉及真实地址也不太合适，您知道是离老城里比较近的一家大医院就行了。这家医院至少有上百年历史，自从天津卫有八国租借地的时候，德国人就在城西开了一家医院，那既是同和医院的前身，也一度作为驻扎美国大兵的营盘，发生过一件惊天动地的大事。

"北京猿人头盖骨失踪之谜"可以说是无人不知无人不晓了，日军侵华战争爆发前期，那时为了避免战火损伤国宝，想暂时把头骨运到美国保存，正是在同和医院装箱运往美国本土。北京人头盖骨是考古界最重大的发现，无价之宝，它的下落扑朔迷离，至今没有任何线索或证据能指出它究竟落在了谁的手中，但头盖骨最后出现的地方，很可能就是这座同和医院。

北京人头盖骨不止一个，总共有五个，都是 1929 年至 1936 年在周口店龙骨坡出土的化石。这几块距今五六十万年的直立猿人遗骸化石，一出土就震惊了海内外，当时正在打第二次世界大战，头盖骨又在战乱中神秘失踪，成了一桩无法破解的悬案。

当然也有人说美军是从秦皇岛带走北京人头盖骨的，这事还没有最终的定论，结果就是日军已经袭击了珍珠港，太平洋战争爆发，日美全面开战。带走头盖骨的这些美国人被日军俘虏，北京人头盖骨从此下落不明。

日军侵华后，把这里改建成了大型医院，前中后四座宫殿式的大楼，两边各有一座规模较小的两层配楼。主楼楼高四重，上铺绿色的琉璃瓦，从顶子看像唐时宫殿，楼体灰砖大窗，又有些欧洲的西洋格调。这类中不中洋不洋的建筑，是日本人所谓的"和风"。

　　同和医院经过日军的扩建，主要用来收治华北战场上的伤兵。到了日本战败无条件投降时，医院被国民党控制，平津战役之后解放军占领天津，同和医院见证过这一幕幕的历史风云，直到现在还是数一数二的大医院。那些近百年的建筑大部分保留至今，不仅是那几座大楼，周围的树木也很古老，这样的地方如果发生过什么怪事，一点儿都不奇怪。

　　不过咱这回讲的并不是"北京人头盖骨失踪之谜"。北京人头盖骨的事我不知道，老刘头也不知道，只是说到同和医院过往的历史。顺便提几句，主要还是说老刘头看更值夜那几年，在停尸房里的一连串怪事，拿老刘头的话来说："当年让死人吓了那么一次，现在这三魂七魄还没完全归位呢，这把老骨头得少活十年。"

中

　　老刘头生在东北的一个偏远农村，有过参军当兵的经历，复员后在城里当了工人，也成了家生了孩子。20 世纪 70 年代退休，托人在医院里找了份工作，就是在后楼看更值夜。这工作还算不错，后楼晚上根本没人去，夜里一关灯四下里全黑，老头儿一个人坐在门房里喝着茶，听听话匣子里的评书，高兴了来包花生米、整上两盅老酒，跟着话匣子里播的京戏，摇头晃脑地哼上几句，这一晚上很快就过去了。唯一让人感到心里不安稳的，便是医院后楼侧面的太平间，因为那是死人睡觉的地方。

　　同和医院的布局很规矩，面南背北三座大殿般的楼房，主楼正门朝南开，从高处看是个"三"字，配楼分布在左右两侧，好像这"三"字两边各有一个竖道，晚上一过八点，主楼门诊停了，东面的配楼设有急诊，夜里过来看病的人也是络绎不绝。急诊通宵达旦，到天亮才停，西侧的配楼则是库房和锅炉房。

当中头一座主楼叫1号楼，里面主要是门诊，在一楼进门的大厅里挂号划价抓药，二楼、三楼是各个诊室，顶层是机关；2号楼是手术室；3号楼为住院楼；再往后还有一座4号楼，也就是后楼。4号楼和3号楼住院部相距较远，中间隔着一片池塘，那是让住院病人出来透风、放松身心的所在。包括池塘和4号楼在内，统称为后楼，这一带最僻静，一过下班的时间，除了看更值夜的老刘头，后楼就没别人了，但这里还有一些人类之外的东西。

老刘头每天晚上都在同和医院后楼，对这一带了如指掌。月黑的夜晚，不用手电筒照亮也走不错路。4号楼尽头设有太平间，太平间的名称可多了去了，比如殓房、陈尸房、往生室等，归根结底是停放死尸的地方。

近代中国才管停尸房叫"太平间"，要说这名称也有讲究儿。有人说这个词是打西方引进的，还有人说是取"太平无事"之意。二十世纪八九十年代电影院的安全出口，都用红灯显示"太平门"三字，和"太平间"一字之差，很容易联想到停尸房。大概后来有人注意到这件事了，最近这些年电影院里的侧门，终于都改成"安全出口"了。

4号楼有太平间和解剖室，那些抢救不回来的患者死了，尸体登记注册之后，一律先存到4号楼里。太平间中有八个冷藏柜，可以存放八具尸体，再多就没地方放了，平时也用不到那么多，一般都是两三具尸体，放几天便有家属请来灵车，运到火葬场烧化。

生死有别，人鬼殊途。老刘头最开始在4号楼看更值夜，自然也害怕，后来时间长了就看开了。人活一辈子，到最后谁都免不了来太平间躺上几天，而且人死如灯灭，放死人的地方最安静不过了，都说诈尸闹鬼多么多么吓人，可谁亲眼见过？犯不上自己吓唬自己，所以他就习以为常了，其实比起太平间里的死尸，更可怕的是这后楼里还有些活物。

1976 年唐山大地震，天津由于跟唐山处于一条地震带上，也发生了不小的地震，因地震死亡的人数也接近万人，伤者更多出十倍，全市的医院和停尸房都挤满了。

地震是在深夜时分发生的，当晚老刘头照常来值夜班。入夜后整个同和医院的 1 号楼、2 号楼都没人，医院前头大门传达室还有位看夜的大爷，东侧的急诊楼则是灯火通明，此外就是住院部的 3 号楼，里面有些住院治疗的患者，以及值班的医生护士。池塘北面的后楼也是一片漆黑，只有老刘头那间小屋亮着灯。那晚天气闷热得出奇，好像要下暴雨似的，老刘头在屋里听着收音机，就感到憋得喘不上气，于是拎起手电筒，走到楼外透透气，出门抬头一看这天，心里立刻"咯噔"一沉。

同和医院后楼没灯，楼前是很大一片水塘，老刘头夜里值班主要职责是防火防盗，当晚似乎憋着一场暴雨，空气里一丝儿凉风都没有。他出来透气的时候，无意中一抬头，本来是阴云密布，此时就看天上跟着火了一样泛着红光，现在说是地震前释放地磁，那会儿可没人懂这个，看完就觉得天象反常，不知道要出什么事，这时他听见湖里有阵诡异的响动。

4 号楼前的这片湖，被称为"青泊湖"，虽然有个湖名，但面积只比普通的池塘略大，不过是个天然的水泡子，据说底下通着河，湖很深，里面鱼虾也多。老刘头听着湖水有响声，以为是有人偷着溜进来游泳。这个湖属于医院里的景观湖，水下情况复杂，也曾淹死过人，向来禁止游泳钓鱼，可夏天天气炎热，仍不时有人偷偷摸摸来游泳。老刘头忙举着手电筒照向湖面，他这手电筒是值夜专用的，是能放八节电池，特别长，需要用绳子挂到脖子上的那种大电筒，一照能照出去二三十米，照到湖面上就见浮着一个白乎乎的东西。

老刘头眼神还不错，看出来那是条翻了白肚的死鱼。随着手电筒光束的移动，发现湖里漂浮的死鱼不计其数，响声都是那些鱼将死未死时吐泡的声音，按民间的说法这叫"鱼翻坑"。通常认为是有外来的野生大鱼，游到了此处，把湖里原本的鱼都咬死了，绝不是什么好征兆。老刘头正在吃惊，眼前又出现了更为骇人的一幕。

后楼荒僻，附近经常有老鼠出没，医院里每个季度都下鼠药，但收效不大。老刘头也屡受骚扰，夜深人静之际听到推门的响动，起身查看，一般都是老鼠引发的动静，总是不得安宁，所以他见了老鼠就打。当晚他站在湖边正看那些死鱼，忽觉有个东西，"嗖"的一下从脚边蹿过，定睛一看是只油蹄儿大耗子，这耗子大得跟小猫似的。老刘头被它吓了一跳，刚要抬脚去踢，却见无数大大小小的老鼠，成群结队地从黑暗中蹿出，活像大难来临，头也不回地奔着湖里跑，那些巨鼠如同下饺子一样，稀里哗啦跳到湖里全都淹死了。

老刘头年轻时当过几年兵，又长期在太平间守夜，胆子自然是挺大的，这次却真是心里发慌了。按说值夜班的不让喝酒睡觉，可天一黑后楼就再没有人过来，所以老刘头总在小屋里存瓶酒，夜里喝两口解闷。他当场跑回屋里一口气喝了半瓶二锅头，一点儿感觉没有，没过多久地动山摇，发生了那场被载入灾难史的大地震。

这次地震，唐山是震中，唐山震后完全变成了废墟，那还是在"文化大革命"末期，外国媒体不让进来采访，中国报的震级是九级，[1]日本则说是十级。因为日军侵华时，曾在唐山建了一座很大很高的烟囱，那烟囱能对抗九级地震，连这烟囱都倒塌了，地震的猛烈程

---

[1]　此处有误，中国最终公布的核定地震震级为里氏 7.8 级。

度可想而知。同一地震带上的天津受灾不小，震级也达到了六七级。由于同和医院建筑坚固，几乎没有受损，作为主要救治站，医护人员加班加点抢救伤者。太平间的冷冻尸柜都装满了，其余的尸体来不及处置，只好在太平间里多放桌子，把尸体摆在桌子和手推车上，再蒙上一块白布。此时正是天气最热的夏天，尸体放不到一天就有臭味了，离着4号楼很远都能闻到，人们从那儿路过只好戴着大口罩。

　　灵车每天不间断地往来于医院和火葬场之间，过了半个月的时间，太平间里的死尸终于少了，不过还有两具尸体，停在4号楼十几天，仍然没被拉去火化。那天深夜在太平间里把老刘头吓着的，正是这两具尸体。

下

　　地震之后，同和医院太平间里有两具尸体，一直没被送到火葬场烧掉，停放的时间久了，最初又没及时冻起来，尸身都生出了一片片的黑斑。至于没火化的原因，老刘头一个看更守夜的，自然不了解具体情况。根据以往的惯例来看，多半是没主家认领，或是枪毙的死刑犯，留着给医学院的实习生做培训用，也可能是要摘取器官制作医学标本。这些事不便多问，他哪想得到有天夜里就诈尸了。

　　当年那场大地震，房屋倒塌比较严重，许多人无家可归，盖了好多临建房。可很少有人发愁，家家户户包饺子吃捞面，因为那时候都是大锅饭，国营单位工资照发，房子塌了国家给盖新的，思想上完全没负担，并不是今天不上班、不做买卖，明天就得挨饿，所以得空就包饺子，那个年代饺子就是普通家庭最好的伙食了。尤其天津人特别爱吃饺子，逢年过节必包饺子，比如大年三十吃饺子，大年初一早上头一顿饭，照样还是饺子，但要吃素馅儿的，图这一年素素净净、平平安安的彩头，初五又要包饺子捏小人。除却年节，平时歇班也好这口，这算是跟饺子较上劲儿了，震后各个工厂单位全都停产了，大伙儿闲着没事当然包饺子吃捞面。

那是震后半个多月的一天，老刘头家里也包饺子，韭菜羊肉馅儿的。老伴儿给他装了满满一饭盒，怀里揣上两头蒜、一瓶酒，傍晚来到后楼值班，等医院后楼的人下班走干净了，天也黑了，瞧天色又要下雨，满天阴云，不见星斗。

老刘头和往常一样，先挎上手电筒，拎着一大串钥匙，在4号楼里里外外转了一圈，该关的灯都关上，该锁的窗户都锁上。他想起停尸房里还有两具尸体，特意过去看了一趟。

医院里避讳提及死尸，停尸房要说成太平间，死尸用"大体"来称呼，这和消防局把着火说成"走水"是一个意思。不管怎么改朝换代，中国人历来就相信忌讳的重要性，老刘头也不例外，他在4号楼值夜班许多年，从不踏进停尸房半步。

太平间位于楼道最深处，白色的大门上有窗户，隔着窗口用手电筒照进去，太平间内部的情形一目了然。八个冷藏柜分两层集中在左侧，大红的数字编号突兀醒目，右侧是几张铁床，以及底下装有轮子可以推动的滑车。大概是心理作用，不管多热的天，走到太平间附近也让人感到阴森冰冷。

老刘头不用进去，每次都是检查一下门上的大锁，习惯性地拿手电筒往屋里照一照，看到铁柜子都关着，证明什么事都没有，心中便觉得踏实了，当然这些年也没出过事，最大的事无非闹耗子。

那天晚上天黑之后，他和平时一样，巡视到太平间门口，顺便看了一眼。大门上着锁，里面的冷藏柜都关着，一切正常，于是溜达回自己的小屋，拿开水焐热了饭盒里的饺子，一边听着话匣子，一边喝酒吃饺子，这工作多悠闲啊。正在这时候，猛然听见轰隆隆一声巨响，雷声震得玻璃窗都跟着发颤。

这场大雨憋了一整天，晚上九点多钟下起来了，雷声滚滚，大雨瓢泼，每次下雨，老刘头就觉得紧张，毕竟是在停尸房守夜看更，按民间迷信的说法，打雷很容易引发尸变。头些年值夜班遇上雷阵雨，出过这么一件事，那天深夜炸雷一个接着一个，听那动静就不善。老刘头亲眼瞅见有个火球围着医院后楼打转，他心惊肉跳地等到转天天亮，发现楼顶瓦檐塌毁一角，里面让雷火击中了一条两尺多长的大蝎子。

当晚这场大雨，狂风呼啸，雷鸣电闪，让一个人在后楼值班的老刘头提心吊胆。他年轻时虽然当过兵，但没打过仗，兵种也是铁道兵，专门修铁路，连枪都没摸过，加上老家在农村，迷信思想比较严重，不免疑神疑鬼，觉得要出什么事，坐了一晚上没睡。雷雨到后半夜才停，这时天已经快破晓了，以往雨水过后，湖边、墙角下，蛤蟆、蛐蛐的叫声会此起彼伏，此刻却是万籁俱寂。

老刘头坐不住了，平常到这个时间，趁天亮之前还要再巡视一遍，一看表，凌晨四点来钟了。他急忙起身穿上鞋，打开手电筒到后楼各处察看，走到停尸房门口，楼道里一片漆黑，用手电筒一照，看到门上的锁没问题，心里一块石头落了地，又凑到窗口往太平间里头看，顿时大惊，失声叫道："哎哟！"

前半夜过来看的时候，太平间的尸柜都关得严严实实，此刻一看，其中两个尸柜竟然莫名其妙地打开了，屋里面黑咕隆咚，站在门外看不到尸体是否还在其中。老刘头吃了一惊，还以为是自己老眼昏花看差了，揉了揉眼定睛再看，没错，太平间的大门紧锁，可屋里存放尸体的柜子却无缘无故地打开了，总不能是死人自己打开的吧？

老刘头想到这儿，感觉头发根子都竖起来了，他在太平间看更值夜好几年，一直没出过什么大事，至多有几只老鼠半夜在楼道里捣乱。不过停尸房里肯定没老鼠，况且那得是多大的老鼠，才能打开尸柜？那个年代的人责任感强，遇上这种情况，除了害怕心慌，第一时间是先把钥匙掏出来，打开门锁，快步走进太平间看个究竟，结果往冷藏柜里一看就傻眼了。

一直停放在太平间的两具尸体都不见了踪影，尸柜把手上还挂着单子。按医院规定，每次把尸体从冷藏柜里拽出来，哪怕只看一眼，也要当班的人签字，什么时候把尸体运走，这张硬纸卡片做成的单子就归档封存。老刘头在医院干了这么多年，知道凡是挂着单子的冷藏柜，里面必定有尸体，现在却是单子还在，尸体不见了。

老刘头发现太平间冷藏柜里的尸体没了，心里连连叫苦，这工夫脑子就不够用了，想不出那两具尸体能跑哪儿去，不管惹出什么事，自己这看更值夜的都脱不开干系，随后才注意到冷藏柜开了半宿，太平间里跟冰窖似的，不由得打了个寒战，寻思这么大的事瞒也瞒不住，尽快通报医院才是。冒出这个念头，立刻转身往外走，挎在肩膀上的手电筒也跟着掉转了方向，冷不丁看到那两具冻得梆硬的尸体，就在他身后无声无息地站着。

老刘头进屋时，光顾着看打开的冷藏柜，没注意房门两侧的情况，哪承想死了很多天、冻得硬邦邦的尸体，竟会站在身后。黑暗中突然看到那满是尸斑的死人面孔，老刘头吓得"嗷唠"一嗓子，一屁股瘫坐在地，当场就口吐白沫，什么也不知道了。

老刘头当场吓得不省人事，幸好是在医院，没过多久天光大亮，被上早班的人发现送去抢救，险些落下半身不遂的毛病。从那开始他再也不敢到太平间看更巡夜了，谁劝都不管用，他认定那天晚上遇上尸变了，要不是天将破晓，这条老命早就没了。

同和医院经历过百年岁月，像这么邪门儿的事情还是第一次发生。深夜无人的太平间房门紧锁，关在冷藏柜里的两具尸体居然自己跑了出来，一时间谣言四起，说什么的都有，搅得人心惶惶。没过几天，那两具尸体就被送到火葬场烧化了，太平间又恢复了往日的寂静。那天深夜尸变的事，不久之后被公安部门查明了真相。

当时给出了一个解释，说是经过公安局的侦破，发现医院3号楼住院部里，收治了一个病号，地震时被砸成了脑震荡，一会儿明白一会儿糊涂，又不知道受过什么刺激，觉得停尸房里的死人很可怜，就在夜里偷偷溜出病房，撬开太平间后窗跳进去，把冷藏柜里的尸体搬出来，跟那俩死人说了半宿的话，天快亮的时候，他侃够了又跳出窗户，悄悄返回了病房。风雨交加之际，值班的老刘头并未察觉有人进出太平间，反正这是个官方的说法，主要以稳定人心、平息谣言为目的，老刘头根本不信。

以上是我亲耳听老刘头所言，那时他不在医院看更已久，但因为有过那段经历，总认为自己算半个郎中，比普通人多些医疗常识，其实说来说去全是农村的土方子。我记得他看到别人熬鱼炖肉或吃桃子李子，便会劝告那些人尽量少吃，俗传"鱼生火肉生痰，桃饱杏伤人，李子树下埋死人，唯有饽饽保平安"。

"鱼生火肉生痰"，这话很容易理解；"桃饱杏伤人"是说桃子对肠胃不好，肺热的人也不适合吃桃；"饽饽"是土话，说白了就是玉米饼子，吃粗粮最安稳，这是老一辈儿人的观点。唯有"李子树下埋死人"这句话，我一直不解。

我那时常问老刘头，为何说"李子树下埋死人"？难道李子树都长在坟地里不成？老刘头告诉我，并不是李子树下都有死人，李子这种东西阴气最重，如果附近有坟地，李子树就会生长得格外茂盛。时隔多年，老刘头早已去世，他的相貌我都快记不清了，但他说的这些话，我仍然记得清清楚楚。

第十八章

夜盗董妃坟

一　崔老道算命

　　我在筒子楼有个老邻居叫崔大离，本名崔大利，取"大吉大利"的意思，因为此人太能吹牛，时间久了，大伙儿都管他叫崔大离。他对老天津卫的旧事，知道得特别多，说起来跟煎饼馃子似的，全是一套套的，其中有些东西还真不是胡吹。

　　咱举个例子来说，老天津卫有三宝三绝：三宝分别是鼓楼、炮台、铃铛阁，三绝分别是十八街麻花、耳朵眼炸糕、狗不理包子。这里面顶有名的是狗不理包子，当然我是指以前那个年代，如今的包子咱就不提了。

　　我曾听崔大离讲过狗不理包子的故事，有不少都是书本上没有、快失传的内容，比如这狗不理包子为什么叫这名儿？按现在正式的说法创始人小名叫狗子，生意太忙顾不上理人，所以他开的包子铺被称为狗不理。这听着就让人糊涂，怎么个太忙顾不上理人，主顾来了不理不睬，买卖还怎么做？另外，民间传说里这狗不理包子不仅好吃，吃了还能升官发财，是不是真有这么回事儿？

以前在老南市筒子楼对面，正好守着一家国营包子铺，一碗馄饨、三两包子就能对付一顿饭。我经常到那里解决午饭，如果遇上崔大离也在吃包子喝馄饨，他肯定要把这包子铺贬得一文不值，然后就开始给我讲"狗不理包子"的掌故。在这家包子铺工作的几位阿姨气得狂用白眼儿翻他。

我听崔大离说，天津包子铺太多了，不是每种包子都叫狗不理。旧时的狗不理包子真是与众不同，天津人有句话"包子有肉，不在褶儿上"，其实这话都多余，不在褶儿上当然是在馅儿料上，可狗不理包子全是十八个褶儿，一个不多一个不少，里面的馅儿也讲究，人们评价它是"馅儿大油多，肥而不腻，清香可口"。

这三句评语来得十分不易，馅儿料最大的讲究在于搭配，春夏秋冬一年四季时令不同，搭配的比例都有变化。肉馅儿里的香油葱姜放多放少全有定量，不凭眼力，必须看秤下料，最关键的一点，那时候没有味精，用骨头汤、鸡汤调味儿，这种包子吃起来自然不一样。

狗不理包子的祖师姓高名贵友，小名狗子，从清朝光绪年间开始，摆摊儿卖包子，小买卖雇不起帮手，这摊子上所有的活儿，全是他自己打点。高贵友这名字起得好，可本身只是个摆摊儿卖包子的，能有多高贵？再说常来的主顾们不知道大名，习惯"狗子狗子"的这么招呼他，后来狗子凭着真材实料、手艺精湛，把生意做得越来越火，回头客也越来越多，来买包子的人都排长队。狗子实在忙不过来了，只好想了个办法，在眼前放一个大碗，无论谁买包子，先把钱扔到碗里，他不用抬头，一看碗里是多少钱，该给几两包子就给人家拿好了递上去。只看钱不说话，连头也不用抬，能省的动作全省了，由此才得了狗不理的名号。

狗不理包子的买卖越做越大，从运河边的小摊位变成了包子铺，又从包子变成了饭馆。清朝末年天津卫是驻军的地方，有袁世凯的部队在小站练兵。兵营里某位带兵的军官，听说了狗不理包子的美名，赶上不当差那天特意过去尝尝，买来包子往嘴里一放，一咬一嘴油，那味道又香又鲜，心里赞叹，果然是名不虚传。

过了些天，恰逢袁世凯做寿。这军官发愁送什么贺礼，袁世凯手握兵权，要钱有钱，要权有权，结交的全是名公巨卿，这样的上司你能送什么礼？礼轻了不仅拿不出手，还有可能得罪上司，礼重了又送不起。这军官想来想去，想起了前两天刚吃过的狗不理包子，到袁世凯袁大人做寿的日子，拎了两盒狗不理包子去贺寿。袁世凯尝了一个也是连声称好，真是跟一般的包子不同，从此把这军官视为心腹着重提拔。

要说袁世凯后来能当上袁大总统，那心眼儿能少得了吗，专会花小钱办大事。他学这军官的法子，拎着两盒包子去拜见慈禧太后。慈禧太后在宫里天天吃御膳，御膳房里什么样的包子不会做？却真没有这种民间风味，慈禧太后本来也是只老馋猫，一吃就吃上瘾了，龇着大板牙笑得前仰后合，还认为袁世凯身为朝廷高官，却连这普通百姓才吃的包子都知道，必定是一位体恤民情的好官，袁世凯也因此更得势了。所以说狗不理包子不光能解馋，还能让人飞黄腾达。

据我所知，前边讲的狗子卖包子的事绝对属实，至于袁世凯给慈禧太后送包子，只有崔大离说过，我也不知道是不是他编的，崔大离讲起这些段子比他自己家的事都熟。您大概觉得奇怪，崔大离四十来岁一个普通工人，无非平时喜欢跟别人胡吹乱嗙一通，整天游手好闲没点儿正形，他肚子里怎么会有那么多段子？

这还得从崔大离他家的老辈儿说起，人家家学渊源，不过传到崔大离这代，只剩下耍嘴皮子的本事了，真本事早已失传。他祖上是清朝末年挺有名的一位阴阳先生，江湖人称崔老道，能算卦会看风水，咱这次讲"夜盗董妃坟"，要说这座坟是什么来历，还得先从崔老道说起。

崔老道当年在南门里靠摆摊算卦糊口，他的卦术名声在外，人们都说这老道算得准，实际上崔老道这套算命的卦术，全是糊弄人的江湖手段，连他自己都不信，唯独看风水看得准，找他选祖坟的都错不了。不过崔老道不愿意替人看风水选坟地，他知道泄露了天机，不折寿也得消福，所以几乎不用，平日里仅以算命为生。

崔老道算命的本事不高明，可仍有不少人很信服。比如前清时有三位去赶考的举子，路过崔老道的卦摊儿，三个人一路上都在想不知这次进京能不能高中，正好这儿有个老道会算卦，何不花几个钱找他算上一卦。

三位举子商量定了，一同来到卦摊儿跟前，问声道长，我们哥儿仨要进京赶考，您瞧瞧我们三人能否金榜题名？

崔老道坐在卦摊儿后面，抬起头挨个儿看了看三位举子，不动声色地伸出一根大拇指，作势比画了一下，始终没有开口说话。

三个举子你瞧瞧我，我瞧瞧你，都觉得莫名其妙，老道这是什么意思？

头一位举子心想："一根手指自是说仅有一人能够金榜题名，我刚生下来就找人看过，天庭饱满，地阁方圆，是天生的富贵之相，要说一个人能金榜题名，理所当然应该是我，这天机不可明言，说破了就不灵了，让我两位兄弟知道了，他们也会生闷气。"于是摸出钱来，毕恭毕敬地送给崔老道，付了很多卦钱，兴冲冲地走了。

其余两位举子和先前这位想得差不多，都以为崔老道这一根手指是暗示自己能够皇榜高中，心中窃喜，不敢表露出来，也加倍付了卦钱，拱手告辞离去。

崔老道旁边的徒弟都看傻了，师傅也太厉害了，一句话没说，只用手比画了一下，那三位举子就心甘情愿付了这么多卦金。

崔老道告诉徒弟，为师这一指里的学问可大了。这一根手指可以解释成三人中只有一人考中，或是三人中只有一个人考不中，还可以看成三个人里一个也考不中，不管结果怎样，那三个举子都会觉得为师卦术如神、未卜先知。这算命卜卦的江湖手段，就看你会不会左右逢源了，有此则神，离此则庸。

这就如同某人问算命先生家有兄弟几人，算命先生说你必是"桃园三结义，孤独一枝"，全是模棱两可的套话，怎么说都准。以前有个散尽家财走投无路的人来算卦，这是一个二世祖，以前家里有钱，老子撒手归西，就由他继承家业，不会做买卖，干什么都赔钱，最后把房产都搭进去了，就来找算命的给指点指点。以往那些算命的先生，如果得过真传，必然知道一个秘诀，当时正值战乱，算命先生收了卦金，就说你这人武运亨通，应该去当兵。那个人还真信了，去当兵打仗，从死人堆儿里活了下来，几年之后成了一个大军阀，大军阀带着金条来跪谢算命先生。其实他不知道，这算命的遇上他这样的主儿，全往军队里打发，因为这种人什么都不会，你指点他别的营生肯定做不好，唯有在战乱时去当兵，十个里头死九个，剩下一个只要活到最后，怎么也得混个一官半职的，当然认为算命先生是神卦了，却不知道这算命的身后跟着多少枉死鬼。

崔老道就以这些本事赚钱，不必为穿衣吃饭发愁，饿不死可也撑不着，过着粗茶淡饭的日子。直到有一天有大户人家请他看风水，这崔老道一时鬼迷心窍泄露了天机，才引出一段"夜盗董妃坟"。

二 大盗燕尾子

董家是地方首屈一指的大户，家有良田千顷，仆役成群，家里有钱，却没有权势，常被官府盘剥，总在这方面吃亏。董地主许下大愿，将来一定让儿孙里有人做大官，否则再怎么有钱也没用，可家里几个儿子读书不成，没有一个争气。没办法，使钱买了个一官半职，不知道是运气不好还是倒霉，家里人当上官就出事，这身官衣儿硬是穿不稳。

董地主万般无奈，想起自己有个闺女，生得花容月貌，以前有人出主意让董地主把女儿嫁给王爷。那时没舍得，如今狠了狠心，但是不嫁王爷，重金买通了宫里的总管，让女儿进宫当了贵妃，成为皇上枕头边儿的人。从此董家就是皇亲国戚了，可刚威风了还不到半年，宫里就出大事了。

原来这董妃在宫里没怎么受皇上宠爱，也不懂宫里的规矩，得罪了慈禧太后，随便安了个罪名逼着她吞金而死。董妃死后也不能进大清的后龙禁地，尸首送回来让家人自行安葬。董地主大哭了一场，一是伤心女儿惨死，二是哀叹董家气运不好。

有人给董地主指点，说是董家祖坟风水旺财不旺官，要想得势，还得再找块好坟地。董地主就想起崔老道来了，这崔老道懂眼，别看算卦那套玩意儿不灵，看风水找穴找他准没错，当即把崔老道请到家中，许下重诺，只要崔老道能给找到一块好坟地，把董妃埋进去，让董家有钱有势，今后有董家一天，就拿崔老道当祖宗孝敬。

崔老道那时候年轻识浅，人称崔老道，只是个绰号，因为摆摊儿算卦要穿道袍。当时脑子里一糊涂，信以为真了，觉得自己摆摊儿算卦太清苦，这些天生意一直不太好，再不开张就该挨饿了，倘若今后有个董地主这样的大户人家做靠山，下半辈子算是有了指望，犹豫了一阵，点头应允。

董地主大喜，忙取出银票，请崔老道去找块好坟地。

崔老道忙摆手说："现上轿现扎耳朵眼可来不及，等找着坟地，董妃的尸首也该臭了，那还怎么入土为安？贫道早看好了一块宝地，跟谁都没提过，你依贫道指点，直接把董妃安葬在那儿，保你今后大富大贵、权势熏天。"

董地主将信将疑心想："既然崔老道早已觅得一块风水宝地，为什么不自己用，会这么好心告诉我吗？"

崔老道看出董地主的疑虑，坦言道："实不相瞒，一分宝地一分福，吉地留与吉人来。贫道命浅福薄，只恐受不了那么大的福分啊。"

董地主放下心来，请教崔老道这块风水宝地的详情，在什么地界什么山，到底怎么个好法。

崔老道看看左右无人，招呼董员外附耳过来，说距县城十里，有座壶山，那山势形同一个酒壶，山中一道清泉飞流直下，就像那壶里倾出的琼浆玉液，这地方可不得了，贵不可言。董妃这座坟应当选在壶山下面，坟前立块碑，坟怎么样不要紧，坟前的碑配上此山，那就成形势了，唤作"单杯饮酒水长流"，从今往后，您就丈母娘看姥姥——等着瞧好吧。

董地主喜出望外，不过董妃刚死，尸骨未寒，要尽快入土为安，答谢崔老道这事儿得先往后推一推。崔老道说："此乃人之常情，理应如此。"还帮着指点董家怎么选坟，坟坑挖多深，坟头起多高，那石碑的朝向方位，事无巨细，全给说到了。

董家这场白事办得很大，开水陆全堂的道场，老道、和尚请来一堆，念经超度亡魂。送葬那天，前头是吹鼓手开道，后面举着三丈六的引魂幡，跟随着几十对纸人纸马纸牛纸轿，纸人过去，是四对香幡八对宝伞，再往后有七个大座带家庙的席棚，用马车拉着。僧道尼姑请了一百六十名，道队抬着口大棺材。这棺材那叫一个贵气，三道大漆挂金边儿，头顶福字脚踩莲花。由十八位精壮杠夫抬着，杠夫们一个个头戴红缨帽，身穿绿马甲。全家送殡的足有好几百位，浩浩荡荡跟在最后，瞅着不像是给董妃出殡，倒像摆阔的招摇过市。

董家有钱，也不在乎这个，到壶山底下，把那口大棺材埋了，回来之后果然官运亨通，本来就财大气粗，如今家里又有人做了朝廷命官，结交了很多权贵，成了地方上名副其实的土皇上。董地主这口气算是出了，却把答应崔老道的事忘在了脑后。实际上不是真忘了，他虽然有钱，却是个老财迷，觉得董家时来运转，多是命中注定，那坟地只不过埋了董家一个女儿，怎么可能左右兴衰祸福？崔老道吃江湖饭，耍两下嘴皮子就想吃我董家一辈子，门儿也没有啊。

崔老道不肯甘休，找上门来，董地主早吩咐好了手下人，等崔老道一来，乱棍打出去。崔老道当场让人打断了一条腿，他知道这是报应，谁让自己把那块风水宝地告诉了董地主，董家有钱有势，他也不敢再声张了，忍了口气，躲回了乡下老家。

崔老道这个老江湖也不是省油的灯，他深知董家有今天，全借着壶山那块宝地，养好了断腿之后，有心要请几个朋友盗了董妃坟。可董地主已经把壶山那块地买下来了，专门有守坟的人住在山下，想盗也盗不了。

崔老道一计不成又生一计，到处散播风声，说壶山附近是块宝地，当成坟地必主富贵。董地主只买了山下一块地，周围全是荒山野岭，挡不住别家来山里埋死人。很快壶山四周的坟头就连成片了，坟前的石碑也是高低起伏，从风水形势上说，如此一来又成形势了，唤作"群碑饮进壶中酒"。没出几年壶山上的清泉彻底干涸，这也许是坟地太多造成水土流失，总之再也没有水了。

董家的家境从此一落千丈，想求崔老道想办法，崔老道躲在乡下不出来。不久之后，董地主一命呜呼，剩下的人分了家产，投亲靠友各寻生路去了。

崔老道的日子也不好过，这时已经是民国初年了，赶上外面打仗，兵荒马乱，卦摊儿没法儿摆了，眼看家中米缸都见底了，正坐屋里发愁呢，忽然有人找上门来，要跟崔老道合伙夜盗董妃坟。

要说来的这位可不是一般人，清朝末年，天津卫有名的大盗，江湖绰号"燕尾子"。清末民初，出过好几个飞贼。大清同治年间，北京城擒获飞脚大盗燕子李，押到菜市口砍了脑袋。民国时北平有个燕子李三，后来被侦缉队抓获挑了脚筋，还没等到处决，先在监狱里憋死了。解放后公安人员在山东济南逮到过一个贼，也叫燕子李三，跟前边那位同名同姓又是同行，但不是同一个人，这个李三在公审大会之后被人民政府枪毙了。有人认为这几个姓李的飞贼，都是同家同门，其实只是赶巧了。

天津卫的飞贼燕尾子也是真有其人，在民间传说中这个人的本事大到什么程度呢，他能纵身跃到半空之中，伸手抓住掠过的燕子，可能是误打误撞，偶然抓到一次从身边飞过的燕子，才得了这么个绰号。自幼练的功夫，号称是"猫蹿狗闪、兔滚鹰翻、蛤蟆蹦骆驼纵"。实际上属于天赋异禀，全凭腿脚利落跑得快能翻墙，也做过许多案子，曾一夜之间连偷十四家商铺，只因官面儿上拿得太紧，他在城里躲藏不下去了，才被迫来找崔老道。

燕尾子当年是崔老道的盟兄弟，几个人结义，他排到最后是老疙瘩。早听说董妃陪葬品中有很多珍宝，董家不仅有钱，董妃身上更有不少宫里的好东西，他想趁着天下大乱，把董妃坟扒开，得了这笔钱远走高飞，从此隐姓埋名。不过燕尾子是钻天儿的贼，没有入地的本事，只会偷活人，不会偷死人，况且壶山周围坟头太多了，董妃坟前的那座石碑早就不见了，现在除了崔老道，外人谁都找不着。他劝崔老道阴间取宝，阳间取义，把这个活儿做了，下半辈子就不用再发愁了。

这番话正搔着崔老道的痒处，他怕让家里人听着，当时没有多说，把燕尾子带到村里一个小酒馆中，要了几个菜，俩人推杯换盏，密谋盗墓取宝的勾当。

按照燕尾子的意思，这活儿就他跟崔老道俩人干，找个月黑风高的晚上动手，挖开坟土撬开棺材，然后原样填回去，不等天亮就完活儿了，得了东西对半平分，神不知鬼不觉。

崔老道说："兄弟你是钻天儿的本事，下地的活儿你却是外行了。事情可没这么简单，壶山那地方不算太偏僻，周围还有村舍人家，天黑下手天亮走人是没错，可只有你我两个人不行。我当年是亲眼看着董妃那口大棺材埋到坟里，埋得多深都是我给提前算好的，坟土可不浅啊，单是那口棺材也不好撬。咱俩人干这活儿够呛，还得再找两个帮手。"

燕尾子说："兄长所言极是，可眼下还能找谁帮忙呢？"

崔老道说："这件事为兄早想好了，好几年前就有这个打算，奈何那时候董家还有守坟的人。眼下大清国都没了，军阀你打我打你，谁还管得了死人的事。这俩人一个是石匠李长林，另一个是专门吃倒斗扒坟这碗饭的二臭虫，只要有这两人相助，想盗董妃坟真是易如反掌。"

三　金鸡董家

崔老道提起的这两个人，第一个人是石匠李长林，他是这附近村子里的一条好汉，气壮胆大，家中贫寒，除了一身用不完的力气，再没别的本事，以开山凿石为生，挖坟土、砸棺材离不开这样的人。

第二个人是倒斗老手二臭虫，此人长得活脱儿像地洞里的老鼠，小眯缝眼又贼又亮，刚生下来就让家里人当成怪胎给扔了，也不知道怎么活下来的。跟着个掏坟的师傅打下手，连个名姓都没有，后来师傅死了，他穷得没衣服穿，迫于无奈也去挖坟包子，剥死人身上的衣服。后来尝着甜头了，白天睡觉晚上出门，专到乱坟岗子上翻东西。乡下那坟地里没什么值钱的物件儿，偶尔寻得个银首饰、瓷碗之类的，勉强混口饭吃，可二臭虫掏土挖洞的手艺很高，因为天天晚上干这个。

燕尾子拍案称好："想不到兄长早打好主意了，事不宜迟，咱们赶紧找这俩人去吧。"

二人起身离了饭馆，到附近的村子里，找到石匠李长林和二臭虫。那俩人也认识崔老道，只不过没有深交，一看崔老道突然登门，赶紧尊称："道长，有何见教？"

崔老道说："没别的事儿，久闻你们二位，苦于无缘往来，今天老道和这位兄弟做东，想请你们哥儿俩喝杯酒，能给老道这个面子吗？"

李长林和二臭虫受宠若惊，长这么大从来没人请咱喝过酒，何况是道长这等人物，当时就把手头的事儿都放下了。一行四人打了些酒，买了几包卤肉卤菜，来到二臭虫家。这二臭虫又丑又穷，也没有媳妇，光棍儿一条，住在村子外头孤零零的一间破房子里。

崔老道一看这地方很僻静，正好商量大事，他把燕尾子介绍给那两个人。几个人喝酒说话，酒过三巡，崔老道说："咱这几个人能捏到一块儿，也是难得的奇缘，何不趁此机会结为异姓兄弟，今后吉凶相救、祸福与共，不知兄弟们意下如何？"

李长林和二臭虫大喜，四人当即撮土为炉，插草为香，一个头磕到地上拜了把子。崔老道年岁最大当了大哥，说是老道，这时也就三十六岁；倒斗的二臭虫三十二岁，做了二哥；三兄弟是燕尾子，二十九岁；石匠李长林二十七岁，所以他是老四。四个人赌咒发愿，皇天后土在上，不求同生但求同死。

四个人称兄道弟，拜完把子接着喝酒。李长林和二臭虫也是明白人，知道崔老道不可能跟他们无缘无故拜把子，这时就把话挑明了说："大哥跟三哥是无事不登三宝殿，咱干脆打开天窗说亮话，甭管有什么事，只要从大哥你嘴里说出来，咱兄弟赴汤蹈火绝没二话。"

崔老道等的就是这句话，当即把打算盗挖董妃坟的想法，一五一十跟这俩人说了。

二臭虫听完这话，喜得抓耳挠腮："大哥你怎么不早说啊，这个活儿要是做成了，那真是遂了我二臭虫一世的心愿。"

李长林对盗墓这种事有些发怵，但他也是穷怕了，既然想发财，就得有胆子担风险，当场拍了胸脯，只要用得上他这膀子力气，绝不含糊。

燕尾子也得表个态，他跟那二位说："二哥、四弟，你们也知道我是干什么的。我乃天津卫头一号的飞贼，走千家过百户，窃取不义之财。这年头狗咬破的，人敬阔的，能发财的事什么也敢干。咱兄弟四人各尽所能，阴间取宝，阳间取义，东西到手之后，一碗水端平了，一人分一份，雨露均沾，若违此言，天诛地灭。"

崔老道等人齐声称是，四个人歃血为盟，当天把这件事敲定了，商量好之后，各自回去准备。第二天傍晚在壶山附近碰头，人到齐了，家伙也带全了，先到没人的山沟里躲着，吃点儿干粮等待天黑。

崔老道给三个兄弟说起董妃坟的来历，以及董家如何不仁不义，还打断了他一条腿。

李长林奇道："这董地主又贪又奸，老天爷当初怎么让这号人发财？"

崔老道说："听闻董地主家祖辈儿也是取宝发的财。"

二臭虫说："大哥，这件事儿我们还真是头一次听说，原来董地主的祖辈儿也是掏坟包子的。您给好好讲讲，到底取的什么宝能发这么大的财？"

崔老道说兄弟们，董家祖辈儿可不是依靠挖坟掘墓发的横财。你们是有所不知，董家以前号称金鸡董家，那时候是董地主的爷爷董老地主当家，起先家里穷得连条不露腚的裤子都没有，种两亩薄地为生。一天，有个南方人打董家门前过，不知看见什么，站住可就不走了，从此每天都来，在地上东翻西刨，董老地主好奇地问那南方人想找什么东西。南方人一开始不肯说，几年之后垂头丧气地告诉董老地主，说董家这两亩薄地是块宝地，宝地下面必然有宝，可是至今也没显宝，如果显了宝你找到地方挖下去，一定能找着不得了的东西，他是没这福分，只得悻悻离去。董老地主当时也没太在意这话，觉得这人是穷疯了，庄稼地里能有什么宝物，没多久就把这件事给忘了。那天晚上睡着觉，听见外面好像有动静，他披上衣服出来看，就见田头上有几只小鸡，好像在那儿啄虫子啄米。他担心让小鸡啄坏了庄稼，赶紧过去，走到跟前却什么也没有了，一连几天都是如此。他忽然想起那个南方人的话，挖地几尺，挖出九只黄澄澄的金鸡，不知埋在地下几千年了。董老地主用这九只招财金鸡做本生息，钱跟流水似的赚到手，陡然而富，一下子发了横财，因此以前都称其金鸡董家，是这么个来历，如今福分尽，缘分到，落至这般地步了。

从地下挖出招财金鸡的事，听得燕尾子等人直吞口水，说着话天色已晚，夜幕降临了。依倒斗的二臭虫说，必须等到三更天动手，现在时候还有点儿早，保不住有人路过，挖坟要等天黑透了，最好在三更半夜，鸡不叫狗不吠的时辰。

夜盗董妃坟的四个人，崔老道是能看风水的老江湖，燕尾子是胆大心黑、身手敏捷的飞贼，李长林是膂力过人的石匠，只有二臭虫是盗墓的。所谓隔行如隔山，别看崔老道能给人选祖坟的坟地，但是怎么掏坟掘墓，他就不太懂了，好比是会打江山的不一定会坐江山，会宰羊的未必烤得了羊肉串，所以盗董妃坟的勾当，怎么下手怎么选时辰，全是二臭虫说了算。

闲着无聊，崔老道又给兄弟们讲了这壶山的旧事。二十年前崔老道跟师傅到过此山，那时山上还没有泉水，后山有个山庄，也住着个大户人家，山庄盖了一半，打算等盖好了全家搬进去。崔老道的师傅找上门去，说此山形势不俗，是块宝地，但这庄子盖好了也不能住，住进去就得出事。

人家根本不信，认为是两个江湖骗子，到这儿胡说八道蒙钱来了，把崔老道师徒赶下山去。师傅跟崔老道说，等着看吧，这家人住不了一年。崔老道也不敢轻信，师傅何以如此肯定？师傅把他带到高处远望，指点说你看这座山，山形地势如同一艘要出海的巨舰，可这地方没水，而且山势朝阴，需要二十四个汉子才能掌得住这条船。

结果那家人搬进山庄，家里的壮年男子一个接一个地死去。老人、小孩儿、女子都没事儿，死的全是二三十岁的汉子，住不到半年不敢再住了，这山庄从此荒废。山里死了二十四个人之后，忽然出现了一道清泉，顺着壶山倾泻到山脚，山形地势从此变了。从风水上说，水也有阴阳雌雄之分，雌水平静，雄水湍急，壶山这道水是动中有静的雌水，故此适合埋葬女子。倘若只有董妃坟一座坟碑，那么其家富贵无限，可现在这地方成了乱坟岗子，早把风水破了。

大盗燕尾子等人听完崔老道这番话，都觉得高深莫测，心服口服外带佩服。等到深夜，月亮升起来了，但是乌云遮月，月光时有时无。四个人换上黑衣黑裤，脑袋上戴了黑帽子，从上到下一身黑，脸上戴了唱戏的面具。

为什么是这身打扮？原来干这种下地的活儿，不能穿平常的衣服。坟地虽然偏僻，难保没人从附近路过，如果晚上有月光，穿得太显眼了，让路过的人看到，不吓死也得吓惊了，那这事儿就败露了，所以得穿黑的。

脸上戴面具是怎么回事儿？按二臭虫的说法，荒坟野地，夜里人迹灭绝，人迹不到，就容易有别的东西，比如狐狸、黄狼、野猫之类，这些玩意儿也够吓人的。盗墓的戴上面具，它们吓唬不了人，反而让人给吓跑了，说迷信的话这就是为了辟邪。

四个人收拾齐整，挑亮马灯从山沟里出来，直奔董妃坟。到了地方由崔老道指出坟头，乱坟当中，有一座长满了野草的坟头，没有石碑，看着跟周围的坟包子没什么两样。崔老道绕着坟走了一圈，点头道："错不了，这就是董妃坟。"

四　二臭虫

二臭虫、李长林、燕尾子三人围拢上前，看这些坟头都差不多，一座挨着一座，长着半人多高的野草，万一崔老道认错了，今天晚上可就白忙活一场。

崔老道说："错不了，这种土坟的坟头，受到风吹雨淋，早已面目全非。但董妃坟上边是土堆，坟根儿是用砖砌了一圈，半墓半坟，到这儿一走一踩，感觉出脚底下是砖不是泥土，这就认准了，准是董妃娘娘的坟。"

三人一听更佩服崔老道了，找准坟头了，那就赶紧动手吧。

李长林扛着锄头、锹、镐，当下摩拳擦掌，抡起锄头就刨坟头。

二臭虫赶紧拦住："兄弟，外行不是，你这么刨得刨到什么时候才能看见棺材？"

李长林实心眼儿，只知道出力气，瞪眼问："不这么刨怎么刨？"

二臭虫说："这是你二哥我拿手的活儿，你等着瞧好吧。"

他问崔老道董妃娘娘的棺材是怎么放的，头朝哪边，脚向何方，埋了多深。

崔老道拿出罗盘确认方位，给二臭虫一一指明。

二臭虫认明方位，从坟头侧面下手，拿铲子打洞。他常年吃这碗饭，手底下飞快，让李长林帮着掏土，跟只大耗子一样，一会儿就掏出一个窟窿。

崔老道提着马灯照明，大盗燕尾子手按背后的钢刀在一旁把风，没过多大工夫，二臭虫这条盗洞已经挖到了棺材的莲花底。

旧社会棺材各个部分都有讲究，棺材盖子叫命盖，也叫宝盖。讲究的里面还要套一层七星盖，死人放进去仰面横躺，不能脸朝下——如果揭开棺材一看死人脸朝下，这人一定死得冤屈——横着躺在棺材里，头顶冲得挡板这边，一般外面有个福字，这叫头顶福字；两脚脚心对着的这一端，挡板上雕刻一朵莲花，这叫脚踩莲花。

二臭虫是掏坟包子的老手，盗洞直奔着莲花底挖，因为要是从坟头挖，得把棺材全露出来才能下手，打侧面挖棺材的莲花底，最省时省力。他掏干净土，一摸莲花底太结实了，说明这口大棺材用了最好的木料，坚硬如铁，埋到地下，虫蚁啃不动，渗水浸不坏，尸体放里面几百年不变样。

二臭虫俩胳膊肘着地，倒退着爬到洞外，对李大林说："四弟，接下来就看你的本事了。"

石匠李长林问明白该怎么下手，把唱戏的脸谱罩严实了，拿上锤子、凿子爬进盗洞。洞里一片漆黑，没有半点儿光亮，李长林摸到棺材的莲花底，把凿子对准接缝儿，趴在洞里用铁锤去凿。他这都是在山上凿石头的家伙，棺木再结实，也架不住他这通凿，又是在土洞子里，响声传不上去，即使有人从附近路过也听不见，所以说二臭虫这两下子高明。李长林虽然身大力不亏，可趴着干活儿使不上劲儿，忙活得满头是汗，地洞子里空气不流通，他觉得憋气就把面具摘了，好不容易凿开莲花底，忽然一阵白气从棺材缝里冒出来，恶臭扑鼻。李长林被呛了一口，赶忙退了出来。

外边那三个人一看李长林脸色发青，问他怎么回事也说不出，就觉得胸口发闷、两腿发软。

二臭虫懂行啊，他知道是李长林把面罩摘了。那棺材的莲花底一开，让阴气给冲了，这难受劲儿一时半刻过不去，只能先让他喝口水，到坟旁草丛里坐着歇息。

再往下还是二臭虫的活儿，他带上绳索爬进洞里，摸到董妃娘娘的两只脚，用绳子捆住了，然后从洞中退出，跟燕尾子俩人一齐动手，把尸体从坟里拽了出来。

崔老道等人借着灯光一看，董妃当初是被逼吞金而死，死后尸体送回家中安葬。由于时间比较长，所以用白灰防腐，过去好些年了，也没变成枯骨。头戴朝冠，身穿朝服，两手攥拳，一手握着元宝，一手握着玉，怀里抱着锦囊如意，身上挂满了首饰，一张脸死白死白，两腮抹的红胭脂还没褪掉，五官清晰可辨，一双眼半睁半闭，按那个迷信年代的说法，这是含冤而死、死不瞑目。

这时天上流云移过，玉兔从云中露出。死人忌讳见三光，月光算是一光，死尸让月光一照即成走影，走影在古书中是行尸的意思，迷信的人都相信这种说法，二臭虫赶紧用布盖上了董妃娘娘的脸。

纵然是二臭虫这等盗墓老手，见此也觉得胆战心惊。几个人迟疑了片刻，开始上去撸镯子拔金钗，身上挂的朝珠锦囊全摘下来，拿个大皮口袋装上。燕尾子又爬进洞里，把棺材里剩下的东西卷了一空，大皮口袋都快装不下了。

二臭虫最贪心，将董妃娘娘的尸身从头到脚摸了一遍，确认什么都没有了，一手托起董妃的头，按后脑让尸首的嘴张开，伸手进去把口含抠出，又要扒董妃身上的朝服。

崔老道虽跟董家有仇，可不想把事做得那么绝，拦住二臭虫："这回拿的东西差不多了，剩下的衣服鞋子留下别动了，你把这朝服扒走了也没法儿出手，让人一看就知道是从古墓里扒的，万一走漏风声，咱兄弟几个全得受牵连。"

二臭虫心里舍不得，只好勉强答应了，动手把董妃尸身推回了棺材。要埋土的时候，二臭虫跟崔老道和燕尾子说："李长林让坟里的阴气冲了，你们二位先把他扶回去，剩下填土的这点儿活儿，我二臭虫一个人包了，三下五除二干完了，马上过去找你们。"

崔老道也是担心李长林的情况，点头同意，跟燕尾子把东西都带上，扶着石匠李长林往回走。走到一半，崔老道一拍自己脑门儿，心想真是糊涂了，二臭虫这小子财迷心窍，假装留下来殿后，实际上肯定是要扒董妃娘娘身上的朝服；另外董妃是吞金而死，依二臭虫往常的手法，就得把死人肚子剖开，将肠子一节一节拽出来，不摸走那块金子不算完。想到这儿，崔老道让燕尾子留下照顾李长林，他急匆匆赶回董妃坟，一看那情形，立时吓了一跳。

原来二臭虫果然惦记董妃肚中的金子，把推进棺材的死尸又拽了出来，朝服、朝冠扒了个溜光，用刀戳进死尸的肚子，伸手进去掏出肚肠，一节节地抠摸那块金锭。

董妃娘娘当年是含冤而死，这事无人不知无人不晓，别看二臭虫是盗墓老手，可也免不了做贼心虚。他以前住破庙睡门洞，衣不蔽体、食不果腹，穷怕了只顾着求财，贪心一起，十万罗汉也降压不住。不想这时半空乌云忽开，一轮明月悬在头顶。二臭虫猛然想起没拿布遮住死尸的脸，一抬头就看白霜般的月光，正照到董妃的脸上。那双半睁半闭的眼，突然睁开了，也没有眼珠子，黑乎乎的两个窟窿。二臭虫吓得一口气没转上来，仰面摔倒在地，蹬了两下腿，就此气绝。

崔老道赶来的时候，天已经快亮了，远远传来鸡叫。他一看面目扭曲的二臭虫横死在地，董妃的尸身也一动不动，就知道出事了，暗骂二臭虫糊涂，能吞到肚子里的金子能有多大，为了这么点儿东西把小命都搭上了。

崔老道跪地上给董妃磕了几个头，拿朝服盖住董妃，连同二臭虫的尸体一同推进坟中，用土堵住了坟窟窿，拿马灯一照四周没留下痕迹，扭头便走，找到燕尾子和李长林。这事一言难尽，前往李长林在村子里的住处，一面让李长林喝了滚热的姜汤，一面把二臭虫被活活吓死的经过说了。那两人也摇头叹气，二臭虫贪心太大，想背着兄弟们在董妃尸身上掏金子，违背了当初立下的盟誓，可怎么说也是拜把子兄弟，如今惨遭横死，三个人也都掉了几滴眼泪。

石匠李长林被坟里的阴气冲到，经过这一夜也好多了。崔老道看天都大亮了，乡下人本来起得就早，这又是在村子里，周围人多眼杂，没法儿在白天分赃，从董妃坟里掏出来的东西，仍装在大皮口袋里，先放到床底下藏起来。盗墓之前安排在二臭虫家分赃，已经备好了酒肉，燕尾子翻墙过户取回来，拿到李长林家里做饭，吃完倒头便睡，都在一张床上，谁一动床下的东西，其余的人就能察觉。

等到夜里掌灯时分，外面下起了蒙蒙细雨。三人关上门点了油灯，在屋里摆上桌子，一坛子老酒，烧鸡、酱牛肉切了两大盘，商量怎么分东西。本来是四个人合伙夜盗董妃坟，如今二臭虫已经嗝屁了，尸首埋到那荒坟之中。这家伙光棍儿一条，长得丑陋，禀性孤僻贪婪，又以掘坟掘墓为生，没亲戚朋友，远近四邻根本没人愿意理会他，没了也就没了，今后绝对无人追究。

崔老道说："二弟是无福消受这笔横财，看来这也是天意，只好咱们三人平分了。"

李长林从来没见过珍宝，不知道这东西怎么出手，没得手之前想得挺好，得手之后反倒觉得为难。

崔老道同样是穷人，摆摊儿算卦的能有多少钱，自然也不太懂。好在有天津卫出了名的大盗燕尾子，他往常得的贼赃，什么好东西都有，更知道如何销赃，什么东西什么行市，没人比他再清楚了。

三个人正商量分赃的事，屋外风雨大作，原本关得好好的门，突然让一阵狂风给吹开了，就像让什么东西给撞开一样，把照明的蜡烛都给吹灭了。霎时间，这屋里屋外黑得伸手不见五指。

五　石匠李长林

石匠李长林的家比二臭虫的破屋子强不到哪儿去，正屋不过是一张破桌子、三把烂椅子，一下雨到处往下漏水。

三人正坐着喝酒商量分赃，忽见大风把门吹开了，蜡烛也灭了。燕尾子是做贼心虚，以为外面有人，探臂膊拉出刀来。他是飞贼亡命徒，身上总带着家伙，鲨鱼皮软鞘里有柄柳叶钢刀，当下拽出钢刀在手，蹿到门后亮个"夜战八方藏刀式"，一旦有人进来，抢刀就砍。

崔老道也是提心吊胆，赶紧把装满赃物的大皮口袋塞回床底下，怕让人抢了去。石匠李长林瞪眼看了半天，屋外没人，就是风雨把门吹开了，点起蜡烛，重新将屋门关上。

大盗燕尾子把耳朵贴在墙上，听了一阵确实没有人踪，收起刀重新落座，他说："这次的活儿做得干净利落，夜盗董妃坟之事除了横死的二臭虫，只有在座的三个人知道，没必要担惊受怕。"

崔老道点了点头："三弟所言有理，但夜长梦多，还是赶紧分了东西，各自远走高飞才是。"

石匠李长林把酒肉收拾到一旁，将那大皮口袋里的东西抖搂在桌面上。烛光一照，映得那些珍宝异彩纷呈。三人看得眼都直了，可是有二臭虫前车之鉴，那家伙贪心太大，忘了赌过咒发过誓，瞒着弟兄们回去掏金子，落个横死荒坟的凄惨下场，干这等勾当很少有人不信邪的，死的全是不信邪的，所以三个人谁都不敢再有非分之想，这么多珍宝，一人一份也足够下半辈子花用了。

问题是这么多珍宝，件件都不一样，价值也不相同，怎么分才分得均匀？

李长林是个大老粗，不懂这些规矩，问燕尾子："三哥看怎么分好？"

燕尾子说："咱还是听大哥的吧，大哥说怎么分就怎么分。"

崔老道当仁不让，说道："承蒙兄弟们信得过，可这些珍宝实在不好均分，总不能论分量称三份。依我看不如这样，咱们一圈分三件，转圈拿，轮到谁，谁就自己挑选一件，一圈圈轮下来，这不就分匀了吗？"

大盗燕尾子和石匠李长林齐声称好，还是大哥有见识，这么分心明眼亮，谁也不吃亏。

三个人各自找了条口袋，崔老道执意让李长林先选，其次是燕尾子，最后是他自己。石匠李长林看得眼花缭乱，他也不知道那是些什么珍宝，伸手过去拿了那锭金元宝，是董妃娘娘在棺材里用手握的元宝，没有多大，却是真金白银。

燕尾子早盯上了一枚翠玉扳指，这一看就是宫里的东西，如果拿个铜盆装满水，将这枚扳指扔进去，满屋子绿光，而且个头小容易带，拿到古董店里找个买主儿，至少能值两千块袁大头。

最后轮到崔老道，他拿了董妃娘娘口里含的珠子。这颗珠子不是宫里的东西，而是董地主家传的玩意儿，虽不是价值连城的夜明珠，但也绝对称得上是颗宝珠。

大盗燕尾子这才看出来，合着三个人里头只有石匠李长林不识货，敢情崔老道也是懂眼的行家。

三人将拿到手的东西各自收起来，刚把珍宝分完了，蓦然间"咣"的一声，一阵阴风又把屋门吹开了，屋门晃来晃去。这阵阴风吹到身上，三人都觉得寒毛竖起。

崔老道心知不好，这阵阴风来得不善，屋门明明闩上了，怎么来一阵风就吹开了？他想到这儿，同燕尾子、李长林走到门口，就看屋外细雨乱飘。乡下人睡得早起得早，没几家舍得点油灯，这时候早都睡了，也不见星月之光，阴雨天连蛤蟆都不叫，村子里黑咕隆咚一片寂静，李长林家住得又偏僻，放眼看出去不见人踪，只闻落雨声淅淅沥沥。

三个人心里发慌，只想分了贼赃等天亮跑路，看屋外没人，刚要把门重新闩上，这时半空里雷鸣电闪，就见门前十几步开外，站着个披头散发的女子，身穿朝服，头戴朝冠，脸色死白死白，腮上抹着胭脂红，恶狠狠盯着李长林家的屋门。

三人大吃一惊，急忙把门关上，燕尾子惊道："是董妃娘娘！"

李长林也哆嗦成了一团："从坟里……从坟里爬出来的行尸……"

崔老道颤抖着手说："坏了，不是行尸，是董妃娘娘的厉鬼，咱们几个掘坟毁尸，人家不饶啊。"

三人心知董妃娘娘死得冤屈，一缕阴魂不散，昨天晚上月下尸变，惊死了二臭虫。相传宫里横死嫔妃，身上都要用朱砂画压鬼的宫印，二臭虫掏出董妃的肚肠，可能把那压鬼的印记也给毁了，此刻冤魂找上门来索命，岂肯善罢甘休，如果事先知道真有鬼，说什么也不敢夜盗董妃坟。

燕尾子怕上心来，此时不跑更待何时，把分来的贼赃缠到腰里，想抬脚踹开后窗夺路而逃，却被崔老道拦了下来。

崔老道说："兄弟别慌，你逃得再快也得让董妃所变的厉鬼追上。"

燕尾子一想不错，三个人一直在屋里待着，董妃的鬼可能早就在门外了，为何不进到李长林家里来索命？

李长林也纳着闷儿，自言自语说："我这屋的门上没贴门神啊，鬼怎么不敢进来？"

崔老道拿眼光一扫，看李长林屋里对着门的地方，挂着一幅画。这幅画破破烂烂，是《猛虎下山图》，描绘了一只吊睛白额大虫，行在崎岖的山岭上，前爪搭着一块青石板，虎口怒张，露出森森的牙，气势森然，似乎可以听到震撼松林的虎啸之声。画卷残破古旧，看上去很不起眼儿，挂在李长林这石匠的家里，也没显得不搭调。

崔老道忙问李长林："四弟，你这幅画是从哪儿来的？"

石匠李长林告诉崔老道和燕尾子，这幅画是家里传辈儿的东西，至少是从他爷爷那辈儿之前，便挂在这间屋子里了，从哪得来的可不清楚。乡下挂年画是十分常见的事，和门前贴门神一样，也没听人说过这画好在哪儿。

崔老道说："原来如此，别管这幅《猛虎下山图》的来历了，此画肯定是镇宅之宝，所以外面的鬼进不了这间屋子。"

李长林懊悔不已，早知道有这幅宝画，还去盗什么董妃坟。这回麻烦大了，那孤魂野鬼找上门来，也不能一直躲在屋里不出去，可一出去就得让鬼掐死。

燕尾子说幸亏有这幅画，挡着董妃的冤魂进不了屋，撑到天明鸡叫就应该没事了，再厉害的鬼也不能在大白天出来。

崔老道说："那厉鬼已经把咱们的脸记住了，怕是躲得了初一，躲不了十五。"

李长林说："有这幅《猛虎下山图》，夜里那厉鬼就不能进屋。可只有这么一幅画，咱们三个人不能分开，得天天晚上住在一起。"

燕尾子急得直搓手："咱们几个人合伙夜盗董妃坟，无非是要得了珍宝，快活下半辈子。若是今后每天提心吊胆，天黑之后就要躲在屋里不能离开半步，真还不如死了干净。"

这时三人躲在石匠李长林家里，只觉阴风绕着屋子打转，知道是那厉鬼想进屋又不敢进。三个人吓得心口怦怦狂跳，也没胆量再往外头张望，好不容易坚持到鸡鸣破晓，屋外雨停天亮，总算把这一夜对付过去了。可他们也清楚，等天一黑，董妃娘娘的冤魂还会回来。

大盗燕尾子和石匠李长林都没招儿了，寻思白天出去买点儿吃喝，晚上接着躲在屋里不出门，活一天算一天。

崔老道说这可不行，咱们还是得逃，把这幅《猛虎下山图》卷上，逃到晚上找个住处，再把古画挂到屋里。

燕尾子说："哥哥，咱逃到什么时候算完？"

崔老道这个人，对江湖上那套蒙人的手段了如指掌，但也不是天桥的把式——光说不练，真有一些不得了的本领，可他不敢用，为什么呢？因为他明白自己福分不够，一用真本事就要倒霉，上次给董家看风水选坟地，回头去要钱让人打断了一条腿，这亏吃得还不够吗？

此时逼得没办法，事出无奈，崔老道只好想了主意，要对付董妃娘娘前来索命的冤魂。他卷起那轴《猛虎下山图》背在身上，这幅破画挂着不动，也许还能再留着落几年灰，一摘下来就快碎了，还能挂多久就不好说了。

事到如今，大盗燕尾子和石匠李长林也豁出去了，各自卷了珍宝，跟随崔老道一路离开了村子，当时并不知道去哪儿，问崔老道也不说。

崔老道引着二人，一路回到他住的那个村子。这地方在哪儿呢，就在小南河一带的乡下，也就是崔老道的老家。到村里租了间房，买好干粮住进去，崔老道问燕尾子身上还有多少钱。

夜盗董妃坟四个人中，倒斗的二臭虫、石匠李长林、摆摊儿算卦的崔老道，全是穷光蛋，只有燕尾子常作案，身上有钱，这些天买吃喝、买家伙、租房子，用的都是燕尾子的钱。一路逃到小南河，身上也没剩几个钱了。虽说带着从坟里掏出的珍宝，可在乡下地方没法儿出手，干看着不当用，一摸怀里还剩下最后一块袁大头了，当即拿出来，交给崔老道。

崔老道接过这一块大洋，托在手里掂了几下，有这一块袁大头，他就能同找上门来的恶鬼周旋一场。

六　深夜鬼上门

李长林和燕尾子不知崔老道葫芦里卖的什么药，开弓没有回头的箭。这幅《猛虎下山图》古旧残破，不挪动还好，这一折腾至多还能再挂几天，一路逃到小南河，随后租了间房，到村子里住下，这天也黑了。

天一黑，屋子外边阴风打转，董妃的阴魂果然又找上门来了，崔老道等人不敢出去，在屋里躲了一宿，头一天就过去了。转天早上，燕尾子和李长林都沉不住气了，问崔老道："不知兄长有什么办法，赶紧跟兄弟们说说。"

崔老道说别急，现在就开始准备。他拿出那一块袁大头，让燕尾子去买东西，要买三十六根一样长短、一样粗细的木头杆子，木头杆子当中缠上红绳，这得找木匠现做，一块袁大头刚够，当场做当场取，天黑之前务必拿回来。

燕尾子说："这不算什么难事儿，大哥跟四弟就在屋子里等着吧，我天黑之前准能回来。"

石匠李长林坐不住了，问崔老道："哥哥，我干点儿什么呢？"

崔老道想了想说："为兄这几天馋耳朵眼炸糕，这里还有几个大子儿，你拿着这点儿零钱，到城里买趟炸糕，回来咱仨一起吃。也记住了，天黑之前必须回来。"

李长林说："大哥你放心，我这腿儿快，天黑之前准能回来。"说罢拿着钱进城了。

不提燕尾子怎么找木匠买木头杆子，单说石匠李长林，赶到城里南运河边上，找到耳朵眼炸糕铺，买了一大包耳朵眼炸糕。

耳朵眼的炸糕可太有名了，炸糕铺子在北大关，前文提到的狗不理包子也在这附近，都挨着南运河，以前这地方商铺云集，是最繁华的所在。您听耳朵眼胡同这地名也能想象得到，那是一条曲里拐弯的小胡同，胡同里有个炸糕铺子，铺子叫"增盛成"，名字太绕口，大伙儿就按地名叫成耳朵眼炸糕。两位店主是亲哥儿俩，祖传三代的手艺，在天津卫一提耳朵眼炸糕，没有不知道的，穷人吃一个解馋，富人买一篮子当早点，有钱没钱的都喜欢吃。

耳朵眼炸糕外头是黄米面儿，里面是甜豆沙馅儿，黄米一定要选河北产的黄米，用上好的红小豆和红糖，拿生芝麻、香油调和拌馅儿，做成团子形状，然后放到油锅里炸透，火候很难掌握，手艺好的炸出来一不焦煳、二不跑馅儿，薄厚均匀，色泽金黄，吃起来外焦里嫩，香脆酥甜。

石匠李长林到铺前，买了一篓子十个耳朵眼油炸糕，他就纳闷儿这都要命的时候了，崔老道还有心思馋炸糕。由于路途很远，他不敢耽搁，匆匆忙忙往回赶，到小南河租来的那间房里一看，燕尾子也刚回来，按照崔老道的吩咐，把木头杆子全做得了。

崔老道拿出炸糕让两人吃，吃完炸糕关上门就不出去了。夜里董妃的阴魂在屋外转悠，从门缝里往屋里吹气，阴风吹得那幅破画摇摇欲坠，画上的颜色越来越淡，燕尾子和李长林提心吊胆一夜没睡，这么着又过去一天。眼看那幅古画挂不住了，看来那厉鬼已经想出了进屋的办法，今晚它再隔着门吹几口阴气，这幅画就完了。

天亮之后，崔老道对两个人说："咱们弟兄能不能活命，全看今天了。"

燕尾子和李长林都快急死了，都说今天晚上那厉鬼找上门来，吹上几口阴气，这幅挡鬼的画非得变成碎片不可，到时候就是咱们三人的死期了，大哥你到底有没有办法？

崔老道说："这不是准备了木头杆子，那儿还剩下俩炸糕吗？老话怎么讲，人不该死总有救，我拿这些木头杆子和炸糕出去办件事。倘若是咱们命不该绝，这事儿一定能办成，办不成那就是老天爷不给咱们留活路了，咱也只好认命。"

原来崔老道知道这小南河河边有一大片坟地，人们从坟地附近路过，总能看到坟窟窿里钻出只大黄鼠狼子。老天津卫人说话吃字儿，一个地名三个字，拿话说出来就剩下两个字了，比如百货公司说成百公司、合作社说成合社、杂货铺说成杂铺，把中间那个字省了，这叫"吃字儿"，说黄鼠狼就叫黄狼。

村民常看见坟地里有只大黄狼出没，白天在那儿晒太阳，夜里也到处转悠，进村偷鸡。有人就想逮这只黄狼，可这黄狼太狡猾了，你下套它不钻，扔饵食它不吃，让狗去咬，狗不敢过去，你想拿枪打，瞄准了之后这枪说什么也打不响。人们就说这条黄狼有道行了，谁也对付不了它。

不过崔老道认识两个人，这俩人也是亲哥儿俩，一个叫曹虎，一个叫曹豹，逮狐狸逮黄狼，一逮一个准儿。逮到手全是活的，而且不用挖坑设套，也不用猎枪、猎狗，用的是祖上传下来的奇门之术——梅花竿。这竿子一共三十六根，当中绑上红线，找到有狐狸、黄狼的洞穴，按乾、坎、艮、震、金、木、水、火、土八卦五行排列插到地上，不论是狐仙、黄仙多大的道行，只要钻到这阵里，它就得在那些木桩子里东一头西一头地绕圈，到死也转不出来。

因为这办法太狠，曹氏兄弟已经有很多年不用。崔老道找上门去，说要逮那只大黄狼，请这两兄弟出手，这饵食和木杆子都替他们准备好了。

曹家哥儿俩一听连连摇头，崔老道犯不上为了打普通的狐狸、黄狼，登门恳求，打的一定是有道行的东西，这事儿损阴德。

崔老道说："二位，咱打个比方说，比如让两位出手逮住坟里这只大黄狼，你二位得要多少钱？"

曹虎和曹豹是乡下猎户，别看有这么厉害的本事，也只不过勉强糊口而已。按眼下的行市，这季节皮毛平平，不是最好的时候，这么大一只黄狼逮到活的，能值两块现大洋。

崔老道摸出从坟里掏出的一根金条，摆到两兄弟面前："二位，老道身上只有这根条子，能不能帮老道这个忙？"

一根金条能换多少大洋，曹家哥儿俩这辈子没见过金子，一看崔老道把金条都拿出来了，太敞亮了，咱也不能二分钱的水萝卜还要拿人家一把。两人再无二话，收拾家伙直奔小南河的坟地。

曹家兄弟逮黄狼是轻车熟路，瞅准了地势，把木竿子插到周围布了阵，扔下俩炸糕，同崔老道躲在一旁等候。

黄鼠狼子精明透了，别人扔什么东西它也不吃，听着外边的动静，从坟窟窿里探出脑袋来张望，一看见那两个炸糕，乡下地方，从没见过带油性的东西，一时好奇想过去瞧个仔细，不知不觉就进了阵，发觉不好赶紧往外逃，绕着那些木头杆子到处乱转，转不了几圈就迷糊了，曹虎过去手到擒来。他出手如电，迅速往黄狼腔门里塞进一个麻瓜儿，这是为了防止它借臭气遁去，然后拿绳儿捆了四条腿儿，拎起来扔到麻袋里，交给崔老道。别看这么简单，除了这两人，谁也做不到。

曹家兄弟告诉崔老道："咱们逮了这么多年的狐狸、黄狼，从没遇上过这么大的，这毛色黄中带白，道行可不浅了。咱们也不知道你要它做什么，但后面的事儿咱们可管不着了，青山不改，绿水长流，后会有期。"

崔老道接过装着黄狼的麻袋，与曹家两兄弟拱手作别，一看天色已经不早了，赶紧回去，让李长林和燕尾子关好门窗。

没过多久，到了天黑掌灯的时分，崔老道点起油灯，哥儿仨坐在屋里的土炕上。这时就听外边阴风飒然，屋门当中被推开一条缝儿，隐约看到外面有个披散长发的厉鬼，隔着门缝往屋里吹气。三人顿觉身上一阵恶寒，油灯忽明忽暗，只剩下黄豆那么点儿的光亮，挂在墙上的那幅画也让阴风吹得摇摆不定，画中描绘的猛虎颜色越来越浅，不到半个时辰就只剩一个轮廓，画纸也已经碎烂得不成形了。

石匠李长林吓得体如筛糠。燕尾子缩到墙角，打算随时踹窗户逃到屋外。崔老道听见屋门嘎吱作响，抬头一看，一只白皙的人手从门缝里伸了进来，长指甲抠住木门，在木板上抓出四道深深的痕迹。

崔老道胆子也不大，一看厉鬼进屋了，哪里还敢再看，忙低下头闭着眼，两腿两手全在发抖，感觉到董妃的冤魂爬到近前，正张着嘴往他脸上吹气。崔老道猛然抖开麻袋，那老黄狼瞪着绿幽幽的两只眼探出头来，就听这屋里一声尖叫刺耳，阴风一卷，油灯顿时灭了，整个屋子里漆黑一团，再没半点儿动静。崔老道和他的两个拜把子弟兄，吓得浑身发抖，哆哆嗦嗦点上油灯，一看屋门大开，那黄狼和董妃的阴魂都不见了。石匠李长林和燕尾子都快被吓傻了，目瞪口呆地问崔老道："哥哥，这到底是怎么回事儿？"

崔老道说："冤魂以为咱屋里只有这么一幅画，进来索命的时候突然见到了黄仙。这大黄狼道行很深，把那个厉鬼吓得魂飞魄散、万劫不复了，黄狼也被打掉了道行，逃走了同样是个死。不过咱们三个人的小命算是保住了，只是今天这事做绝了，往后咱们谁也得不了善终。"

夜盗董妃坟的三个人分了贼赃，从此远走高飞，各奔东西。石匠李长林逃往山东济南，想把珍宝拿到市上变卖，不料他不懂道上规矩，在歹人面前露了白，晚上住到旅店里让人割喉而死，掏董妃坟分得的珍宝全让歹人卷走了。

再说燕尾子，他本是天津卫有名的大盗、做贼的老手，带着贼赃跑到青岛，转了十几处洋行和古董店，摸清了自己手里这些东西的行市，把珍宝换成了现大洋，过了两年花天酒地的日子。可此人喜欢抽大烟和赌钱，有多少钱也架不住这么花，身上的功夫久不使用，也荒疏了，再出去偷盗的时候失手被擒，问成死罪，挨了枪子儿。

崔老道听说两个兄弟都死了，心知自己早晚也得出事儿，用珍宝换来的钱全做了善事，自己一个大子儿也不敢用。他后悔莫及，当初就不该起歪念夜盗董妃坟。好在过了几年，有军阀去盗董妃的坟，挖开之后里头当然什么都没有，可军阀部队把这消息传出去，外界无人相信，都认为是军阀欲盖弥彰，结果军阀替崔老道背了盗挖董妃坟的黑锅。崔老道仍回到天津卫南城根儿底下给人算卦，挣个仨瓜俩枣的小钱养家糊口。

我们家的老辈儿早年间住在南市，解放前还跟崔老道做过邻居，两家交情不浅。这段夜盗董妃坟的故事，还是我听家里老辈儿所言，是不是真的我无从深究，毕竟连崔老道的后人崔大离都知道得不太详尽。至于崔老道后来得了一个什么样的结果，咱们在"崔老道捉妖"这段书里接着讲，那又是一段耸人听闻的奇事。

第十九章

崔老道捉妖

一　撂地画锅

　　崔老道本名崔道成，"夜盗董妃坟"之后，崔老道捡回一条性命，把所得贼赃全给了粥厂道观，自己一个大子儿也没敢留，可他不会种庄稼，在乡下养不活一家老小，没办法又回了南门口摆摊儿算卦，这才引出一段"崔老道捉妖"的奇事。这件事也有个前因后果，要想知道来龙去脉，那就得从头说起。

　　话说崔老道在南城边上摆摊儿，给人算卦测字，日复一日，年复一年。那时候连年战乱，他那套在江湖上蒙人的玩意儿也没有多少人信了，买卖是一天不如一天，再这么下去就要喝西北风了。可旧天津卫是块宝地，养活富人，也养活穷人，因为五行八作鱼龙混杂，靠什么吃饭的都有。本钱大的开商铺，本钱小的起早贪黑，到南市摆摊儿做小买卖，不然到码头上扛大包，或给洋人跑腿儿，或去街头演杂耍卖艺。不管到什么年头，饿不死有本事的手艺人，哪怕没手艺、没本钱、没力气，只要豁得出去也行，横的不要命的可以当混混儿，地痞无赖的名声虽然不怎么样，好歹也是个饭碗。

崔老道除了算卦批命这套封建迷信的东西，什么也不会，但光指着这个早晚得饿死，想来想去干什么好呢，后来总算想出个点子，摆摊儿算卦的同时还说书。凭着嘴皮子利索，能说《岳飞传》这套书，当然这其中有不少内容他也不知道，很多部分只能顺嘴现编。可崔老道有个能耐，别管侃得多么邪乎，吹得如何大，到最后他总能给圆上。

而且《岳飞传》里有许多神怪故事，岳飞岳鹏举是我佛如来头顶佛光里的金翅大鹏鸟。这大鹏鸟太厉害了，以前跟孙悟空斗过法，只因在西天听经的女土蝠放了个屁，惹恼了金翅大鹏明王，两翅一扇一口啄死了女土蝠，大鹏鸟让我佛如来贬下界投胎，要与女土蝠了却这段恩怨。它下界途中又啄瞎了一条老虬龙的一只眼。结果这几位神怪仙佛托生到人间，变成了岳飞、秦桧[1]、金兀术[2]这些人物，因果报应的迷信思想很重。以前的老百姓专喜欢听这样的书，南市三不管儿那地方的闲人也多，崔老道又能讲会拢人，摆上摊儿先开腔唱道："一字写出一架房梁，二字写出来上短下长，三字写出来横看川字模样，四字写出来四角四方……"这么一唱，先把人聚过来，然后拍醒木开讲，还真有许多听众捧他的臭脚，天天围着他听《岳飞传》。

崔老道是会耍嘴皮子的老江湖，他知道说书得有扣儿，扣儿就是悬念。你光在那儿说，人们听完一散没人掏钱，说到节骨眼儿上，就得先停下来，然后伸手要钱，扣子不大给钱的人就少，扣子大了你不会要钱，人家也不愿意掏腰包。在南城根儿底下听书的都不富裕，

---

[1] 据传说，秦桧为虬龙转世，秦桧之妻王氏为女土蝠转世。
[2] 据传说，宋徽宗因对玉皇大帝不敬，玉皇大帝派下赤须龙扰乱宋氏江山，赤须龙转世为金兀术。

真有钱人家早去茶馆听了，所以得会说，崔老道就有这本事，不仅扣儿大，还会说话。毕竟周围这些人至少有一多半是压根儿没打算掏钱，身上也根本没钱，你伸手张口要钱，不能把这些掏不起钱的人伤了。

崔老道一般讲到扣人心弦的紧张之处，就拿个碗出来放到地上，脸上赔着笑，对周围的人们抱拳拱手："诸位，老道伺候诸位这段精忠岳武穆，就是为了替佛道传名，所谓善恶到头终有报，只争来早与来迟。诸位在这儿听老道这段说话，一是捧老道的场，二是咱的缘分。可老道我也是拉家带口，大人孩子得有口饭吃啊，这天气一天凉似一天，我们一家人连一件棉衣服都没有，这就叫棒子面倒在茶壶里——不好活呀。没法子，还得求您各位，您有钱的帮个钱场，没钱的帮个人力，在旁边站脚助威，容我要个棒子面钱，回去之后一家人端起饭碗，绝忘不了您的好处。"

这是秋凉天寒时说的话，天暖的时候还得改口，那时崔老道就说："老天爷真是心疼咱们穷人，这天气一天比一天暖和了，老道一家子冻不死了，一件棉袄能拆改两件小褂儿，可天暖和也不解饿呀，老几位您还得帮帮忙。"

所以说吃张口饭不容易，这叫"撂地画锅"，站到当地张嘴开言，说几句就能让人们掏钱，这得是多大的本事。崔老道连说书带算卦，有时候把饭钱赚够了，也送人几卦，能够勉强维持生计。但这么糊口可不能赶上刮风下雨，南市三不管儿是热闹，可分什么天气，刮风减半，下雨全无，天气不好的日子就得挨饿。

有一回连雨天，满大街都没人了。崔老道望天叹气，正愁得没咒儿念，这时来了个刘大嘴，生得又肥又胖，五短身材，脑袋大脖子粗，一张大嘴，满口的獠牙里出外进，是南市的半个混星子，专门给人了白事儿，就是谁家死人了，他帮着打点安排，规矩全懂，当年也是崔老道的徒弟。

崔老道在年轻的时候，底下的徒弟就不少了，这些年死的死散的散，也没剩下几个。这天刘大嘴揽了个大活儿，城北官银号旁边有个大财主，老爷俩腿儿一蹬归了西，家里只剩个傻儿子，现在要操办白事。可最近城里死人多，刘大嘴实在找不着和尚老道了，想起他师傅崔老道，虽然崔老道不是干这行的，可这些迷信的勾当没人比他更明白了。

　　刘大嘴急匆匆地赶来，让崔老道准备准备，一会儿过去帮忙，得了钱师徒二人平分。财主家那位傻少爷的钱没数，这活儿做下来，钱准少不了。

　　崔老道大喜，还得说是徒弟刘大嘴知道心疼师傅，当即收了卦摊儿，一路直奔城北，白天穿上道袍念经，晚上开始送禄。可能有些人不知道这种风俗，送禄是送福禄之意，旧时迷信，有钱人死了之后要升天。请来和尚老道之类的人，用黄纸糊一个空筒子，形状就像批斗大会戴的高帽，烧纸时把这黄表纸糊的筒子放上去，这筒子叫"表"，是给玉皇大帝上的奏表，告诉上天这个人生前积德行善，死后可以升天。黄纸扎糊的表让火一烧，热流往上走，它就能带着冒火发声，在此过程中可以响三次，响过三次就意味着死人上天了。

　　纸糊的空筒能响，是因为糊的时候特意多加了几层纸，纸厚能把热流闷在里头，聚集一段时间"砰"的一下爆开，火花四溅很是唬人。旧社会的人不懂其理，以为这玩意儿真能通天，据说纸表烧上天时，响这三下的动静越大越好。那些大户人家特意多给钱，让和尚老道把纸表糊得讲究一些，钱给得越多纸表越响，说明心诚家善，其实这都是指着白事吃饭的那伙人蒙取钱财的手段。

　　刘大嘴是执事，所谓"大了"，提前糊好了纸表，跟崔老道带着送禄的队伍，笙管笛箫吹吹打打，走到十字路口。按迷信的说法，把鬼送到十字路口，它上不了天，也不会跟着人回家。

送禄队伍行到十字路口，开始烧成队的纸马香稞，一旁有锣鼓班子吹打。崔老道身穿道袍，让那位傻少爷跪在地上，他手里端着铜盘，上头放着黄纸表。

　　刘大嘴告诉傻少爷："少爷，你瞧见没有，咱这就送老爷上天了，等会儿这黄纸糊的奏表冒出火，它每响一下，您就得磕三个头，然后给老道赏钱。"

　　傻少爷才十七，老爷子一死，家里就剩他一个，鼻涕流到嘴里都不知道拿袖子抹一抹，可也不是别人说什么就信什么，此时他披麻戴孝，问刘大嘴："我爹上天干吗去？"

　　刘大嘴说："上天成仙啊，老爷子上天进南天门就成仙了。"

　　傻少爷一听乐了，说道："上天成仙太好了，那我得多赏你们钱。"

　　刘大嘴跟崔老道心中暗喜，互相使个眼色，立即拿火把那纸表点着了。

　　崔老道端着铜盘，俩眼盯住燃烧的纸表，嘴里念念有词，旁人谁也听不明白，忽然"砰"的一声闷响，火苗子往上一蹿，火花纸灰四溅。崔老道拉着长音儿，高声叫道："老爷子灵魂出壳，孝子跪……"

　　刘大嘴帮腔作势，赶紧掏出个碗举在傻少爷眼前，叫道："老爷子魂灵出壳了，孝子快打赏，让崔老道好好念咒儿。"

　　傻少爷磕完头，掏出一把大洋，放到刘大嘴碗里，告诉崔老道："老道，你把咒儿念好了，让我爹上天当神仙。"

　　崔老道偷眼往碗里一看，这傻少爷可真不少给，足有十块现大洋，心里边高兴，这得在南门口磨多少嘴皮子才能赚来，当即卖力念咒，一会儿黄纸表又是一响，他叫道："老爷子上天了。"

　　刘大嘴又撺掇傻少爷掏钱，那傻少爷真舍得啊，又掏了一把现大洋扔到碗里，跪地上"咣咣咣"磕了三个响头。

　　这时纸表爆出最后一响，崔老道心想这回妥了，分完钱回家买米买肉包饺子捞面。他心里胡思乱想，嘴上不敢停，继续叫道："老爷子进南天门，孝子再叩头。"

刘大嘴紧在旁边让傻少爷多掏钱，吆喝道："恭喜老爷子进了南天门，孝子贤孙叩首跪送，赏崔老道……"

刘大嘴这边吆喝着，那边傻少爷也要掏钱，忽然不知哪里又是一声响，凄厉的声音撕破了夜空，在场之人听得个个脸上变色。

二　烧河楼

往常给玉皇大帝烧奏表，最多响三声，让死人进了南天门，这事就算完了。谁知这三声响过之后，半夜里又传来一声响亮，那年头世道乱，经常打仗，送禄的人们听这声音不太对，刚才的动静好像是枪声，大伙儿全傻眼了，深更半夜哪儿打枪？

傻少爷一听不干了，哭得满脸都是鼻涕眼泪，上去抡圆了胳膊，给刘大嘴一个大耳刮子："你跟崔老道骗人啊，说好了让我爹上天当神仙，怎么刚进南天门就给枪毙了？赔我爹……你赔我爹！"

刘大嘴挨了一记耳光，被打得晕头转向，还想编个借口把傻少爷糊弄过去，但一低头发现自己衣服上全是血，原来刚才这一枪是颗流弹，不知道从哪儿打过来的，正打到刘大嘴身上。他"哎哟"一声，急忙想用手去捂枪眼儿，这手还没等抬起来，身子一晃，当场扑倒在地，已然气绝身亡，可俩眼还睁着，到死也想不明白自己怎么忽然挨了枪子儿。

周围那些人一看出人命了，顿时乱了套。这时远处枪声大作，谁也不知道城里出了什么乱子，人们你拥我挤，四处逃窜，争着往家跑。

崔老道当时也蒙了，顾不上给刘大嘴收尸，赶紧把那碗里的大洋抓起来，跟在人群中撒开腿往家跑，就看到街上乱成了一片，远近好几处火头。他心慌不辨路，拖着那条瘸腿，随着满街的人群跑。

这时出来好多军警，不问青红皂白到处抓人。崔老道也让军警当场按住了，那些大洋全被没收，跟一同被抓的人关进了监狱。

原来这天城里发生了民变，老百姓跟军队起了冲突，一伙地痞流氓趁机打砸抢烧。傻少爷家里有钱，住在北城，那边全是大商号，有家最大的盛源当铺和旁边的洋行都让人点着了。有些地痞混混儿进去抢东西，还出了人命，等军警过来镇压的时候，真正抢东西的歹人早跑了，只抓了两百来个在街上看热闹的平头老百姓，崔老道也是其中一个。

北洋政府见烧了洋行，怕把事情闹大了，只好杀一儆百，没处抓真正的凶徒去，就打算在抓来的这些人里面找几个替死鬼，拉出去游街示众，然后请出大令开刀问斩。只要砍下几颗脑袋来挂到街上，城里的局面必然能够迅速稳定，对内对外也好交代了。

问题是抓了那么多人，总不能都砍了，杀少了又起不到杀鸡儆猴的效果。军政府合计了一下，决定要八条命，砍下八颗人头，准能把这次的乱子给平了，但选这八个替死鬼又是个问题，谁该死谁不该死没法儿区分。

至于官府怎么商量砍谁的脑袋，这些事不在话下。单说牢里关满了从街上抓来的平民百姓，崔老道被抓之后听人说了，心里明白了七八。他被审了一通然后推进大牢，那里面人挨人、人挤人，有些人认识崔老道，一看他进来赶紧给腾个地方："道长，您怎么也进来了？"

崔老道摇头叹气，连称倒霉："别提了，一言难尽，敢情老几位也都在。"

这些被抓来的大多是闲人，要不然怎么大半夜听见动静就跑出去看热闹。有那不知死的跟崔老道说："道长您昨天那段《岳飞传》，可正讲到金兀术在朱仙镇摆了连环马，南宋兵将抵挡不住，岳元帅怎么破这阵？我都快急死了，晚上睡觉都没睡踏实，要不然也不能上街看热闹让人给抓了，您来得正好，反正咱在这儿干坐着没事，您给我们接着往下讲吧。"

崔老道说："咱项上人头都快保不住了，诸位怎么还有心思听《岳飞传》？咱这次这事闹大了，烧了洋行，死了洋人，官面儿上肯定要找替死鬼顶罪。同治九年（1870年）火烧望海楼教堂，最后砍了二十颗脑袋才算完，虽然这是前清的章程了，可不管世道怎么变，倒霉顶罪的也是咱这些穷老百姓。"

大伙儿一听崔老道说得有理，都在那儿唉声叹气，有胆小的哭天抢地，大声喊冤。

崔老道心想，牢里乱成这样，一会儿追究下来，还不是得怪到我崔老道的头上？他忙说，诸位别乱，听老道我唱两句，此刻触景生情，唱起当年火烧望海楼的事，只听崔老道唱道：鬼子楼高九丈九，众家小孩儿砍砖头，一砍砍进鬼子楼，五月二十三起祸头，城里城外众好汉，天津卫的哥们儿要报仇，手拿刀枪剑戟，斧钺叉钩，拐子流星带斧头，一齐奔到望海楼，杀声犹如狮子吼，抓住鬼子不放手，一刀一个不留情，从此惹下大祸头……

大清国还没倒台的时候，河口上有一座洋人盖的教堂，教堂里收留盲童。老百姓们不知内情，风传说洋人专挖小孩儿眼珠子，有些人信以为真找上门去闹事，引发了很大的流血冲突。洋人开枪打死了知县随从，乱民们一拥而上烧教堂、杀洋人，洋人军舰直抵入海口，逼着清廷查办此案。官府只好连蒙带唬，抓了二十个混星子，说是打几下板子揍一顿让洋人出了气就行，然后给你们银子。结果在夜里把这二十个人都拉到街上砍了头，虽然是半夜，但城里的男女老少听到消息都来观看，以前会评弹的民间艺人连说带唱，讲的就是这段事迹。

崔老道一边唱一边想着自己的倒霉事儿，家中上有老下有小，张着嘴等米下锅，他这一死可让那几口人怎么活，怕是"夜盗董妃坟"的报应来了，也悔恨自己见财起意，跟刘大嘴去给傻少爷操持白事，要不然怎么能稀里糊涂地下了大狱。他心中伤感，越唱越是悲切，把周围那些人都听得跟着掉眼泪。

这时候却听脚步声响，有些狱警走过来，为首的一个狱警拿警棍敲打铁栅："谁在那儿号丧呢？现在都民国多少年了，怎么还念叨前清的事？我告诉你们这些人，上面已经把事儿查清楚了，没那么严重，现在就把你们都放出去，回去之后都给我老实点儿，别在街上乱逛了。"

众人本以为此番必死无疑，没想到突然听到这么个消息，如临大赦，个个喜出望外，等牢门一打开争着往外跑。

崔老道是最后进来的，离门最近，一转身就能出去，他急着回家，一看牢门打开了，赶紧往外挤，脑袋还没探出去，就让那狱警给推倒在地："谁也不许挤，一个一个走。"

崔老道见身后那个人从他身上跨过去，一溜小跑地出去了。他急忙挣扎起身要再往外走，谁知那狱警跟他过不去，还没等他把脚迈出去，又让人家推回了牢里。崔老道莫名其妙，心里有种无助的恐慌，问道："爷台，老道没得罪过您啊，咱们往日无怨近日无仇，怎么让别人出去不让我出去？"

那狱警说："你这牛鼻子老道刚才在这儿妖言惑众，唱什么官府要拿无辜百姓的性命顶罪，你还想出去？"

崔老道一听原来是这么回事，想哭都找不着调门儿了，心里这份后悔就别提了。你说让人家抓进来老老实实待着多好，也不知怎么让鬼催的非唱那段《烧河楼》。如今官府哪管平民百姓死活，在监狱里死个人，跟死个臭虫没什么两样，抬到西关乱葬岗就填了万人坑，这帮穿官衣儿的给你胡乱安个罪名，便可以请功领赏，如果

/ 276 /

这次被留在牢里，再也别想活着出去了。他苦苦哀求那位狱警："爷台，您不看僧面看佛面，不看佛面看道面，千万要高抬贵手啊……"

那狱警根本不搭理崔老道，而狱中其他人则争先恐后地往外挤，一会儿工夫跑了个干干净净。崔老道欲哭无泪，只好自认倒霉。

谁知那狱警过去把崔老道扶起来："道长，我常到南市听你说《精忠岳飞传》，我都听上瘾了，刚才是救您一命，您可不能赶着出去挨头刀啊。"

崔老道越听越糊涂，仔细一问才明白是怎么回事儿。原来官府要处决八个人顶罪，假意把这些人都往外放，最前边挤出去的八个人就该死，到外面让人家五花大绑捆个结实，二话不说拉到法场就地正法，请大令过来斩首示众，此刻这八个人已经全被砍了脑袋。民国时的死罪一般是枪毙，大令相当于部队里的剑子手，专砍军阀部队里的逃兵。这回要平定局面，所以没枪毙，而是请军阀的大令枭首。

这狱警姓杨，名叫杨以德，排行第二，人称杨二爷，大小是个头目，也爱听崔老道说书，不忍看崔老道稀里糊涂地成为刀下之鬼，这才把他拦住。

救命之恩，恩同再造。崔老道千恩万谢，辞别杨以德回到家中，从此跟杨以德两个人经常走动，成了无话不谈的朋友。他仍是摆摊儿算卦糊口，这辈子没少吃苦，不想让后人再学他的本事，托杨以德帮自己儿子找了位师傅，正正经经学门手艺，将来可以自食其力，绝不能再跟他一样吃江湖饭了。

杨以德这人长得面相不好，却是个热心肠，找到一位手艺高明的木匠，让崔老道的儿子去做木匠学徒。那年头当学徒都是吃苦受累，木匠行中有这么一条不成文的规定："学三年，帮三年。"也就是说，学徒到师傅家里学手艺，不用付给师傅学费，师傅还得管吃管住，但不论什么脏活累活，只要师傅吩咐下来，都必须要做，另外虽然是说管吃管住，可吃什么住什么，那就得听师傅的了。可以说当学徒非常苦。学艺三年，三年之中师傅将自身本领悉心传授。三年师满，徒弟却不能立刻另立门户，还要在师傅家帮工三年，仍然按照学徒的待遇，这是为了报答师傅传授本领的恩情。

学三年帮三年，最少六年之后才能自己接活赚钱。有许多急于自己创业的学徒，耐不住这连学带帮的六年之苦，学了两年便逃回老家赚钱去了，所以到后来许多师傅在传授艺业之时，都有所保留。以前三年能教会一个徒弟，现在没个五六年，绝不把真东西都传给弟子。人家师傅看在杨二爷的面子上，答应三年准能学会，学会就让出徒，只要崔老道的儿子塌下心来，跟师傅学会木匠手艺，今后足以安身立命。

崔老道受过杨二爷多次恩惠，总念着这个人的好处。可好人不长命，1939 年发大水，杨二爷为了救小孩儿掉在洪水中淹死了，其实杨以德此人水性非常出色，但是据说发大水的时候闹过河妖，杨二爷是让河妖吃了。

三　大清河里的河妖

民国二十八年，也就是 1939 年，那年气候反常，黄河泛滥，到处都有怪事。成群的蝗虫飞进城里，人们一抬脚就能踩死几只。估计是打山东、河南那边飞过来的，但这种情况在城里太少见了。有人专门拿麻袋捉蝗虫，捉完放油锅里炸了，一碗一碗地卖，也真有胆大的人敢吃。还有黄鼠狼子搬家，有居民赶早出去，天蒙蒙亮的时候打开门，马路上跑的全是黄鼠狼子，那些东西也不避人，等天亮之后就逃得没影儿了。人们议论纷纷，这可不是什么好兆头，怕是要出什么大事。

随后开始下暴雨，街上行人稀少，各家关门闭户，有钱人家还好说，看天儿吃饭的穷人瞪眼挨饿。崔老道一家住在南市一条胡同里，也是个大杂院，从里到外好几十户人家。

崔老道对门这户，是以拉洋车糊口，洋车就是过去的黄包车，也叫拉胶皮的。这个拉洋车的外号叫铁柱子，家里穷得不像样，一来赶上连雨天，二来铁柱子的老爹卧床不起，出气多进气少，这人眼瞅着要完。

铁柱子请土郎中过来看了看，土郎中一摸那老头儿都快没脉了，告诉铁柱子这人快没了，赶紧准备后事。铁柱子慌了手脚，只能找邻居崔老道商量。崔老道同样好几天没出摊儿了，一家老小都饿得眼珠子发蓝，想帮衬也帮衬不上。他知道这三伏天又下那么大的雨，人死之后搁不了多久就得发臭，于是跟这些老邻居老街坊凑了一点儿钱，到棺材铺半赊半买，取回一口薄皮棺材。老爷子辛苦一辈子，临走不能拿草席裹着，那埋到坟地里等于是喂野狗，有这么口薄皮棺材，大伙儿也都安心了，这叫穷帮穷富帮富。崔老道又让铁柱子再想办法找点儿钱，人死出殡之前，最起码得有点儿供奉，要不然到了阴间也是饿死鬼。

铁柱子是个孝子，可家徒四壁，哪有钱啊？五尺多高的汉子，到这时候一个大子儿拿不出来，恨不能在墙上一头撞死，他只好拉着洋车出去，看能不能碰碰运气拉趟活儿。不过外头大雨滂沱，天也太早，跑出几条街都没人，他心里难过，脑中混乱，不知不觉到了城西。这边比较荒凉，这时候更没有人，铁柱子急得蹲在房檐底下掉眼泪。

这时对面走过来一个学生，那会儿学生都是洋派，出门穿着学生服，打着雨伞在街上过。铁柱子赶紧抹去泪水，上前求那学生：

"您行行好坐我这车吧，我爹快不行了，我想凑俩钱给他预备些供奉，让他走在黄泉路上不至于挨饿。"

那学生一听这情况，心里十分同情，但学生是不坐这种车的，您看拉洋车的什么时候拉过穿学生服的人。他身上也没带钱，正好有一包点心是给家里老人带的，就给了铁柱子。

铁柱子谢过学生，裹好点心不让大雨淋着，一路跑着回到家里。他爹这会儿刚咽气，铁柱子大哭一通，然后把那包点心交给崔老道："道长，您看这个行不行？"

崔老道一看口水都快流下来了，这是盛兰斋的点心"鹅油宫饼"，这个要不行就没有再行的了，崔老道活这么大岁数也只吃过两回。

盛兰斋是从前清嘉庆年间就有的点心铺，百年老字号。以前崔老道的师爷曾给盛兰斋点心铺看过风水，说这家铺子做买卖能发大财，但是不利人口。因为这整个铺面开在斜街上，从前到后是个喇叭形，前头门脸像扇子面，很宽大，位置也好，却是越往里走越窄，走到尽头只能站一个人，按风水先生的说法，这叫嘴大嗓子小，吃得下咽不下，使劲儿咽得把人活活噎死。到后来果如其言，盛兰斋点心铺掌柜家经常死人，买卖做得很大，本来很大一家子，到民国时候只剩下一脉单传。

在当时来说，盛兰斋的点心意味着品质，用糖是有名的潮糖，潮糖油性大，时间越长越黏，怎么放也不硬，做出来的点心不会发干，使用的油全是自己磨的小磨香油，大油选用上好的板油。当年有个荤油李，炼出来的大油为上等之品，盛兰斋点心铺专用荤油李的大油，鸡蛋、面粉、果料无一不是真东西，诸如什么葡萄干、松子仁、红梅、青梅、桂花、芝麻之类，也是各有各的讲究。不单是点心，蜜饯元宵也称一绝。

铁柱子吃棒子面长大的，他哪懂这个，一看崔老道说好，急忙取出一块鹅油宫饼，双手捧着送到老爷子嘴前，一边哭一边喊着爹啊，这是盛兰斋的点心，您活着的时候没吃过，走在黄泉路上垫一口。

此时就看那躺在床上的老头儿，颤颤巍巍地张开嘴想够那块鹅油宫饼。院里邻居以为诈尸了，全吓坏了，唯有崔老道看出那老头儿还没死绝，让这点心把那口气又吊回来了，这人得馋到什么程度啊。他立刻让铁柱子拿勺把点心碾碎了，用热水一口口地喂老爷子，没想到这一块点心下肚，老头儿又睁开眼了，街坊邻居们转悲为喜。

铁柱子又惊又喜，非要去找那位学生。当面磕几个头谢谢人家。他拙嘴笨舌，也不会说话、不懂礼数，求崔老道跟他一同前去。

崔老道无奈，只得跟铁柱子去找那个学生。两人冒着雨来到街上，找来找去找不着，也不可能找着，再想回去回不去了，持续不断的暴雨，使河水猛涨，开始发大水了。

民间流传这么个说法："九河下梢天津卫，三道浮桥两座关，往南走是海光寺，往北走到北大关。"总说天津卫地处九河下梢，实际上主要是五条河，分别是子牙河、海河、永定河、大清河、北运河，河道纵横交错，发起大水来可不是闹笑话。1939 年这场大洪水是有史所载最大的一次，洪峰频繁，城里城外一片汪洋。

天刚亮，雨就停了，这洪峰紧接着就过来了。铁柱子看水不深还想蹚着水走回家，崔老道见迎面横着一条线状的水头，远看像是一条白线，离着他和铁柱子站的地方越来越近，离得远了，也看不出水势大小。

这时旁边草丛里有条大蛇，迅速游走爬上了路边一棵大树。崔老道瞅个满眼，心中有种不祥之感，蛇是有灵性的东西，看来这场大水来得厉害，他连忙跟铁柱子也往树上爬。刚上树那大水就到跟前了，天阴如晦，浊浪翻滚，洪波卷着各种杂物滔滔而至，河里还有不少被洪水吞没的浮尸，甚至牛羊骡马之类的大牲口。

崔老道和铁柱子目睹了这场洪灾，趴在树上不住发抖。城区地势高低不同，有些地方水流没入膝盖，有的地方则仅剩个屋顶，老百姓纷纷逃到高处，也有很多人被困在屋顶树梢上下不来。

两人置身的那棵大树周围有许多房屋，发觉闹大水的居民，背着老的抱着小的爬到屋顶，人们说话相闻，但被洪水困住，谁都不能离开。就看那些落水之后还没淹死的人，身不由己地跟洪水起伏漂流，伸着两手想抓住房檐树梢，可洪流太急，转眼就被大水卷走了，后来终于有几个人找来长杆，伸到洪流中将落水之人拖上房顶。

水势渐渐平缓下来，人们以为洪水很快就能退了，谁承想又下起了大雨。众人三个一堆五个一群，分别聚在高处，全身上下都湿透了，在漫天大雨中没处躲没处藏，忍饥挨饿叫苦连天，却没有任何办法。

支撑到中午时分，城里的人组织小船过来救援。那些船有水警的小艇，也有河上的渔船，过来十几条船，崔老道相熟的杨以德也在其中。

这时杨以德是警长了，他瞧见崔老道在树上，指挥手下前去搭救。崔老道和铁柱子被救到船上，忙着问城里的情形，得知家里头没事才把悬着的心放下。

由于船少人多，每条小船上都挤满了人，吃水太深，掌船的告诉警长杨以德："不能再上人了，否则就要翻了。"以前的人迷信，船上最忌讳说翻说沉，那掌船的当时是急眼了，这话一出口立刻后悔了，抬手给自己一个嘴巴。

警长杨以德一看附近还有很多人让大水困着，跟掌船的船老大商量，想多救一个是一个，不过小船上确实是没地方了，这时不知谁喊了一嗓子："不好了，洪峰又来了！"

众人心头一震，用手遮着雨朝其所指看去，果然远处有一道白线压着水面往这边来了，看方向应该是大清河那边来的水。洪流湍急，还没等看清楚，比房顶都高的大浪头已卷至近前，立时打翻了几艘载满了人的小艇。崔老道和警长杨以德所乘的小船，侥幸避过了这波洪峰，但是也被冲出很远，船身随波逐流起伏摇晃，有几个人被剧烈的晃动甩下了船。杨以德和铁柱子都会水，同样想着救人要紧，相继跳下去搭救落水的人。

此时崔老道发现远处有一大团黑乎乎的涡流，在洪波中忽隐忽现，一会儿沉到水底下就不见了，一会儿又出现在水面，卷起黑色的水柱，逐渐往这边移来。他突然想起件事，心道："糟糕，这是大清河里的河妖啊，这东西竟然趁着洪水逃出来了。"

四 拉胶皮的铁柱子

相传很多年以前，大清河水患泛滥，河中常有黑色漩涡出现，好像有什么很大的东西躲在河底吸水，人们都说那是河妖，为此死了许多人。官府铸了一尊铁牛镇河妖，当年把这尊千斤铁牛沉入河道，大清河才变得平静下来。今天这场罕见的大洪水，可能冲垮了大清河的河道，又让河妖逃了出来。

崔老道看出情况不对，拼命招呼水里的人快游上船。这时铁柱子刚把一个落水的人救起，而警长杨二爷却越游越远，要救一个被大水冲走的小孩儿，忽见洪波中的漩涡突然逼近，杨二爷和那个落水的小孩儿转眼就让漩涡卷走了，再也没有浮上水面。

崔老道在船上哭天抹泪，心疼自己这兄弟就这么没了。杨二爷人缘不错，别看是穿官衣儿的，平时没有架子，大伙儿有什么难事找他，他总是想方设法帮忙。船上的人无不难过，以为杨二爷为了救人被大水冲走淹死了，只有崔老道看出洪波里有河妖出没。

这场大水过了很久才退，周围郊县的房屋田地多被冲毁，城里的百货大楼都给淹了。人们到处寻找，始终没找到杨二爷的尸首，只得做了个衣冠冢，替杨二爷出殡埋葬。发丧那天崔老道和铁柱子都去了，说来可是巧了，原来那天送给铁柱子盛兰斋点心的学生，正是杨二爷的儿子。

铁柱子感恩戴德，他听崔老道念叨杨二爷死得蹊跷，八成是让河妖给吃了，他当即发了大誓，豁出性命不要，也得替杨二爷报仇。

崔老道也有此意，可这件事还得从长计议。他先带着铁柱子到大清河走了一趟，到地方放眼一看，直河出平地，河水舒缓宁静。

铁柱子出主意要用麻袋把河道填堵，使河水改道，然后看看这大清河里，到底有什么吃人的怪物。

崔老道连连摇头，这件事说着容易做着难，大清河如此宽阔，得用多少麻袋才能挡住河水？再说看这河里的妖气已经不在了，也许那河妖趁着发大水，逃到别的地方去了，早已不在大清河里了。

两个人去找附近的人打听，一问果不其然。前些天闹大水，河底的泥沙让洪流翻卷上来，大水退去之后，人们看到有半截儿锈迹斑驳的大铁牛，带着断掉的铁链铁环，横倒在河边的淤泥中，一定是让大水从河底带出来的，此时那半截儿镇河的铁牛已经被人拉走了。

崔老道和铁柱子得知这个消息，心想这回麻烦大了。1939 年这场大洪水，洪流是奔着东南去的，南面地势低，水洼河道数不胜数，想不出那河妖会躲到什么地方，只好回去商量。

白天铁柱子还要拉洋车，赚钱养家糊口，他这洋车是打车行里租来的，每天要交份子钱，交够份子钱再赚才是自己的，所以起早贪黑特别辛苦。

崔老道相对清闲，他到南门口摆摊儿，专捡最热闹的时候，一早一晚没人，在家的时间比较多。每天收了摊儿，便回到家翻箱倒柜，找出几本残破古旧书页发黄的图册，按着地理方位推断河妖的去向。

这天傍晚，铁柱子收车回来，他跑得满身臭汗，一进门脸都顾不上洗，直奔崔老道这屋："道长，您听说了吗？南城出怪事了！"

崔老道以摆摊儿算卦为生，并没有能掐会算的本事，但南市人来人往，城里城外的大事小情都能听到，所以早就知道了。这半个多月以来，卫南洼里接连淹死了好几个人，下去游泳摸鱼的人，个个有去无回，尸体都找不着。这卫南洼是一片大水洼子，两头通着河，当中一大片水面开阔，两端狭窄，水非常深，周围有几个村子。也许从大清河里逃出来的河妖，就躲在这片大水洼子里。

铁柱子问崔老道："道长，咱总说大清河里的河妖，那究竟是个什么东西？"

这事崔老道也说不上来，大清河挨着陈塘庄，在以往的民间传说中，这地方是当年托塔天王李靖镇守的陈塘关。陈塘关在海边，早年间退海还地，有了这条大清河，年代既久，水府里的东西又古怪诡秘，没有人说得上河妖到底是什么。这东西道行太深，虽然知道它躲在卫南洼里，但也只有一个办法能对付它。

铁柱子撸胳膊挽袖子，问崔老道怎么对付那妖怪，他打算问明白之后，转天天一亮就去动手。

崔老道一摆手："急不得，你铁柱子虽是水性了得，可下到水里遇上河妖，也是要白白送掉性命。"

铁柱子焦躁不已，说道："这怎么办，难道警长杨二爷的仇不报了？别看我铁柱子是个臭拉胶皮的，却也懂得知恩图报。道长，你有什么除妖的法子，只管说来，纵然是下油锅我也不会皱一皱眉头。"

崔老道见铁柱子心意已决，只得摸出一根钢针，不是缝衣服而是纳鞋底子的大针。老道告诉铁柱子："这办法说简单也简单，说难也是极难。我给你画张纸符放在床头，屋里点根大香，你捏好这根钢针睡觉，夜里走出去，不管看见什么听见什么，切记勿惊勿怕。出城走到卫南洼水边，用力将这根钢针扔到水里，然后扭头就往回走。无论谁在你身后说话，你千万记住了不要理会，也不能回头，香灭之前必须赶回来。如此这般，连续三天，那河妖准死。"

铁柱子本以为有多难，一听居然这么简单，这还不容易吗，道长您就瞧我的吧。

崔老道说："你千万不能大意，稍有闪失你的性命就没了，想想你这一家老小谁能养活？"

铁柱子点头称是，告诉崔老道只管放心，这些话他牢记于心，绝不敢忘。

崔老道当时画了张符，曲里拐弯的蝌蚪图案，又取出三根钢针、三根大香，一并交给铁柱子，天黑掌灯之后贴到床头，嘱咐再三。要说崔老道的本事有多大，不仅外人，连他家里人都不清楚，只能说是高深莫测，可自从"夜盗董妃坟"之后，崔老道再也不敢用了，他知道自己命浅福薄压不住，只凭摆摊儿说书算卦为生，依靠耍嘴皮子混碗饭吃。这次是真想替杨二爷报仇，不得不铤而走险。他也明白自己年老气衰，又贪生怕死，去了就回不来，而铁柱子正当壮年，血气方刚，心直胆大，或许能行。

单说铁柱子把崔老道的话记在心里，回到家和往常一样洗脸吃饭，掌灯之后把那黄纸符贴到床头，点了根供佛用的大香，然后握着那根钢针躺到床上。不知过了多久，他心说坏了，崔老道只说晚上出门往城南走，可忘了问到底什么时辰出去，是前半夜还是后半夜，是三更还是四更？

铁柱子此人是个受穷等不到天亮的急脾气，当下要找崔老道问个明白，匆匆忙忙起身出门，走了几步，才发现是在一条很平坦的土路上，前不着村后不着店，也不知道怎么走到这条路上来了。他愣了一下，心想："是了，我得背对着香火往南走！"

路上黑灯瞎火，除了铁柱子一个人也没有，他走着走着，看前边过来个穿黑衣服的老头儿。

黑衣老者看见铁柱子，停下脚步问道："后生，谁让你到这儿来的？你知不知道这是什么地方？"

铁柱子想起崔老道的话，不敢理睬那个黑衣老者，低着头只顾往前走。

黑衣老者见铁柱子不说话，从身后跟上来说："等会儿，不能再往前走了，那不是你能去的地方，听我一句劝，你赶紧回家吧。"

铁柱子仍然装作没听见，继续往头里走，但是心里也不免犯嘀咕，不知道这老头儿是干什么的。

黑衣老头儿跟在铁柱子身后一个劲儿地问："到底是谁让你来的？你往那边走要做什么？"

铁柱子心觉奇怪："大路朝天，各走半边，咱们两个人各走各的路，我没碍着你，你也没碍着我，你怎么管这么多？"但是记起崔老道千叮咛万嘱咐，硬生生忍住了没开口。

黑衣老头儿看出他的神色，说道："我是为了你好啊，你再往前走就回不去了，你知道这条路是奔哪儿的吗？"

铁柱子不再理会那个啰唆的黑衣老头儿，加快脚步接着走。他平时以拉胶皮为生，腿脚很快，没多一会儿走到一片黑茫茫的水边。按崔老道的吩咐，用力把那根钢针往水中投去，然后不再多看，扭头就往回走，路上那个黑衣老头儿也不见了。他远远看到前方有一点微光，想起是之前在屋里点的那根大香，认准了方向走得更快了。

铁柱子快步往回走，离那香火越来越亮，眼瞅着快到地方了，身上忽然打个寒战，发现自己还躺在床上，那根香才烧了一半，刚才好像是恍恍惚惚的一个梦，手里的钢针却不见了。天亮之后，他把经过跟崔老道说了一遍。

崔老道点头说："你这么做就对了，再有两天即可大功告成。但你千万记住，路上不能跟任何人说话，一定要在香灭之前回到家中。"

五　枪毙傻少爷

铁柱子有了头一回的经验，第二天坦然多了。到夜里掌灯时分，点上一支香，看头顶的纸符也贴好了，手中攥紧第二根钢针，躺到床上就睡，再一睁眼从屋里出来，不知不觉走到那条黑暗无人的土路上。

铁柱子顺着路向前边走，和头一天夜里一样，又遇到了那个穿黑衣服的老头儿。

老头儿这次显得很着急，对铁柱子说："今天你绝对不能再过去了，你先停下来听我说句话，我告诉你件事。"

铁柱子记着崔老道的话，对那老头儿看也不看一眼，只顾往前走。

黑衣老头儿哀求说："后生，只要你扭头回去，要什么我给你什么，你要钱还是要宝？"

铁柱子虽然是穷，但为人很有骨气，脑子里只有一个念头，要除掉河妖，替警长杨二爷报仇，任凭那黑衣老头儿把嘴皮子磨破了，他也不理会。

黑衣老头儿说："后生，枉老夫费尽口舌，你且听老夫一言，有钱了你想干什么干什么，想娶媳妇不想？想吃好东西不想？你想要什么尽管开口，只要你说一句，我立刻给你拿过来。"

铁柱子这时候也看出来了，这黑衣老头儿多半就是大清河里的妖怪，崔老道嘱咐的话不能忘了，任凭对方说出大天，我只当自己是没嘴儿的葫芦，一路来到水边，把那根钢针扔到水中，转身往回走。一起身发现仍在自己家的床上，手里的钢针却没了。

转天白天，崔老道嘱咐铁柱子，这最后一次千万不能掉以轻心，稍有闪失可没人救得了你。

铁柱子说道长放心，白天依旧出去拉洋车赚钱。夜里贴好纸符，点了那根香，握住一根钢针躺到床上，半夜起身上路。

此前铁柱子已在这条路上走过两次，这次不出所料，走到一半又遇到了那个黑衣老头儿。

那黑衣老头儿这次显得又急又怒，指着铁柱子的脸说道："你还敢再来？"

铁柱子不理，心里只想着："我走到水边，把这根钢针扔进去，往回走到家，大清河里的河妖准死，总算替警长杨二爷报仇了。"

那黑衣老头儿说了半天，见铁柱子根本不搭理他，不由得恼恨起来，把脸往下一沉，目露凶光，咬牙切齿地说道："既然你把事做绝了，也别怪老夫翻脸无情，今天夜里我就让你全家都死！"

铁柱子是至孝之人，自己怎么样都不在乎，只怕连累家里的老爹老娘。他一听这话，心里暗自吃惊，转念一想不对，这黑衣老头儿又不认识我，怎么可能知道我家住在哪里，险些上了他的当。

那黑衣老头儿见铁柱子神色不定，终归还是没有开口，再次恶狠狠地说道："你不信是不是？那你瞧着，我现在就去吃了你家里人……"

铁柱子见那黑衣老头儿说着话就往回走，以为对方真要去，忙转身叫道："你敢……"他刚回头开口说话，就看身后那点香火一下子灭了，眼前顿时漆黑一片，再也看不见路。铁柱子肠子都悔青了，但为时已晚，魂魄转眼间就散了。

崔老道这一夜也没睡安稳，心惊肉跳，总觉得要出事。到早晨起来，始终不见铁柱子从屋里出来，推门进去一看，那根香火早已熄灭，铁柱子直挺挺躺在床上，已然气绝身亡。

铁柱子的家里人和邻居们不知道怎么回事，这活蹦乱跳的大小伙子，说死突然就死了，有人落泪，有人惋惜，也许这就是命吧。

崔老道心里一清二楚，他不敢声张出去，一个人躲到无人之处偷着抹泪，杨二爷刚走，铁柱子也死了。崔老道暗自赌咒，不除掉大清河里的河妖，誓不为人。可他也明白，他这把老骨头架不住这么折腾，还得找人帮忙，问题是找谁呢？

崔老道寻思能除掉河妖的人，一要胆大不怕死，二是心坚如铁，因为崔老道听铁柱子说了之前的经过，知道河妖会在半路上百般恐吓、千般诱惑，心意稍不稳固，离魂之后就回不来了，到哪里才能找到诛妖的侠壮之士？

转眼过了几个月，崔老道还没找到合适的人，终日愁眉不展，这天忽然想起来一位，是以前送禄烧奏表时的傻少爷。这傻少爷一脑袋糨糊，怎么看也与侠壮之士没有半点儿关系，可有一点好，只要提前告诉好了他，别人再说什么他也不会信，天底下哪儿还有比他更合适的人？

崔老道盘算好了，就去找那位傻少爷。送禄烧奏表已经是好几年前的事了，这傻少爷还真没忘，一见崔老道就急了，瞪眼问："你这牛鼻子老道，上次送我爹去南天门，怎么刚进南天门就让人家给枪毙了？"

崔老道赶紧解释："孝子哎，根本不是那么回事儿，您可能是误会了。您家老爷子早进南天门了，绝没让人枪毙，当时街上过兵，打死的是混混儿刘大嘴，您不是也在场瞧见了？"

傻少爷仔细一想，刘大嘴确实死了，看来崔老道没说假话，因此不再追究了。

崔老道提前打听过，这位傻少爷本是家财万贯，可架不住那些狐朋狗友蒙他，这两年早把家产败掉了一大半。崔老道煽风点火，告诉傻少爷："今日一见，看少爷面带破财之相，是不是经常有小人来蒙骗您的钱财？"

傻少爷闻听此言连连点头，认为这崔老道还真会算卦，说得没错。

崔老道说："老道我掐指一算，算出有个穿黑衣服的老头儿憋着坏要把少爷家的钱全骗走，老道特地赶来给少爷通风报信，咱们不能让这老头儿得逞啊。"

崔老道一番花言巧语，把傻少爷唬得一愣一愣的。傻子这些年总吃这个亏，最怕让人家把钱蒙走，崔老道将以前嘱咐铁柱子的话，又嘱咐给傻少爷，让他原样照办。

傻少爷也和铁柱子一样，床头贴符，床下点香，晚上捏着钢针出门，一路往南走，同样在半道遇到了穿黑衣服的老头儿。

第一天那黑衣老头儿先问傻少爷去哪儿，又说那地方不能去。傻少爷只记着崔老道的话，认为那老头儿是憋着坏来骗他的财产的，根本不予理睬，到水边扔下钢针，掉头就往回走。第二天那老头儿求傻少爷回去，要钱给钱，要宝给宝，傻少爷是直肠子的实心眼儿，认准了这老头儿是骗自己，只要一说话家里的产业就没了，便闭着嘴不答一言。第三天那黑衣老头儿凶相毕露，声称要去吃掉傻少爷全家老小，傻少爷家里就他一个人，老爷子早上南天门当神仙去了，其余都是下人，是死是活他不在乎，根本不吃这套。等那黑衣老头儿意识到这位是脑子里一根筋的主儿，傻少爷已经把钢针投完了。

第四天早上，几片朝霞飞天际，一轮红日上扶桑。崔老道跑到卫南洼去看，就见水边站满了人，原来河里浮上一条三丈多长的大黑鱼，嘴里吐着血沫，白肚皮朝天。附近的村民用钩竿子拖拽上岸，各家各户争相上来割肉，不到一个时辰，那条大黑鱼就只剩一堆白骨了。

崔老道收敛鱼骨，用火烧成灰，装在一个坛子里，埋到城西养骨塔下，从此很少再有水灾发生。直到解放后，1956 年的时候，养骨塔因雷击破坏倒塌，当年汛期连降暴雨，洪水犹如脱缰野马一般滚滚而来，淹没了大半个城区。

民间传说河妖是条大黑鱼，也有人说是条大蟒蛇或是老鳖。崔老道则说河妖是附在水族身上，其形并不固定，凭他的本事，没办法将其彻底铲除，只能捉起来镇在养骨塔下。那座养骨塔是城里的义民所造，专门收敛荒郊野地里没主儿的尸骸，塔里堆满了骷髅白骨，所以塔砖上全都是符咒。崔老道捉妖之后，把骨灰坛埋到塔下，很多年后终于等来天雷诛妖，经过这场大水，往后多少年都不会再有水患。

傻少爷捉妖有功，除了崔老道知道，连他自己都不知道。到后来傻少爷把家产败光了，误交匪类，凭着又傻又愣，刺了文身当混混儿，左臂上文的是三仙仗剑，右臂上文的五鬼擒龙，成了个不务正业、专欺负老实人的地痞。1952 年因聚众抢劫粮铺，被公安机关当场擒获，年底开了审判大会，插上招子枪毙处决。招子就是死刑犯上法场时，脖子后头插的牌子，上面写有该犯的姓名、罪状。他死后尸首无人认领，也是崔老道帮着收敛的。

崔老道常年在南市摆摊儿算卦说书，一生贫苦，活到解放后才去世。他这辈子认识许多奇人，结交了许多朋友。许多老辈儿人都知道他的事情，比如"崔老道捉妖""大闹白事会""夜盗董妃坟"等，在街头巷尾传来传去，难免有许多添油加醋的成分。再加上有些民间艺人把崔老道的事编成了快板、评书、相声，更让人无从知晓哪段是真哪段是虚，如同崔老道其人，本身就有点儿高深莫测，既平庸又离奇。

　　至于崔老道的本事是从哪儿学来的，也是众说不一，有人说他不仅跟师傅学过，还有奇遇。据说当年崔老道在一个村子里给人张罗白事，那家摆席摆得不错，崔老道贪嘴，吃得口滑，夜里跑肚拉稀，蹲到乱草丛中出恭。月色正明，忽听野地里"唰唰"作响，好像有人走过来了。崔老道怕出丑，躲在长草之后不敢出来，偷眼一看，原来是一条细小的五花蛇，在月光下蜿蜒游走，对面是只大壁虎，蛇与壁虎争斗良久，终于一口把壁虎吞了。崔老道在旁看个满眼，想起曾听人说蛇吞壁虎为"龙虎合"，这地方一定有宝。他当即在地上挖掘起来，掘得一个生锈的铁盒，盒中有一卷残破发黄的古书，他的本事有很大一部分来自此书。不过谁都没看过崔老道的古书，他也没留给崔家后人。

　　如今知道这些事的老辈人越来越少，我仅就当年听家里人和邻居们说的内容，随便给诸位讲一些。崔老道的后人学做木匠，不再吃江湖饭了。到崔大离这代，干得还不错，没赶上下乡插队，进了厂子当了工人。不过看一件事是好是坏，必须从长远来说。崔大离虽然没有上山下乡吃苦，但在厂子里吃大锅饭，把人养得一懒二废。等到国营单位日渐衰退，许多人下岗吃低保，反不如那些上过山下过乡吃过苦的人知道进取。

第二十章 带血的钞票

前边讲过一段"筒子楼里的无头尸体"，是当年流传很广的恐怖故事。在20世纪80代还有个故事"带血的钞票"，很多人会讲，我住老南市的时候，曾听崔大离讲过此事。

"带血的钞票"是一则根据真实新闻改编的怪谈，我听过很多人讲这怪谈，每个人讲的细节都不一样。不过主线差不多，是讲有两个朋友，某甲和某乙合伙到外地做生意，运气不错发了财，回家时把赚来的钞票装在一个提包里。

某甲见财起意，不想跟某乙平分这笔钱，于是在路上找了个偏僻所在，趁某乙不备将其杀害，并且残忍地将尸体大卸八块，分别掩埋到各处，然后拎着提包，独自踏上归途。

某甲当晚住到一家小旅店里，关上房门数钱，这才发现某乙的鲜血流进了提包，那些钞票上沾满了血迹。随后这一路都不太平，接二连三地发生了许多怪事。某甲到家时照镜子，突然看到某乙的鬼魂全身是血地站在他背后，原来是某乙死后阴魂不散，一路跟着他到了家中。

一般讲到这个地方，听者基本上已经听得入神了，正是又惧怕又想听的时候，讲述者便突然抬高语气，做出厉鬼掐人脖子的动作，能把人吓一大跳，屡试不爽。据传还有人因为听这个故事，吓得心脏骤停而死，也许这就是所谓的"人吓人，吓死人"。

　　"带血的钞票"虽然是吓唬人的段子，但它来源于真实事件，报纸上有过新闻报道。这件事发生在20世纪80年代，那时很多人到广州进货，蛤蟆镜、喇叭裤、录像机、流行歌曲的磁带之类，带回来绝不用发愁销路，不少个体户整天坐火车往返做生意，从南方进货到北方赚钱。当时有两个人合伙做这种生意，其中一个图财害命把合伙人杀了，分尸藏匿，从广州回来的路上，终日提心吊胆，总以为有鬼跟着自己，最后承受不住心理压力，到公安机关自首了。此事成了老百姓茶余饭后的谈资，传来传去逐渐变成了一个专门吓唬人的段子。

　　我第一次听这段"带血的钞票"，是住老南市那会儿，听崔大离讲的。那时候的崔大离风华正茂，二十来岁在国营工厂做钳工，有一份人人都羡慕的铁饭碗。崔大离没什么文化，特别爱看连环画，我家里有许多小人儿书，他经常过来看，一看就一下午，晚上到门口拉个小板凳开侃，不愧是崔老道的后人。

　　我们那座筒子楼里，还住着一位连崔大离都很崇拜的工程师老赵。赵工"文革"时戴过帽子挨过批斗，下放在新疆的戈壁荒滩上劳动改造，到20世纪80年代那会儿，已经平反退休很多年了，不过算不上高级干部，也住筒子楼。他这一辈子有过很多传奇经历，给我们讲过很多故事，我至今都记得他讲的"摄影队老爷岭挑灶沟天坑历险"。

　　《我的邻居是妖怪》是一本中短篇小说合集，我选取的内容，大多是自己和身边之人的古怪见闻，本章题目是"带血的钞票"，但只是用这个话题作为开头，在最后一篇中，我想把赵工在老爷岭天坑遇险的事写下来。

一 老爷岭天坑地洞

日本关东军侵占中国东北，为了抵御苏联的机械化部队，关东军在边境线上修筑了绵延数百公里的防线。每段防线都设有要塞，那是牺牲了十几万中国和朝鲜劳工筑成的战争机器，号称"东方马其诺防线"，建成后为了保守秘密，用机枪将劳工全部处决。

这种要塞一般都以山脉丘陵为依托，控扼开阔的平原，由山底挖掘，用钢筋混凝土构筑，最厚的地方水泥层厚达数米。要塞一律分地上和地下两部分设施，地上有战斗掩体和暗堡，地下有指挥部、粮库、弹药库、发电所、浴室等设施，纵横交错犹如蛛网，其复杂程度就连当年的关东军都无人走遍。

1945 年开始，日军在太平洋战场上节节败退，拿东北老百姓的话来说："大日本帝国不行了，小小的了。"

同年 8 月 9 日，苏联红军正式进攻东北，机械化部队如同滚滚铁流势不可挡，但打到关东军重点防御的这段要塞时，遭到了日军的顽强抵抗。苏军动用了大量坦克、飞机、火箭炮之类的重型武器，同日军展开持续血战，一直打到 26 号才彻底攻占防线。此时距日本宣布投降，已经过去 11 天了。

1954 年，抗美援朝战火的硝烟尚未散尽，中苏关系还非常密切，出于宣传目的，苏联决定实地拍摄一部纪录片。片中很重要的一个部分，是那些遗留在深山老林中的日军工事。记录苏联红军为了消灭法西斯，曾在此浴血奋战的事迹。

那时赵工还是电影制片厂的一名工作人员，因为到苏联留过学，俄语说得好，被组织上派来协助苏方的纪录片摄制组。整个小组一共有六名成员，中、苏各有三人。苏方是大胡子导演格罗莫夫、摄像师契卡、年轻的女助理娜佳；中方这边是赵工和技术员小陈，名叫陈为民，还有个向导外号大腮帮子，是个参加过东北剿匪、辽沈战役、抗美援朝的老兵，因为负过伤，所以打完仗回到地方武装部担任保卫工作。他以前是山里的猎人，脸部轮廓长得带有朝鲜族特征，两边的腮帮子很凸出，在部队里大伙儿就管他叫大腮帮子。

大腮帮子唠嗑儿时喜欢蹲着抽烟袋，他身经百战，一肚子深山老林里的故事，而赵工在他看来是见多识广的人，两人在一块儿取长补短，关系处得不错。不过大腮帮子不怎么喜欢苏联人，当年苏联红军是打跑了小日本鬼子，可也没少祸害东北老百姓，但这些话他也不敢说，上级安排的任务又不能不完成，只能心里不痛快。

纪录片摄制组的行动，在当年不算什么大事，只是到山里拍摄一下日本关东军和苏联红军交战的废墟。不过那一带人迹罕至，有大片的原始森林，大腮帮子带了一支单筒老式猎枪，防备遇上野兽。进山后经过一条深沟，大腮帮子告诉赵工，这地方叫挑灶沟，已经离日军要塞不远了，再翻过前边一座叫老爷岭的大山就到了。

赵工把这些话翻译给苏联老大哥，助理娜佳听了感到十分好奇，问赵工挑灶沟是什么意思。这一下还真把赵工问住了，这三个字分开都能解释，合起来却没法儿说，怎么会有这么古怪的地名？

苏联小组这三个成员，导演格罗莫夫是个胖老头儿，其实可能也没多老，但俄国人显老。据说以前还参加过卫国战争，拍摄战地电影立功，得到过列宁勋章，一副趾高气扬、神气活现的派头，背了一支俄国产的双管猎枪，说是防备土匪，其实是想在路上打猎，途中对三个中国人呼来喝去，毫不尊重。

大高个儿契卡是摄像师，顿顿饭离不开烈酒，为人木讷冷漠，话也不多，导演让干什么他就干什么。只有一头金发的娜佳年轻开朗，非常和善可亲，能说一些中文。赵工一见她就被迷住了，大腮帮子时常提醒赵工："老毛子臊性，我的同志，哥你可不能犯错误。"

此时让娜佳一问，赵工不知道该怎么解释，只好问大腮帮子，挑灶沟这地名是怎么来的。

大腮帮子说这地方深山野岭，以前没有具体的地名。后来日本关东军为了修筑防线，把防线以外的几个屯子赶到这儿集中居住，这叫归大屯，屯子里的人敢走出去半步，如果让日本人看见立刻枪毙。可这个山沟里水不行，这里的水连鱼都没有，喝多了就会要人命。屯子里的人们只好自己动手挖河引水，用了两年多才挖出水来，那时候人也死得差不多了，咱东北土话，管一家人死绝户了叫挑灶，这屯子里的人死得一个不剩，因此得了挑灶沟的地名。

一行六个人走到山沟深处，果然有个空无一人的荒屯，东北话屯子就是村子的意思，想到挑灶沟里的人死绝了，走到附近便觉得有些可怕。

天很快黑下来了，小组在屯子里过夜，按计划明天翻过大山，到老爷岭要塞拍摄纪录片。如果一切顺利，最多两天就能完成，然后原路返回。

众人在宿营地一同吃晚饭，特批的罐头和面包，要不是跟苏联老大哥一起，赵工等人根本吃不上这些东西。可摄像师契卡还觉得不够，到河边捉了两条鱼，用树枝穿起来，架在火上翻烤。胖老头儿也上前要了一条，跟契卡边吃边喝，一会儿就喝多了，躺下呼呼大睡。

赵工想起大腮帮子说这条山沟里的水不能喝，水里也没有鱼，后来才从别处挖出了水源，苏联人抓鱼的河流，应当是后者。可他看这两条鱼的模样很奇怪，以前从来没见过长得如此狰狞的鱼，不禁啧啧称奇。

这山里没有大腮帮子不知道的事，他告诉赵工和小陈，以前深山里的猎人就见过这种鱼，个头大、样子凶，只有老爷岭挑灶沟一带的河里才有，据说是让日军杀害之人的亡魂所变，从来没人敢吃。小陈闻言吃惊不小，想告诉苏联老大哥这种鱼不能吃。赵工不以为然，对小陈说没有必要，这种迷信的事怎么能当真，或许这是从来没被人发现过的古老鱼类，但转天急着赶路，就把这件事给忘了，也没意识到这个发现有多重要。

第二天天气不太好，乌云厚重，看起来要下雨。但小组要赶时间，收拾好行囊，天一亮就出发了，路上还是下起雨来，便冒雨前行，翻过林海覆盖的大山，眼前出现了一望无际的荒原。山底日军要塞残存的洞口，仿佛张开的大嘴，走进潮湿阴冷、墙体斑驳的隧洞，立时会有一种阴风侵体、毛骨悚然的感觉。

格罗莫夫心生感慨，指点着水泥掩体上残留的弹孔，一边往里走，一边对其余几名小组成员说些冠冕堂皇的话。当年这里有日本关东军的两千多名守备军，依托坚固厚重的地下掩体殊死抵抗，伟大的苏联红军付出了巨大牺牲，终于攻占了关东军阵地，在那次战役中牺牲的苏军指战员，他们的功勋必将永垂不朽。

其实小组在外面拍摄了一些素材也就够了，隧洞里漆黑阴冷，地形也很复杂，没必要进去。不过大雨转为暴雨，外面暂时没法儿拍摄了，格罗莫夫执意要去看看，赵工等人劝不住他，只好跟随前往。用手电筒照明，往里面走到山腹深处，发现后面的墙体因地震裂开，露出一道大裂缝，把耳朵贴到墙上，能听到远处有流水的声音。

格罗莫夫虽然意犹未尽，可没有绳子，往前无法确保安全，只好回头。可谁也没料到，这时候雨势越来越大，山体上发生了滑坡，泥石流呼啸着落下来，然而当年为了使这个地势险要的要塞失去作用，要塞的正面已被苏军爆破炸塌，挡不住泥石流，泥沙顿时灌到里面。

拍摄纪录片的六名小组成员听到外面声音不对，知道出不去了，撒开腿没命地往山腹中奔逃。其实这就是命，老爷岭这片深山，几十年没下过这么大的暴雨，早来一天晚来一天都赶不上，不早不晚，偏偏在这个时候出事。

赵工等人跌跌撞撞地跑进了山体的裂痕深处，倾泻下来的泥石流，已把身后隧洞掩埋得严严实实。摄像师契卡走慢了一步，不幸让泥沙活埋了。格罗莫夫抢出摄像机，舍命狂奔才得以逃脱。泥水淹没了膝盖，不断流向深处，还好不再有泥沙灌入。

赵工等人遭此巨变，皆是面如土色，感觉两条腿都不是自己的了，困在地震形成的山体裂痕中无路可退，只好互相搀扶着往前走。大腮帮子打着手电筒在前头探路，黑暗中摸索着走了很久，竟穿过了山壁。这老爷岭的山腹中是个大洞，亿万年水流冲刷切割形成的漏斗，所以中间有个倒喇叭形的大洞穴，上窄下阔，穿过厚达十几公里的山壁岩层，就能抵达这个大洞穴。

洞穴里并不是一片漆黑，离地面两百多米的高处，有个通到外面的山口，抬头往上看，像是悬着个浑圆的天窗，可以看到阴霾的云层中雷电闪动，雨水不断从上落下。幸存的五个人穿过山壁岩层，看到眼前的地形都是倒抽一口凉气，感到万分绝望。这个洞穴是天然的陷坑，周围陡峭光滑的岩壁全是倒斜面，有再大的本事也别想攀爬出去。

大概是亿万年间泥土和种子从洞口掉落，在这天坑地洞底部，正对着高处洞口的位置，堆积出了一座山丘，上面生长着很多见都没见过的茂密植物。山丘四周是很深的地下水，再往远处洞壁边缘就太黑看不清楚了。

赵工等人从岩层裂缝中走过来，往下看小岛觉得头晕，太高了，掉下去别想活命，往上看距离洞口不远，可就差这么一段距离也飞不上去。格罗莫夫想出个主意，把每个人的皮带都连起来，应该可以抛出洞口，只要逃出去一个人，剩下的人也就有救了，要不冒死尝试，就得活活困死在这个天坑地洞里。

众人都同意格罗莫夫的主意，刚要采取行动，赵工忽然听到漆黑的身后传来一阵怪响。

二　高空坠落

拍摄纪录片的小组，有五名成员死里逃生，但是困在老爷岭的天坑地洞里，正想尝试将腰带连在一起，也许能搭住洞口爬出去。

这时赵工发觉漆黑的洞壁上有些响动，听上去很是古怪，他问小陈："你听到什么没有？"

小陈都吓蒙了，摇头表示什么都没听到："这老爷岭天坑与世隔绝，除了遇险被困的这几个人，不可能还有别的人了，哪里会有什么响声，是不是雨水从洞口落下来发出的声音？"

赵工指了指身后，示意并非在身前的大洞穴，而是刚走过来的岩层裂隙中有些声响，好像不太对劲儿。娜佳好像也听到了什么，她睁大了双眼，想看清声音的来源，可洞壁死角处黑乎乎的什么也看不到，好像有东西，又好像什么都没有。

大腮帮子打过猎当过兵，为人很是机警，他听赵工和娜佳这么一说，示意其余几人先不要出声，支起耳朵仔细一听，果然洞壁上有"咯咯——咯咯——"的细微声响，而且离他们所在的位置越来越近。

格罗莫夫什么也没听到，只顾催促众人赶快行动。大腮帮子想起还拿着手电筒，举起来往后照了一照，猛然手电筒光束尽头，有个白乎乎似人非人的东西，脊背朝下，倒悬在岩壁上爬了过来。

大腮帮子骇然失色，惊呼道："飞猴！"

他知道深山老林里有种穴居飞猴，身形犹如山猿，可以在暗中见物，嗅觉和听觉也很发达，两肋长有肉翼，能在山洞里借助气流翱翔。这东西残忍迅捷，以蝙蝠或蛇鼠之类地下生物为食，几十年前还有老猎人亲眼见过——也传说是种山鬼——这些年再没人看到过，以为早就绝迹了，不想老爷岭天坑的洞穴中居然还有飞猴。

说时迟，那时快，那飞猴倒攀着岩壁快速爬来，竟无半点儿声音，只是它喉咙中"咯咯"作响，那张开黑乎乎大嘴的怪脸，转瞬已到了格罗莫夫面前。手电筒光束离得近了，使这狰狞的面孔看来更加可怖，格罗莫夫吓得转身就跑，他发觉那怪物的爪子触到了身后，惊慌失措忘了前边那几个人，站在岩层的裂口处，结果这一撞一推，几个人站立不住，全翻着跟头从半空中掉了下去。

老爷岭天坑地洞的走势，呈倒喇叭形，内部气流盘旋，存在明显的"烟囱效应"，也就是人从上百米高的烟囱里跳下去，受气流作用并不会摔死。这几个人大声呼喊着掉下去，本已闭目待死，却感到置身在一团疾风当中，虽然也在跌落，但下坠之势飘飘忽忽。

这时已有几只飞猴扑下来掠食，其中一只扑到格罗莫夫身上，不顾下坠之势，张开满是利齿的大嘴就咬，顿时撕下一大块皮肉。赵工在旁边看得触目惊心，奈何在半空中身不由己，而且手无寸铁，只能干着急，却没办法去帮苏联老大哥。

此刻胖老头儿格罗莫夫也缓过神来了，他咬咬牙豁出命去，显露出了俄国人悍勇的一面，奋力甩开了在他身后撕咬的那只飞猴。而那飞猴灵活异常，在半空展开双翅，一个回旋又扑了下来。

格罗莫夫腾出手，先甩掉背包，又摘下背后的猎枪，对准迎面扑来的飞猴扣动扳机，只听"乒"的一声枪响，此刻天旋地转一片混乱，看不到有没有击中目标。格罗莫夫却忽略了自己身在半空，猎枪的后坐力将他的身体向外撞开，如同断了线的风筝一样消失在黑暗的洞穴里，不知落到什么地方去了。

赵工看见格罗莫夫落向洞穴边缘，意识到只有洞口正下方存在涡旋气流，越往下气流越弱，掉下去有可能摔得粉身碎骨。他忙招呼大腮帮子等人摘掉背包，以便减轻自重，但耳畔生风呼呼作响，即使是自己的叫喊声也听不到，只好连打手势。

这时剩下的四个人，距离洞底的土丘已不过十几米，洞穴底部气流薄弱，下坠之势瞬间加快。幸好土丘上的植被巨叶宽厚，生长得层叠茂密，众人掉在上面，跌跌撞撞滚落在地，虽然全身疼痛，但没有受重伤。

洞顶的飞猴紧跟着扑下。大腮帮子来不及起身，双手端起单筒猎枪，抵在肩头射击，轰鸣的枪声划破了这个万古沉寂的洞穴，一只飞猴首当其冲，几乎撞在了枪口上，顿时被猎枪打得翻了个跟头，翻滚着落入水中而死，其余的一哄而散。

赵工趁着大腮帮子将飞猴击退，扶起跌倒在地的小陈和娜佳，退到茂密的植丛中，以防那些怪物再接近伤人。大腮帮子一手握着手电筒，一手拎着猎枪从后跟来。四个人从高处掉落洞底，一时间惊魂难定。娜佳失去了两个同伴，把脸埋在赵工怀中哭个不停。大腮帮子看不惯俄国人，嘴里嘟囔着没羞没臊，带着小陈到附近去捡背包。

洞穴里并非完全漆黑，有些许光亮从洞口投下。四个侥幸活下来的小组成员，只找到一个背包，里面有少许干粮和罐头。

赵工说虽然不知道这个大洞穴是不是死路，但是不能坐以待毙，得想办法从老爷岭天坑里逃出去。

大腮帮子说："话是没错，先看看咱们还剩下什么东西……"说完将自己佩戴的手枪交给小陈，让他注意四周的动静，然后确认背包里的干粮最多能吃一两天，有一包火柴，但是没有电池。赵工捡到了格罗莫夫掉落的双管猎枪，背包里还有几发弹药。大腮帮子那支猎枪的弹药也不多了，更不知道这仅有的手电筒还能照明多久，要采取行动，当然是宜早不宜迟。

娜佳在卫国战争时期也曾参军作战，懂得使用武器。她找到了摄像机，经过检查，机器和胶片都没有大的损坏。她停止哭泣，决定将设备带上，毕竟这是两名队友用性命换回来的，还恳求赵工等人搜索格罗莫夫，掉到洞穴边缘未必就死了。

赵工和大腮帮子一商量，觉得也不能置之不理，否则回去没法儿交代。赵工抬手指着一个方向，告诉大腮帮子，那胖老头儿格罗莫夫应该掉在那边了。洞穴边缘是个地下湖，水面宽阔深邃，如果落在水里，或许还能留住性命。

三人正在想怎么过去，小陈突然紧张兮兮地握着手枪，低声招呼道："赵工，你快来瞧瞧，这大家伙是什么东西？"

赵工等人以为岛上还有什么怪物，急忙把枪端了起来，往小陈手指的方向看过去。植物阔叶和厚实的绿苔下，确实有个黑乎乎的巨大轮廓，走近发现竟是一辆苏联坦克的残骸，饱受雨水侵蚀，铁壳上已生满了锈。

众人深感骇异，这坦克必定是苏军进攻关东军防线时，由洞口坠落至此。屈指数来已经快十年了，坦克里的驾驶员是否活了下来？他们有没有从老爷岭天坑里逃出去？

四个人抬头往上看了看，天空高不可及，雨水还从高处的洞口不断飘落，群鸟般的飞猴在半空翱翔，站在洞底仰望，只能看到一些若隐若现的白点。众人不约而同生出一个念头，这个天坑的洞口到底在什么地方？

重型坦克不可能开进大山，看来老爷岭天坑的洞口有可能是在荒原深处，而不是在林海覆盖的崇山峻岭间。洞口应该很不起眼儿，也许从很近的地方经过都不会看到，不会有人找到这里，等待救援的希望彻底落空了。

众人见这辆重型坦克摔得都变形了，估计坦克自重太大，坠落过程中没有受到气流影响，和跌进深谷没什么两样。里面的驾驶员凶多吉少，但还是忍不住揭开盖子往里面看了看，果然有三具苏联坦克兵的尸骨。

赵工等人把这三具苏联老大哥的尸骨从驾驶舱里抬出，取走显示身份的物品，就地挖开土掩埋到一处，随后用这部重型坦克的燃油做了几支火把，准备搜寻格罗莫夫和出路的时候，用于在黑暗的洞穴中照明。

大腮帮子在苏联坦克手的身上，找到一支还没生锈的手枪和一个军用罗盘，他将手枪交给娜佳防身。老爷岭天坑地洞里凶险难料，这样一来四个人都有武器了。胡乱吃了些东西充饥，接下来准备前往洞穴边缘，寻找那个下落不明的队友。

大腮帮子用罗盘辨别方位，根据赵工看到的情况，胖老头儿格罗莫夫落向了洞穴边缘的东侧，这才发现地下湖水深难涉。四个人里赵工和娜佳会游泳，但水性普普通通，大腮帮子和小陈两个则完全是旱鸭子。即便会水的人，也不敢下到如此漆黑阴冷的水中，天知道地下湖里有什么东西，大家被困在直径不过百米的凸地上，无法行动。

最后还是赵工想出了办法，那辆苏联重型坦克落在洞底，砸倒了一株粗大的矮树，断下来的树干横在植丛中。几个人合力把它推到水中，试了一下能够浮水，可以当作木筏渡过宽阔的水面。

洞底的湖水好像是死水，水面上一片寂静，偶尔有细小鱼类从近处经过，也能把人吓出一身冷汗。众人点着火把照明，用枪托和手脚划水，断木终于接近了洞穴边缘，这里是整个洞穴最漆黑阴暗的区域，死亡般的沉寂中，充满了未知的凶险。

三 神的图腾

众人用火把和猎枪防身，洞顶成群结队的飞猴畏惧火光，不敢过分接近，一直抵达洞穴边缘踏上岩层，都没有遇上意外。几个人的胆子也大了一些，将断木从水中拖到岩层上备用，举起火把在附近搜寻。

赵工记得来此之前，曾听大腮帮子讲过挑灶沟地名的由来，就问他老爷岭这个地名有没有什么讲头。

大腮帮子说："老爷岭是这一片大山的统称，老爷的意思是指这山太大了，而且年代深远，凡人不可冒犯，也是对山神爷的尊称。我说眼下都什么时候了，你怎么还问这个？"

赵工说："没什么，我想起来了就问一句，咱们死也得知道自己死在什么地方不是？"

大腮帮子道："别说那些丧气话，先想办法找路出去，别急着做最坏打算。"

四个人说着话已经摸到了前边的洞壁，岩层上长满了苍苔，地面有夜明砂。大腮帮子问赵工是不是看错了，老毛子确实是掉落在这附近吗？

赵工说应该没错，格罗莫夫掉到洞底，一定是落在水里了，如果会水的话，也许能活下来。

大腮帮子说："谁知道那老毛子会不会水，兴许早沉地下湖里喂鱼了……"

赵工跟大腮帮子说："这话你跟我说说也就完了，出去之后可千万不能这么说。"

娜佳跟小陈走在前头，没听到赵工和大腮帮子嘀咕些什么，她转过身来问赵工在说什么。

赵工赶紧说："如果格罗莫夫同志还活着，他应该能看到火把的光亮，会设法与咱们取得联系，但洞穴里这么久都没有动静，只怕已经遇到不测了。"

几个人边说边行，绕着洞壁边缘走下去，发现前边岩层断落，无法再往前走了，只好回去拖了原木，浮在水面上继续向前探路。洞穴边缘有大量蝙蝠，让火把惊得四处逃窜，高处有几只飞猴下来掠食。赵工仰头望向高处，发现飞猴虽然轻捷，也从没有一只从洞口爬出去，可见这洞穴是个绝境，进得来出不去，不知多少年前那些古老的动物掉入这个大洞穴，就被困在此地繁衍生息，但也躲过了灭绝的厄运。可他们这四个人不是飞猴，就算肋生双翅也别想从那个洞口出去，现在只能在周围找路了，不过看这天坑地势，恐怕不容乐观。

赵工心有不祥之感，但是看到娜佳担忧的神色，觉得自己不能显出胆怯的样子，正要给众人说些鼓气的话，还没等张嘴，忽听前面的大腮帮子低声叫道："有人！"

众人吃了一惊，亿万年来，只有两批掉进老爷岭天坑的人：头一批是一辆苏军的重型坦克，驾驶舱里的三名驾驶员都当场摔死了；第二批是拍摄纪录片的小组，五个人从半空掉进洞穴，苏联老大哥中的格罗莫夫坠落时被猎枪后坐力撞到了洞穴边缘。大腮帮子既然说有人，那一定是发现了苏联老大哥格罗莫夫，也不知是死是活，众人瞪大了眼往前看，却哪有半个人影。

陈为民胆小迷信，以为大腮帮子看见鬼了，吓得两腿发抖，多亏让赵工拽住，才没掉进水里。

　　赵工问大腮帮子："哪有人？"

　　大腮帮子将火把往前探，贴近洞壁说："真有人，你们仔细看……"

　　赵工等人揉了揉眼，看接近水面的洞壁遍布绿苔，上面却凿刻着一些奇怪的人形图案。那些古老离奇的人形，姿态僵硬呆板，但脸上全是一片空白，没有面目，在漆黑阴森的洞穴里显得很诡异。

　　众人惊叹于这些岩画是古代所留，看来很久以前就有人进过老爷岭天坑了。再往前看，岩画不仅描绘着这个与世隔绝的大洞穴，也有深山森林里狩猎的情形，奇怪的是洞外面那些人形，脸上都有鼻子有眼，虽然构图简陋，但微妙传神，能看出喜怒哀乐，然而洞内的人却无一例外地没有面目，不是受地下水侵蚀被刮去了，而是根本就没有画。

　　赵工心头那种不安的感觉更加重了，他疑惑地说："这是什么意思？为什么洞里的人都没有脸？"

　　陈为民激动地说："赵工，既然古代人能进来，这老爷岭天坑一定有出口，咱们能逃出去了。"

　　赵工皱着眉头，喃喃自语："岩画一定有什么含义，进入这个洞穴的人……"

　　大腮帮子说："老赵，没什么好怕的。这类古代岩画，咱这大山里有老鼻子了，无非是些神头鬼脸的东西，我以前打猎的时候经常看见。"

　　娜佳说："也许古代人觉得这个大洞穴里住着神，所以跟外面的人不一样。"

　　赵工心想："如果是神的图腾，那倒可以理解，留下岩画的古人，认为老爷岭天坑是神人居住的地方，可神怎么会是没有脸的无面人？"

正在胡乱猜测的时候，陈为民惊呼道："人……有人……有人！"

赵工等人以为前边还有岩画，举着火把照过去。洞穴边缘又有高出水面的岩层，格罗莫夫满身是水，背后倚着洞壁，双目紧闭，耷拉着脑袋一动不动，看不出是死是活。

四个人急忙划水接近，围上去察看格罗莫夫的情况。大腮帮子伸手一试，呼吸、心跳都没了，脸色铁青，身体冷冰冰的，他对赵工等人摇了摇头，示意这个老毛子已经死了。

众人一合计，没办法带着尸体逃出老爷岭天坑，也不具备火化的条件，只能入土为安，先挖个坑掩埋起来，否则暴露在洞穴里，必遭野兽损坏，但洞穴边缘全是岩层，苔藓生得手掌般厚，有工具也挖不动。无奈只好寻处岩裂，打算把尸体放在里面，再用石块遮住，找好了地方转身来搬尸体，一看那人还在原地没动，可不知什么时候，两只眼都睁开了。

四个人吃惊不小，人死不能复生是常识，格罗莫夫分明已经气绝身亡，刚才看他的时候还闭着眼，怎么忽然又睁开了？

赵工骇异地问大腮帮子："你确定这个人真死了？"

大腮帮子也觉得奇怪，他打了那么多年的仗，好几次从死人堆儿里爬进爬出，活人和死人还分不清楚吗？

娜佳却以为格罗莫夫还活着，走上前想看个究竟，不料地上那具尸体突然坐了起来，两眼无神，脸上的表情诡异僵硬，伸出手来抓住娜佳肩头，同时嘴露出白森森的牙。娜佳吓得一声惊叫，挣扎着急忙往后退。

赵工等人见状无不心惊，发觉那死人张开的嘴里有股尸臭，这人死了没几个小时，在阴冷的洞穴中，不可能这么快就发臭，先前还觉得奇怪，为什么飞猴不下来吃掉格罗莫夫，此时闻到这股子怪味，才明白过来是怎么回事。格罗莫夫掉进老爷岭天坑这个大洞穴，死后不知是何原因，已经完全变成了一具行尸走肉，也许岩画上那些没有脸的人并不是神，而是在地下徘徊的僵尸。

大腮帮子不愧是为军之人，他也不信那份邪，举起猎枪对准那僵尸的脑袋扣下扳机。随着一声枪响，僵尸的脑袋被崩了个稀烂，倒在地上，两手兀自抓挠岩石。

大腮帮子见这家伙还没死绝，忙叫赵工等人推动旁边的一块巨岩。四个人合力推落岩石，把还在挣扎爬动的僵尸压成了肉饼。

娜佳被刚才的一幕吓得瑟瑟发抖，抱着头呜呜地哭起来。

赵工暗暗皱眉，想不通死人怎么会突然变成僵尸，把苏联老大哥弄成这样，回去怎么交代？

大腮帮子抹了把额头上的汗水，说道："出得去再想不迟，不过我现在的心情……可敞亮多了。"

赵工拿大腮帮子没办法，不得不再嘱咐一遍："这种话出去之后千万不能说。"

陈为民忧心忡忡，他对赵工和大腮帮子说："在老爷岭天坑里转了一圈，除了高处的洞口，周围没有路可以出去。咱们在这洞穴里时间久了，会不会也变成……这……这副模样？"

赵工叹了口气说："这件事我真说不清，但此地不宜久留，得赶紧想办法离开。老爷岭天坑地洞里一定有古人留下的通道，咱们再往前找找看……"

说话间，发现那僵尸身旁的岩层是一片平缓的斜坡，与周围倒斜面的洞壁截然不同，好像是条通道。几个人不敢掉以轻心，将猎枪弹药上膛，举起火把摸索前行，只见洞壁上的岩画越来越多。

四个人心里都存了个念头，找到古人留下的痕迹，就有可能找到出口，至此精神均是一振。顺着横向的山洞里走出百余米，看到前方隐隐约约有片微光，再走近些，看到有许多房屋茅舍。

陈为民盯着前边仔细看了一阵，喜道："前边是个村子，咱们有救了。"

赵工和大腮帮子对视一眼，这里还是在地下，怎么会有灯火通明的村子？那光亮阴森诡异，显得不太寻常，而且这岩洞里无法耕种，人们总不能在常年不见天日的情况下，吃蝙蝠、老鼠为生。二人想到这儿，都有十分不祥的预感。

四　白色果实

陈为民求生心切，远远望见有个村子，急匆匆加快脚步，想要进去找老乡求援。

大腮帮子伸手将他拽了回来："先等等，瞧清楚了再过去。"

赵工说："不错，深山洞穴里怎么可能有人，再说你们看看那村子里的光亮，根本不像是灯火。"

赵工以前听过山中幻象的传说，清朝流放到东北荒原上的人，曾在笔记中提到："于途中遥望云气变幻，如楼台宫阙之象，稍近之，则郁郁葱葱，又如烟并庐舍，万家屯聚。"后又说再走近看，这一切都化为乌有了，据说那是看见了千年前渤海国的鬼城。"

此刻看到地下的这个村子规模不小，至少有几百户人家。从远处望去，整个村子笼罩着一层微弱惨白的荧光，也不知是从哪儿来的光亮，村里进进出出有人走动。

四个人熄灭了火把，躲在远处观望，越看越觉得古怪。村子里没有任何动静，鸡鸣犬吠之声一律没有，别看有村民来回走动，却没有丝毫生气。

娜佳说，这个天坑里只有这条路能走，要不要过去看一下？

赵工还有些犹豫，岩画中描绘的那些死人，也许正是这个村子里的村民，贸然过去岂不是送死。

娜佳很是吃惊："老爷岭天坑地洞之中，有个死人居住的村子？"

大腮帮子忽然一拍自己脑门儿，说道："我知道这村子是哪儿了，其实刚才就该跟你们说，可我从来没把那个深山老林里的离奇传说当真。"

赵工问道："你快说说，这村子究竟是什么地方？"

大腮帮子说老爷岭这片大山，山深林密，向来是人迹罕至，近几十年来才开始有人到这一带打猎。那些老猎人经常在山里看到岩画，少说都是几百年前留下的，说明老爷岭在古时候是有人烟的。总在这大山里打猎的人们，看惯了岩画，逐渐也明白了其中的内容，偶尔把岩画里描绘的情形讲给别人听，但说了也没人信，只当是唠嗑儿。是说好多年以前，山腹里有个村子，那些村民吃过一棵大树上结的果实，从此不老不死，也不用吃喝，就在那儿住着当神仙，多少人想找这个村子，却从来没人找到过。

娜佳听懂了大腮帮子的话，因为在《圣经》里也有类似的传说。相传有两棵大树，分别能结出智慧果实和生命果实，人类的祖先偷吃过智慧果实，但不知道生命的果实在哪儿，所以人类只拥有智慧，生命却有限度，终究难逃一死。而生命果实之树隐藏在一座大山里，由手持喷火转轮剑的大天使把守，这与大腮帮子提到的事有很大程度的相似之处，世上是否真的有这个长生不死的村子？

赵工听得暗暗咋舌，世上绝无长生不死之事，看先前格罗莫夫的样子，也许是吃了村子附近的东西，结果变成了一具行尸走肉。倘若果真如此，这个村子里的村民就不是活人，但老爷岭天坑里的洞穴不见天日，怎么会生长着大树，那树上结的果实又是什么东西，能把人变成行尸？

　　三个人正说到胆寒之处，冷不丁发现少了个人。原来陈为民被困在天坑绝境中，接二连三地遇到危险，心理防线近乎崩溃，只想赶紧离开此地，竟趁赵工等人不备，偷着跑向村子求救。

　　大腮帮子骂道："这王八犊子真是找死，你们俩在这儿等着，我去把他揪回来。"

　　赵工说："咱们不能走散了，一起去救人……"

　　此时顾不上说什么，三人带上枪支从后赶去，在距离村子还有十几米的地方追上了陈为民。

　　大腮帮子抬手一个耳刮子扇过去，打得陈为民眼冒金星，随即揪着他的领子往后退。

　　赵工往村子里看了一眼，只见那些村民一个个面无表情，空洞的双眼，与之前死掉的格罗莫夫一模一样。这村子里有株奇怪的巨大植物，那高度近似参天古树，但是上面开满了异样的血色花朵，结出无数白花花的条状果实，离得这么远都能嗅到一股浓烈的香甜。有几个村民正在抓起果实，慢慢往嘴里塞去，整个村子里到处落满了这些白色果实，散发着阴冷奇异的荧光。

　　赵工定睛一看，哪里是什么发出荧光的白色果实，分明是这株古怪植物上长出的白虫。村民们以为吃了这东西就能不老不死，实际上吃了这种白虫，就会被它寄生在体内，成了没有意识，只记得饥饿的行尸走肉。

　　赵工又惊又骇，一时看得呆了。娜佳上去扯住他的胳膊，这才回过神来。此时那些徘徊在死亡中的村民，也发现了有外人接近，不再去吃白虫，伸着手拥向这四个幸存者。

　　四个人中除了陈为民吓破了胆，其余三人边跑边向后开枪，但村中的行尸太多，两支猎枪、一把手枪，很快打光了弹药。村民们仍是张着饥饿的大嘴，前仆后继蜂拥追来。

　　大腮帮子忙着开枪，顾不上再管陈为民，陈为民两条腿不住颤抖，脚下一软扑倒在地。其余三人发现他摔倒了，还想回去救应，但已被追上来的僵尸张口咬住，此时弹药告罄，赵工等人回天乏术，只好继续向前狂奔。陈为民的惨叫声在身后不断传来，三个人都想捂住耳朵，不忍再听。

　　一路逃回老爷岭天坑，前途已是绝路，即使僵尸不能下水，困在洞口下方的土丘上，迟早也是一死。大腮帮子束手无策，不停咒骂。

　　赵工望着水面也是心如死灰，这时他猛地记起挑灶沟的河流中存在一种不知名的古老鱼类，与老爷岭天坑地洞里的鱼一样，一定是这里的鱼顺着水流游到了外面，那么天坑底部一定存在活水。他来不及同大腮帮子和娜佳多说，招呼两个人推下断木，在地下湖中兜了半个圈子，果然发现一处水面有缓缓流动的趋势。三人趴在那截断木上进入其中，经过岩层裂缝中的暗河，向前漂流，水势逐渐变得迅猛湍急，终于被一股激流卷住，同时掉落水中。

　　赵工和娜佳拼尽全力，带着不识水性的大腮帮子——那部一直没舍得扔的摄像机也就此失落——三人在漆黑的水流中抱住那截断木，起起浮浮随波逐流，肚子里都灌满了水，到后来连意识都没有了。醒来的时候发现被冲到了某处河岸，天光刺目，他们已经离开山腹回到了地面。

　　大腮帮子得娜佳相救，心存感激，再也不当面挖苦了，三个人走了半天就找到了开荒的屯垦部队。可再回去寻找老爷岭天坑的洞口，却怎么也找不着了，唯见苍山如海。后来中苏关系恶化，赵工因为此事还被发配到新疆戈壁上劳动改造，没少吃苦，噩梦里常会出现地下那株长满虫子的大树，时过境迁，才敢再提起当年在老爷岭天坑里的遭遇。

　　《我的邻居是妖怪》这本小说，是我的一部短篇怪谈合集。我就在后记中，简单说一说关于这部作品的相关话题。

　　《我的邻居是妖怪》一共分为二十章，可以当作二十个相对独立的中短篇故事来读，但这里面也有很多故事有连贯的内容和共通的人物，比如大座钟、崔老道这些人物，内容上联系比较紧的有"韦陀庙""走无常""夜盗董妃坟""崔老道捉妖"这几则故事。

　　另外读者们问得最多的一个问题，是我书中所写的内容是否为真事，每次被问到我都感到不容易回答。首先我是一个小说家，所谓小说家，是以写小说为主的作家，从来不写纪实文学。文学和电影有共通之处，记得以前有种分类说，电影中有故事片和纪录片。我认为我的作品，绝对属于故事片范畴，但在故事片中也从来不缺少根据真实事件改编成的电影。

　　我个人比较看重《我的邻居是妖怪》这部作品，因为这些故事里有我自己生活过的轨迹，还有许多值得怀念的人和事。既然是故事片，书中人物的姓名和具体地点就有很大变化，咱们就不能对号入座了。

　　我非常想把这二十章内容背后的故事都说一遍，碍于时间和篇幅有限，只能先列举其中一篇，我想了半天，还是要拿《筒子楼里的无头尸体》来说事儿。本篇以一个街头巷尾风传的故事做引子，但是我觉得如果按街头的传闻来讲，没有任何意思，无非是一座筒子楼里出现一具无头男尸，然后发生了种种怪事，这种故事已经被人讲过太多次了。所以我用这个传闻作为开头，描写了我家附近发生的一件离奇命案，也就是哄传一时的"双尸无头案"。

　　2005 年，我写第一篇小说《凶宅猛鬼》时就曾想写这件"双尸无头案"，因为案发地就在我住的楼附近，耳闻目睹得多了，因此第一个想写的故事就是这件奇案。不过那时候毕竟是第一次写，控制不住下笔的重力，写出来一看，和我原本想写的那个故事完全不一样。

　　这次在《筒子楼里的无头尸体》中，我终于完成了长久以来的愿望，把我对"双尸无头案"的见闻和想象，原原本本地写成了一篇小说。这一段的人物和《凶宅猛鬼》比较相似，因为人物确实是那些人物，但情节完全不同，《筒子楼里的无头尸体》这篇小说更为贴近原型。

　　如果读者们对《我的邻居是妖怪》中哪篇故事有问题，或想了解别的什么内容，可以发电子邮件给我，只要时间允许，我一定尽快回复。最后，谨祝各位读者万事如意，一切顺利，希望《我的邻居是妖怪》中有你喜欢的故事。